U0561601

张 锐 锋 作 品

古灵魂

张锐锋 著

GUANGXI NORMAL UNIVERSITY PRESS
广西师范大学出版社
·桂林·

古灵魂

GU LINGHUN

图书在版编目（CIP）数据

古灵魂：全 8 册 / 张锐锋著. --桂林：广西师范
大学出版社，2024.5
ISBN 978-7-5598-6836-7

Ⅰ.①古… Ⅱ.①张… Ⅲ.①散文集－中国－当代
Ⅳ.①I267

中国国家版本馆 CIP 数据核字（2024）第 060573 号

广西师范大学出版社出版发行

广西桂林市五里店路 9 号　　邮政编码：541004
　网址：http://www.bbtpress.com
出版人：黄轩庄
全国新华书店经销
广西广大印务有限责任公司印刷
　桂林市临桂区秧塘工业园西城大道北侧广西师范大学出版社
　集团有限公司创意产业园内　邮政编码：541199
开本：880 mm × 1 230 mm　1/32
印张：97.5　　字数：2 060 千
2024 年 5 月第 1 版　　2024 年 5 月第 1 次印刷
印数：0 001~6 000 册　　定价：368.00 元（全 8 册）

第

六

册

卿云烂兮

糺缦缦兮

日月光华

旦复旦兮

——《卿云歌》

明明上天

烂然星陈

日月光华

弘于一人

——《八伯歌》

目　录

卷四百一十

董狐

　　晋襄公死了，现在他的儿子也死了。一个个国君在死去，又有一个个国君坐在了死者的座位上。只有这个座位不能空着，上面必须有一个人坐在那里。我已经看见了一个个国君的身形挪开了，一个个身形又坐下了。我不必记住他们的长相，他们的面庞，他们的每一个表情，我只记得他们坐下和离开时的样子。他们有着各自的姿势，每一个姿势都和自己的生与死相连。他们坐下就是为了离开。我一直盯着他们，发现他们没有什么不同，他们似乎是同一个人，是啊，每一个国君又有什么不同呢？

　　我是晋国的太史，我的职责就是用手中的笔将发生的一切记下来。我不能随着自己的想法去记录，因为事情都不是随着一个人的心性发生的。我所有的德行就在我的文字里，我的文字从来不是空洞的文字，每一个文字里都包含着血泪。因为一个国家的历史不是空洞的，它乃是由血泪来充填。许多事情可以变得虚假，但只有血泪是真实的。没有哪里的血泪是虚假的，因而我的文字里充满了血泪，它既不是美好的，也不是痛苦的，既不是水一样流淌，也不是石头一样坚硬，它是黏稠的，它是咸涩的。

是的，我的文字就是这样，我的血泪也在其中。因为别人的血泪也是我的血泪，不然我又怎能将这血泪灌注到每一个文字中？我听见这血泪汩汩作响，我看见这血泪流入了文字，每一个文字都变得深红，又在一场场风雨里变黑，又变得漫漶不清。即便是这样，这文字的真实也不要怀疑。你即使不明白其中的深意，也能看出其中的血泪。我永远能辨认出我的文字，因为这文字是我写的，可是别人是否也能看得清？

我跟随在一个个国君的身后，将他们的言行记下来，因为国君的言行就意味着他的国家的言行，他所做的和所说的，都将成为文字，让后来的人们从文字中看见他们。我知道，他们对文字是恐惧的，因为他们一旦进入文字，就再也退不出来了。文字将把他们的形象固定下来。他们可以隐瞒自己的一切，但却在我的文字里无所遁形。我用我的文字来照射他们，他们的美好的一面，以及丑陋的一面、肮脏的一面，都会出现在这忠实的镜子里。不仅他们能看见自己，别人也能看见他们。

若是一个国君在文字中失去了荣耀，他就在以后的岁月里失去了荣耀，他就会在别人的眼里变得晦暗，就会在黑暗里沉没。人们会看着文字说，这个人没有洗脸，他的脸上沾满了脏污，他是肮脏的。那么这个人还有什么可以夸耀的事情呢？若是他在文字中露出了光芒，人们也会说，这是一个有光芒的人，他让他的四周发亮。所以他值得我们赞美，他的光彩也经落在了我的文字里，并在这文字里不断闪光。

古灵魂

我也要记下发生在国君身边的事情，因为所有的事情并不是自己发生的，而是相互关联的，一件事情会引发另一件事情，一场大火也许就是因为烟囱里冒出的一个火星而产生。那么我就要敏捷地捕捉住这个小小的火星，并放在我的文字里，这样人们就会知道事情发生的原由。我的生命就是在这样的文字中沉浮，就像漂动在波涛汹涌的河流上。我漂动，我的文字也跟着我漂动，而这样的漂动乃是向着将来，向着后世，向着无数的日子，让后来者知道他们的日子乃是从这些文字开始的，万事万物都有着独特的原因。

谁也不能亵渎我的文字，因为这些文字是神圣的，它的里面住着永恒的神灵。也许所有的神灵都喜欢血泪，这是他们住在里面的原因。我也在这文字里衰老，我的生命都消耗在这文字里。我从镜子里看见我的脸，上面爬满了皱纹，这乃是我所写的文字照耀的结果，它们从竹木片上映照在我的脸上，我的皱纹就有了文字的样子。我不用阅读我所写的，我只要阅读我的脸，就知道了历史的沧桑。

我不能让我的文字在地上爬行，不能像虫子一样落在污泥里，并在污泥中挣扎。它要在天上飞，要飞到云朵之上，然后从神灵飞翔的地方俯瞰人间。它要看见人不能看见的，它要描绘人不能描绘的，它要给那些伪装的面孔画像，不仅画下他的表面，还要画下他的背后所隐藏的。谁能逃脱文字的裁决？谁能逃脱文字的俯瞰？谁又能将飞翔的文字捕捉？我的文字是干净的、澄明的，它不可能沾染泥絮，也不沾染污浊。它看见真实，也描绘真实，它捕捉面孔也剥夺虚假的面孔。

现在晋灵公已经死了，他是被人杀死的。他是多么年轻，可是他已经死了，被人杀死了。他的确有很多过错，但这些过错乃是由于别人的过错引发的。他有着青春的激情，有着强烈的欲望，也有着对未来的向往。他原以为晋国属于自己，但等他渐渐长大，他才知道这个国家并不属于他。我跟在他的身后，记下了他的愤懑、不平和年轻的叹息，也记下了他用各种奇特的欢愉来掩盖自己内心的悲伤。

他的确有着荒唐的时候，可一个人在年幼的时候，谁没有荒唐的行为？谁没有为自己的错误而悔恨？我听说周文王从小就没有犯过错，可是我也只是听说，从来没有见过真正的圣人。而且一个年幼者对这个世界是充满了好奇的，他想着尝试没有做过的事情，但他就会因为这好奇而获得罪过。他也经不起别人的怂恿，因为年幼者的血气是旺盛的，他还不能抑制这上升的血气，不能抑制自己的冲动。但他是一个国君，对别人允许的，却不能对他宽容。一个年幼的国君，就像冬天般悲凉。

我们颂扬晋文公，可是他在年轻的时候有多少荒唐？他曾贪图安逸，在齐国居住又不愿离去，幸亏妻子深明大义，使他酒醉后才用车载着他离开，不然他怎能成就一番大业？但他那时不是一个国君，而是一个流浪的公子。所以文字里没有他年轻的形象，只有他所建立的卓越功勋。我的笔并不纠缠于这些小的细节，而是辨明君臣大义。所以，晋灵公所做的，乃是为了寻找自己失落的权力，才想着怎样除掉赵盾。若是赵盾还在那里，国君将摆放到什么地方？赵盾个人专权，却没有国君的位置，国君岂不是一个虚假的摆设？国君已经长大了，他应该享有属于自己的权力。

现在赵盾却将国君杀掉了，这乃是对国君的叛逆，违背了君臣之间的应有之义。若是被天下效仿，岂不是要颠覆所有的秩序？将会出现怎样的大乱？若是君臣之间失去了界线，一个国家将怎样存在？人与人之间的等级将怎样界定？民众之间将如何和睦相处？因为国君乃是等级中最高的比喻，没有这样的比喻，每一个人就会变得没有区别，就会彼此侵犯，就会激发所有人的贪婪之心，人们就会放弃德行而沦为盗贼。那么这个世界将会被诡计、奸诈、谎言、欺骗、抢夺、争斗、血腥和强取所统治。

所以赵盾杀掉的不仅是一个人，一个国君，重要的是他杀掉了一个比喻，一个关于秩序的比喻。人间的秩序需要一个比喻，一个人的死去并不会对世界构成威胁，因为不断有人出生，也不断有人死去，这乃是生生不息、万物流转的证据，但一个比喻的失去对我们却是生死攸关。因为国君的存在，才会有君臣之礼，有了君臣之礼，才有民众之礼，有了民众之礼，才有万民的和睦和快乐，有了这快乐才会有国家的繁荣。所以一个国君就是这关键的比喻，就是正义的比喻。杀掉了这个比喻，就杀掉了正义。

这个世界是一层又一层堆砌的，就像工匠筑造的房子，就是对天道和大义的仿制。一间房子的筑造，先要有坚实的基础，不然这房屋就不能持久。然后要有梁柱，没有梁柱就不能有房屋的空间，就不能让人居住。然后要有屋顶，没有屋顶就不能遮蔽风雨。还要有屋瓦，没有这屋瓦，就不能阻隔和引导雨水。房屋的每一个部件都要在自己的位置上，就像每一个人都有着自己的职责，这职责不能颠倒，也不能混乱，不然一间房屋怎能拔地而起？我们又怎能安居其中？这就是秩序的意义。

那么国君就是这房屋屋脊上的最后一块瓦片。若是将这瓦片揭开了，雨水就会侵蚀，屋顶就会漏雨，梁柱就会倾斜，房屋就会倒塌，房屋的基础也就没有什么意义了。房屋都倒塌了，牢固的基础还有必要么？若是那样，居住者就要逃离，家园就会荒芜，田地将无人耕播，这原本的人世的繁荣将沦为蝼蚁和鸟兽的乐园。而赵盾就是在屋顶上揭走那片瓦的人，我的文字不能原谅他，我的文字要让他恐慌，我的文字要让别人引以为戒。我要让那些试图到屋顶上掀翻屋瓦的人感到恐惧，让他的灵魂被震慑。我要将赵盾杀掉他的国君的事情记下来，并展示到朝堂，展示给民众，展示给以后的所有的日子。

我的手里没有可以致命的兵刃，但我有着一支笔，我不能杀掉一个人的形躯，但可以直刺有罪者的灵魂。所有的有罪者都试图藏匿自己的罪，但我让他的罪暴露于阳光里，让他的罪显露，让他的灵魂上的污斑显露，让人们看见有罪者的真相。有罪者可以在人间逃脱，但不能在文字中逃脱，因为这文字剥开了包裹他的肉，露出了他的骨骸。

我站在朝堂上，宣示我所记录的文字。我说，我已经记下，赵盾杀掉了他的君主。赵盾满脸羞愧，感到了恐慌。他急忙为自己辩解说，是赵穿杀掉了国君，你记错了，我从来没有杀过国君，而是国君一直想杀掉我，你颠倒了事实。我说，你是晋国的正卿，是国君的首辅，是国家的栋梁，你掌握了国家的大权，若不是你杀掉国君，那又是谁呢？你奔逃而走，却并不越出国境，这难道是真正的奔逃？你返回都城又主持朝政，却没有追究和惩罚杀死国君的凶犯，若不是你杀掉国君，那又是谁呢？

古灵魂

朝臣们看着赵盾，赵盾的脸变得通红，一直红到了耳根。他就像一块烧红了的炭，因为他内心的罪在燃烧，他感到了疼痛。他说，我逃跑，乃是因为国君在追杀，我没有逃出国境，乃是我不知要逃到哪里。因为我主持朝政，与强邻结怨，所以不会有人收留我。我出逃在外，我又怎能杀掉国君？国君荒淫无道，有人要杀掉他，也是应有之义。面对无道者，谁没有诛杀他的权利呢？当初商纣无道，周武王就要对他展开讨伐，这难道有什么错么？

我说，国君要杀你，那是国君的权力，因为国君认为你有罪，他就有权惩罚有罪者。你逃跑也是你的权利，但你却没有逃出晋国边界，这就是说，你并没有断绝君臣之义，国君还是你的国君，你还是国君的大臣，你仍然应该忠于你的国君、侍奉你的国君，可你怎么能杀掉自己的国君？你既没有断绝君臣之义，又背叛了君臣之义，那么你将怎样为自己辩解？这弑君的罪责不应该由你承当么？你返回之后既不追究乱臣，也不惩罚乱臣，那又是为什么呢？若是你不和乱臣同心，你又为什么不追究和惩罚呢？

我扫视朝堂上的众臣，他们的目光都直射赵盾。我继续说，先君将太子托付给你，是先君对你的信赖，他将你视为忠臣和贤才，你又怎能辜负先君？你将太子扶立为国君，乃是接受了先君之命。国君年幼，你代为治理朝政，国君渐渐长大，你又负有教诲国君的责任，那么国君无道，你就没有责任么？你并没有反省和责罚自己，却将你的国君杀掉，你又怎样辩解？我这样记载难道有什么错么？

赵盾无言以对，他只有躲入自己的沉默。过了好久，他才用很低的声音说，唉，我说什么都没什么用处，我为什么要为自己辩解呢？

一个人所做的大过他的言辞，我乃是问心无愧，那为什么还要辩解？《诗》上说，因为我怀念自己的国家，却要招来无谓的忧患。这是不是在说我？然后他又陷入了长久的沉默。他的沉默中乃是包含了罪的沉默，他想为自己辩解，却找不到辩解的理由，因而就在这罪责里沉默。这是深渊般的沉默，他已经堕入了这深渊，他在这深渊里掉落，却落不到地上，因而只有沉默，这沉默乃是黑暗里的沉默。

我已经做了我该做的事情了，我已经在朝堂宣示了我的记述，赵盾即使是权倾朝野，他的罪责也逃不掉了。我用文字来褒贬臧否，用文字来燃烧血泪，用文字来维护礼法和实现正义。我所担负的乃是一个良史的责任，别人愧对自己的职责，我又怎能愧对历史？赵盾掌握着国命，而我掌握着史命，而史命比国命更持久，它将超越一个人又一个人的寿限，有着独自前行的威严，并在花开花落中永生。

我深知我所做的，可能会给我带来杀身之祸，但我依然会这样做。我即使死了，还有我笔下的文字代替我活着。我的血已经注入了我的文字，我将在这样的文字里藏身，我将借取文字的躯形来寄寓我的灵魂，而文字也将借助我的灵魂而获得生命。现在他们又要迎来新的国君了，我的文字也在等待着他，也等待着他的身边将会有什么样的人。我在宣示我的文字的时候，我已经看见了众臣的惧怕，看见了掌握国命者的惧怕，看见了他们面对文字的恐慌，也看见了他们内心的焦虑不安。

我知道他们为什么害怕。他们不是害怕我，而是害怕我的笔，害怕我笔下的文字。这文字有着独特的面孔，它是那么严厉，它的目光是那么冷峻，它的秉性是那么正直和刚强。他们从我的声音里听到了

古灵魂

文字的声音，从我的表情里看见了文字的表情。它能照耀每一个人，就像月亮一样在每一个人的背后，追赶他们的足迹，将他们的影子摄取到文字里。这背后的月亮在燃烧，他们都会感到脊背在发烫。

赵盾

　　我让赵穿迎回了公子黑臀，他成为我的新国君。我引领国君前往曲沃的宗庙祭拜先祖。十月的阳光本来是明媚的，但似乎隐藏起来，让白云轻轻盖住。一路上秋风吹拂，落叶飘飘，天空舒卷着一团团祥云，就像湖泽里荡漾着微澜。我想到了当初狐突曾在这路上遇见太子申生的事情，好像那也是一个秋天，太子申生竟然登上了狐突的车，坐在他的身边并和他交谈。可是这个秋天和从前的秋天有什么不同呢？也是秋风萧瑟，也是落叶萧萧，也是从都城到曲沃的路上，我却没有遇见一个从前的灵魂。我只看见日光从云与云的缝隙里射出，几道强光直射到地上。

　　在曲沃的宗庙前，风越来越大了。我看见云从中央开始散开，一点点退到了天边，一个巨大的空洞里，显露出了空阔的蓝，耀眼的蓝。这是为国君散开的，让国君的身边更加明亮，让他的每一步都在他巨大的光亮里。国君对我说，我对治理国家是陌生的，我还需要观察和了解。我最需要的是你继续主持朝政，因为我信任你，朝臣们信任你，民众信任你，这说明你是一个贤良之才，你的辅佐将会让我的国长盛不衰。

我说，我没有什么才能，所以先君才不喜欢我，若是我不能侥幸逃脱，我早已经埋在荒野里了，只有蝼蚁和我做伴，我又怎能在国君的身边呢？国君说，先君太年幼了，身边又有奸佞者，他还不懂得君臣大义，也不知道什么样的人才是忠臣和贤良。所以我要肯定你的功绩，表彰你的忠贞，让你恢复从前的荣誉，让你的家族也得到应有的荣耀。

我对新国君充满了感激之情。他太知道我想要什么了。董狐在朝堂上宣示他的记述，我感到了有一种来自冥冥之中的力量在冲击我，我不知道那是一种什么力量，但我却觉得那力量的可怕。我似乎很难躲避，也很难面对先祖的礼法。我几乎没有什么理由为自己辩护，只有向沉默中逃亡。朝堂上的大臣们都看着我，但他们没有人站出来为我开脱。我似乎真成为一个罪人，一个弑君者。

面对这样的指责，我能说什么呢？我是无愧的，只能由别人去说吧。谁又能分得清是非呢？每一个人都持有自己的理由，但每一个理由都毫无理由。在这各种理由的相争中，每一个人所听见的都是毫无意义的喧嚣。就像一个人坐在树下，树上一群鸟儿在争吵，可是你又能听到它们在说什么？可是若没有这争吵，坐在树下的人该有多么寂寞和孤单。很多事情都混杂在一起，它们的意义又在哪里？但因为这事情的交织，人们却从中似乎找到了各自所需，人世间就会因此而充满了活力和生机。

国君毕竟站在高处，他所看见的和别人看见的不一样。他知道每一个人需要什么，所以他将每一个人的所需递到他的手中。这乃是仁者的表现，也是智者的智慧。一个真正的国君就是用自己手中的权力，给别人所需的一切。他将各个卿相的嫡子都收为公族，其他的儿子则成为公室的余子，即使是庶子也赐予土地田园，让他们各有所得。我的异母兄弟赵括也被封为公族大夫。国君还将自己的女儿嫁给了我的儿子赵朔。我该得到的，都已经得到，那么我还需要什么呢？更多的东西，我的手攥不住了。

一个人最快乐的事情，就是能够跟随一个好国君。我的父亲跟随着晋文公，虽然到处流浪，受尽了各种困苦和屈辱，但他是快乐的。因为他的主人知道他需要什么，他也知道他的主人需要什么。在流浪途中，他们一起忍受饥饿，有一点食物就互相分享，绝不会私自留给自己。有什么快乐也一起分享，也不会独自享有这快乐。他们的心是相通的，每一个人都知道各自所想的事情，每一个人的内心就变得敞亮，而不是在黑暗的沉闷中。有什么忧虑也共同担当，就像许多人一起拉车一样，只要一起用力，装满了东西的车也就变轻了。

我听说周文王的时候就是这样。我听说周文王在年幼的时候从来不让母亲生气，长大之后又能顺应众臣的想法，他总是能够和众臣想在一起，这所想的也符合民众的所需。所以无论是在周文王身边的人，还是离他远的人，都会感到快乐。人们看见文王就赞颂他，可是他从来不以为这赞颂是献给他的，因为他知道人们所赞颂的并不是他，而是每一个人内心的快乐，这快乐从内心喷涌而出之后就变为了赞颂的言辞。

就说死去的晋灵公吧，他和文王距离太遥远了。他年幼的时候就不断让别人生气，长大以后听信谗言，又远离忠于他的贤臣，从来不能遵循祖先的法度，又不能顺从众臣的想法，而是要让所有的人都顺从他自己。所以他就变得残忍和暴戾，又在荒唐的行径中触怒了民众。他不知道别人的怒气，却只知道自己的怒气。他只知道自己独自享乐，却从来不顾及别人的苦痛和怨恨。这样的国君，谁愿意跟随他呢？

董狐只知道是别人杀死了国君，却不知道这乃是国君自己走在了悬崖上。而在悬崖边上的人怎能不掉落呢？他已经在凶险之中，自己却从来不知道，还要将别人推到凶险之中。这样的国君，谁愿意跟随他呢？既然没有人跟随，他就变为一个人，一个完全孤单的人，一个荒凉中行路的人，一个在暗夜里行路的人，一个在悬崖上行路的人。是的，一个人行走在荒凉中、在暗夜里、在悬崖上，旁边却没有别人提醒，他怎么会不掉落呢？

董狐只是一个太史，一个记载历史的人，他的记叙只是记叙他所看见的，他又怎么知道真正发生的事情呢？一个单纯的记录者是无用的，因为他所写下的文字仅仅是死去的文字。文字一旦落到了木片上，就仅仅是一些墨迹，它的意义在于让书写者感到快乐，感到这文字的意义。人世间发生了无数的事情，谁能将无数的事情记叙下来？没有人能用有限的文字写下无限的事情。既然是这样，后来者一眼就可以看出文字的虚假，因为这乃是经过书写者筛选的文字，真正的事实已经被漏掉，那么它就必定是筛选者所杜撰的。

或者，一个人看见的就是真实的？一个人不曾看见的就不存在？一个人在一生中能看见多少？更多的真实在人的视野之外。只有神灵能看见一切，因为神灵无处不在。人只能在一个地方，所以他所见的乃是他站立的那个地方的事情。可是这事情的原因却在他看不见的地方。你看见了地上的一朵花，可你看见它是怎么开放的？它在什么时候开放的？它是怎样长出来的？你看见它的根须伸到了哪里？

所以你所看见的不过是自己的一个梦。你不可能看见别人的梦。别人的梦只有别人来给你讲述，而你即使仔细听，也不能理解它。那么董狐又能对晋国发生的事情理解多少呢？他在朝堂上宣示，他质问我，不过是他的宣示，他的质问。所以他质问的，我也难以回答，因为我也不能理解他，更不能理解他究竟为什么要将无用的事情写下来。那就让他不断地写吧，因为他承担的职责就是不断写，不断写，然后再将这写下的文字堆放在一旁，然后落满了灰尘，被硕鼠啃啮，被虫子咬噬，默默地腐烂。

赵穿来了，他对我说，我杀掉了先前的国君，因为他毫无道义，这有什么错呢？他要将你杀掉，只是你逃走了，躲过了杀身之祸。那么我为什么不能杀掉他？他做了多少荒淫无道的事情，都是因为他身边有一个出坏主意的人，那就是屠岸贾。晋灵公就是听信这个人的谗言，才决定要在筵席上暗杀你。你就要逃出宫门的时候，也是这个人放出了恶狗。现在我们应该杀掉他，必须铲除这个祸患。

我想了想说，不，我们不能再杀人了，我们应该将自己的手洗干净。我们需要将从前的血污洗掉。你杀掉了国君，已经被人不断指责，更多的人只是不说而已。若是再杀掉屠岸贾，人们会说你不仅杀掉了国君，还要杀掉国君身边的人。我们应该让人忘记曾经发生的一切，而不是重新唤起别人的记忆。现在屠岸贾已经躲起来了，他实际上已经死了，我们为什么还要将他再杀死一次？

古灵魂

赵穿说，他没有死，他只是躲起来了。他还在那里，只是没有合适的机会了。所有的人都可以忘记曾经发生的，但屠岸贾不会忘记。就像田地里的虫子，到秋天的时候，它们的鸣叫就会渐渐消逝，但它们还在那里，只是因为即将出现的严冬，它们会躲到深深的地下。到了第二年春天转暖，它们就会又一次露头。它们还会继续鸣叫，因为鸣叫乃是出自它的本性，它不会忘记这本性。它可能会忘记席卷万物的寒冷秋风，可怎能忘记自己的本性？

我说，新国君已经即位，我们应该竭力辅佐国君，将晋国治理得更好。杀掉屠岸贾十分容易，但却会让国君心生疑惑，也会让朝臣们心生疑惑。既然先前的国君已经死了，新国君已经即位，就意味着以前的一切已经结束，我们所要做的就是从头开始。若是国君觉得我们缺乏仁善之心，他就会感到失望，甚至会处处予以防备，那么也就会与我们疏离，那么我们从前所做的就失去了意义。若是朝臣觉得我们太残酷，又心胸狭窄，那么他们也会处处防备，也会与我们疏离，那么我们还能做成什么事情呢？

赵穿说，遇事不能仅仅看见眼前，还要看见长远。若是眼前的事情顺利过去了，却在这顺利的表面之下埋藏了隐患，那么这吉利的表象已经迷惑了你。我听说，一个走在林间的人发现了一条大毒蛇，却想着怎样绕过去，但他在回来的路上忘记了那条毒蛇，毒蛇还等待在那里。这一次，它突然从草丛里蹿了出来，亮出了它的毒牙。它不会因为你绕过了它而饶恕你，也不会因为你饶恕了它而饶恕你，不然它的毒牙会有什么用呢？一个人的幸运不是因为躲开了暂时的凶险，而是躲开未来的凶险。眼前的凶险容易防备，未来的凶险却防不胜防。

屠岸贾就是隐藏在草丛里的毒蛇，他的危害不在现在，而在未来的某一天。

我说，我们就先让这毒蛇藏在那里吧，因为我们不会忘记他，也随时可以看见他。他的毒牙伸出来的时候，再去杀掉他。你应该懂得，柔软的力量胜过强硬的力量，你看见软弱的禾苗可以穿破坚硬的地皮，柔弱的树苗可以在石头之间得以成活，大河的流水可以千回百转，击穿任何抵挡它的屏障。可是石头却会被重锤击碎，土地能够被锄头刨起。天上的云是最柔软的，你见过哪一朵云被什么东西阻挡？

现在，新的国君刚刚即位，很多事情需要去做，曾经被荒废的，需要众人来振兴，而在这个时候却想着复仇，就会给晋国带来晦气，给我们的面前落满阴影。我还是觉得应该先让他躲藏在发霉的黑暗里吧，让他在痛苦里等待吧。他的等待是没有希望的，他将在这等待中变得绝望，他也许会放弃自己的想法，也许他将在等待中灭亡。毒蛇的草丛会枯萎，它可以躲过秋天，但它很快会遇到严冬。

赵穿生气地走了，我看着他的背影，好像他的背影在愤怒中燃烧。是的，他就是一团愤怒的火，这是任何雨水都浇不灭的火。可是一个人怎么能永远燃烧呢？他应该安静一会儿，仔细想一想，不然自己的火焰将会把自己焚毁。这几天已经冷下来了，我感到了冬天的气息，冬天已经不远了，它似乎就要来到我的身边。我裹紧了衣裳，在阴冷的房子里坐着，看来我也需要温暖，需要一盆炭火，让我在身旁的火中取得这温暖，但我不能让自己燃烧，那样，事情就会变得可怕。

卷四百一十二

晋成公

　　这就是我的国家？我从没有想过我会拥有一个国家，而这个国家却这样陌生。我似乎记得它，隐约记得它，可在我的心中，它已经像一团迷雾，在远山的山顶上。我曾远远看着它，却不知道它究竟在哪里。我也不知道这迷雾中有什么。我不可能到达那个地方，所以只能远远地看着它。或者说，我只是偶然看见它，我甚至都不在意它。

　　可是现在它归于我，我就坐在它的中心，坐在这奢华的宫殿里，就像一只树上的蜘蛛，盘踞在一个大网的中央，凌空俯瞰地上的万物。可是我知道这蛛网是脆弱的，我的身子不断在风中摇动，我不知道这宫殿的根基在哪里。这真是一个绝美的梦，我怎能知道这样的梦为什么会突然出现？不是我在睡眠中进入了梦中，而是这不曾想过的梦俘获了我，我被迫在这梦中游荡。

　　我是一个人，是一个人独自到了梦中。我孤独而虚弱，因为我可以依凭的东西很少，我的蛛网只有一些细细的丝线挂在树枝上。我必须借助更大的力量，才能获得安稳，才能坐在一个牢固的座位上。我没有更大的愿望，我只是为了自己不在风中摇晃。我希望这个梦乃是一个真正的美梦，一个圆满的美梦。

　　我从来没有拥有这么多，我不需要这么多。在一个梦中，多一点还是少一点，又有什么差别呢？一个国君就是将自己的东西分给别人，而不是自己独享，因为你真正享用的乃是有限的，甚至是微不足道的。你将那么多自己不能享用的东西分给别人，有什么不好？我为什么不能用这些东西让更多的人感到快乐？要知道，我原本没有这些，我乃是在梦中突然拥有这些东西的。就像我前面的国君，他们都已经死去了，曾经属于他们的，都已经不再属于他们，所有的拥有，都会在秋风里飘散。

　　我把自己能给别人的，都给别人，这是我的权力。而且只有我能给他们。我将荣誉、官爵、权力、田地……给他们。我因而被他们称颂。我给了别人的，也就给了自己。我把卿大夫的嫡子收为公族，将他们的其他儿子都收为公室的余子，我赐给他们土地，也赐给他们荣誉，他们不就是想得到这些么？他们要什么，我就慷慨地给他们。那么他们会因此感到快乐，我也会在赐予中获得赐予者的快乐。人间最大的权力就是赐予。赐予的快乐大于收归的快乐，赐予的权力也大于收归的权力，那么我为什么不选择赐予？我为什么不做一个赐予者？神赐予我的，我再赐予别人。我要让别人来分享我的梦。

　　赵盾将我迎回来，我就将最多的给他。他从前所拥有的，我仍然给他，还给他更多。我将自己的公主嫁给他的儿子，我让他帮助我治理国家，因为我看他是一个有能力的人，也是一个有智慧的人，同时也是一个小心翼翼的人。我需要这样的卿相，需要这样的贤良和忠臣，我需要他。我的想法要借助他的手去实施，我的能力就是赐予别

古灵魂

人以权力，这样那些有能力的朝臣所施展的，都归于我的能力。我遍揽天下的事情，天神就是这样做的——他不是显现自己，而是通过显现别人而显现自己。

看起来我坐在别人的后面，但实际上我却坐在他们的中间。他们从别人的面孔上辨认我的面孔，从别人的言行来猜测我的言行，我并不是要隐匿自己，而是将自己的面孔放在别人的面孔上。我听说，郑国的国君刚刚死去，他乃是被公子宋所杀。他就是不懂得怎样坐在别人的中间，却要坐在别人的前面。他也不懂得赐予别人，该给别人的却不能给予。

这也许是一个离奇的故事。据说郑国的公子宋和卿相子家相约前去见郑灵公，走在路上，忽然公子宋伸出手来，说，你看我的食指在抖动，每当我的食指抖动，必定将品尝美食，这样的事情已经屡试不爽。子家说，怎么可能呢？我们要去见国君，难道国君会赐给你美食和美酒？公子宋的食指仍然在抖动，他说，是的，我的食指大动，说明将遇见稀有的美味。

来到了宫内，恰好遇到楚国人进献给郑灵公两只鼋，厨师正在宰杀。公子宋得意地对子家说，我说的对吧？这不是我说的，而是我的手指说的，我所说的不一定准确，但我的手指所说的必定要应验。然后两人相视一笑。他们的笑被郑灵公看见，就问道，你们笑什么？为什么而笑？子家就将公子宋手指抖动的事情讲述了一遍。郑灵公听完后没有说话，也微微一笑。

一会儿，鼋羹已经做好，香气在宫苑蔓延。子家对公子宋说，你应该闻见了香气，你手指所说的都是真的，看来国君的美肴就要赏赐给我们了。郑灵公果然召集众臣前来品尝美味。他将鼋羹分赐给每一位朝臣，但唯独没有给公子宋。国君要用自己的权力让别人的愿望落空。筵席上，每一个人都在津津有味地品尝鼋羹，只有公子宋一个人看着别人的吃相，还不断听见有人在赞美这美食。这让公子宋十分愤怒，他说，我的手指所说的，都是要实现的，我的手指从来不说谎。于是他站起来，走到了熬制鼋汤的大鼎前，将自己的食指伸到了里面，他又将这沾满了汤汁的食指放到了嘴里吸吮，然后拂袖而去。

他的手指没有说假话，但他的傲慢无礼触怒了郑灵公。郑灵公的脸上露出了愠怒之色，但他仍然没说什么，也许他的内心已经怒不可遏了，暗想要杀掉这个人。公子宋和他一样怒不可遏，他已经显露出了自己的愤怒，这被戏弄和侮辱的仇恨也同样在他的内心萌动了杀君之心。两个人都在想着杀掉对方，一场对杀的竞赛在时间中展开，看谁跑在另一个人的前面。公子宋立即找到了子家，谈了自己的想法。

子家既没有答应他，也没有阻止他，因为郑灵公是吝啬的，他很少能够把自己手里的给别人。他没有赐给公子宋以鼋汤，仅仅是一个比喻，一个从众多事例中提取出来的比喻。他好像是有意戏弄公子宋，实际上乃是他本性的显露。这样的事情既不能给别人快乐，也不能给自己快乐。相反这样的事情既给了别人以愤怒，也给了自己以愤怒。愤怒的鼋汤，愤怒的香气，愤怒的冲动，愤怒的涌泉在喷涌，涌泉和涌泉又交汇于一处，激起了巨浪。

子家说，就是畜生变得苍老，也不能随意杀死，何况你所杀的乃是国君。但是公子宋还是杀掉了国君，他抢在了国君之前，他的剑先刺中了对方。郑灵公就这样死去了，他不知道自己为什么而死，他不知道自己要杀死别人的时候，别人也想着杀死他。他只看见自己手中的剑，却没有看见别人的剑已经刺向了他。他只看见鼎中的鼋羹属于自己，他可以不给一个人，但他不知道他所不愿给的，却换来了死的结果。

为什么不能给别人呢？为什么不能多给别人呢？为什么不能给更多的人呢？你给他，他就会因被赐予而快乐，你给他，你也会快乐，这才是快乐的涌泉。快乐的涌泉也要交汇于一处，也要激起巨浪，但这样的巨浪乃是快乐的巨浪，它将推动你的船，你将行得更稳更快。你给别人，别人也会给你。你所闻到的香气，别人也能闻到。别人进献给你的，你又进献给了别人，你将得到了更大的、更多的进献。一个人为什么不能在慷慨的互赠中获得圆满？一个君王不快乐，又怎能给别人快乐？若是每一个人都获得快乐，这岂不是一个快乐的人间？若是君王充满了愤怒，你就只能给别人以愤怒，这岂不是一个充满了仇恨的人间？

卷四百一十三

郤缺

晋灵公被杀，新国君是一个好国君。他知道怎样对待朝臣和民众，知道一个国君威权的来源，知道没有恩惠就没有威权，没有恩惠就没有信任，也不会有人跟随。而一个国君若是没有跟随者，他就只能一个人独行，他就失去了国君的力量。一棵树上落满了鸟儿，意味着这树上的果子是甜美的，鸟儿乃是为了果子而来的。若是一棵枯树，就不会有那么多的鸟儿落脚，即使在这树枝上，也仅仅是短暂的停留。一个国君就像一棵树，他必须在自己的枝条上结满好果子。

赵盾是一个贤臣，他对晋灵公也是忠心不二，但晋灵公却要将他杀掉。赵盾仅仅是想让晋灵公成为一个好国君，但却被厌恶、被仇视。他逃脱，又返回，现在又侍奉新国君。这个人忠诚、仁厚、遵循道义，能够任用贤明，晋国能有这样的贤臣，乃是国家的幸运。他没有因为被晋灵公设计暗杀而生报复之心，而是致力于聚拢众心，让晋国更加强盛和稳定。所以他能够获得国君的信任，能够谦逊地征询众臣的想法，并能够采纳好的谋划。

冬天到来的时候，国君与宋文公、卫成公、郑襄公和曹文公在

古灵魂

黑壤会盟，周天子派遣卿士王叔桓公前来见证这一盛事。鲁宣公也来了，但因为晋国新君即位的时候没有朝贺，违背了礼法，所以被晋国拘禁。鲁国很快就派人送来了各种宝物，才使得鲁宣公获得释放。而西边的白狄人看见晋国开始兴盛，又可以召集诸侯，并与六国会盟，就派使臣来到了晋国，希望能和晋国联合应对秦国的威胁。国家与国家之间的相处，就像人与人的相处。你越是强大，就越有人依附你、支持你、联合你、贿赂你、增强你，你就越变得强大。若是你衰弱，就越是有人欺凌你、压迫你、蚕食你、踩踏你、贬低你、蔑视你，你就越是变得衰弱。人间的大事件和小事件是相似的，因为都受到玄奥的道的支配。

重要的是，很多事情总是出乎预料。你不愿看见的，却又必定要看见。赵盾忽然卧病在床，而且他的病越来越重了。他将我召去，我看见他的脸色苍白，已经气息奄奄了。他想对我说什么，但什么都没说出来。也许我已经猜到他要说什么。一个人面临死亡的时候，已经不会惦记他所效忠的国君以及国家了，即便是国君本人也不在意更多的事情，他们只关心自己的儿子将面对怎样的命运。因为只有自己的儿子才意味着死者的生命延续，因而没有什么比儿子更重要的嘱托了。

我对赵盾说，赵朔是一个有才能的人，我会将他拔擢到重要的位置上。他费力地伸出了手，他的手指抖动着，我却不明白他伸出手来的确切含义。他使劲儿睁开眼，用失去了光亮的眼睛看着我。我对这直射我的目光感到恐慌。这样的目光既是呆滞的，也是深邃的，甚至有着无限的深邃。其中包含着看不见底的黑暗。这目光乃是从最深的深渊发出的，它有着可怕的力量，有着祝福也有着诅咒。

我想起自己的经历。我的父亲因为反叛而被处斩，我作为罪臣之子便在冀野耕田。我在田地里劳作，我的妻子为我送饭。那样的日子自由自在，因为我感到终于逃脱了束缚，真正看见了无限的原野，也开始欣赏自己的劳作。我看着自己播种之后的土地渐渐长出了禾苗，也看见这禾苗在成长。我不断观察天上的云朵，在干旱的时候盼望着甘雨，在雨涝的时候又盼望着天晴。我不仅躬身锄草，也经常抬头仰望。我的内心生活和天地同在，天地所给我的就是我想要的，天地不给我的，我也没有奢望。我只是接受这天地的安排，因为我的命运不在别处，就在这广阔的天空和无垠的地上。

但是我不知道一朵祥云正在接近我，它将又一次改变我。晋文公的朝臣胥臣看见了我，并和我谈了很久。他回去后，竟然向国君举荐了我，使我重新获得了伺服国君的机会。晋襄公时期，我在箕地之战中擒获了白狄人的首领，获得了晋襄公的奖赏，还对举荐我的胥臣予以赏赐，我被拔擢到了卿大夫之列。后来赵盾又拔擢我成为上军主帅。我对自己的命运感到十分诡异，因为我的每一步都超出了我的预料。我的每一步是怎样迈出的？我也不知道。因为我似乎是一直被什么力量引领，我只是跟着这神奇的力量行走。

我相信我的身边是有神灵的，不然为什么每当我跌落到深谷的时候，就会有人来襄助？每当我犹疑不决的时候，总会有什么力量让我变得坚定。甚至那些重要的决断并不是我做出的，而是我的心里同样住着神灵。所以我对人间充满了感激和信赖，我对帮助我的人也充满了感激与信赖。我看着赵盾射来的目光，我忽然感到了某种恐慌。他的目光来自深不可测的地方，它携带着一种幽冥之中的力量，所以我感到了恐慌。这样的目光不仅将信赖给了我，也将责任给了我，我的恐慌来自我对自己的不信任，我怀疑自己没有足够的智和勇。

但是赵盾的目光里却充满了隐秘的憧憬。也许这憧憬只是简单的，它只有一个指向，那就是嘱咐我照顾他的儿子赵朔。要么还有更多的期待？我不知道了。我只是想着一个人在面临死亡的时候，最惦记的一件事是什么。人生所追求的有很多，但到了最后，可能只有一件事情了。他会发现只有一件事情是重要的，别的都可以被自己带走。因为别的事情似乎可以看见，可以被预料，可以是虚空，但只有自己的儿子，他就要看不见。从前的国君在临走的时候，不都是这样么？面对死亡的时候，国君就不再是一个国君了，他将成为一个人，一个和别人失去了差别的人。也许这是神所给予的最后的公平。

任何一个人都有这样的时刻，国君会有的，农夫会有的，樵夫会有的，我也会有的。这是不是另一次奇迹？一个人从无到有，而又归于无。在无之前是否存在？在无之后是否仍然存在？我所不知道的，别人也不知道，一切的一切只有在经历中获知，在遭遇中遭遇。我所能做的，就是报答赵盾对我的恩惠。我要将他的儿子赵朔拔擢到高位，让他的后代享有荣耀。不过我所担心的是，晋灵公死后，他身边的那些奸佞仍然活着，看起来他们已经蛰伏，但这蛰伏乃是惊醒的预备。

我不知道以后的日子将会怎样，谁又能知道呢？我记得有人说过，赵盾曾梦见了他的先祖叔带，抱着他的腰失声痛哭，他的悲伤让梦中的赵盾同样悲伤落泪。但突然叔带又放声大笑，并拍着手唱歌。

赵盾醒来之后，眼角还挂着泪水，他不解自己的先祖为什么要来到梦中见他。于是他找到一个卜筮者占卜，龟甲上烧出了裂缝，但这裂缝乃是从延续的地方断裂了，以后又好像接续上了。赵国的一个叫作援的史官从这龟象上判断说，这个梦是一个凶梦，这样的凶兆不是落在你的身上，而是将落在你的儿子的身上。

赵盾问，我一生勤恳忠贞，为什么要给我儿子以不祥和凶险？那个史官说，这都是由于你的过错。我不知道你曾因什么而犯错，但这过错将要蔓延，一直到你儿子的时候才得到报应，你的家族也会因之而衰落。但到了你的孙子一代，你的家族又会重新兴起，这就是叔带又大笑的原因。他又问，这样的事情不能避免么？得到的回答是，不能。也许这就是他现在所担忧的？他想将这扭转命运的可能寄望于我？

他的先祖叔带乃是周幽王的朝臣，当幽王搜寻天下美女，沉湎于酒色之中的时候，有一座山崩塌了，有一条河流断流了。他就向周幽王进谏说，山崩是高处的危险向下坠落，河流干涸乃是脂血干枯之象，这都是国家不祥的征兆。这绝不是小事情，一旦小事情酿成大事情，天下就会混乱，王业就会损毁。现在及时纠正还来得及。天子应该勤于国务，体恤民众，任用贤能，才可以消除天变和不测之危。天子应该遍访贤才而不能再搜寻美女了。但是周幽王并没有接受他的劝谏，而是将他免除了官职，放逐于田野。

叔带悲伤地感慨，危险的地方不能进入，混乱的邦国不可居住。当初商纣王的叔父箕子因商纣王的昏庸无道而离开商都朝歌，后来路过殷墟而咏唱麦秀歌，感慨宫室毁坏，长满了野生的禾黍，为商朝的灭亡而伤心欲绝。我不想坐在这里再听这麦秀之歌了。于是他带着家人来到了晋国。也许赵盾现在的忧伤，不是因为惧怕死，而是因为曾梦见自己的先祖，并因此而感到了未来的恐惧。

卷四百一十四

晋成公

赵盾死了，我想不到他竟然在这个时候离开了我。他的离去让我十分伤心。因为我也觉得自己老了，又少了一个辅佐我的贤能，我怎能不伤心呢？我让郤缺接替了赵盾的首辅，因为是赵盾曾举荐了郤缺，说这个人从来没有犯过错误。我需要这样的人，我不喜欢冒险的人。一个人在人世间是短暂的，为什么要去冒险呢？所以还有比不犯错的人更贤能的么？任性和逞能都是容易的，但要能抑制住自己的任性和逞能却不容易。

我从来没想过我将成为一个国君，但却成为一个国君。也许在冥冥之中有着神灵的选拔，也许先祖们只是暂时将我放逐到我不想去的地方，用这样的方式来护佑我，最后却获得了他们的奖赏。我在另一个地方将天下的事情看见得更多，而且我乃是作为一个旁观者来看见一切。实际上，旁观者永远比介入者看见得更多，因为旁观者专注于自己的观察，而介入者却专注于自己的行动。

我的父君就是因为有了更多的观看的机会，才能将晋国带到霸主的位置上。他之所以能够有所作为，乃是因为他的身边有着众多的贤

古灵魂

能者。无论是狐偃、赵衰，还是胥臣和介子推，都跟随他不断观看，看见了那么多的事情，看见了整个天下的大势，也看见了获胜者和失败者的对抗，看见了智慧者的运筹和愚蠢者的盲动，看见了一个个国君的昏庸无道或者诡计多端，也看见了一个个国家的兴起和衰落。他看见了，就会将这一切记在心上。他也是一个被放逐者，他甚至流浪四方，却最后获得了他应获得的。

没有贤能者的国君自己不可能是贤能的，因为世间的事情都是由人来做的，没有贤能者就不能成全一个国君，一个国家就会因为缺乏贤能而衰败。我虽然对我所掌管的国家是陌生的，但我知道无论哪一个国家都需要贤能者。我不需要做更多的事情，只要任用贤能者就足够了。赵盾的死让我失去了一个贤能者，但我仍然有另外的贤能者，所以我就可以稳固自己的国家，也可以稳固自己的君位。

是啊，一个国家就像一座房子，必须有好的木料。而这些好的木料需要好工匠来辨认。一个樵夫不可能辨认出好材料，因为他仅仅将所有的木料看作烧火的材料，却看不见它是不是坚固，是不是能够建造好房子。我不能做一个樵夫，我不能将好材料投入烈火中，让它们化为灰烬。我要将好材料挑选出来，把它放到合适的地方。除了这样的事情，一个国君还需要做什么呢？只需要他安心地住在这房子里。

郤缺也是这样的贤能者。因为他的心是稳定的，不像灯火那样摇曳。我将自己的国家交给他来治理，我是放心的。因为我知道他所做的，就是我愿意做的。当初胥臣看见他的时候，就是看见了他的稳定、他的贤能以及他的仁德。他对自己的妻子都可以做到的，对一个国家也能做到。他对自己的妻子能够那样尊敬，那么他对其他人也可以尊敬。那么就会有更多的人对他尊敬，他就可以获得别人的信任，就可以获得足以发号施令的权威，这样他就可以做很多别人做不到的事情。

我曾和郤缺谈论过国家的治理，他说，晋国是诸侯的盟主，需要给天下做一个好榜样。天下需要一个榜样，一个值得别人效仿的榜样。所以我们应该做的事情只有两件，一件事就是务德，就是让自己获得德行，这样才可以获得别人的尊敬，才会拥有号令诸侯的威望。人们不害怕德行，但会在内心尊敬有德行者，人们害怕暴虐，但不会尊敬暴虐者，暴虐将激起别人的愤恨，只要别人获得机会，就会扑灭这暴虐，暴虐者将被自己的暴虐绊倒。

我问，那么另一件事情是什么？郤缺说，第二件事就是示德。要将自己的德行展示给别人。榜样还需要让别人看见，看不见的榜样就像暗夜里的黑衣人，人们将误以为这个人是盗贼，他就不会相信这样的人乃是来行仁德的。你的脚步越轻，越是不愿惊动别人的睡眠，别人就越是警觉，越要睁大眼睛来防范。你要知道暗夜里的人们需要什么。他们若也是行路者，则需要一盏灯。你就要举起灯，不仅照亮自己，也照亮别人，这样就会有更多的人跟随你走。而一个天下的霸主就是天下的领路者。你不是强迫别人跟随你，而是别人愿意跟随你。这就是示德，将自己的德行放在光芒里。

我又问，你所说的德行是什么呢？郤缺回答说，霸主的德行和国君的德行一样，那就是威和惠。这两样东西都需要展示。威不是滥施暴虐，而是引领别人顺应天道，获取被上天指引的正义。只有这样才能被别人敬畏，而不是恐惧。就像人都愿意走大路一样，若是在林间小路上就容易迷路。我们这样做就是为了让天下的人们都行进在大路上，所以人们就会支持你，就会归附你，就会因为敬畏而跟随你。

我又问，你所说得都很好，一个霸主要执行天意，要代行天子赋予的权威，要维护天下的秩序，要讨伐那些制造混乱的昏庸者，以便将民众领入正途。你要讨伐的，也是别人要讨伐的，这样的权威也就是聚集正义者，若是天下的人们都行于大道，那么就不会陷入迷途。所以这讨伐不是暴虐，而是行使正义的权力。同样是使用兵戈，但这兵戈的背后却有着不同的含义。那么你说的惠又是什么意思？

他回答说，就是要给别人以恩惠。尧舜给万民以恩惠，所以能获得万民的拥戴和敬仰；文王给万民以恩惠，所以能够获得万民的拥戴与敬仰。商纣不能给万民以恩惠，只是滥施自己的权威，就失去了万民的拥戴和敬仰，也就给了武王推翻他的理由。而这样的理由也是万民内心所想，所以武王伐纣就获得了万民的响应，商纣的天下就归于周王。天下是万民的天下，只有将恩惠施与万民，江山才能稳固。若能对诸侯示之以威，施之以惠，诸侯就会服从霸主，对待民众也是这样。

我知道了郤缺的想法，也赞成他所说的理由。可是我却感到自己日渐衰老了，我已经失去了做这一切的力量。我只能将这些事情都交给郤缺了。我相信他能做得更好。我就在这力不从心的日子里消磨时光吧，我只是等待着自己的最后一天。我要做自己喜欢的事情，我是一个国君，更重要的是我乃是一个生活中的人。有可靠的贤能者帮助我治理国家，我就可以享受这国家给我的一切。这样，我既是这个国家的主人，也是这个国家的生活者。我既遵循一个国君的道义，又遵循一个人的快乐的原由，我最后乃是属于自己，所以我要因为自己所应遵循的而成为真正的自己。我不是我从前的任何一个国君，我不愿意成为别人的样子。要是我在镜子里照见的形象不是自己，而是另一个人，这岂不是荒唐绝伦？

现在南方的楚国似乎更强大了，需要和中原的诸侯来商议对策。楚庄王的贪心已经十分清楚了，他就是试图取代晋国，成为中原霸主。我听说这个人很不寻常，他登上王位的时候，三年时间什么都不做，没有颁布过一条政令，也没有擢拔过一个大臣，整天游猎和饮酒取乐，还不允许任何一个大臣劝谏。他甚至说，若有人要劝谏，就是犯了死罪。楚国的大臣们尽管对未来感到担忧，但却什么都不敢说。

有一天，终于有一个大臣出现在楚王的面前，他看见楚王正在和妃子们猜谜，就说，我也有一个谜语，我已经猜了三年，但仍然没有猜出，不知道谁能猜出来。楚王说，你说出来，我们试着猜一下，也许我能猜出。他就说，我在南方看见过一种鸟，它常常在高山的岩石上发呆，三年都不会飞，也不会鸣叫，我始终不知道这种鸟叫什么名字。我不知道谁能猜出它的名字？

楚王说，我已经猜出你说的鸟是什么。它从不展翅飞翔，是因为它还没有长好羽翼；它不会鸣叫，是因为它觉得鸣叫还没有意义。它发呆，是因为它目不转睛地看着天下的一切。当它羽翼变得丰满，就会一飞冲天。当它看清了一切，就可以使自己的鸣叫获得力量，那个时候这种鸟的鸣叫将会使天下震惊。你猜不出它的名字，是因为你没有看清它的面目，也不知道它之所以这样的原由。一只奇异的鸟不会无端鸣叫，也不会盲目飞翔，这样就等于将自己送到了危险之中，只

古灵魂

有看清了一切，才会做自己该做的事情。

这样的人是多么可怕，他的内心竟然能够隐藏这么多的心机，还有着非凡的忍耐力。我不喜欢这样的人，因为这不是一个明亮的人，他的内心藏满了阴暗，藏满了与自己的外表完全不同的东西。我不喜欢这样的人，但你必须对这样的人充满警惕。听说他杀掉了几个大臣，又任用了六个有才能的大臣，可是我不知道他所任用的究竟有什么才能？既然在他不理朝政的时候，不让任何人说话，那么他又是怎样识别才能的呢？一个人只有说话，才能识别他的智慧。一个人只有行动，才能观察他的能力。在一个既不能说话、又不能行动的地方，你又怎样识别人的智慧和才能呢？

不过我不得不承认，楚国的国力是强盛的，不然为什么中原的一些国家开始动摇呢？郤缺告诉我，必须通过攻打违逆者来确立晋国的威权，不然很多国家都将投靠楚国。那样，天下就要大乱，周王的秩序就不能保持。天下既然混乱，一个国家怎能得到维护呢？他说，晋国身负重任，必须先讨伐背叛者陈国，因为陈国已经暗中依附楚国。我说，好吧，你的想法符合天下的利益。

我本不想到处征战，因为我需要一个安稳、平和的境况，需要做一个超然于污浊之上的国君。我不喜欢征战，但郤缺告诉我，这样的征战是必需的，是一个霸主不能缺少的。因为我不仅是一个国君，还是一个代替天子行使权力的霸主，天下的正义必须由我来实现，这就必须惩罚脱离大道的诸侯。陈国已经走在了背叛者的路上，也许背叛有背叛的理由，但讨伐却不需要理解，也不需要复杂的理由，背叛本身就是讨伐的理由。

我来到了扈邑，在这里会见了宋国、卫国、郑国和曹国的国君，陈国因为畏惧楚国也畏惧晋国，所以没有前来参加会见，所以我只能派遣荀林父率军攻打陈国了。但这时楚国竟然出兵攻打郑国，荀林父率兵与楚国作战，很快就击败了楚军。我所做的一切都是顺利的，但我仍然不愿意四处讨伐。我只是一个等待捷报的君主，而不是率兵讨伐的君主。我仅仅是被卷入了这样血腥的争战，四处征战并不是我愿意做的事情。

　　在我看来，人的一生就应该是它的本身，既不需要增加什么，也不需要减少什么。只有这样，它才会完整。我的隐秘的需求不是要争霸天下，不是为了让别人匍匐在你的脚下，而是各自安宁地待在所在的地方。我所要的，不是我被强迫接受的。既不需要他人的强迫，也不需要自己的强迫。它就是这样。人的一切就应该像一场风，它该来的时候就来，而该去的时候就去，它在天上飘，谁也不能强迫它改变。若是它改变了，那是因为它自身需要改变。它也许不能被人看见形状，但它却将自己的形状给了别的事物。你可以看见大树在摇晃，看见野草在涌动，看见旗帜在飘扬，但却看不见风本身。

　　可是我所想的，并不是现在的样子，竟然随时随地都在漩涡里。我的一切并不是归于自己。我的命运也不属于我，而是属于那看不见的支配者。那么我希望的，似乎在发生，我不希望的，也在发生。我越来越感到疑惑不解，既然我的一切都不属于自己，那么我究竟在哪里呢？我不需要看见我的命运，也不需要看见我的一切，我只需要知道自己。我要让我的心变得澄明，我要将自己的生活从污泥浊水里拖出来，我想将自己挪动到干净的地方。是的，我并不希望自己在地上爬行，而是要飞到高处。可是我的翅膀又在哪里呢？我想站在比自己更高的地方，俯瞰我的道路，俯瞰我自己，可是我的翅膀又在哪里呢？

卷四百一十五

荀林父

　　国君还没有等到我击败楚军的捷报，就死在了扈邑。他是一个好国君，一个谦逊的国君，一个能够任用贤能的国君，因而让因内乱而陷入虚弱的国家得以恢复，晋国又重现了生机。也许一个国家的兴衰就像四季一样，冬天陷入了荒凉和寒冷，田野被冰雪覆盖，寒风带来无限的绝望，但到了春天就会发生转机。万物开始复苏，农夫开始耕播，虫子在地下醒来，种子渐渐发芽，然后就迎来了繁茂的夏天，它似乎是火焰旁展开了舞姿的舞者，它的影子被光焰赋予了独特的光芒，但实际上另一个季节很快就来了。

　　短暂的兴起，短暂的衰落，这也许是万物的节奏。可是晋成公在这个时候死去了。人们总是想做得更多，但对于一个国君来说，也许并不需要做太多的事情。你只要任用贤能的大臣，然后让民众休养生息就足够了。你不需要亲力亲为，因为你所想的，并不及别人想得更多，也不及别人想得更好。你越想多做什么，就越是深陷错误的泥淖。因为你做得越多，错误就越多，而一个小的错误就会引发大的错误，大的错误就会给国家带来灾难。

古灵魂

我曾给晋文公做过御戎，他所做的都是必须做的。若是不需要做，他就不会去做。晋灵公就不是这样，他不能做的，却执意要做，又不能任用有才能的人，自己又缺乏这样的能力，所以不仅让国家陷入混乱，还使自己死于非命。而晋襄公和晋成公都是聪明的，知道自己也知道别人，所以他们看起来似乎做得很少，却实际上使得国家昌隆繁盛。在我看来，贤明的国君就是让别人做事情，而昏庸的国君则是自己要做事情。

　　已经是九月了，每一个秋天都是萧瑟的，每一个秋天看上去是殷实而富有的，却蕴藏着一个漫长而寒冷的季节。我们不能被表面的兴旺所迷惑。我发现，一个国家的强盛是很缓慢的，但要衰落却很快。就像夏日的景色看起来十分艳丽，你会觉得这样的景色乃是持久的，但突然就发现树上的叶子发黄了，田里的谷子发黄了，野草的叶片变得卷曲，根茎开始枯干。这样的衰败你怎么会从一片繁茂中看见呢？

　　我率领大军从陈国归来，现在该护送国君的灵柩返回国都了。渡过汹涌的大河，那强劲的风掀起巨大的波涛，将我送上了彼岸。大军的渡船被抛弃在了河岸上。我不知道自己将要面对怎样的未来，也不知道新的继承者将怎样对待一切。是的，一个国君的死，意味着一个完全未知的将来。因为时间将从这里划开，就像大河划开了两岸。也许这是又一场腥风血雨的开始？我已经觉得乌云在天上聚拢，天光变得暗淡。

　　我身边的国君一个个走了，他们生前是那么威风凛凛，他们拥有整个国家，拥有生杀予夺的权力，可是他们都一个个离去了。从晋文公到晋襄公，再到晋灵公，一个个最后躺在了厚重的棺椁里，他们仅仅剩下一个狭窄的空间，从辉煌的宫殿转移到了黑暗的地下，和地下的泉水以及众多的蝼蚁为伴。再也没有众多的大臣围绕在身边，只有蝼蚁和虫子围绕着，啃啮着他们的肉躯，然后用自己的白骨支撑着沉重的土地。这曾经属于他们的土地，就是为了最后压在他们的身上。

我待奉着一个个国君，实际上是在待奉着一具具深埋于地下的尸骸。他们活着的时候，我从他们严肃的脸上看不见这地下的阴影，我从他们的眼睛里也看不见。可是我还是要看见他们最终的样子。他们征战和杀伐，他们除掉自己的仇敌，将别人的血流入土地。可谁也没有看见，他们自己也在流血，只是因为这血流淌得太缓慢了，以至于流干的时候才能知道。血都是要流干的，有的可以用眼睛看见，有的却流入了深邃的时间。

我也看见了一个个国君是怎样生活的，他们坐在华丽的马车上，他们住在奢华的宫室里，他们的身边围绕着众多的大臣、侍卫和女人，他们的剑挂在腰间，他们饮着美酒，听着乐师的演奏，可是他们可曾看见过真实的自己？既然在别人的眼睛里看不见真实，他们在镜子里看见的又岂是真实的？既然国君都看不见自己，我又岂能看见自己？

我只是看见一个个季节过去了，似乎每一个季节都是熟悉的，我以为我自己也是熟悉的，可实际上每一天都是陌生的，因为我也在流逝中，就像这大河的流水一样，它们的每一个波涛都不一样。可是谁留心它们的形象呢？农夫们已经开始收割地里的谷子，他们怎能知道，他们所收割的乃是他们自己。秋天到来了，不知不觉地到来了，谁又会想到这秋天究竟意味着什么？农夫在早春播下种子，不就是渴望这

古灵魂

一天么？他们在炎热的夏日锄草和仰望云霓，不就是为了这一天么？可这样的收割可能是一种预示，每一个人都在等待着别人的收割。

从这一意义上说，每一个人的日子都可以看见尽头，只不过谁也不愿意看见。国君以为他们可以直着身子行走，实际上他们的身子仍然是蜷曲的。因为他们的灵魂就在蜷曲之中，就像柔软的虫子爬上了高高的树枝，在一阵大风的摇动中，就会掉落到地下。国君尚且是这样，我们怎能例外？所不同的是，他们因为恐惧而杀人，我们因为别人的恐惧而被杀，因而我们有着被杀的恐惧，每一个人的死都不知何时到来。

国君的死又一次让我看见了真正的死。我曾看见无数的死，在战场上每一刻都可以看见，在路边可能会看见，在双耳中可以听见，但我却很少在意它。因为我活着，还看见无数人活着，以为死是可以遗忘的。可是一个国君的死不同于战场上士卒的死，国君的死可能带来更多的死，因为它意味着另一个季节的开始。这样的事情，我已经看见很多了。从前好像死去的根须可能会复活，从前以为平息了的恩怨将抽出新芽，甚至从前的从前……这是一次新的追溯，向远方的追溯。你会发现，不仅未来是渺茫的，从前也是渺茫的。

至少赵盾和晋灵公的恩怨将怎样结束？是不是已经结束？新的国君将怎样对待往事？他将会信任谁？或者将听信谁说的话？一切都不可预料。我仍然为赵盾的后代感到担忧。也许继位者乃是一个好君主，就像他的父亲一样。可我看见的都是，好君主的继位者不一定是好君主，就像农夫种地一样，这一年获得了好收成，下一年就可能遭遇灾荒。我们似乎知道了前面的事情，可后面的事情又怎能预料？

卷四百一十六

晋景公

父君竟然死于扈邑，他乃是死于征讨途中，既没有看见讨伐陈国的获胜，也没有看见荀林父率军击败楚军后班师回朝。也许他的灵魂能够看见一切，他的灵魂也许就飘扬于我们的头顶。我的内心十分痛苦，我难以述说我的悲恸，也难以述说我失去父君之后的虚空和孤单。我的心灵似乎被抽空了，我的身躯变得空空荡荡，好像就要飘起来了，就要被秋风吹走了，就像无数落叶一样，不知道会落在什么地方。

我立即前往大河边，看见了父君的棺椁乘着一艘大船在波浪中飘动。它渐渐靠近我，但我的眼泪不停地流，只看见一个被光芒包裹着的影子靠近我。它在河面上变得越来越大了，我相信父君的灵魂就在他棺椁的上方，因为我看见在大船的桅帆上挂着一朵朵发光的云，仿佛有一个黑影站在上面，眺望我所站立的土地。是的，整艘船都在发光，大河被照亮了，每一个波浪都像火焰一样跳动。

我从小在天子的都城长大，没想到跟随父君来到了自己的家乡。我似乎是一个漂泊者，我从没有想过要回到自己的家乡，一个陌生的

古灵魂

地方。我对这里的每一座房舍、每一块石头、每一根草、每一片树叶，都没有任何记忆，没有任何印象。这里的人们也没有一个是我熟悉的。似乎一切都是从头开始，从前的记忆被凌空飞来的大手粗暴地掐断了。我所熟悉的却成为幻影，而我原本陌生的，却来到了我的身边，它们一点点变得真实起来。

这真是奇异的漂泊，原本真实的沦为虚幻，而原本虚幻的则成为真实，我竟然就在这真实与虚幻之间飘移。但有一点是绝对真实的，那就是我的父君、我的亲人，可现在我唯一感到真实的人却远去了，他也将成为虚幻，那么我所依凭的真实还在哪里能够找到？或者说，我已经脱离了我的根，因为我的父君就是我的根。

很快我就成为这个国家的国君。可是我仍然是不踏实的，因为我所面对的仍然是一个个陌生的面孔。我被这些陌生的面孔包围，我乃是一个陌生者的国君，那么我自己都觉得自己是陌生的。我要做的事情就从战胜陌生开始。那么我不仅要辨识每一个人，还要让别人辨识我。这样我才不是一个树洞里的寄居者，而是这棵大树的真正主人。

我的父君虽然是一国之君，但他一直是一个寄居者。因为他将自己的一切分给了别人，自己却什么都没有了，他应该拥有的，都被别人持有。别人借助他的嘴说话，借助他的剑威慑另一些人，也借助他的形象凌驾于诸侯之上。可是他们所说的话真的是我的父君想说的？他们所做的事情真的是我的父君想做的？也许是，也许不是，可是不论这一切是否出自我的父君的本心，毕竟都不是出自我父亲的本真。

因为我们都是陌生的，所面对的都是陌生的。一个陌生者只有接受这样的命运。可是我的父君愿意的，我并不愿意，他所做的，我不愿再去做。既然他已经离开了我，我就要重新开始。现在我已经没有依靠了，我只有依靠自己了。我跟随着父君来到了晋国，现在他将这个国家交给我了，就像他将自己的皮袍脱下来，穿在了我的身上。我既感到这皮袍的温暖，也感到积聚在皮袍里的虱子的不断啃咬。

我就知道了，我的父君曾穿着这样的皮袍，需要怎样地忍受和煎熬。可是他却没有表现在自己的脸上，他的脸上永远是快乐的，荡漾着和煦的晨光。他将自己的皮肉交给了这些虱子，让它们分享自己的一切。可是我不愿意这样。是的，那么多的人，那么多的大臣和谋士，那么多的武士以及那么多的侍奉者，不就是寄居在这皮袍里的虱子么？它们藏匿在皮毛中，藏匿在缝隙中，它们不敢暴露自己的真实意图，它们借助了我的皮袍而获得温暖和舒适，若是饥饿的时候就啃啮我的皮肉，这让我怎样忍受？

我要清理这件皮袍，让那些小虱子知道，这件皮袍是我的，是我的父君给我的，而不是它们的。它们仅仅是寄居者，它们的温暖与舒适不是皮袍给的，而是我赐予的。尽管它们是微小的，也能藏身于别人看不见的地方，但我的目光是犀利的，我能够从那些缝隙里看见它们的面孔，能够发现它们究竟要做什么。我给的就是我给的，不是它们理所当然就应该有的。我的父君乃是因它们的微小而忽视它们，我却要将它们放大，让它们的真实面目显露出来。这样，它们才知道这个国家真正的主人。

我十分欣赏楚庄王的智慧，他竟然三年之间不理朝政，似乎每日都在酒色中沉迷。可是他却在暗中观察，一点点发现谁藏在缝隙里作祟，谁是真正的贤能，应该将什么人除掉，又应该将什么人拔擢到高处。即使有着一双锐眼，也需要仔细观看。但我不能重复他的行为，那样将被别人耻笑。他是第一次这样做的人，所以让别人感到了惊世骇俗的力量。我同样需要观察，我要看哪些人在接近我，又有哪些人在远离我。哪些人表现出了足够的傲慢，哪些人却拥有出奇的才智。这样，我就会从陌生中找到熟悉的东西，我就会在与陌生的搏斗中获胜。是的，我要战胜陌生，我不再陌生，别人也不再陌生，一切都不再陌生，我认识自己，也认识别人，这样我才能成为主人。

是的，我要将给出去的拿回来，然后再用我的手重新递给他们，这样他们就会认识我。我要让他们从血中照见自己的面影，许多国君都是这么做的。我已经发现，被赵盾废掉的屠岸贾已经蠢蠢欲动了，他从暗中渐渐露出了头，他在向我窥视。我看见朝堂中站着的人，都有着赵盾的暗影，他们都是在赵盾活着的时候来到这个位置上的。那么，我就先从他们的影子开始吧。我要除去他们的影子，让他们知道别人的影子将会给自己带来危险。这样，我将面对一个个没有影子的人，我的目光投向他们的时候，他们将清楚地显现自己。

就在我即位不久，陈国的太子午就投奔晋国。陈灵公和大夫孔宁、仪行父饮酒戏说，因为他们都与夏姬私通，并穿着夏姬的内衣嬉戏，使得夏姬的儿子夏徵舒感到了侮辱。所以夏徵舒在陈灵公饮酒作乐的宫室之外，埋设了弓箭手。陈灵公出来之后，带着醉意中的快乐，却被突然射来的箭杀死。这样，夏徵舒就自立为陈国的国君，太子午就只好奔逃到晋国了。这件事让我辗转反侧，一个国君就这样被杀害，国君的权威还有么？这不就会引发天下的效仿么？那任何一个国君岂不是随时都可能遭遇凶险？

我想起了赵穿杀掉了晋灵公的故事。赵盾逃到了大河边却没有出境，回来之后也没有追究弑君的赵穿，这意味着他们杀掉晋灵公，乃是一起对国君的谋杀。就连太史董狐都能够看见的真相，谁又看不见呢？但是赵盾掌握着晋国的大权，谁又敢说出真相？我的父君被赵盾迎回晋国做了国君，所以他也装作什么都不知道，仍然任用赵盾做首辅之臣。这样，一个可以被随意杀掉的君王还有什么尊严？

　　我的父君没有做到的，我要做到。我要追讨凶手所欠的，曾经发生的并没有结束，我要让别人有所警觉，让他们看见弑君的代价。于是我将躲藏在黑暗里的屠岸贾召来，并开始重新任用他。这个人既然能被晋灵公宠信，必定有着不同寻常的一面。我的力量是单薄的，我要做什么，也要有一个令人信服的理由，所以我需要一个能够揣测到我内心秘密的人，需要一个这样的人：我怎样想，他就知道怎样去做。我需要什么样的理由，他就给我什么样的理由。我需要说什么，他就代替我说什么。

　　我需要一个替身，我的替身。他站在我的前面，用他的面孔遮挡我的面孔，用他的手代替我的手。而且我还需要一个异类，一个同类中的异类，一个敌人中的敌人，我需要站在高处看他们相互搏斗，这样我就可以做最后的裁决者。我就可以被他们的搏斗抬到更高的地方，无论是谁，都更需要我。因为只有需要，才能利用他们的需要，才能施展我的权威，才能牢固地坐在我高高的座位上。

　　我发现，屠岸贾还是一个能够领会我意图的人，我就知道了为什么晋灵公会宠信他。他知道我需要什么，我想到的他都做了，我没想到的，他就会用委婉的方式提醒我。我已经看出他仍然存有复仇的念头，看来这个人的内心是阴暗的，他善于将自己的仇恨隐藏起来，但不会因为隐藏而忘记。不过他的复仇的愿望和我需要对从前弑君者的惩罚是一致的，我等待着，他也在等待，就像夜枭在树上的月光里窥伺。

卷四百一十七

屠岸贾

　　我喜欢秋天和冬天，秋天是剧烈的，甚至是暴烈的，它扫荡该扫荡的，让整个一年里枯萎的、腐朽的，都归入坟墓。它将繁荣的表象扫荡干净，让人看见事物的本真。它抛弃了表面的温馨，抛弃了温情脉脉的幻景，却将残酷的真实呈现给我们。赵盾一直不肯将权力归还给国君，于是国君不得不设计杀掉他。但是他竟然逃走了。他的兄弟赵穿杀掉了国君，又将他迎了回来。这个人专权横行，却得不到任何惩罚。朝堂上没有人敢于反对他。

　　现在已经是另一个国君了，他是晋文公的公子，被赵盾迎了回来。显然，赵盾又获得了国君的宠信，国君不仅给了他更大的荣誉，也给了他足够的权力。我只有躲藏起来，因为他是我的仇人，我也是他的仇人。我曾给先君献计杀掉他，但却让他逃脱了。他知道这一切。我只有躲藏起来，才可能等到复仇的机会。我不是为了自己而复仇，而是为我曾跟随的国君复仇。我必须等待一个好机会，用我的剑刺穿他的心。

　　他没有追杀我，并不是因为他的仁善，而是因为要在新国君面前

古灵魂

显现他的虚假的仁善。他不愿意再开新的杀戒，这样他就可以将自己的凶残藏在面具的背后，然而他的面具也成为我藏身的掩盖物。我知道秋天会来临，秋风会扫开黄叶，露出我复仇的路。我也相信冬天会来临，严寒会让一切裸露出来，他的面具会被揭开。我需要在寒风里等待机会。我接受了晋灵公的恩惠，却看着他被杀死，难道不也该为他报仇么？若是人们谁都可以杀掉他们的君主，那么天下的法纪又在哪里呢？若是不能惩处凶犯，凶犯就不会被当作凶犯。人们将不知道什么是罪，什么是叛逆。人们将变得更为凶残，天下将陷入混乱。

晋襄公临终时曾将先君托付给赵盾，但他违背了先君的意愿，背叛了先君的信任，却要从秦国迎回另一个公子，连一个临终前的国君所托都要背叛的人，还有什么仁德？又怎能谈得上忠诚？他在晋襄公死去之后，不得不将襁褓中的太子立为新君，却在国君长大之后迟迟不交出手中的权力。这样的人是何其贪婪，何其不仁。这样的人不应该被诛杀么？他们指责我为国君奢侈的生活推波助澜，可若是什么事情都做不成，奢侈有什么不好？难道国君还不能奢侈么？

我所做的一切都是为了让国君快乐，这样他就可以从忧愁中解脱。我难道不应该侍奉君王么？我难道不应该让君王获得快乐么？我为国君建起了桃园，满树的桃花让国君忘记自己的困境。我为他建起了高台，让他站在高处，看清纷纭的人世间。他的荒唐不是真正的荒唐，而是为了引发别人的注意，让人们知道，一个国君还在那里，一个真正的国君还在那里，这个国家仍然有一个国君，而不是任由一个大臣发号施令。可是，赵盾不仅剥夺了国君的权力，还要剥夺他快乐的权利。实际上，他在用这样的方式杀掉国君。在这样的情况下，国君不应该诛杀这个掌管一切、僭越的大臣么？

可是，赵盾却让他的弟弟杀掉了国君。这一点，每一个人都看得十分清楚。就连史官董狐都看清楚了，所以才将这样的不义之行记入了史书。赵盾已经在史书中被诛杀了，但我仍然要在实在中杀掉他。可是我一直没有这样的机会。我需要等待，需要等待一个合适的机会。一个违背了道义的人是不可饶恕的，一个让国家陷入混乱的人是不可饶恕的。一个杀掉了国君的人是不可饶恕的。若是饶恕了这样的人，天下又怎能获得安宁？

我一直躲藏在自己的家里，拒绝与任何人见面。这是多么孤独的等待。甚至在这样的孤独中，一直藏着深深的恐惧。我害怕这个人会随时将我除掉，我每一天都煎熬着，希望赵盾能够将我忘掉。也许他真的忘掉了，只要春天来了，人们就会忘掉严冬。是的，许多人都是健忘的，这是人的弱点。所以我要远离别人的记忆。很多年来，我似乎已经被忘记了，他们在忙碌中忘掉了曾经的一切。他们的眼睛都长在前面，很少有人回过头来看一看后面。我就在他们的后面，我远远地跟随他们，看着他们的行踪。

我在夜晚的时候，坐在树下看着深奥的苍穹。要么是明月在天边，要么是漫天星辰，我不知道这样的夜空有着怎样的暗示。我一直怀着巨大的悲愤，寻找着星空里的启示，可是那神秘的一切，只给我一阵阵微风。你们拿走了早晨和中午，拿走了我眼前的光明，那么就要将黑夜归还给我。我已经不需要那么多的光亮，但仍然需要一个暗淡的时辰。我不想看见自己，也不想看见别人。我乃是在别人看不见的地方，躲避着厄运。我就像一头野兽，藏在树洞里，我的双眼依然

古灵魂

是亮的，就像两片树叶在黑暗里摇曳。

　　我还没有等到复仇的时机，赵盾就死去了。他没有被我杀死，却被岁月杀死了。或者被他自己杀死了。他死了，接着他迎回来的国君也死了，死在了征程上。他们一起沉入了黑暗，而我却是黑暗的拥有者。我注视着他们，看着他们一点点沉没。现在先君的儿子接替了国君之位，这是又一个国君，他的目光是锐利的，从黑暗中的梭巡中找到了我。我知道他需要我，我也需要他。我的复仇的时间来了，我所等待的秋天来了，我将用狂风席卷从前的草木，我的冬天藏身于秋天的狂风里。

　　这就是神奇的道。它无形无迹，也并不是恒定的，它存在于变化之中，而变化则是道的显现。万物的初始，田地是混沌的，道已经在其中产生了，因为它乃是天地的根本，因为有它才会有天地在有与无之间运行。它不像任何东西，也不是任何东西，因为它没有形象，却寄寓在所有的形象之中，要是没有它，形象也不会存在。就像远天的云霓，在幽深中变换，谁也难以说出它究竟是什么。可是我们发现，它有时似乎离开了我们，有时又回到了身边。其实，它从来没有离开，它只是好像离开了，却一直就在我们的身边。是的，我终于等到了这一天，它似乎又一次被我看见了。

　　国君即位之后，就召唤我，我又一次回到了国君的身边，好像他就是我曾经侍奉的晋灵公，或者他就是晋灵公获得了新生。他的面孔好像是另一个人，但我看见了他面孔背后的灵魂。一切都是熟悉的。在我的眼里，他就是我从前的主人，他所需要的，就是我从前的国君所需的。我知道怎样侍奉他，知道他为什么快乐，又为什么忧愁。我给他出各种好主意，他都听从了。他深知我对他的忠诚，也知道我所做的，都是为了他。

可是我的心中还暗藏着从前的我，一个在复仇的煎熬中度过了一个个夜晚的我。后来我发现，他竟然和我所想的一样，因为他不愿意像他的父君一样，被赵盾培育和擢拔的朝臣所支配。他要成为他自己，成为一个可以主宰别人的国君。他不愿意自己成为一个名义上的国君，而要成为一个真正的国君。那么就必须清除一个个赵盾，一个个戴着不同面具的赵盾。赵盾虽然死去了，但他的幽灵仍然附着在很多人身上。

命运又攥在了我的手里，这让我感到玄奥和惊愕。我可以将自己的想法付诸实施了。我与赵盾乃是天然的仇敌的相遇，就像山林里的两个野兽，都想着怎样吃掉对方。我们在时间里相遇，又在时间里对峙。我的眼睛一直盯着他，但他在我的窥伺中死去了。他的儿子还在，他的家族还在，这就是时间的意义。他由于他的死而放弃了和我的对峙，但我的仇恨和怒火仍然熊熊燃烧，就像火焰的喷泉，汇聚为火焰的巨浪，奔腾而下。时间里的相遇不会有停歇，因为它的每一刻都已经包含了我的仇恨，它将蔓延至他死后的日子。他的罪孽不会因为他的死而被赦免，他也不会接受一个仇敌的赦免。

我的仇恨不仅属于我，也属于我的君主，属于晋灵公。现在晋灵公的灵魂复活了，他在现在的新国君的肉身上显现。我仍然是曾经的我，我还是原本的样子。从前的对峙转化为我的机会，我已经看见了赵盾转身试图逃跑的姿势，但我不会放过他。他曾经有机会杀掉我，但他的软弱和犹豫使我获得了另一次机会。我看见了他的惊恐，看见了他转身时的惊恐，看见了他恐惧的目光在暗中闪烁。我已经伸出了自己的利爪，他已经看见了我的牙齿和舌头。这就是我的语言，他已经听见了。

我也曾和他一样惊恐不安，现在我将自己的恐惧还给了他。我看见赵盾在地下的黑暗里露出了恐惧的表情，他的白骨上冒出了白色的烟雾，似乎已经被这恐惧点燃了。我听见他在向我求饶，我知道他的灵魂已经从白骨中逃遁，可他又怎能逃出他的白骨？又怎能逃出这深沉的暗夜？又怎能逃出我的利爪和牙齿？我对国君说，他必须得到惩罚，不然你怎能行使你的权力？又怎能让朝臣听从你的命令？只有用血告诉别人，国君有着至高无上的力量，这样你的座位才牢固。人们不会记住从前，却会记住血。这是从前该流的血，人们将从这从前的血中找见自己的模样。他们知道从前并没有过去，以后的日子也包含在从前的日子里，这样，他们就会在今天的日子里有所警觉。

我的复仇乃是相遇中的复仇，我的复仇也是别人的复仇，我的复仇就是对天下的警告，因而这复仇也是无私的，它既属于我自己，也属于我曾侍奉的国君，更重要的是它属于正义，其中含有我内心的天道。我将在一个秋天，或者在冬天，抽出我的剑，让它的寒光与这样的季节相配。我将让我的剑卷起秋风，扫去满地的落叶。我要让我的剑割下天上的暗云，使大雪覆盖从前。我在树洞中躲藏，又要在云朵上醒来。我不能追杀一个逃走的亡灵，但我可以追杀没有逃走的亡灵的后裔——因为这是亡灵的影子。

卷四百一十八

郑襄公

楚国又来攻打我的都城了，楚军已经突破了郊关，已经抵达郑都的附近。楚王前来讨伐的理由是，郑国亲近晋国，从而背叛了楚国。是的，我和晋侯乃是出自同姓，亲近晋国有什么错？只是因为郑国是一个弱国，只有在晋国和楚国之间摇摆不定，不然我又怎能存活？我的大夫子良对我说，晋国和楚国都是强国，但他们不是致力于增加自己的德行，而是不断依恃自己的强大进行兵争。这样的国家不论怎样强盛，又怎能拥有正义？既然他们没有德行，也没有仁信，我们又为什么要坚守仁信？

他说得对，若是没有生存，还怎样坚守仁信？若是没有生活本身，仁信还有什么意义？我曾见过在山岩的缝隙中生长的树，它乃是弯曲的，它的根须顺着岩石的缝隙，它的躯干也是顺着弯曲的山岩，似乎充满了苟活着的屈辱，但若不是这样，它怎能长出自己的枝干，怎能开出自己的花？怎能结出自己的果子？我现在就是它的样子，是这样的古怪，这样的曲折，既没有直立的形状，也没有信念和坚守，但我同样需要向上生长，需要生活的繁荣。

古灵魂

事实上我已经放弃了坚守，放弃了自己的意旨，一个弱者就要懂得放弃，因为没有放弃就没有生活。生活露出了自己卑微的、丑陋的一面，露出了屈辱的、胆怯的一面，我将自己的另一面隐藏在背后，难道那山岩缝隙中生长的树就不是顽强的么？所以我不再坚守，不论是谁，只要他足够强大，我就依附他。他攻打，我就认输，就依附，就亲近，就投靠。好吧，现在我还看不清晋国和楚国谁更强大，谁能够保护我。

我希望他们能有一场残酷的决战，决出真实的胜负，那样我就能看清楚了。现在楚军已经兵临城下，我先要抵抗，以便观察晋国能否援救。晋襄公已经死了，现在的国君怎样调配大军？他还能像从前的国君那样应对楚军的侵犯么？我不知道。我让民众修筑城墙，坚守城池，等待晋军援救。可是晋军会很快赶到么？

楚军在城外修筑了长堤，从四面攻城。他们不断向城墙上射箭，箭矢就像飞蜂一样从我的耳边飞过。我站在城墙上观战，一动不动地站在那里。我的守军也不断予以还击。楚军架起了云梯，想登上城墙，但被我军的滚石和滚木一次次打下去了。我知道自己坚守不了很久，就召来史官卜筮，来问一问上天究竟会给我怎样的结果。史官就在我的身边占卜，他说，问卜的结果是吉利。

但他接着说，这需要你做一件事，就是让城中的民众前往宗庙哀哭，这样就能唤醒沉睡的先祖，他们的灵魂就会佑护你。就在这时，东北角的城墙突然崩塌了。城中的百姓彻底绝望了，都涌到了宗庙开始哭喊。这撕心裂肺的哭声使得林梢振动，使得我脚下的城墙振动。我感到了整个土地在振动。整个世界被这样的哭声所摇撼。我看见长堤后面的楚军的兵刃垂下了，乱飞的箭镞已经稀疏了。

我似乎看见先祖的灵魂从宗庙飞了出来，从空中抓住了飞箭，无数疾风中飞翔的黑点被拿走了。天空立即变得晴朗。我又将史官召到身边，对他说，你刚才的卜筮太准了，先祖的灵魂的确从宗庙里飞出，来到了守城将士的身旁。你看，楚军的箭已经不像刚才那么密集了，他们也没有从倒塌的城角冲进来。你为我再问问神灵，我们以后的结果将怎样？我相信，神灵每一次都会站在郑国一边，他不会在郑国遇到危难的时候袖手旁观。

史官说，现在楚军似乎已经停止了攻击，看来民众的哭声感动了先祖的灵魂，他们已经出手相助。天上的神灵也在制止楚军的进攻。他分开蓍草，在我的面前卜筮。他专心于虔诚问卜，他的眼睛里似乎出现了神灵的影子，他的口中念念有词，面色也突然变得发白，好像有一缕光从他的脸上掠过。我看见了这一缕明亮的光，那么耀眼，那么突然，就像乌云里突然迸发的闪电，可是我却不知道这缕光来自哪里。

一会儿，卜筮完成了，他忧虑地说，我看见的卦象有着凶兆，但郑国不会灭亡。放在阴暗墙角的床脚会腐烂和剥落，会一点点向上蔓延，这意味着阴气上升而阳气不足。但是树上的大果子却仍然留在那里，不会有人摘取和食用，那么郑国仍然是安详的。因为君子总是会坐在车上，而小人的房舍却会剥落和倒塌。一切都是因为你积蓄了仁德，所以上天才会佑护你和郑国。这卦象虽然不吉利，但危机会转化，因为占卜中出现了变爻，阳气开始集聚，但还很弱，它意味着需要顺应弱势。也许你会受到委屈和羞辱，但你若是主动承受这委屈和

古灵魂

羞辱，就会受到神灵的眷顾，郑国就会转到吉兆的光亮中。

我说，那么我现在应该做什么呢？是继续坚守还是放弃抵抗？他说，你需要等待，现在什么都不要做，唯一要做的就是将坍塌的城墙修筑好，以便等待上天的启示。我知道，上天的事情，人是不可能领悟的，它在卦象里所说的，仅仅是它所说的话的一部分，甚至是很少的一部分。而真正的全部话语却在显露出来的背后。天机可能就存在于等待中。没有等待就要投降，也会被神灵蔑视，因为你已经失去了对神灵的虔敬。

我又说，那就等待吧，我对神灵是虔敬的，我不知道它在哪里，但我每一次祭祀，都是将最好的东西奉献给神灵。我知道它会佑护我，但我却一直在忧虑之中。因为我所看见的和我所想的并不一样。我看见自己身边的将士一个个死去，我却活在这个世界上。所以我就愈加怀疑自己，怀疑自己对神灵并不是真正虔诚的。于是我就加倍地思考，我究竟怎样做才能获得信任，怎样做才可以集聚德行。现在我看见了民众的悲痛，听见了民众的悲声，可我却是这样的无能，只能在西风里等待。重要的是，我所等待的究竟是什么？我对此一无所知。我的等待仅仅是等待么？我不知道这样的等待有什么用。

他说，很多事情都似乎是无用的，人世间许多事情却在无用之中获得圆满。所以没有无用的事情，也没有有用的事情，只有让事情到来之后，才可以看清它的面孔。等待不是为了获得，而是为了看清。一个人不能成为瞎子，只有看清楚一切的人，才可以走上一条通往未来的路。不然你就会在风中彷徨，就会成为天上寒冷的孤星。我听说，良马要在竞逐中才可以获得奔跑的能力，军卒只有每日操练，才能在战场上厮杀获胜。这就是等待的本义。我们筑牢城墙，磨砺兵刃，只为了一个获胜的时刻。现在楚军太强大了，我们必须面对自己的弱小，必要的时候需要示弱。示弱不是耻辱，却是一个等待的结果。这结果之后还有结果，结果之后又有结果，结果是无穷的。

我说，我知道了，我所等待的不是唯一一个结果，而是无穷的结果中的某一个。我等待那个最好的。若是有满树的果子，就需要我挑选那个最大的。可是晋军还没有来，也不知道究竟什么时候能到来。但是令人感到惊奇的是，楚军竟然撤退了，在很远的地方安营扎寨，他们要做什么？为什么会这样？难道上天在郑国最危急的时候，用一只大手拨开了对准我们的利剑？

楚庄王

　　我们已经对郑国的都城一连攻打了十几天了，可是他们的城池太坚固了，城上的士卒日夜巡守，始终没有将这座城攻破。我已经看见城上的士卒一个个被我的箭射中，而我的攻城士卒也不断从云梯上掉下来死去。他们丝毫没有投降的迹象，士卒们就像涌泉一样不断从城垛边冒出来，他们还能坚守多久呢？我看见了郑国国君站在城头，我身边的射手已经张开了弓，一支箭就要射向他，但我还是制止了射手。我不是为了射杀郑国的国君，也不是为了杀死更多的人，而是为了让他们屈服，给他们以惩罚。

　　有一天，也许是夜晚？还是早晨？郑城的东北角突然坍塌，露出了十几丈宽的豁口。郑国的守军立即把守这崩塌了的豁口，准备一场血战。忽然我听见城内传来了惊天动地的哭声，这是住在城内的百姓的悲哭，我的内心感到了震动。这哭声乃是从很多人的灵魂里发出的，这哭喊难道不会惊动更多的沉睡了的灵魂么？它就像天上的乌云在狂风中集聚，从高处向着我倾泻，我立即被这哭声压住了，我的浑身都失去了攻击的勇力。我的命令就要发出的时候，突然被卡在了喉咙。

　　于是我传令退兵。大夫公子婴齐对我说，郑城已经塌陷，这是灭郑的天意，我们可以趁机攻入郑城，将郑国灭掉，君王却要传令撤兵，这究竟是为什么呢？我说，你听见这城里传出的哭声了么？他说，听见了，这是绝望的哭声，因为他们感到自己已经不能坚守自己的城池，而他们的绝望正是因为我们已经拥有了希望，城墙的倒塌也是他们心灵的倒塌。我对他说，我所听见的和你不同。因为我听见了悲惨的灵魂，听见了民众不能忍受的悲痛，也听见了上天将佑助他们。上天推倒了他们的城墙，不是为了我们夺取它，也不是为了杀戮，而是给我们以警告。

　　我怎能违背上天的旨意？我的内心已经听见了这旨意，就要遵循它。只有循着这声音才可以找到天神，才能够保全自己。何况我也听见了我内心的声音，我听见这声音是颤抖的，它似乎也和这城内的民众一起哭泣。我看见了城墙上的血，也看见了一个个士卒倒下，我的士卒在攻击中从高处一个个坠落。这哭声不仅属于他们，也属于我。那么此时唯一的选择就是退兵，在远离郑都的地方安营扎寨。

　　我的士卒从城墙边离开了，来到了一处开阔地上。天上的乌云也渐渐散开了，露出了通红的夕阳，它就像燃烧的火球，在西边的山顶上悬浮。我离开了这哭声，或者说，哭声越来越小了，只有风中传来微微的声息，仿佛一切已经被风吹开了。说实话，我的心是柔软的，我不能听别人的哭声，尤其不能听妇人的哭声。我从来不畏惧刀剑，却畏惧哭声，因为这哭声是我所听到过的世间最撼动灵魂的声音。不然人死去之后，为什么会有他的亲人痛哭失声？它乃是和死亡联系在

古灵魂

一起的。还有什么比死亡更让人心摇曳不安呢？

公子婴齐说，既然上天已经给我们示意，我们怎能违背这天意？我知道你的心已经被哭声所动摇，但这哭声的绝望中，有着我们要求取的东西。别人的绝望就是我们的希望，所以这希望就在别人的哭声里。我们所看见的人世间的争夺，最后的结果不是哭泣就是蔑视的微笑。这两样东西，我不知道你想要哪一样？

我说，我不想要其中的任何一样，我只想要属于我的那一样。我还不知道什么是真正属于我的，也不知道什么是真正属于别人的。但我知道，所有的东西都归于仁德。若是没有仁德，就没有人世间的秩序，没有人世间的秩序，就没有人世间的一切。这乃是真正的天意。我们听见了别人的哭泣，就是听见自己的哭泣，因为我们都在同样的天意中。若是一个人在别人的哭泣中微笑，他所蔑视的不是别人，而是自己。所谓的仁德，不是总在观赏自己的表情，而是自己藏在别人的表情中。

他说，那么我们为什么要讨伐郑国？我们的讨伐难道是为了让别人微笑么？我说，不，讨伐乃是为了让天意行于地上。因为郑国违背了天意，所以我们就出兵使其顺从天意，将它行走的方向得以修正，回归于正道上。它所背弃的不仅仅是楚国，而是它自己的诺言。要知道，这诺言乃是对着天神许诺的，现在它欺骗了天神，所以我们要讨伐它。若是我们的征讨能让它悔改，那么我们就是行了天意。可是，现在我听见了民众的哭声，也就听见了天神用他们的声音来启示我，这哭声不是哀求，而是上天的另一种指示。

他说，武王伐纣的时候也听见了哭声，可是他并没有停止自己的步伐，也没有发出退兵的命令。他难道就没有想到来自上天的指令么？若是武王因此而停止了攻击，又怎能造就天下的伟业？哭声并不都来自天上的意旨，而是人间的事情。在人世间，既有悲痛的哭声，也有得意的笑声，这两者从来都同时存在，一个并不会排斥另一个。相反，真正的天意既不在这一边，也不在另一边，而是在两者之间，就像天上的云彩从来不是固定在一个地方，而是在飘荡中完成天意。天神就在这飘荡中观察着人世，他在一个地方降下甘霖，却在另一个地方处罚罪人。

我说，不，天神知道该做什么，而我们在更多的时候却不知道该做什么。那么我们就必须遵从自己的内心，因为天神并不在高高的云头停留，而是在每一个人的内心停留。若是我们被民众的哭声所震动，那么就意味着天神的容颜露出了悲伤。我们不能让天神悲伤，否则他会将这悲伤转交给我们，那么哭泣的将不是别人，而是我们自己。武王伐纣的时候，也许听见了别人的哭声，但他也听见了文王曾经的哭声，这两种哭声乃是交织在一起的。何况武王真正听见的不是民众的悲哭，而是触怒天神者的哀哭。现在，郑国城内的人，并没有触怒天神，他们不是罪人，只是郑国的君侯是有罪的。

他说，那么你怎么知道你所听见的哭声不是发自罪人的喉咙？我说，这是我的心告诉我的，是我的灵魂告诉我的。我并不相信人世间所有的事情都是真实的，但我相信我的心，相信我的灵魂。我想做的不是杀戮，而是用仁德去感化他们，让他们知道仁德的力量。仁德不同于刀剑，不是要逼迫人的生命，而是将种子播撒到他们的心里，让他们在自己的内心收获，并品尝自己的果子。现在我已经兵临城下，

古灵魂

郑国人已经知道了楚国的兵威，但还不知道楚国的仁德。郑国的都城已经危急，我的退兵不是为了显示软弱，而是为了示之以德，让他们做出好的决定。既然他们知道了我的兵威，又怎会认为我的撤兵就是软弱呢？既然我已经让他们感到了危急，甚至民众已经痛哭不绝，又怎能不知道我退兵的真义？既然他们的城墙已经坍塌，又怎能不知道我放弃进攻的恩德？天意不在别处，就在我所施的仁德之中。

他说，那么我们该怎么办呢？若是他们仍然选择抵抗，我们还要等待么？我说，不，他们的选择从来都在我的观察中。我可以听见民众的哭声，也可以看见郑国君侯的选择。你看，他们正在筑城，但他们仍然在犹豫中。他们还没有做出最后的决定。我在等待他们最后的决定。你知道他们在等待什么？公子婴齐说，他们在等待晋国的救援，可是晋国会赶来救援么？我说，会的，但不会是现在。他们不会等到救兵的到来，因为他们的内心已经在经受煎熬，时间对他们来说更长，就像一个在冬夜露宿的人，就要在饥寒中倒毙。他们最终会在援军到来之前向我们屈服。

一个真正的君王不能坐在别人的哭声里，他的四周应该充满微笑。我的心是热的，你要相信我。若是你不相信我，我会相信我自己。若是一个人的心慢慢冷了，它进入了寒冬，结满了冷酷的冰，那么整个世界就结冰了。我们不能总是待在一个残酷的、冰冷的世界里，难道我们不需要万物的生长，不需要草木的繁荣么？我们不需要春天的温馨和种子的发芽？不需要乌云散开后的落日的余晖么？不需要雨后的天幕上拱形的彩虹么？若是我们看不见我们想看见的，那么生活还有什么意义？

公子婴齐说，你是一个充满了仁德的君王，但我却认为，天神所造的仁德中有着残酷的东西，若是没有这残酷，仁德本身就不能得以施行。我们想一想，若是仁德就是不断退让，那些不仁的事情就会不断蚕食仁德的属地，仁德也不能得以保持。我所看见的是，这个世界乃是一个彼此夺取利益的世界，一个人和另一个人，一个国家和另一个国家，彼此不断地争夺，他们谁是仁德者？若是他们都怀有仁德，那就谁也不会争夺了。我所看见的，则总是和我所想的不一样。残暴者总是得胜，仁德者总是失败，因为残暴者让人恐惧，而仁德者却让人觉得软弱。残暴者总是进击，而仁德者总是后退。

我说，你只看见事情的一面，而没有看见另一面。后退的并不是一直后退，而向前的也不是一直向前。我相信，仁德本身就有力量，它之所以是仁德，就意味着自身有着施行的能力。残暴就是残暴，仁德就是仁德。我必须承认，有一些残暴者得到了他不该拥有的东西，那么他不该有的就意味着暂时拥有，终究要被重新夺走。上天造就好的东西，就要同样造就坏的东西，不然事情就不会有对比，我们也不会去分辨。因为是这样，我们的能力才会得到检验，仁德也才会从水底浮起来。

总的来说，残暴和不义不会破坏上天所造的事物的整体之美，轻的就会浮起，重的就会下降，混沌的天地会分开。若是树上的叶片离开了树枝，将会坠落在地上，这意味着它的死。世上的事情也是这样，若是一个人或者一个国家，失去了仁德，也就失去了天道，就意味着树叶脱离了树枝，死亡的气息就会笼罩。你和我都听见了郑都的哭声，因为郑国的君主失去了仁德，他背弃了我们的盟誓，背弃了他

古灵魂

的许诺，他就已经离开了他所赖以存活的树枝，他已经在风中摇曳，就要坠落了。

　　而我内心的仁德让我产生了怜悯之情，我不是用杀戮来征服，而是用我的宽恕来让其归顺。他们不是归顺我，而是归顺仁德，归顺高悬于头顶的天道。只有这样，那些可怜的背离天道的人，才不会归于腐烂。你看，他们又在筑牢自己的城池，士卒们又在城墙上巡守，他们还不知道我为什么要撤离，还不知道天道在远处等着他们悔改。他们也不知道自己刚才的哭声，似乎忘记了危险中感到的悲痛。我也在等待，等待他们在等待中醒来。梦中的等待是无望的，他们只有在醒来的时候才会知道从前的梦，以及在梦中所犯的罪。

卷四百二十

郑襄公

　　我等待着晋军的救援，但他们现在还没有来。他们是在路上？还是在犹豫？楚国现在已经十分强盛，若是再过一段时间，我就不能坚守下去了。原以为城角的塌陷会引来楚军的攻击，但我听从了卜筮者的话，民众到了宗庙痛哭，竟然让楚军撤退了。我不知道这究竟是为什么，也许的确是感动了天神或者先祖的灵魂？可是我走上了城头，发现楚军的旌旗和飞旒在风中渐渐远去。士卒肩上的长矛和戈戟，兵刃的尖端在阳光里闪烁。楚军真是威武啊，他们潮水一样涌来，又潮水一样退去。

　　他们为什么退去了？这是一个谜团。要么是楚王听见城中的哭声，动了恻隐之心？这似乎不大可能。君王的心就像石头一样坚硬，怎能在哭声里化为流水？晋军迟迟未到，已经过去几个月了，还看不见他们的影子。我的士卒不仅伤亡惨重，重要的是城中的粮草也一点点少了。我在城中巡视，在大街小巷都看见民众的脸上布满了悲戚，一些老人的脸上还残留着泪痕。尽管这些日子里一直阳光灿烂，却有无形的阴云密布于我的心上。

古灵魂

我的心里散发着一阵阵寒意，也许郑国就要灭亡了，这或是一种冷酷的天意？城角很快就修复了，似乎和原来一样坚固，但是这坍塌的却是我的信心。我已经不相信晋军能如期赶来了，也不相信我的都城能够一直坚守。因为我看见了楚军强大的阵容，看见强悍的兵马和树林一样的兵戈。我怎能抵挡楚军的攻击呢？我实际上已经感到自己失败了，我内心的城池已经被攻破。

　　多少天过去了，楚军仍然没有动静。也许楚王和我一样，在等待着什么？我等待着援军的到来，而他在等待什么？等待一个最好的时机？或者他在等待我的投降？他用这样的方式给我以强大的压迫。一切都停止了，在天地之间，从来没有这样安静。太阳悬挂在天穹的中央，那么明亮，那么灿烂，那么让人不安。一切都是那么安静。从来没有这样的安静。以至于没有风，城外的树木没有一丝骚动。它们都屏住了呼吸，和我们一起等待。或者，这与其说是等待，不如说是疼痛的煎熬。

　　楚军就在远处，他们也许正在朝着我张望，或者说是窥伺。他们的战车卸下了马匹，马儿在草地上闲散地吃草。好像面对的不是一场战斗，而是漫游者在随意休息。他们的眼里没有敌人，只有自己。因为在他们看来，我们没有力量，不能算作真正的对手。这是大胆的藐视，我感到他们的目光不在我的前面，而在我的头顶上。他们乃是从我的上边俯视。忽然，一只鸦雀从前面飞过，在半空发出了沙哑的叫声。这叫声似乎是恐惧的，让我的浑身打战，我身上的毛孔因为这叫声而张开了，冷风从毛孔刺入了我的肺腑。

　　夜深了，天上露出了群星，它们在黑暗里点燃了无数的灯，可是这灯光却不能照耀我。我的面前仍然是一片黑暗。我看见远处楚军营帐前的篝火，它们比星空更明亮、更耀眼。我坐在城头上，看着黑暗又辉煌的天穹，那些彼此辉映的群星却不能给我任何启示。我孤独地坐在这里，就像坐在渺远的、晦暗的天空。我在一颗颗星之间游荡，这彷徨的、惊惧中的孤星，在漫漫长夜里游移不定。我似乎随时要被乌云吞噬，似乎随时要沉没于更为深邃的夜，似乎要被黑暗捕获。或者我感到自己正在坠落，就像流星一样冲向大地。是的，我已经不属于自己了，因为我已经持不住自己了，我已经在毁灭中，并等待着这最后的毁灭。

我之所以还在抵抗，乃是为了最后的自尊，是为了一个国家的自尊，一个君主的自尊。可是面对毁灭，就连自尊本身都要被毁灭。既然要被毁灭，你为什么还要固守？我从这渺茫的星空中看见恐惧，无边的恐惧，但就连这恐惧本身也要被毁灭了。无用的固守和无用的自尊。是的，面对着无边的、高高隆起的穹顶，还会给我预留什么位置？我的城池是渺小的，我的国是渺小的，我自己也是渺小的。若是从天上俯视，我仅仅是地上的沙子，只是为了让别人踩下脚印，或者粘在别人的鞋子上。

一个又一个的夜晚，一个又一个的清晨，一个又一个的季节，我所经历的不过是一次次观看，一次次重复的观看。甚至所有的经历都一样遥远，但它们在我忘记的时候，又返回来了。这些事情都去了哪里，为什么又要返回？我从来没有独自存在，却在别人的影子里徘徊。晋军来了的时候，我决定和他们在一起；楚军来了的时候，我为什么不能改变我的主意？我若不能变化，就不能守住我的国家，因而我的灭亡在不断的灭亡中摇摆。

万物是这样安静，而我也同样在寂静之中保持着沉默。我为什么不能像鸦雀那样从别人的头顶飞过，为什么不能在空中狂叫一声？也许我连呼喊的力气也失去了？我没有鸦雀的翅膀，我不能飞翔，只有坐在这黑暗的城头上，看着楚营的篝火。起风了，好像这风乃是从高天而来，它穿透了我。我浑身发冷，感到自己在这寒风里向上飞升，好像我的身躯被什么东西掏空了，只剩下了空洞的躯形。我就要从这黑暗里飞走了，可是我又能飞到哪里去呢？我将飞向黑夜的哪一颗星呢？

又一个早晨来了，它将楚王的使臣带到了我的面前。他对我说，我们讨伐你，是因为你背弃了盟誓，投靠了晋国。背弃了盟誓意味着违背了天意，因为我们的誓约是对着上天发出。我们的君王没有趁着你的城池塌陷而发起攻击，是因为他听见了城里的哭声，不忍心动杀戮之念，所以才以退兵来向你示德，以让你回心转意。可是你修好了城墙，试图继续顽抗，这乃是放弃了悔过的机会，也丢弃了我们君王的一片好意。若是我们继续攻城，则不是我们愿意这样做，而是受到了你的逼迫，你再想一想吧。

我说，我知道楚王的仁善，但我也不能随意违背与晋国的盟誓，否则我不仅在楚国面前失去了信义，也将在晋国面前失去信义。若是我在你们面前都失去信义，我将难以在天下立足。我的誓约是对天发出的，也是对自己发出的，我已经错了一次，又怎能第二次犯错？无论是晋国还是楚国，你们都是强者，而我是弱者，在两个强者中我将怎样选择？当晋国兵临城下的时候，我已经背叛了楚国；现在楚国又兵临城下，我是不是应该再背叛晋国？我只有不断背叛的命运么？我失去信义，既不是我的本意，也不是天意，那么我将遵循怎样的法则，才能让你们都满意和欣慰？

我除了背弃还是背弃，没有背弃，我的郑国又怎能存活？若是必须选择背弃，那么背弃就是天意。郑国出自周王，和晋国同属一族，我背弃了楚国，又要背弃自己的同族，我又怎样和我的后人谈论郑国呢？若是能够获得楚王的同情和理解，那么就请楚王退兵，还给郑国以安宁。若是楚王定要攻打郑国，那么我就等待你们的攻击。若是你们攻陷了我的都城，那么我就在郑都最开阔的街道上迎接楚王，因为这样的结果就意味着天意。除了这样做，我还能怎么做呢？若是你们没有攻陷我的城池，等到晋军前来救援，那么这样的结果同样意味着天意。除了这样做，我还能怎样做呢？

楚国的使臣说，你已经看见了，我们的君王即位以来，不鸣则已，一鸣惊人，不飞则已，一飞冲天。现在楚国君臣一心，万众一心，国运蒸蒸日上，犹如东方的红日冲决了浓云笼罩的暗夜，兵威震慑四邻，无论是什么人都不敢随意侵犯。凭藉楚国的雄威，完全可以独步天下，但我的君王则心怀仁德，不忍于滥动刀兵，以免伤及天下众生。若不是你背弃誓约，我们怎会兴兵讨伐？我听说，一个人要先改正最初的错误，才可以真正走上正道。若是犯了第一个错，就会引发另一个错，另一个错又会引发又一个错……你就会在错误的路上越走越远。你不能因为第一次犯错，而要纠正第二个错误，那么错误的根源仍然在那里，你以后的选择仍然在错误的迷途之中。

我说，我也听说，一个人走错了路，不要返回来重走一遍，而

古灵魂

是要从错误的路上扭转到正道上。若是把我们的错误追溯到遥远的古代，我们又怎能返回古代？虽然我与楚国结盟在先，但在我受到晋国威胁的时候，楚国却没有及时予以救援，我只能做出另一个选择。我们所想的，并不是真实发生的。在更多的时候，我们不是改变了自己的想法，而是事情发生了变化。谁又能阻挡事情的变化呢？就像大河上的行船者，谁也不能让自己的船头保持不动。现在我又要做出新的选择，可我想和楚王保有同样的仁德，我实在不想再一次犯错了。《诗》上说，南方有好的乔木，但不能在树下乘凉，汉江之上有美丽的女人，但想着追赶她却不可能。我和晋国的君主同姓同宗，我怎么能这样背弃呢？

他说，但这首诗的后面还有，野草丛生的时候，要用刀去收割萎蒿，女人就要出嫁了，你要去喂饱小马驹。现在你已经坚守了几个月了，晋军的影子都没有看见，他们已经违背了你们之间的盟约，不会前来救援了。可你仍然坚守你的城池，想用无用的抵抗来兑现自己的诺言。你的诺言已经违背了一次，现在的坚守难道就能挽回曾经的罪么？你只能将从前的罪加深，只有用眼泪来洗净从前，可是眼泪即使流得再多，又怎能洗净脏污了的衣裳？

楚国的使臣走了，他的话却像利箭一样射中了我。是啊，晋军也许不会来了？也许山高路远，被什么事情阻挡在路上？也许我应该改变自己的初衷，向楚王投降？我不知道该怎么办，我只有在这绝望中等待。我让将士们做好最坏的打算，因为我已经做好了最坏的打算。我让史官再做一次卜筮，但史官对我说，上一次卜筮的卦象已经说出了全部，即使再一次卜筮，也不会让神灵说出更多的话。结局已经注定，我们所做的仅仅是为了自己心里所想的一切，但心里所想的和将要发生的并不是一回事。

我想，他说得对，那么我就等待结果吧。神灵决定的，都包含在结果里，它仅仅在卦象里做一点提示而已。过了一天还是两天？楚军又出现在我的视野里。他们的军旗招展，他们的战车排列齐整，他们的兵戈闪烁。他们不再等待了，因为我仍然在等待。原来我在等待援军的到来，现在我所等待的，既不是援军也不是楚军，而是内心的一片苍茫。我问过神灵，也问过我自己，可我仍然在这一片苍茫之中。我在这苍茫中等待着苍茫，在这无奈中等待着无奈，在这虚无中等待着虚无。

楚军又一次潮水一样汹涌而至，他们从几个方向架起了云梯，士卒们就要登上城头的时候，被我的守军打了下去。士卒们的肉躯就像城头落下的滚木一样，掉了下去。我知道，我的都城就要被攻破了，在城上的守军越来越少了。我的心中滋生的草叶也越来越少了。一阵阵寒风已经从我的身形中穿过，我感受到了前所未有的苍凉。我回到了宫室，脱去了我身上的衣裳，将自己的胸怀袒露出来，左手拿着旄尾，牵着一只羊，右手拿着宰杀牲畜的刀，来到了城里的大路口。

古灵魂

卷四百二十一

乐伯

　　我奉命率兵攻城，我看见郑国的守军已经支撑不住了。我的士卒在一阵高过一阵的呼喊中，从四个方向登上云梯，向着城上的郑军发起攻击。刀枪在交战中碰撞出了火花，在高高的城头上，乌云笼罩的天空下，一支支刀枪激起的火星就像天上的流星乱飞，又在这铿锵的声息中瞬间熄灭。我在下面观战，看着我的士卒从云梯上掉下的时候，我的心里就燃起了复仇的火焰，是的，我感到自己要被这怒火焚毁了。

　　我是楚国的大将，我不能容忍被一道城墙阻挡在外，也不能容忍郑国的守军竟然将我发起的攻击一次次挫败。我的愤怒就像地上的喷泉，突然顶破巨大的石头，从我的浑身喷涌而起。我推开旁边的兵士，冲向了坚固的、高耸的城墙。我的手中持着自己的长戈，飞一样登上了城头，和上面的郑军开始了激战。我看见一张张恐惧的面孔从我的头顶上张开，他们的脸孔是扭曲的，他们的眼睛看着我，将一杆杆长枪伸向我。

　　我看见眼前一片小黑点，就像无数小虫子在飞舞。我的长戈拨开这些黑点，刺向那一张张敢于俯视我的脸。他们的后面有人拉开了弓，就要将利箭射向我，我敏捷地躲开了。我只听见嗖的一声，箭从我的耳边飞向下面。我的目光同时射向了那个朝我射箭的人，那个人受到了我的目光的惊吓，躲到了城垛的背后。我的目光是凌厉的，我可以看见，他们用长矛刺向我的时候，却在躲避我的目光。我的长戈是有力的，在我挡住他们的刺杀中，他们的兵刃一次次被击飞了。我牢牢捉住敌人刺向我的一杆长矛，一跃而飞上了城头。

我就像飞鸟一样，身躯是这样轻盈，简直是在城上飞翔。谁又能挡住我的飞翔？我的眼前，一张张面孔倒下了，就像一个田野上奔跑的人，一边奔跑，一边将一朵朵花拔掉。我身后的士卒一个个跟了上来，敌人四散而去。我顺着敌人逃跑的脚步，从城上追赶到城下，我好像驱赶着一群羊羔，我挥舞着手中的长戈，仿佛牧人挥舞着鞭子。然后，我的士卒用大刀劈开城门上粗壮的木头门闩，郑国的城门被打开了。

我的君王乘着战车进入了郑都。我仰头看着我的君王，他的脸朝着前方，下巴微微上翘，目光直视，四周的人群好像不存在，这是高傲的胜利者的脸。前面的骏马飞扬着四蹄，尾巴向后面飘动，马头是昂着的，车轮碾轧在街面的石头上，发出了嘎嘎嘎的响声。乌云竟然散去了，阳光照在光洁的石头上，放出了白色的反光。这里好像铺满了白玉，一道宽宽的白光将我们引向了郑城的深处。

我的军队已经接到君王的命令，不准士卒们烧杀抢掠，也不准扰乱民众，要做到秋毫无犯。等我们到了一处开阔的路口，郑国的君主脱去了上衣，袒露着胸怀，手中牵着一头羊，手执旄尾和宰杀牲畜的

古灵魂

弯刀，跪在当街迎候我的君王。这是上古时代遗留下来的礼仪，以表达真诚的归顺和服罪。我听说当初周武王攻陷商都朝歌的时候，商纣王的弟弟微子就是这样光着上身，手牵一头羊，右手还举着祭祀时用来沾酒的茅，跪着迎接周朝的大军。现在，郑国的国君也仿效古人，但他的右手拿着的是麈尾。

楚王的战车到了他的面前才停住，马蹄带起的尘土已经溅到了他的身上。楚王说，这不是郑国的君王么？怎么在这里跪着？怎么成了这个样子？郑襄公恭敬地回答说，我没有什么德行，得罪了上国，所以才落得这个样子。若是我有一点儿德行，又怎么会让上天降罪于郑国？若是我早点儿觉醒，又怎会让君王感到愤怒？现在让你不辞劳苦，从千里之地而来，我不知道怎样迎接才能让你免除我的罪愆。我现在已经知道自己的罪了，所以我效仿古人的方法来赎罪，并向你真诚地归顺。

楚王身旁的大夫公子婴齐说，郑国的力量已经穷尽了，这是灭掉郑国的大好时机。若是赦免了郑国君主的罪，他还可能再一次背叛楚国而投靠晋国，因为他们是同姓同宗，从根源上要比我们亲近。若是真的让郑国逃过一劫，那么将会给楚国带来祸患。你不要被他表面的真诚所感动，要看他内心究竟是怎样想的。你看见的只是跪在地上祈求宽恕的一个国君，那是因为我们攻破了他的城池，他乃是受到了亡国的威胁才这样做的，你又怎能看穿他的内心所想呢？他脱掉的只是外衣，你所看见的只是衣服里包裹着的肉躯，而他的心还藏在他的肉躯里。

郑国的国君说，是的，你说的没有错，我不仅脱掉了我的外衣，露出了我的胸怀，我还带来了宰杀牲畜的弯刀，这弯刀是锋利的，我已经经过了反复磨砺，以便让君王使用起来不费力气。若是君王不相信我，那么就可以用这弯刀割开我的胸膛，拿出我的心来看个究竟。我的弯刀不是为了宰羊而预备，而是为君王而预备。因为郑国的存亡，要由君王来决定。若是君王顾及先祖武公和庄公的在天之灵，顾及我们两国曾经的友好，就不要将郑国灭掉，这样就能延续郑国的宗祀，郑国也能够成为楚国的附庸，这不仅是君王的恩德，也是我们两国先祖的恩德。我跪在这里迎接君王，就是为了真诚地赎罪，所以我并没有祈求君王赦免我，因为我的生死已经没有什么，我只是恳求你能宽恕郑国。

楚王说，以前我灭掉了陈国，让它归于楚国。但申公屈巫却给我讲述了一个践田夺牛的故事，他说有一个农夫，别人家的牛踩踏了他的田地，他就牵走了这头牛，将其归为己有，这分明在嘲笑我的所为。今日我若将郑国归于楚国，将会有另外的人嘲笑我。我乃是楚国的君王，怎能被人一次次嘲笑呢？你的牛踩踏了我的庄稼，我就将倒了的禾苗扶起来，你的牛仍然归于你。你为了郑国可以屈膝袒胸，必定会受到民众的拥戴，我怎能轻视这样的君王呢？你站起来吧，我已经赦免你了。

我的君王真是胸怀宽广，可以容纳天上的日月星辰，可以汇集天下的众流，可以映照万民的面影。他下令退兵三十里，我率军在一片树林旁边安营扎寨，楚国和郑国再次讲和结盟。可是我的士卒们不理解楚王为什么这样做，那么多士卒战死了，却并没有向郑国复仇。他们的心里仍然存着愤怒。但很快他们似乎消解了积郁，因为郑襄公为了酬谢楚王的恩德，亲自来到楚国的军营慰劳将士。他对楚王说，这是我迎接君王时手里拿着的弯刀，现在用它来宰杀牛羊，慰劳远道而来的楚军将士吧。

我打开了郑国的城门，看见的却是我的君王的胸怀。这样怀着仁德的君主，必将把楚国带到兴盛之地。我们不仅得到了郑国，还得到了郑国的人心。是啊，一个国君怎么能用杀戮的方法来征服别人呢？我只是楚国的大将，只知道率兵作战，我看见的只有血的世界，而我的君王却看见了一个仁德的世界，这才是值得追寻的智慧。若是天下人都能像我的君王这样，从刀戈里看见善，又从别人的哭声里听出爱，还能在别人的屈服中懂得赦免，那么这个世界将会多么美好。

我坐在军营外的一块石头上，看着夕阳在下沉。夏日的炎热渐渐散去，草地上的野花在开放，它们各自呈现自己的魅惑，在飞舞的蝴蝶的翅膀下享受着安详的时光。西面的山峦在一片红光中起伏，满目的树木沿着山势上升，一直到云雾笼罩的朦胧之中。这山峦不是静止的，而是充满了活力，仿佛无数草木都从山底向上飞奔，而沉重的夕阳用自己的通红的圆向着下面压去。它似乎并不是浑圆的，而是因为自身的力量被压扁了，从中冒出来的光焰就变得更明艳。

我将自己的长戈放在身边，看着它古怪的形状，想着古人为什么要将一件兵器设计成这个样子？它有着被磨得十分锋利的向前尖端，也有着向下的尖端，有着长长的握杆，它更像一个人伸出手臂的样子，或者它就是模仿人搏斗的形象而制作。它是搏斗者的缩小了的形象，它暗示了搏斗者的勇气和意志。然后它将这种勇气和意志通过长长的杆传递到掌握它的形躯里。这是多么美妙的设计。一个人将自己的心灵通过这根长杆和兵器获得了沟通，他的热血也通过这根长杆奔涌到了兵刃上，对准了他的敌人。

这样的兵器早已集聚了仇恨，而不是仁善。它从一开始就居住着恶灵。我乃是它的使用者，我用它经历了无数搏杀，也将这仇恨喷发到了一个个死者身上。可是我仍然活着，因为也被仇恨所包裹，我成为仇恨的寄寓物。我实际上是仇恨中的幸存者。我一点儿也不想和陌生的人们厮杀，但我一旦拿起了这形象怪异的戈，就会激起某种莫名其妙的怒火。我就被这怒火所焚烧，我就成为一团燃烧的火球，向着死亡飞速滚动。

人为什么要彼此仇杀？他们之间究竟有什么仇恨？难道这就是天道么？不，我不相信，我不相信世界上必须要仇杀，我也不相信天道要给予我们仇恨，也不相信我必须手握长戈，因为这戈乃是人工制造，乃是出于险恶的人心。它将仇恨的悬念埋伏在一个奇特的形象里。我们若要消灭这仇恨，就必须要用仁德去化解，而不是将一个仇恨施加于另一个仇恨上。

我的君王所做的，就是真正的仁德，他不是让人恐惧，而是让人信服。他对郑君的赦免，不仅是赦免了一个国君，也不是赦免了一个国家，而是用赦免的方式施行天道和发扬正义。就像尧舜一样，天下乃是被感化的，被隐含于君王行为中的天道，让民众归附和依顺。若是没有这仁德植根于人心，人心就会被邪恶占据，就会被戈的形象占据。一个君王看起来是一个统治者，但他更应是一个善的比喻，因为善的统治比君王的统治更牢固。

我真想扔掉自己旁边的戈，可是晋国的军队已经接近我们了。据说他们已经过了大河。这真是让人感到悲伤，世间有哪一样东西是既想抛弃又不能抛弃的？若是我放弃了自己手中的戈，我就会沦入无尽的黑暗，若是我仍然持着手中的戈，我也在无尽的黑暗里挣扎。现在只有这落日是辉煌的，它从遥远的天边向我射来了无穷的光，我的身上披满了这红光，我就像无数开放的鲜花一样，端坐在这最后的辉煌中。

卷四百二十二

荀林父

    我已经率领大军就要渡河,准备去救援被围困的郑国。我是晋军的主帅,先縠是我的辅佐,士会率领上军,郤克作为副帅,赵朔率领下军,栾书作为副帅。另外,赵括和赵婴齐作为中军大夫,巩朔和韩穿为上军大夫,而荀首和赵同为下军大夫,韩厥为司马。军中人才济济,但我深知这些人都难以驾驭,他们各自有着自己的想法,我一直想着怎样才能统领他们,就像驾驭战车上的战马一样,使他们都进退有据,协同一致。

    国君委派我作为军中主帅,乃是对我的信任,可是我对这次出征并不抱有更多的希望,内心一直感到忐忑不安。但得到了一个消息,郑国被楚军攻破了都城,郑襄公已经投靠了楚国,并与楚国结盟,我们的救援已经失去了意义。这样,我心头的负担就放下了。我传令让三军班师回朝。但是我的副帅先縠却不听调遣,竟然擅自率军渡过了大河。

    司马韩厥对我说,现在先縠已经孤军深入,若是被强大的楚军围住,将会有丧师之危。这样我们将怎样给国君交代?若是晋军被楚军击败，晋国将在诸侯中失去威望，以后也将失去号令诸侯的能力，先君创造的霸主位置也将失去，晋国的基业将因此而动摇和衰败。先縠虽然违反军令，但我们不能坐视不管。要是让三军一起渡河南下，与楚军接战，也许能寻找到战机，一举扭转局面。

我说，楚军刚刚克服郑国，兵锋锐利，士气旺盛，如果楚军与郑国的军队联合作战，我们能有获胜的把握么？尽管我们拥有六百乘战车，有着足够的军力，但我们长途跋涉，到了郑国境内的时候已经疲惫不堪，怎能抵挡以逸待劳的楚军呢？韩厥说，要是渡过河，将兵锋指向楚军，楚军也不敢轻举妄动，两军在对峙中或许还可以找到好机会，至少可以保住先縠之师。但要是就这样班师回朝，国君绝不会饶恕你。

这样，我就只好传令三军渡河，准备迎战楚军。我们渡过汹涌澎湃的大河，就屯兵于敖山和鄗山，以便观望形势，察看楚军的动向，等待有利时机。秋天的敖山和鄗山是美丽的，尽管这两座山并不大，没有雄浑的气势，但它在起伏之中布满了斑斓的色彩，就像身处一卷瑰丽的彩画之中。站在山巅之上，白云从头顶缓慢地飘动，这乃是一个个充满了变化的谜团，不知它们将在何处停留，又在哪里落脚。也不知它们在什么时候汇聚，又在什么时候消散。它们看起来似乎伸手可触，但却离我那么遥远。

这是多么好的秋天啊，既不冷也不热，坐在山顶的树荫下，看着远处神奇的山河，还有什么比现在的日子更好呢？在这里可以俯瞰人间，山脚下的炊烟看起来就像是秋天的点缀，它好像是从树枝上升起来的。人变为了一些稀少的小黑点，那么渺小，那么不值一提。我想象着每一次残酷的厮杀，在山顶上的人看来不过是一些蚂蚁的游戏。可是在战场上的人却不会这样认为。因为每一个人都面临着危险，随时都将可能失去生命，而失去生命就意味着失去一切。那么对于失去一切的人来说，世界还有什么意义呢？

可是不论任何人最终都要失去一切，但自然而然地失去和突然之间失去是不一样的。就像树上的果子，是被人突然摘掉还是自己掉落在地上，对于一棵树来说是不一样的。天道就是寻常，就是自然而然，就是该怎样的时候就成为应该的样子。那么人就应该一点点老去，应该在苍老的时候脸上布满了皱纹，胡须渐渐变白，然后一点点失去一切。这是一个缓慢的过程，就在这缓慢之中，做着失去一切的预备。看起来这也是令人悲伤的，但却不会让人感到悲痛。天道是不喜欢悲痛的，人也不喜欢悲痛。

你看，我身边的草叶已经发黄了，它们将被秋风卷起，并最后被抛弃，这就是天道。然而它们已经经历了整个春天和夏天，感受了温馨和炎热，也接受过雨露甘霖，也被温润的微风抚摸，这还不够么？它们是完整的。蜂蝶曾在它们的头顶上飞舞和降落，飞鸟从它们身边掠过，这还不够么？它们是完整的。它们从几片小小的嫩叶开始，逐渐变得苍老和枯黄，它们曾经开花，这还不够么？它们是完整的，因而它们就是天道。

还有我身边的树木，它们也是一样。从小小的树苗长大，它们的根在不断伸长，不断到最深处探索甘泉，它们的枝干不断长大，并开始开花和结果。从严冬开始，它们就进入了长长的睡眠，将自己最后的枯叶掉落在地上，并在泥土中腐烂。它们知道怎样应对寒风，怎样面对寒冷，因为它们的内心有着自己的火。它们在春风中发芽，在夏雨中开花，在秋天结出自己的果子，又在秋天就要结束的时候坦然面对将要到来的严冬。

即使是地上微小的蚂蚁，也有自己自然而然的生活。它们不论走多远都能找到回家的路。我看见一只只蚂蚁在风中摇摇晃晃，它们的嘴里含着什么东西，不断被风吹离了原来的方向，但总是能够重新回到自己要走的路上。它所含的食物也不会掉落。它有时拖着一片草叶，也不知道要将这叶子拖到哪里，但它自己知道一切，从来不需要别人的指点。它们的生活里充满了天道，也充满了富有激情的正义。就要下雨的时候，它们会提前将自己的家搬迁到树上，冬天的时候就会回到地下温暖的巢穴。我没有见过蚂蚁地下的宫殿，但我听说那是一个极其富有的、充满了迷惑的世界。但对它们来说，世界上并没有迷惑，一切都在掌握之中，只要按照上天赋予自己的想法过日子，就不会有什么疑惑。

现在我的大军驻扎在这里，这是可以俯瞰人间的高度，这是可以窥探自己的高度，也是有着无数树木的影子的高度。在这个地方，我可以看清地上的一切。可是我的内心里却感到了一个个疑惑。从上天的启示中，我觉得这疑惑也许是多余的。我停在这里，似乎已经不需要思考。重要的是，我的大军的驻扎，使这两座山变为别人不得不注视的地方。无论是郑国还是楚国，都必须不断注视这个地方。我用这高度压迫着他们，让他们的内心有着一片抹不去的黑暗，有着他们不得不承担的重量。我从一个俯瞰者的高度，让他们感到了不安，而我却在他们的不安中获得了静谧。

我似乎觉得自己已经在运行的天道中据守。是的，我也许不是据守，而是在停留中保持了进击者的姿态。这已经让我的敌人感到了恐慌。我要看他们在恐慌中做什么。我只是坐在这山头上，在一片白云下，看着飞鸟在山腰飞翔，它们的姿势是优美的，尤其是翅膀不断扇动的样子，是那么轻巧，那么迷人。它们的飞翔是随意的，它们在树上的停留也是随意的，所有的事情都在随意之中发生。我现在也在这样的随意之中，我的随意乃是遵循了天道的随意，就像飞鸟的飞翔和停留。

在这里，我随时可以发起攻击，也可以随时撤回到大河的另一边。那边就是我的晋国。所以我的内心变得十分踏实。我得到了消息，楚军原先要撤兵，但他们因为我的到来而停住了。他们也在窥探我军的虚实，观察我军究竟要做什么。实际上，我并不想和楚军交锋，也没有必胜的把握。那么他们想必和我一样，又怎能胜券在握？这是两头野兽的对峙，谁也不敢接近谁，只是在远远地相互望着，在惊惧中望着，等待着某一个时刻。

古灵魂

卷四百二十三

郑襄公

亡国的阴影渐渐消散，我的都城内的民众也开始了原先的生活。楚庄王是仁善的，他的所作所为让我感动。虽然我忍受了跪地祈求的屈辱，但他毕竟赦免了我，让我继续坐在君王的宝座上。我的国仍然归于我。受损的城墙已经修复，而且更加牢固了。可是我仍然在胆战心惊中度过每一天。我常常在半夜醒来，对着深不可测的黑暗，不知会有什么事情发生。我也经常被噩梦惊醒，但却很快就忘掉了梦的内容。这原本是完整的、可怕的梦，最后剩下的只是一些可怕的细节。

一个人只能记住那些让你恐惧的东西，而快乐的事情很快就会忘掉。我一直记着我在当街跪着，手牵着羊，拿着弯刀的时刻。我不能想象我的样子，我那时究竟有着怎样的表情？我的样子一定很难看。内心的恐惧已经抓住了我，我的心就要跳出身体之外了。楚王的战车就在我的面前停下，他的战马的脸就要贴住我的脸了。我已经听见了战马的呼吸，感到了它鼻子里喷出的气息。它的蹄子刨起了地上的尘土，我感到了溅在我胸脯上的泥土。

那是怎样地令人惊惧。我觉得眼前是黑暗的，我的身躯就像放在了一条波涛中的船上，那么轻，那么轻，在不断摇晃，一阵又一阵的喧嚣，一阵又一阵的眩晕。我想，我就要死了，我就要离开人世了，我就要向我曾拥有的一切诀别了。我甚至不知道自己该说什么。但是楚王对我说的话我却听得十分清楚，因为他的每一句话都会决定我的生与死，也决定郑国的生与死。他还是给了我生的机会，我听见他最后的话之后，我的浑身已经失去了力气。

我想，我已经在我的百姓中失去了尊严，他们会怎样看待我？我还有没有统领他们的威望？我是不是已经失去了做一个君王应有的条件？可是我是真诚的，一切都为了郑国，为了我的先祖所给我的东西。是的，我之所以成为郑国的君王，不是因为我拥有足够的智慧，而是我得到了先祖传给我的山河。我的一切都在香烟缭绕的宗庙里，我的身形中寄居着先祖的灵魂，他们就在我的身上，我仅仅是一个躯壳，一个别人的住所，就像我的宗庙，那就是我的生命的比喻。

我前往楚军的军营慰劳将士们，他们来到我的都城之后，秋毫无犯，也没有骚扰我的百姓。这一点，我要感谢他们。我用自己屈辱的弯刀为他们宰杀牛羊，用我的大鼎为他们煮熟肉食，在蒸汽升腾之中，我看见一个个朦胧的面孔。他们攻破了我的城，我还要用这样的方式，表达我的真诚。我在屈辱的日子里，不断堆砌更大的屈辱，我已经被屈辱所占满，我已经没有别的地方可以站立了。

我的举动获得了楚王的信任，楚军的将士也感到高兴。我还将我的美酒送到了军营，让楚军的将士们尽情狂饮。他们围着篝火，在欢歌里起舞，火焰照着他们凌乱的影子，攻城时的结怨在这欢乐中随着篝火上的烟雾散到了天空。我的脸上挂满了笑容，但我的笑容的背后

古灵魂

却藏着我的忧伤。我展示我的笑容，展示我虚假的笑容，却使我的屈辱加深。我被这火焰所灼痛，我被这火焰所照亮，却将自己的真实放在了夜空下的漆黑之中。

楚军刚刚离开，晋国的大军就渡过了大河。他们就要到我的眼前了，或者已经到了我的眼前。他们就在远处的山峦之间，我已经感受到了他们利剑般的目光，他们从高处窥伺着我。我生活于两头野兽之间，摆脱了这一头，那一头就接踵而来。我不能自己选择，而总是被别人选择。每一次妥协就意味着另一次的背叛，另一次背叛就会带来更深的屈辱。我只有在这屈辱的污泥中爬行么？我就永远爬不出这无边的泥潭了么？我刚刚爬到了岸上，就会被重新赶了下去。我似乎被这样的污泥所缠绕，我的命运就是和这污泥相伴么？

可是我又怎样改变这命运？我的城墙刚刚修复，就要迎来另一次坍塌么？我的百姓已经痛哭过一次，还要再一次痛哭失声么？我已经一次次背叛别人，我还要再一次背叛自己么？我的身上已经负担了重罪，即使别人赦免了自己，我也不能赦免自己了。那么，面对虎视眈眈的晋国军队，我还能做什么呢？我的心被万虫啃噬，还没有开战，我的心就已被万箭射穿了。我的每一个毛孔都在流血，我身边的污泥乃是被血浸泡的污泥。

我的智慧是多么少，以至于不能应对所发生的一切。我只好将我的大臣们召来，我想听听他们有什么良策。众臣来到了朝堂，但一开始就陷入了沉默，比黑暗更深的沉默。这样的沉默是多么可怕，似乎比将要遭遇的更让人感到恐惧和窒息。我问，你们就没有什么良策么？平时的日子，你们总是侃侃而谈，现在却闭上了嘴巴。嘴巴不是仅仅用来吃饭的，而且还是用来说出让人愉悦的话。现在郑国遭遇了困苦，需要你们张开嘴说话，将你们的智慧变为语言，让我在烦恼中获得一点欢愉。我的心里已经结满了一个个死结，需要你们将其一个个解开，你们就开始说话吧，随便说一点什么都好。

一个人向前走了一步，我看不清他的脸，因为光线从他的背后射来，我只看见一个发暗的轮廓。从这轮廓中发出了声音，我听出来了，他是大夫皇戌。他说，在两头凶兽之间的生存之道，就是让它们彼此厮杀，这样你才有机会逃脱。我们曾经和晋国结盟，但楚国就来讨伐，我们又不得不选择和楚国结盟，这样就背叛了晋国。多少年来我们一直在这结盟和背叛之间徘徊，却不能获得一点自由。若是一直这样下去，我们就将永远在屈辱中挣扎。

他停顿了一下，朝堂内又一次陷入了沉默。不过这一次的沉默是短暂的。我几乎是屏住呼吸倾听他的话，可是他却停下了。我说，这样的事情每一个人都是清楚的，关键是怎样来解决问题。晋国和楚国都十分强大，我们怎样才能在石头的夹缝里生长？你想让两头凶兽互相撕咬，可是它们却并不会轻易撕咬。他们张开了牙齿，都是冲着郑国而来。我们就像它们的食物，被它们争抢，一会儿被咬住，一会儿又松开，一会儿又被另一个咬住，一会儿又到了另一张嘴里。

大夫皇戌说，君王说得对，所以我们必须让晋楚两国交战，才能看见他们谁胜谁负。只要他们通过交战决出胜负，那么我们就可以选择胜者为依附。若是楚国获胜，我们就选择楚国，若是晋国获胜，我们就选择晋国。这样他们谁也不会说什么，因为获胜的一方已经压倒了失败的一方，而失败的一方必须承认获胜者的权利。天道偏袒胜

古灵魂

者，我们坐观成败而选择强者从之，谁又能说我们背叛呢？谁又能提出讨伐郑国的理由呢？

我觉得皇戌所说的有着十足的道理。但是怎样才能让晋楚两国交战而决出胜负呢？皇戌说，若是君王相信我的话，我愿意前往晋国军营，劝说晋军与楚国决战，也愿意到楚国军营劝说楚国与晋军决战。我尽管仍然感到不安，也没有十分把握，但现在没有别的选择了。我只有派遣皇戌前往晋国军营了，也许这是使郑国获得解救的唯一途径。我的目光投向了皇戌，他仍然在暗淡之中，但我看见了他发亮的目光。我们的目光在空中相碰，我感到了砰的一声，两束目光在这里相融，那个黑影顿时变得明亮，我看见了他的清晰的面容。

卷四百二十四

皇戍

　　我在这个清晨踏上了前往晋军军营的路，国君一直将我送到了城门外。我坐上了马车，御车者手中的鞭子在空中卷起了一个圆圈，发出了清脆的啪的一声。这一声，让这清晨的阳光从山的背后冲出，山脊线就像烈火燃起，也将一片红光披在我的身上。这红光充满了温暖，让我在这秋风里的脚步更加轻快。但我的内心并不是那么轻松，因为我不知道到了晋国的军营会遇到什么事情。

　　昨夜下了一点细雨，路面是湿润的，我深深的车辙就显得异常清晰。它好像提示我，从哪里出发就要回归到哪里。我担负着重任，这是我的国君托付给我的重任，我还不知道能不能完成。我的背部仍然感到国君充满了希望的目光，那么我将怎样归来呢？我不能让这目光变得晦暗，不能让我的车辙滑到别的路上。

　　空气是这么新鲜，我大口大口地呼吸，让这湿润的空气灌满我的肺腑。我感到这空气在我的浑身流动，我的身体里充满了微微吹动的秋风。是的，我被这秋风所贯穿，我的身躯好像是空的，我正在向着不知道的地方飘动。我也被国君的目光所充满，我就在这目光中向着远方行进。我没有心情欣赏秋天的美景，但秋天的确是美好的。沿途都是五彩斑斓的树木，它们的树叶比五月的鲜花还要艳丽。

越是接近敖山和鄌山，道路就变得越发泥泞了。车轮上沾满了泥巴，马蹄不断将泥巴带起，甩到我前面的车栏上。御夫唱起了歌，他的歌声合着马蹄的节律，在秋风中荡漾。天空是碧蓝的，没有一丝云彩，好像被洗过一样，发出了那种令人眩晕的亮光。两座山头就在我的面前了，我知道就要到晋军的军营了。他们驻扎在山间，也许正在俯瞰着我。我的后面是国君的目光，而前面则是晋国军队的险恶的目光。

车停下了，前面的道路越来越狭窄了。这时晋军的士卒看见了我。他们带着我来到了主帅荀林父的军帐前。他的侍卫通报之后，我进入了军帐。从外面的明亮中进入，我的眼睛还不能适应这军帐中的暗淡，我突然觉得失去了视力，我的目光好像被利剑割断。我只是听见我的前面传来了浑厚的声音。从这声音上判断，我的面前一定站着一个身材魁梧的人。我想，他必定就是荀林父了。

我说，我是郑国的大夫皇戌，受我的国君托付，要和你们说几句话。荀林父说，我听说郑国已经背叛了晋国，投靠了楚国，还有什么话可说呢？郑国的国君不会那么快就忘掉和我们的盟约吧？既然和我们已经盟誓，却又要和楚国结盟，这乃是背信弃义。既然和我们结盟，又背弃了自己的誓约，这也是背叛了上天，因为这誓约乃是对着上天所发。那么既背叛了上天，也背叛了盟国，还背叛了自己，这样的事情怎样能获得宽恕？

我说，你说的都有道理，但我也听说，被迫的背叛不是真正的背叛。楚军兵临城下，郑国不畏强暴，郑城内的军民坚守几个月，直到楚军攻破城池。我们一直在等待晋军的救援，但却一次次失望。我们没有丝毫忘记与晋国的盟约，就像你所说的，这盟约不仅是我们两国的大事，也是对着上天所发的誓约。即使我们敢于背叛晋国，又怎敢违拗天意？祭祀的时候，我们的国君总是用郑国最好的祭品，丝毫不敢怠慢，这样的虔敬之心上天也会知道的，我们怎么敢违背上天呢？

荀林父说，可是你们的确违背了天意，背叛了上天，也背叛了晋国。你们投靠楚国难道不是事实？你们的君王竟然在大街口跪地求饶，还手牵着羊，拿着宰羊的弯刀，他宁愿这样也要背叛晋国。我还没有听说过这么不知羞耻的君王，这难道不应该受到惩罚？不要再说什么了，你回去告诉郑君，晋国乃是天下的霸主，接受天子之命，将对郑国予以讨伐。我们之所以在这里屯兵，乃是观望你们的行动，看你们是否还有悔改之意。看来你们仍不思悔改，那么我们还需再等下去么？

我说，你想吧，我的国君和你的国君乃是同姓同宗，都来自周王的分封，从前一直保持着友好。不论怎样，我们两国都是血脉相通。楚国则是蛮夷之地，在情感上与我们是隔膜的。可楚国是强大的，郑国不能独自抵挡楚国的入侵。我们不能漠视这样的现实。我绝不是抱怨晋国，但这一次郑国的确坚守到了最后一刻。我的国君难道愿意受这样的屈辱么？他的内心真的能够安宁么？不，不是的。他却既不能说出内心的苦闷，也没有力量抵御强敌。他必须用自己的屈辱换取郑国的生存。他的屈服不是真的屈服，而是怀着悲痛做出的妥协。你要站在他的地方，你该怎样做？

荀林父说，不论怎样说，郑国投靠楚国就是背叛，背叛就必须受到惩罚。背叛就是罪，背叛就是丧失仁义，就是违背天意，就应该被讨伐。我要站在你们国君的地方，也不会像你的国君那样做。虽然我不知道究竟该怎样做，但绝不会像他那样。你已经看见了，我们的大军已经在你们的门口，只等待着一声号令，就会万箭齐发。我们有足够的战车，也有足够的弓箭，还有足够的粮草，我们的将士都浑身积蓄了力量。你们既然不能抵御楚军，就能够抵御晋军么？

我说，我已经看出来了，晋国只是欺凌弱小，而面对强大的楚军却不敢交战。晋国一直坚称自己心怀仁德，可是所做的事情却和所说的不一样。现在郑国就在眼前，但是楚军也没有走远，他们就驻扎在管邑。你们若是真的遵循天道，就应该勇敢面对楚军。在我看来，也许楚军没有你们兵强马壮，但他们比你们勇敢，也比你们仁义。在郑城的墙角崩塌的时候，他们没有选择乘人之危而发起攻击，而是退兵三十里。待我们筑好了城墙，他们才又一次开始攻打。他们的猛将破城之后，也没有烧杀抢掠，没有骚扰城中的民众，而是军纪严明，秋毫无犯。而我的君王被迫跪地祈求，楚王马上赦免了我的君王，没有将郑国灭掉，保留了郑国宗庙的香火绵延。

我看着荀林父，他的目光似乎已经失去了锋芒，变得柔软了，甚至往回收缩。他握着戈的手，似乎也松开了，他的长戈似乎就要从手中滑落了。他的脚步向后移动，好像要和我拉开一点距离，这样他就能看得更清楚一些。他是想把我看得更清楚么？还是要重新看一看他内心暗藏的东西？还是我的话将他逼退了？他手中的戈似乎抖动了一下，也许他的内心受到了震动？于是，我用低沉的声音继续说，相比之下，晋国和郑国曾经盟誓，而且有着天然的亲近，同姓同宗本应在对方危急的时候伸出援手，但楚军攻打郑国的时候，你们在哪里呢？当楚军箭矢乱飞、战鼓不息的时候，你们在哪里呢？当我的君王站在城头亲临督战，郑国的将士临危不惧，与楚军展开一次次激战，他们的血喷涌而出的时候，你们在哪里呢？我们的城墙坍塌之后，城内的百姓一片哭声，他们的悲痛震动了天上的神灵，可是你们又在哪里呢？我们最需要你们的时候，却找不到你们，可我们的城池被攻破之后，你们才出现在我们的面前，这有什么用呢？

我的声音提高了，我义正词严地说，你们来到郑国的境内，不是安慰我们，也不是要与楚军一战，而是指责郑国，指责我的国君，还要用重兵来讨伐我们，难道你们这样做就是施行天道么？就是顺应天意么？晋国到郑国的距离不算远，我们坚守了几个月却看不见你们的踪影，难道这不是背叛么？一个背叛者还在指责别人的背叛，若是论背叛，你们早已背叛了郑国，可你们还觉得自己的背叛乃是正义，别人的背叛才是背叛。难道这就是你们的仁德么？若是换了我，我就要面对楚军，就要勇敢地与楚军作战，挽回自己的颜面。若是不能这样，那还怎样称为霸主？怎能声称尊奉天子之命？

荀林父低声说，也许你所说的都有道理，可是我们路途遥远，也是很不容易，不然怎会在这个时候才来救援？谁知道你们的城已经被攻破。我们的确来得有一点儿晚了。可是你们已经依附楚国，还能让我们怎么救助你们呢？我看他已经没有咄咄逼人的气势了，他终于可以和我平和地交谈了。他已经知道自己理屈词穷了。或者他已经放弃了讨伐郑国的想法了。我听见军帐之外一阵秋风吹过，传来了无数树叶落地的声息。秋天的风真是强劲啊，万紫千红的表象尽管十分迷人，但很快就会被席卷而去了。

我说，现在是晋军攻击楚军的最好时机。因为他们刚刚攻破郑城，已经准备获胜而归。士卒们已经没有再战的愿望，他们的勇力已经没有了。他们虽然没有离去，但却失去了斗志。不然他们为什么在郧地停下来，却没有一点儿动静？楚王也不想与强大的晋军交锋，他经过了几个月的作战，已经十分疲惫，将士们也同样疲惫不堪了。

——他们停留在郧地，仅仅是想观望晋军的动向，也用这样的方式来与晋军对峙，并希望你们离开，这样他们就可以顺利班师回朝了。我听别人说，他们的军营一片凌乱，战车的摆放也没有秩序，士卒们的刀戈都放在一边，一些士卒整天唱着家乡的歌曲，他们已经归心似箭了。要是现在晋军乘虚发起攻击，必定会大获全胜。若是你们能一举击败楚军，郑国仍然是晋国的友好，我们的君王也会立即和晋国再次盟誓，这样一切都顺理成章，晋国也可以通过这样的决战赢得天下的信任，恢复往日的威严。那样，天下诸侯就会与晋国呼应，晋国就成为天命的真正承担者。

我直视着荀林父，看他在仔细听着我的话，又好像陷入了深思。他的目光似乎已经收缩到了内心，我所看见的不过是表面的目光，这样的目光是暗淡的，有时是闪烁不定的。或者我已经看见了他心里的另一个空间。我又对他说，这也是你建功立业的好机会。若是放过了这个机会，以后也许就不会有了。对于任何一个人来说，上天只会给你一两次机会，不会给你更多了。武王之所以能够获得天下，就是看见了转瞬即逝的好机会，并牢牢抓住了它。文公之所以能够称霸，就是因为获得了关键的机会，也牢牢抓住了它。

我又说，没有比现在更好的时机了。楚军骤然获胜，必定因为获胜而骄傲，楚军的兵锋已经老了。他们既会轻敌，作战的意志也已经衰竭，又因急于归朝而懈怠。我的国君借劳军的机会，令他们日夜狂欢，已不可能有所防备。何况郑国始终站在晋国一边，若是晋军发起突击，焉有不胜之理？无论是天意还是人意，都在晋军一边。

荀林父说，你回去吧，你的话我已经听见了，你的国君的话我也听见了。我知道自己该怎样做。秋风已经开始扫除地上的草木，人间将变得萧瑟。树叶将乘着这劲风落到自己该落的地方，野草的种子也将借着这风力飘往远方。天命虽然在我们身上，但命运却是变化的，谁又能预料将来呢？就拿郑国来说吧，你们的君主并没有想到今天，我也没有想到。这都是命运的一部分，但不是全部。一切都有改变的机会，但这样的机会需要等待。已经改变的，并不是永远的改变，尚未改变的，也许就在这秋风之中。

我不知道荀林父究竟想说什么，但他的意思我似乎领会了。他还没有做出与楚国决战的最后抉择，但他已经向这个方向倾斜了。他至少已经不会因与楚国的结盟而攻打郑国了。或者说，我已经唤起了他进击楚军的冲动，秋风怎么可能仅仅停留在敖山和鄗山呢？两座小山怎能挡住秋风的浩然之气？也许他知道自己的力量，但却不知道楚国的力量，他正从这小山上估摸楚军的力量，也估摸着自己的力量，但一场交战已经从他的内心开始了。什么事情不是从人的内心开始的呢？真正的秋风不是显现于外面的，而是从草木的叶片开始，你看见那些叶片已经开始卷边发黄的时候，秋风已经从万物的内心开始了。

古灵魂

不，单单有一方的冲动是不够的，因为楚军也在犹豫之中等待。于是我又要到楚军的军营之中了。从山上来到了平地，我的车又一次行进到了熟悉的路上。道路似乎已经干了，我的车辙也变得不那么明显。现在远看离开的山岗，觉得是另一番景观。每一座山都有着不同的景色，从每一个侧面看去都不一样，仿佛层层叠叠的、不断推出的繁华，让人感到了不断凋谢的忧伤。我仍然听见山上的鸟叫声，它从密集的、华彩的秋景中传出，来到了我的双耳。我和荀林父的对话，已经随着这样的鸟鸣越来越远了，我的眼前又变得一片苍茫。

我觉得我所乘坐的车越来越沉重了。它载着我，也载着国君给我的托付，也载着这两座山，向着另一个地方移动。车轴发出了吱吱呀呀的声响，让我的心越来越烦闷了。刚才我还感到一阵轻松，但我的心又开始变得紧张起来。我的后面是献给楚王的礼物，可是我将献给他怎样的话语？他又会怎样回答？这都是未知的。依我看来，楚王并不想和晋军开战，他已经达到了目的，他希望的结果是很快回到楚国。而且，楚王是一个有仁德的君子，他既不愿意伤害别人，也不愿意自己受到伤害。从他对郑国攻打的过程，就可以做出推断。郑城内百姓的哭声竟然能让他退兵，这还不是仁德的表现么？

但是，为了郑国的安宁，必须让晋楚两国决一死战。只有他们决出胜负，郑国才能做出选择。若是他们各自爱惜自己，也畏惧对方，那么郑国就会不断受到威胁。这样，郑国迟早都要被灭国。路途是枯燥的，它增加了我的烦闷。天也开始阴沉了，也许又要下雨了。秋雨一般都不会太大，那种绵绵细雨更让人苦恼，因为这样的雨让人觉得看不到尽头。夏天的疾风暴雨尽管来得急骤，但它会很快过去，西面的天空会展现雨后的虹霓，让人有一种雨过天晴后的爽快之感。现在这阴沉连着阴沉，天上一片灰蒙蒙的，似乎将我压得喘不过气来，我好像被这沉重的云压扁了。

我终于来到了郔地的楚营，见到了楚王，并向楚王献上厚礼。我说，晋军已经驻扎在敖山和鄗山，他们要对楚军发起攻击，不可不防啊。楚王说，他们图谋的是郑国，还不会与楚军交战。若是要和楚军交战，他们就不会在渡河后按兵不动，这说明他们不敢攻打郑国，是因为我的大军还没有远离，他们因为畏惧而不敢向前。你要知道，他们不是害怕郑国，而是害怕我。只要我还在这里，他们就不敢轻举妄动。我相信，过不了多久，他们就会退兵。

我说，我听说，他们也是这样说的。他们说，楚军不敢与晋军作战，不久就会退兵，等到楚军退兵之后再攻打郑国，攻打郑国就等于攻打楚国。若是楚军不愿离开，那么就直接攻打楚军。我想，楚军刚刚获胜，士气大振，而晋军又立足未稳，何不趁机发起攻击？晋国的国君即位不久，国内仍然在混乱之中，三军将帅也刚刚调整，主帅荀林父还不能协调三军，三军的将帅也不会听任主帅调遣。就像拉车的战马还没有获得充分训练，它们的步伐不一致，力量不能充分发挥，既不可能灵敏，也不可能快速行进，这样的战车怎么不会倾覆？

楚王说，晋军真的如你所说么？我听说他们有着六百战车，又有精兵强将，怎会不堪一击呢？我说，我也听说，外表的强大不是真正的强大，牛马虽然强壮，但怎能抵挡身体瘦小的猛兽？他们不过是看起来强大而已，勇猛的楚军怎会畏惧这样的军队呢？而且郑国和楚国刚刚结盟，郑国乃是楚军的有力支撑，我们有着足够的粮草供应。楚

古灵魂

军以逸待劳，晋军却长途跋涉，他们已经兵锋疲怠，又怎能敌过强大的楚军呢？这乃是百年不遇的良机，若是楚军奋而攻击，晋军败绩已定。那样，君王将一举奠定中原大业，天下诸侯归心以待，只待楚国将晋国逐出中原，那时君王只需登高一呼，天下响应。

楚王说，你所说的很对，但仍需我仔细考虑。晋军毕竟趁势而来，中原各诸侯都在观望，若一旦失败，以后的机会就会减少，还需谨慎行事。就像河上的船夫，他要看清水底的石头，才能保证自己所驾驶的船不会损毁。我说，我听说君王乃是智勇无双，今日竟然畏首畏尾、裹足不前？晋军之所以据以高山，按兵不动，就说明他们心有畏意，不仅畏惧楚国大军，也畏惧自己的军心不稳，谁也不如晋军主帅知道自己的弱点。若是他们军力强健，为什么在楚军攻打郑国的时候他们迟迟不来？实际上，他们表面上是来救援郑国，乃是给天下做个样子而已，他们不敢在楚军面前暴露自己的虚弱。一雪城濮之战耻辱的良机，君王岂能放过？

楚王沉默了。他的沉默乃是在暗中做出决定。他似乎已经决定要与晋国决战了。我看着楚王的脸上露出严肃的表情，他的眼里射出了一道强光，一道耀眼的强光。这样的强光只有我看见了。因为它就像云中的闪电，只有一瞬间的明亮，但已经将一切照亮了。我就在这样的瞬间看见了云下的土地，以及土地上的万物显露出的层叠景象。楚军和晋军虽然还没有交战，但这激烈的搏斗已经在酝酿。我已经闻见了血腥，听见了喊杀声。

卷四百二十五

樊姬

楚庄王派遣我前往晋军军营试探军情。看来君王还尚未做出最后的决断。郑国的使臣前来说服，已经使他心旌摇曳，也许他已经产生了一举击败晋军的心念。在郑国使臣皇戍离开之后，他召集大臣议事。楚庄王说，现在晋军就在眼前，我们已经击破了郑国，这次讨伐的目的已经达成，我想趁此机会退兵，你们觉得怎样？

大将伍参说，我们不应该在这个时候退兵，而是应该趁势进击，这是击败晋军的好机会。郑国的使臣皇戍对晋军的分析十分有理，君王应该快下决断，以便和晋军决战。令尹孙叔敖语带讥讽地说，我们过去曾讨伐陈国获胜，现在又讨伐郑国获胜，虽然有着一个个惊险，但还是十分圆满。但上天不会让我们每一次都圆满，若是这一次战而不胜，你伍参的肉怎么够我们吃呢？

伍参反驳说，你的说法也说明了另一个问题，若是战而获胜，就意味着你毫无谋略可言，若战而不胜，我的肉就放到了晋军的嘴里，你怎么能吃到呢？要么你已经失去了智谋，要么你所说的都是妄言，那么你既没有智谋，又胡言乱语，又怎能率兵作战，又怎能战而能胜

古灵魂

呢？孙叔敖听后十分愤怒，他说，可我是三军统帅，我要下令车辕向南，旗旆转向，班师回朝，因为你所说的毫无道理，按照你所说的行事，将把楚军带入深渊。

伍参转而对楚王说，晋国的新君即位不久，还没有真正施行命令，中军辅佐先縠刚愎自用，不会听从主帅荀林父的调遣。那么他的三军将帅就会各行其是，那么就等于三军失去了主帅，而没有主帅的军队将无所适从。若是我们趁此机会进击，晋军必将失败。楚庄王听后，就让孙叔敖传令掉转车头，准备迎击晋军。

我来到了晋军营帐，对荀林父说，我军讨伐郑国，乃是为了安抚郑国的君主，并不是要冒犯晋国。我们怎敢得罪晋国呢？晋国兵强马壮，几次交锋，楚军已经领教了晋军的兵锋凌厉。我们怎么会得罪晋国呢？因而请你们的大军离开这个地方，这样楚国和郑国就都能获得安宁，我们安抚和安定郑国的使命也就完成了。若是你们一直待在此地，俯视郑国，郑国就会求助于楚国，楚军也只好驻扎在管邑观望你们的动向。这样岂不是劳民伤财，彼此都得不到安宁？

晋军的上军主帅士会说，过去周平王曾对先君文公说，你们要和郑国一起辅佐周王室，无论什么时候都要记住王命，千万不可废弃。今日郑国已经没有遵循天子的命令而依附楚国，我们的君主派遣我们来质问郑国，又怎敢劳动楚国的大臣来迎送？我现在恭敬地拜谢楚王之命。晋军副帅先縠听了士会的话，很不高兴，就让赵括说，刚才士会的说法不确切，我们国君的派遣我们来到这里，就是让楚军从这里迁走，并嘱咐说，不要躲避任何敌人。你们既然驻扎在郑国身边，我们怎么敢逃避君王的命令呢？

我说，我也是奉命而来，只是将我们君王的话告诉你们。记得先君文公曾逃亡到楚国，我们的先王曾予以厚待，不仅赠送了厚礼，还将文公送到了秦国，不然他怎么能归国而使得晋国复兴呢？在城濮之战中，先君文公为了报答我们先王的恩德，也曾退避三舍，但两国交战那是另一回事了。若是你们还念及晋楚两国的友好，就应该主动退兵，以便让我们重续友好，也让郑国休养生息。我们国君深感天下忧患，希望不要滋生战事，这样就会殃及百姓苍生。我也希望，我们君王的希望不要落空。

荀林父看着左右的大臣，并不说话。而先縠回答说，你们的希望和我们的希望不一样，你们已经攻破了郑国，却说是为了安抚。你们已经得到了好处，却希望拿着这好处回家。可是这好处却是从晋国的手中拿走的。我们的希望就是让你们退兵，然后将你们手中的东西归还给我们。我听说，谁的就是谁的，谁要拿走不属于自己的东西，就是盗贼。那么对于盗贼还有什么好说的呢？

我看出来了，晋军决战的决心已定，他们不会答应撤军。我离开晋营的时候，看见他们的战车排列齐整，士卒们在磨砺兵刃。当然我也看出晋军将帅不和，先縠对士会的不满已经溢于言表。我就这样回到了楚营中，将我的所见和晋军将帅所说的话告诉我的君王。我说，晋军看起来强大无比，也看起来准备充分，但他们乃是外表凶猛而已。他们实际上并没有想象中的可怕，因为他们嘴里的牙齿已经被自己拔掉，利爪也不听使唤，将帅之间各自有自己的想法，这意味着，若是我们与之交战，必能击败他们。

君王说，你再去晋营一次，向对方求和，这样就可以充分地迷惑

古灵魂

他们，以为我们不敢与之交锋。我们先要示弱，这样晋军就会轻敌，滋生骄傲，以便我们突然发起袭击。我接受了楚王的命令，又一次前往晋营。我对晋军主帅荀林父说，我们的君王不想与晋军交战，准备班师回朝。晋楚两国从前是友好的，若是现在重归友好，结为盟国，郑国的事情不就迎刃而解？先君文公的时候，楚国的先君就特别敬服晋国，现在我的君王也是这样。若是我们两国可以结盟，天下还有谁可敌？这样我们共同辅佐周王，天下就归于太平，这不仅对于晋楚两国是好事，对于天下苍生又岂不是好事？

晋军副帅先縠说，事情哪有这样简单，你说的是多么轻巧。你们先侵犯了晋国的利益，却要提出结盟，我们怎么答应？你们先要让郑国退出盟约，我们就可以讲和了。我说，我们君王是真心想和你们讲和，你却不顾天下道义，非要付诸兵戈，这不是违背仁德么？我们和晋国讲和，不是因为畏惧，而是为了遵循天道和怜悯苍生，还是希望你们想一想。

下军副帅栾书说，既然楚王要讲和，我们就应该答应要求。我们渡河乃是为了救援郑国，现在郑国已经没有楚国侵扰的忧患，我们为什么不和楚国结盟呢？若是彼此结盟，就不用在中原兵戎相见了，无论是晋国还是楚国的利益，都可以得到保障，周王的天下也能安宁了。还有什么比这更好的事情呢？先君文公曾在楚国受到楚王的优厚礼遇，现在楚国向我们言和，我们何不顺势而为？这样既能避免一战，也能各自保住自己的颜面。

最后还是荀林父答应了楚国的要求，并约好了会盟的吉日。一切都是顺当的。我顺着山间小路蜿蜒而下，枯枝败叶不断掉落在地上。

一会儿，秋风渐渐大起来了，五彩的叶片在山林间飞舞，就像无数翩翩而飞的蝴蝶，它们的翅膀就是它们的躯身，或者说，它们的躯身已经消失，只剩下了翅膀，只剩下了飞翔。似乎这是最终的日子，它充满了肃杀的激情，也充满了绝望的呼啸。

我看见松鼠胆怯地从树枝间看着我，它的双眼那么黑、那么亮，又那么小。长长的尾巴，拖在后面，它将自己的重量放在了最后，毛茸茸的尾巴上，还拖着枝丫间漏下来的强烈的秋光。它经不起我的凝视，快速地蹿向了不知之处。还有一头野鹿的身影，一闪就不见了，我的视觉里只留下了几个漂亮的花斑。真正的凶兽一般都在夜间出现，它们是神灵的陪伴者。我看着这山林里的一切，感到了万物的狡诈和命运的不测。

很多树木我都不知道它们的名字。它们原本就没有名字，只是为了我们对它们进行辨认，才赋予它一个名字。它不得不接受人的命名，不得不接受别人强加给它的名字。可是它未必真的承认它。因为它不论是什么，都还是它自己。它只接受命运的检验，它是自由自在的。它接受山间的雾霭，也接受天上的雨水，将自己的根延伸到地下的泉水里。它汲取它所需的，对于更多的事情，它并不是十分在意。或者说，它藐视自己之外的所有事情。

我边走边在旁边的一些树上刻上一个记号。这不是为了别的，只是为了铭记我所行的路。也许在多少年之后，有人会发现这些记号，他们会想，这是谁曾经走过？为什么要刻画这样的记号？我要让他们的复杂的猜测都落空，因为我并没有什么确切的用意。我用这些记号只是为了说明我的好心情，因为我完成了君王交给我的使命。我的步

古灵魂

伐也轻快起来了。我也看见了秋天山林的变化。很多树木已经变得光秃秃的，似乎在一夜之间衰老了，掉光了牙齿。它们的样子让人感到悲伤，我的欢快顿时被这悲伤消解。

从外表上看，它们似乎已经死亡。从青春勃发、满身繁华到死亡只有短短的时光，这乃是一种最贴切的譬喻。我看见这些光秃秃的树木，看见它们挣扎的枝条，就像见到了死去的无数人们。在我的身边就不断有人死去，有时我还在梦中见到一些熟悉的人。但他们还不是真正的死者，真正的死者既不会出现在现实中，也不会出现在梦中。他们乃是一些永远不会回返的人，走向了永远看不见的地方。我知道，又要发生血战了，一些人又要死去，这将是多么令人伤心的事情。他们将会是谁？那些人将遭遇怎样的不幸？他们的血，早已染在了这些秋叶上，而这些秋叶也不会被留住。

卷四百二十六

士会

　　我有一种感觉，危险正在逼近。在渡河的时候，我就劝说荀林父，我们不能渡河，因为郑国已经依附了楚国，救援郑国的理由已经没有了，国君交付的使命也已经完成。若是渡河就必须与楚国交战，郑国已经和楚国结盟，他们会联合起来对付我们，那样我们就会处于危境。可是先縠却执意要渡河，荀林父却不能节制先縠。这已经是不祥之兆。

　　我说，我听说用兵之道在于先观察敌军的动向，然后才能乘隙而进。只有德行、刑惩、政令、事务和礼仪合乎道义，才可以形成不可抵挡的锐势。楚军讨伐郑国，乃是由于郑国的摇摆不定之心，这让人厌恶。可是攻破郑城之后，郑襄公牵羊受降，楚庄王又能可怜他的卑下，所以赦免了他。背叛就讨伐，顺服就赦免，这是德行与刑惩的树立。楚国也曾讨伐陈国，现又讨伐郑国，并没有伤及百姓，国君也没有多少怨恨，这乃是因为他所做的都合乎道义。楚军在行军途中就列成荆尸阵，徒兵和撤兵协调和睦，破敌之后仍能让商贩、农夫、工匠和店主各安其位，不废其业，说明他们政令畅通，事务和谐顺畅而法典完备。

古灵魂

——大军远征的时候，右军跟随主将的车辕，左军前行中为楚军做好各种预备，前军有旄旗开道以防不测，中军未雨绸缪、做好各种筹划谋算，后军精兵断后，彼此各司其职，并能够以旌旗为号一致行动，可谓是法典运用娴熟有效了。我听说楚庄王选拔人才的时候，能够选择近亲中的旁支和异姓中的世代旧臣，不遗漏有德行者和有智谋者，赏赐又不遗漏功勋者，对老者优待又对旅者赐予，君子和小人都各有自己的服饰。这样的礼仪之国，我们怎能轻易击败？这样的仁义之国，岂能不强盛？

——楚庄王对民众予以教化，对尊贵的要施以必要的礼节予以尊重，对低贱的示以威严，百姓等级分明，互不相犯，所以礼节顺行。德行得以树立，刑罚严肃施行，政令下达通畅，事务合乎时节，典则运用自如，礼制效法尧舜，这样的国家，我们怎能击败它？它能够合理运行，就像蛟龙一样变化，若是遇到机会就前行，若是遇到危机就后退，兼并衰弱和腐朽，冲击昏暗和昏庸，杜绝无能和不智，这样的国家，我们怎能击败它？

——我们还是应该整顿自己的国家，筹谋自己的军备，教化自己的人民，让自己变得强盛起来。我们还不具备与楚国交战的条件，为什么要在这个时候与楚国为敌？我们的君臣还不能归于一心，将士还不能和睦一致，怎么能与楚国为敌？当初辅佐商汤的贤相仲虺在灭掉暴虐的夏桀之后说，要想一想上天生育的人们都有着感情和欲望，有着贪婪和畏惧，若是没有君主就会陷入混乱，只有那些明智者才能予以治理。夏桀之所以被灭，乃是他的昏昧得到报应。若是帮助贤能者和辅佐仁德者，举示忠诚而举荐贤良，兼并衰弱而攻伐昏庸，夺取混乱之国而使它的君王受到侮辱，邦国自然会获得良治和长盛。

——仲虺还说，德行要每一天更新，天下的万邦都要在胸怀之中。若是内心常常满足，即便是亲戚也将背离。晋国仅仅在先君文公时获得昌盛和霸业，可国内几经乱象，我们的德行已经不及从前了。这是因为谦逊的人少了，而自傲的人越来越多了，这样就让我们变得渺小。这样的状况，我们怎么有力量和楚国为敌？我们要敌过他人，先要敌过自己，自己尚未战胜自己，又怎能战胜别人呢？

——《诗》上说，天子的大军多么神勇，把昏庸的国家攻占，这就是攻取昏暗。另一首诗说，武王的功业是多么宏伟盛大，这是因为武王能够用自己的仁德安抚和教化。因而我们应该就像武王一样，攻打该攻打的，放弃该放弃的。需要增强我们的仁德，从根基处开始，建造我们的宫殿，而不是一味地想着攻打别人。若是所做的并不是所愿的，那么我们所做的一切都会前功尽弃。

可是先縠不喜欢我这样说。他的理由乃是骄傲者的理由，是鲁莽者的理由。他说，你所说的道理并不是真正的道理，听起来似乎有道理，可这乃是虚假的道理。一个虚假的道理说得再多也没有用处。晋国之所以能够称霸，乃是由于将士勇猛和大臣拥有审时度势的智谋。现在我们失去了郑国，天下不会信任我们，这能说是有智谋么？敌人就在前面却不去攻击，这能说是勇猛么？若是我们丢弃了霸主的地位，还不如在交战中死去。

——若是那样，我们怎样向国君交代？又怎样向先君交代？又怎样去宗庙祭祀？怎样抚慰死去的将士？又怎样向天上的神灵交代？以后神灵还会佑护我们么？上天给了我们责任，我们就不能辜负，国君给了我们命令，我们不能背弃。若是以整顿军队为名，而所行的乃是怯懦，看见敌人就立即后退，想的是怎样保全性命，这怎么能说是猛将所为？若是晋国的人们都像你这样，晋国怎会有昨日称霸的光辉？

先縠不听我的奉劝，他固执己见，率兵过了大河。因担忧他孤军深入而遭遇不测，荀林父也不得不传令大军渡河。一个人的固执是多么可怕，因为他不仅是一个人，而是军队的率领者。我听说有一种愚蠢的兽，它们结群而食，其中要有一个领头，兽群必须跟着这个领头的，这是这个兽群的规矩。当这个领头跳下悬崖，整个兽群就会跟着跳下去。我们不就是这个兽群么？是的，我们正在走向悬崖，前面是黑暗的深渊。

现在，我们就要和楚军展开激战了。我已经看见了黑暗的前景，真正可怕的一幕就要出现了。最希望看到晋楚两国决战的，就是郑国。他们既害怕楚国，也害怕晋国。他们希望通过一场血腥的激战，决定自己的依附。郑国的使者不是前来说出自己顺服于楚国的理由，而是为了挑起两军的决战。尽管他的言辞委婉，但他的目光闪烁，他的想法不仅在他的言辞中，也在他的目光里。

楚国的使臣也是一样，他们来到晋营不是为了示弱，而是为了打探虚实。他的示弱不过是攻击的前奏。我看见这个使臣一点儿没有恐惧，相反他十分镇定，说明他的心里有着相反的愿望。楚国已经决心与晋军交战了，危险正在临近。可是我们却以为敌人真的害怕我们，真的要和我们结盟和好。楚军近在咫尺，他们屯兵郔地，已经在我的视线里了。我们也在他们的视线里。他们不是仅仅为了和我们对视，而是在暗中磨着利爪。

卷四百二十七

荀首

　　我的兄长担任三军的主帅，我则是下军的大夫。先縠不听主帅的命令，擅自渡河而去。这个人将连累三军，连累所有的远征者。我看着先縠的背影，看着他走向渡船，我就想，一切都不可挽回了。天上的云彩映照在河面上，大河的波涛推动着这云彩，似乎要将这天上的影子带到它的激流里。可是这云彩却一直停留在那里，涌动不止的仍然是奔腾不倦的流水。渡船载着先縠所率的将士，穿越了这滚滚波涛，将一片片云影压在了下面，沉入了泥沙。可是等他们过去之后，原先的又都浮出了表面。

　　我说，先縠和他的军队已经到了危险的边缘，秋天的树枝怎能让它的果子不掉落？即使是秋风不能将它扫落，也会有伸出来的手摘掉。我通过卜筮，觉得先縠和他的军队已经十分危险了，他却停不下自己的脚步。他仍然走得那么快，他走得越来越快了，可是他却不知道自己的前方将遇见什么。他的眼睛已经看不清前面的事情了，他的眼睛已经被自己的双手蒙上了，是的，他乃是用手捂着自己的眼睛走路。这难道不会被前面的石头绊倒么？不会掉到旁边的深沟里么？不

古灵魂

会撞到大树上么?

可是他对前面的一切一无所知。我却看见了他前面的危险,我从他的面前看见了更远的地方。我从卦象中看见了更远的地方,看见了他看不见的地方。师卦变成了临卦,爻辞说,出兵用律令来治军,律法却不严明,结果必然凶险。若是运行顺遂就是臧,相反就是否。众人离散就必定衰弱,流水拥塞就成为沼泽。而先毂刚愎自用,固执于自己的想法,独自率军离开大军,将身陷于泥沼,这是多么可怕的事情。

有着严明的律法,就能随心所欲地调动和运筹军队,不然怎么能叫作律法呢?万物都有自己的律法,不然为什么草木会在春天发芽,而在夏天则繁花似锦?不然为什么秋天漫山遍野都是五色斑斓,而冬天则变得毫无生气?不然为什么天空是蓝色的,它有着云消云散?不然为什么白昼阳光四射,而到了夜晚就是繁星满天?日月运行都遵守着神的律令,人间难道不也是这样么?

就说现在吧,秋风已经从不知之处来到了面前,它将一切笼罩于萧瑟之中。每一棵树、每一株草,都耗尽了时间,将自己推向了末日。不知道天上的哪一个神,像一个顽皮的、充满了好奇的孩子,将万物涂上了颜料,让它们在时光里奔腾。其中暗藏着无数骏马,每一刻都飞扬着四蹄,然而这蹄声又是无声的,或者都隐藏在无边的秋风里。它意味着死灭,意味着未来的再生,也意味着上天律令的顺畅施行。

三军的运筹就像上天执行自己的律令一样,若是不能执行,事情就变得穷尽而无用。大地上的事情已经说明了律令的重要。从春天开始充盈到秋日的穷尽，都有着必定的天数。若是阻塞而不畅，就说明危险已经来临。就像树上布满了花蕾，却突然来了霜冻，花蕾就要凋谢，将来就不会有树上的果子了。流动的终止就是临卦的含义，大军有统帅却不被别人服从，还有比这更为凶险的征兆么？

先縠擅自渡河说明我们已临危境了。若是与楚军相遇，必定会失败。先縠这样做，已经违背了律令，他已经触犯了律法，已经成了罪人。即使他能够在激战中保全性命，归国之后也将大祸临头。他不仅给自己带来了祸患，也给三军带来了祸患。一个人的祸患，不仅是他一个人的，而是连及所有的人。就像一片树叶的枯黄不是属于这一片树叶，而是昭示着秋天的来临，整个山林都要枯黄了。

下军司马韩厥对我的兄长荀林父说，先縠带领他的军队擅自渡河，若是他的军队失陷，你的罪过也不会轻。你作为三军的统帅，军队不听从你的号令，你也不能调配军队，这难道不是你的罪过么？这不仅是因为你的无能和无智，也说明你丢失了自己的责任。国君将大军交给你，赋予你权力和使命，你却不能完成，这不是你的罪过么？归国之后，不仅先縠要受到追究和严惩，你也将受到追究和严惩。祸患已经在其中了。你既失去了属国，让郑国顺服了楚国，也丢掉了军队。这样的罪过还不够严重么？

我的兄长荀林父说，那我们该怎么办？我是三军的主帅，可先縠不听我的节制，恐怕一旦与楚军交战，他也会自行其是。若是我完全放弃他，我必定会获罪，若是我跟随他渡河，要是与楚军交锋，我们也将被击败。因为我们并不能统辖全军，各部分都不能协调，又怎能战胜纪律严明的楚军？既然不能战而胜之，我们面对楚军难道是自寻

古灵魂

败绩么？国君将大军交给我，乃是为了寻求胜利，不是为了失败的。那么我该怎么办？

韩厥说，事情已经发生，就不可能逆转。好在我们兵卒众多，战车也超过楚军。若是交战，也未必会战败。若是丢掉军队，罪过就太重了。我以为，不如也率军渡河，见机行事。若是得胜而归，就获得国君的赏赐。若是不能战胜对方，那么失败的罪责也可以共同分担。与其你承担这罪责，还不如一起承担，这也许是最不坏的选择了。

荀林父采纳了韩厥的谏言。我们在渡河之后，就屯兵于郮山和敖山，以便观察楚军的动向。楚庄王派遣使臣前来求和，可是先縠更加骄傲了，这更加激起了他交战的冲动。看来晋楚两国必要一战了。楚国的使臣离开之后，荀林父说，我之所以答应了楚国结盟的要求，是因为我们需要用这样的方式迷惑对方，让他们觉得我们不愿意求战。这样我们就可以在适当的时机发起突袭。我说，也许他们也是这样想的。我觉得他们的求和乃是虚假，也是为了迷惑我们。从楚国使臣游移不定的目光判断，他们似乎已经做好了准备。

先縠说，这有什么可怕？他们做好了准备，我们就没有做好准备么？以晋军兵力的强盛，难道还敌不过楚军么？我们迷惑他们，实际上选择了软弱和怯懦。这样岂不是毁掉我们的士气么？我们来到这里是为了求战，而不是为了求和。现在郑国已经失去了，我们还有什么可顾忌的？郑国的使臣不是已经说了么？楚军已经得到了郑国，他们的士卒已经疲惫，而且都渴望归国，这不是最好的时机么？若是失去了这样的时机，岂不是罪过？我们怎样回去向国君交代呢？要知道，国君即位不久，他是多么渴望我们能够击败楚军啊。我们这样畏首畏尾，就会贻误战机，那不就辜负了国君的信任和寄望？

　　晋楚之战已经不可避免了。即使楚国不来挑战，先縠也会前往挑战，那么我们就都要卷入这漩涡里了。我已经闻见了空气中弥漫的血腥了。这血腥不在别处，就在这山林里，就在这秋风里，就在每一个人的身体里。这看起来五彩斑斓的一切，不过是迷惑我们的表象，不过是血的预言。就像这秋风不可阻挡一样，一场残酷的搏杀也不可阻挡。或者说，晋军的失败也不可阻挡。似乎一切还没有开始，但一切已经结束了。是的，我所看见的不是开始，而是结束。我不知道怎样开始，但我已知道了怎样结束。

卷四百二十八

许伯

　　我为乐伯驾驭战车，摄叔作为戎右，我们就要冲击晋军，向他们单车挑战。这是古老的英雄者的挑战，他们知道我们为什么挑战，也知道这挑战的意义所在。单车挑战只是挑战的开始，因为我们要用这样的方法告诉敌人，楚军是不可战胜的。这样的挑战乃是要震慑敌方，消灭他们的锐气，从内心先征服他们，让他们在大战开始之前已经就失去斗志。据说，黄帝时候的战斗就是从勇士的决斗开始的。在发起攻击前，若是敌方的勇士被击败，后面的事情就已经明了，敌人的失败就已经被决定。

　　我听说从前有一种鸟，它是用泥土捏制的，它被神灵放在火中要烧几十年，然后就会从火中一跃而出，展开翅膀飞到云里。地上的人们只有仔细观看，才能从白云中看见一个小小的黑点。但有一天，一场大风刮走了白云，它就从晴空中显露出来，一个孩子向着它扔了一块石头，它被击中了，掉在了地上，碎片散落在了草丛。孩子将这些碎片拼凑在一起，又用一些泥巴黏合起来，它就又可以飞了。不过这样的鸟不会飞得很高了，只要这个孩子一挥手，它就会掉在地上。所以，被击碎过的神鸟，已经不会是原先的鸟，它不可能飞到云中了，它已经是另一只鸟，在击碎它的孩子面前，随时可以掉落。

对待你的敌人也应该是这样，你必须先用你手中的石头击中他，使他掉落在地上，他就再也不会飞得很高了。而在遥远的古代，勇士的搏斗就是最好的办法。我对乐伯说，我听说单车挑战，驾车的人要在疾驰中让车上的旌旗倾倒，这样才能以最隐蔽的方式接近敌人的军营，然后突然发起攻击。乐伯说，我听说单车挑战，车左要用力拉开满弓，将利箭射向敌人，代替御车者执好马缰，然后驾车人跳下车，将马匹调整到最好的状态，整理好马项下的皮带，然后回到自己的位置上。

而摄叔有他的见解。他说，我听说单车挑战，戎右要进入敌营，杀死敌人并割下他的左耳，抓捕一个俘虏，然后回到他的位置上。是的，我们都有着各自的任务，每一个人所描述的都是属于自己要做的。我们谁也没有经历过这样的挑战，但都是从别人那里听说该怎样做。我作为御车者，就要做好我的事情。我需要调整好我的马匹，让它们听从我的指令，每一匹马都要步伐一致。我要掌管好它们的节奏，敏捷地躲开前面的强敌，让戎右和车左顺畅完成自己的事情。

我的君王已经决心与晋国交战了。原先他并不这样想，但率军的伍参却想要与晋军决战，他认为这乃是前所未有的好机会。他对君王说，晋国的君侯是新的，晋国参政的也是新人，现在率兵打仗的也是新人。所以他们必定不能很好地行使命令。主帅荀林父想怎么做，很多人都不愿听从。尤其是他的辅佐先縠刚愎自负，不会听从主帅的号令。他们三军的三个统帅都要专权行事，这样，彼此就不能协调，步履就不一致，率领的大军虽然强大，但却不知道该听从哪一个人的命令。所以，晋军必将失败。我还没有听说哪一个国君要逃避自己的大臣，大臣要请战，国君却回避，这不是国君的耻辱么？

这乃是伍参的激将之法。这让君王十分愤怒，但又不知该怎样说。于是君王最后决定听从将帅的谏言，在此与晋军决战。为了让敌军变得骄傲气盛，忘掉了面前的危险，就派遣使臣前往晋营，请求结盟。因为君王看见了晋军的不睦，所以采取这样的办法来瓦解敌军的斗志，也让他们因骄傲而松懈。现在我们就要突然发起挑战了，激烈的战斗就要开始了。我虽然是第一次单车挑战，但我浑身的勇气已经像大河的波涛一般涌动，就像天上的飞云一样飞奔，就像地上的野草一样从地下汲满了力量。我的花朵已经开放，我的热血向上喷涌。我似乎有着无数的灵魂住在身躯里，将我的勇力一次次掀起。

又一个清晨来了，太阳还没有从山顶奋起，然而我已经从晦暗的地方看见了抑制不住的祥光在奔突。就像从遥远的山上突然冲出了无数麋鹿，它们在初光中奔驰，我看不见它们的形象，因为它们的形象已经在速度中变形，失去了它们本来的原形。看起来东方的山头一片混乱，云朵一片连着一片，不断变化着，而强烈的光从它们的背部射出，又从它们的缝隙里钻了出来，似乎是银蛇在狂舞。

我们四个人驾驭着单车出发了，向着晋营疾驰而去。我将车上的旌旗放倒，这样我的战车就会不被敌人注意。我双手拉着缰绳，不断调节着每一匹马的速度。它们的步伐有着同样的节律，就像乐师协调地敲击着钟磬。车轮飞速旋转，我感到大风从我的脸上扫过，它带着细微的尘埃击打着我。我的脸颊感到微微的疼痛。摄叔在我的右侧，而乐伯在我的左侧，他们手中拿着长戈，身后背着箭囊，另一只手握着强弓。他们的双眼就像从乌云里取出了闪电，不断将这闪电投向前方。

天地之间因为我们的目光而变得更为明亮。我驾驭着战车冲入了晋军的军营。他们似乎刚刚从睡梦中醒来，没有想到我们会突然冲入他们的营盘，所以在睡眼惺忪中仓促迎战。我们按照事先的安排，以最敏捷的动作开始行动。乐伯拉开了强弓，将一支支利箭射向顽抗者。我看见他们在中箭之后身体向后仰，似乎拼命要立住身体，摇摇晃晃地、缓慢地倒下去。一个人在倒下的一瞬间，将自己手中的戈无力地投出，只是落在了他前面几尺远的地方。另一个人倒地的时候，两眼射出了怒火，但这火焰随着他的倒下而熄灭了。

我跳下车将马项下的皮带束紧，顺手抽出我腰间的利刃，将冲到我前面的一个士卒的左耳割下，然后跳到了车上。我看见那个被割掉了耳朵的人，双手捂着脸，血从他的指缝里流了出来，很快就变为一张红色的脸。他在地上跳着，疼痛已经让他忍不住大声叫喊，但这叫喊很快就被更大的喧嚣所淹没。我的骏马奔腾着，它们的四蹄踏翻了迎头出现的敌人。摄叔就像一只巨鸟，从车上飞身而下，我好像看见他的两侧长出了翅膀，这翅膀是黑色的，就像蝙蝠的翅膀一样，飞到了一座营帐前，将一个探出脑袋观望的士卒拖到了车上。他的手上还拿着从另一个士卒头上割下的耳朵。我根本没有看清他是在什么时候割下这只耳朵的，也不知道他究竟是从哪里割下这只耳朵的。他的手指尖上还滴着鲜血。

我的战车在敌营旋转、飞奔，车上的旌旗不知什么时候被立了起来，它被秋风吹拂着，和骏马的鬃毛一起飞扬。我就像驾驭着天上的

古灵魂

云彩，在风中疾驰。乐伯的身体好像钉在了车上，即使我的车身晃动得很厉害，他的身躯却永远直立着，迎面飞来的箭，他根本不屑于躲避，但那些箭却始终射不中他。他却一次次射出自己的箭，他背部的箭囊已经要空了，这时他抽出了最后一支箭，搭在了弓上。但是，这一支箭却没有射出去。他拉紧的弓弦又缩了回去。但是他的双眼似乎要射出更多的箭，因为那些试图接近战车的人，被他的目光逼退了，他们看着他的弓箭，向后退着。

一切都按照原先的计划完成了。我驾着战车一个敏捷的转身，冲出了晋营。晋军从我的身后追来，但我的骏马似乎有着更快的速度，它们扬起马蹄，骖马的尾巴向后伸开，飞云一样飘动，马蹄刨起了一片片尘土，有时这尘土会打在我的脸上。车轮飞速旋转，路上的小石块迸溅，带着火星飞到了一旁，我不断听见这些小石块击打路旁树木的声响。我回头看一看后面，晋军的战车也同样扬起了尘土，不知究竟有多少战车在追赶，只见马匹和人头都在一片尘土中起伏。

他们就要赶上来了。他们分成了两列战车，从左右两侧夹击围剿，乐伯始终将弓箭捏在手中，晋军的战车因为畏惧这最后一支箭，一直不敢靠近。就在这个时候，突然从树丛中蹿出了一只麋鹿，乐伯将最后一支箭发出，射中了麋鹿的背部。麋鹿倒下了，就在我的战车路过麋鹿的一瞬间，摄叔将那只麋鹿捉到了车上。摄叔下了车，将麋鹿扛在了肩上，送到了追杀者的面前。

摄叔大声说，今年还不到时令，应当奉献给你的禽兽还没有出现，现在就把这头麋鹿献给你，权且作为慰劳的膳食吧。晋国的大将鲍癸停下了战车，不再追赶了。因为鲍癸看见这头麋鹿，就听见了我们的语言。这麋鹿乃是最好的语言。每一个国家都有兽人，自古以来他们都在四季狩猎，将最好的猎物献给贵族享用。一般说，要夏天送麋鹿，冬天献野狼，而在春秋则献上其它野兽。我们将这麋鹿献给他，就是说，你若待在家中，必定有人会送给你食用的野兽，但你在外征战，怎么会享用这上等的美味呢？我们现在就将这美味献给你，你就收下这一番敬意吧。

鲍癸必定看出了这麋鹿的意义。因为乐伯的箭从麋鹿的背部穿入，又从腋下而出，这被称为丽龟，只有最善于射箭的射手才能做到这样精确。据说，这样的猎物既不损坏皮毛，它的肉也特别好吃。乐伯的最后一支箭，竟然射得这么漂亮，这乃是完美的一箭，甚至是神灵相助的结果。我隐约听见他大声说，他的车左善于射箭，而他的戎右善于言辞，他的御夫善于驾驭，他们都是君子，我们为什么要一直追杀他们呢？然后对摄叔说，你们就走吧，这样的礼物，我们收下了。摄叔从容地返回车上。

追兵停下了，尘土渐渐消散，远处的晋军露出了他们的模样。我的骏马又奔腾起来。不过，这样的奔腾和刚才不一样，因为我们的回归是从容的，而不是为了逃命。马鬃又一次在风中飘动，不断飞落的树叶从脸颊飘过。我看见鲍癸举起了弓箭，一支响箭带着尖厉的声音，从我们的头顶飞过，这是他们在向我们致意。这支箭飞到了我的头顶，就在我的战车奔驰的瞬间，摄叔伸出了右手，从空中抓住了那支响箭，高高举过了头顶，向着后面的晋军挥舞。他们离我们越来越远了。战车沿着崎岖不平的山路转了弯，晋军派出的追兵已经看不见了，一片又一片山林，用五彩缤纷的色彩盖住了我的视线。

古灵魂

卷四百二十九

先縠

荀林父真是一个软弱的主帅，他一心想着怎样屈服，而不是怎样进击。他究竟害怕什么？一个怕死的人怎么能率兵作战？若是我服从他的命令，晋军就不可能渡河，郑国就白白地丢掉了。郑国的使臣皇戍已经说得十分清楚了，郑国不是和晋国存有二心，而是迫于楚国的威逼，不得不为了保存国家而屈服。是啊，在强大的楚军面前，在自己的都城被攻破之后，怎能不屈服呢？不然郑国就灭亡了。

国君派我们远征，就是为了救援郑国，可是郑国已经依附了楚国，我们还怎样回去向国君交代呢？若是因为怕死而放弃战机，这乃是我们的耻辱，也是晋国的耻辱。先君为晋国夺得了霸主，可我们现在却畏惧楚国，这还不是耻辱么？而且，郑国的使臣说了，楚国因攻打郑国获胜，他们的将士都已经心生傲慢，无论是从他们的内心还是其他，已经失去了必要的防备，这难道不是天赐良机么？

只有击败楚军，才可以降服郑国，这乃是一举两得的机会。但是下军的辅佐栾书却说，楚国自从击败庸国以来，愈加强盛，楚庄王每一天都在用仁德治国，让民众知道生计不易，知道祸患不知何时出现，任何时候也要保持警惕之心。他用法典治理军队，奖罚分明，并举荐贤能，还不断告诫他们，获胜固然让人欣慰，但这获胜的果实并不能永远保有，纣王即使获得无数胜利，也不能得到最后的好结果。

我说，这能说明什么呢？若是周武王不能击败商纣，又怎能有周王室的天下呢？每一次胜利都是宝贵的，我们永远需要胜利。你无非是说楚庄王能够拥有警惕之心，我们难道没有警惕之心么？若没有先君文公的一次次获胜，晋国又怎可在诸侯中称霸？又怎能获得天子的封赏？一个人，一个国家，若是没有羞耻之心，空有警惕之心又有什么用？

栾书说，我所说的不仅仅是警惕之心，而是楚国为什么会强盛。楚王不断用若敖和蚡冒乘着柴车、穿着破衣裳去开辟山林的故事来激励民众，告诉他们只要勤劳就不会生计匮乏。这样的楚国怎会不强盛呢？我们的先大夫狐偃说过，率兵出征要有道理，若是道理充分就士气旺盛，若是道理缺乏就会士气衰竭。我们现在所做的事情，并不合乎义理，又要和楚国这样的强盛之国为敌，又怎么会战而胜之？

——现在我们认为楚军因战胜郑国而骄傲，这怎么可能？我听说，楚军的战车分为两广，每一广拥有战车三十乘，他们左右轮替，大臣按照次序值夜，这怎么能说是缺少防备呢？子良是郑国的贤臣，他到了楚国作为人质，而楚国的贤臣师叔又到郑国去结盟，这已经说明郑国和楚国的亲近，我们怎么能相信郑国使臣的话呢？他所说的，都是为了迷惑我们，以便让我们和楚军决战。而楚国派使臣前来示弱，也是为了迷惑我们，我们怎么可以轻信呢？郑国的劝战，乃是为了他们的选择。若是我们获胜，他们就归附，若是我们战败，他们仍

古灵魂

然依附楚国，这是利用我们做占卜。我们怎么能轻信？

我说，你说得对，但你的结论是错的。若是我们能够战胜楚国，不就让郑国归附我们了么？这又有什么不好呢？他们不论怎样警惕，都会在警惕中出现疏忽。而且越是警惕也越是容易相信自己的警惕，疏忽就越是容易出现。他们越是警惕，就越是迷恋自己的警惕，也就越是放松和轻信自己。他们看起来毫无缝隙，实际上这就是他们的缝隙。缝隙不在缝隙之外，而在这缝隙之中。这难道不是我们的机会么？有了机会而不加以利用，这不是愚蠢么？自己愚蠢而坚持这愚蠢，这不是愚蠢中的愚蠢么？

可是他们不听从我的良言。他们不想与楚军作战，实际上，还没有开始作战，他们已经觉得失败了。他们不仅仅害怕失败，乃是他们已经怀有失败之心。与其说是他们害怕失败，不如说是害怕胜利。他们乃是天生的懦弱者，因为从来不敢面对强者。在强者还没有征服他之前，他已经先征服了自己。这还有什么好说的呢？他们不断从别人那里寻找各种理由，但从来不从自己的内心寻找理由，因为他们的内心从来没有任何理由，这乃是一颗空洞的、无欲望的心，一颗从来都没有自己的心。若是他们还拥有自己，那么在自己的内心已经无处藏身，所以他们永远处于惊恐不安之中。

他们不配在天上飞，也不配在地上行走，只有在地下的洞穴里享受他们所热爱的黑暗。他们在地下像虫子一样爬，甚至不敢露出地面。沙土磨着他们的肚皮，上面的沙土又压在他们的背上，他们既没有手，也没有脚，只有软弱的身子。可是他们还认为自己是有理由的，我不知道这理由来自什么地方？他们的理由既不在天空，也不在天空的星辰。既不在地上，也不在地上的草木中。他们的理由就在沙土里。好吧，让他们在这沙土里爬行，又在这沙土里死去，并且在这沙土中腐烂。人们谁也看不见他们的生与死，甚至连腐烂也藏匿在沙土里，因为连最后的腐烂都不能见到阳光。

我绝不听信他们的谰言，绝不随着他们趴在沙土的黑暗里做梦。他们能做什么梦呢？我不相信在沙土中能有沙土之外的梦。这是没有阳光的梦，是阴暗潮湿的梦，是阴冷的、残酷的、毫无温情的梦。他们即使是在梦中也是绝望的，因为这梦中也看不见光亮。可是，若是没有任何光亮，他们的梦又在哪里展开呢？梦中的影像又在哪里活动？无穷的黑暗，无边无际的黑暗，会淹没一切，也淹没他们自己的梦。这么说，他们所说的话又有什么意义呢？我不会相信他们所说的。

楚国试图讲和，可是我们已经渡过了大河，那就是要刀兵相见，还怎么讲和呢？可是荀林父竟然答应了楚国的要求，约好了结盟的日期。不，这简直是背叛。这是对晋国的背叛，是对国君的背叛。我们前来讨伐，却要和我们面前的敌人讲和，那么我们手中的长戈究竟是做什么的？我们内心的愤怒就这样从兵刃的闪光中熄灭了？郑国就这样送给了楚国？难道我们都像虫子一样潜入地下的黑暗？

楚庄王尽管用仁德来教化他的民众，但两国的交战怎能用仁德来制胜？他必定不会按照他所说的去做，他所想的必定不是他所做的。可是荀林父和其他人却相信他的话，相信楚王派来的使臣的话。你怎么能相信敌人的话？我的话他们从来不相信，而把敌人的话当作真实，这是多么不幸，又是多么愚蠢。现在我既不相信敌人的话，也不相信荀林父的话，当然也不相信那些反对我的话，因为他们的理由不是我的理由，他们所想的也不是我所想的。山林里的凶兽想吃掉你的时候，它会向后退，显出了畏惧你的样子。但它已经张开了利爪，准备好了利齿，它收缩自己的身体，乃是为了突然扑向你。

果然，敌人前来单车挑战了。他们派出了乐伯、摄叔和许伯，这些人都是真正的勇士。他们冲入了我们的军营，割去了我们士卒的耳朵，还擒获了我们的士卒。这是多么大的耻辱啊。而我们竟然没有将他们杀掉，而是因为一头麋鹿而放走了他们。尽管这样，我却突然对他们惺惺相惜。太奇怪了，我的想法竟然出现了不可思议的飞跃。我的耻辱和惺惺相惜竟然混合在了一起，就像雪和雨混合在一起，就像雷和电混合在一起，就像风暴和尘土混合在一起。是的，因为他们的挑战，让我的血在耻辱和快乐中狂奔，在痛苦和孤独中狂奔，我和那些挑战者也混合在一起了。

我是孤单的，我的眼泪往心里流，就像喷涌的泉水一样，它流个不停。但我的心又是燃烧着的，这泪水不论流了多少，都将被这火焰蒸发干净。因为我的火总是猛烈的，它被风暴席卷，几乎要将我烧焦了。我感到口唇干渴，又说不出更多的话。或者说，我已经不想说了，既然你要说的都毫无意义，还说这些做什么呢？我只有在战场上用我的长戈来说话了，用我的血来说话了。那样的语言才是闪光的、燃烧的语言，它胜过反驳者所用的所有典籍和巧言，也胜过反驳者懦弱的所有故作高深的理由。

我的确是孤单的，因为我感到自己只有一个人，只有自己。我不想谈论自己的孤单，因为对于一个勇敢者，谈论孤单是奢侈的。任何一个勇敢者都是孤单的，因为这孤单没有任何理由。孤单是荒谬的，因为这孤单只有孤单，没有孤单之外的东西。任何一个勇敢者都是孤单的，他不会被强敌杀死，却会被孤单撕碎。我已经被这孤单撕碎了，谁又能看见我躺在这孤单的碎片里？荀林父不理解我，栾书不理解我，他们都不理解我。也许没有一个人理解我。这就是孤单的源泉？

我已经被理解所抛弃，我又怎能理解别人？我被理解所抛弃的时候，我也抛弃了理解，因为我得不到它，也就不需要它了。我所说的话也抛弃了我，因为这话语也是孤单的。别人抛弃了我的一切，我也抛弃了我的一切。在这不断的抛弃中，我所得到的只有抛弃本身。我曾经说的，都是出自我的心，而不是出自嘴巴。可是我连这心也抛弃了。这不是因为我的决绝和狠心，也不是因为我的残忍和愤怒，而是因为我的悲伤，因为我的孤单。

我昨夜做了一个残缺的梦，梦中涌现出很多面孔，但我一个都不认识。我不知道他们是谁，也不知道他们在哪里，甚至不知道他们是做什么的，但是我还是梦见了他们。他们转眼之间就消失了，因为我的梦十分短暂，我转眼之间就醒来了。但是这些陌生人激起了我的某种冲动，是的，孤单不是冰冷的，而是充满了不可思议的激情。我只能与梦中的这些陌生人为伴，我相信这些人必定和我一样勇猛，他们都是一些孤单者，所以彼此都互不相识。

我不认识他们，他们也不会认识我，但我们在梦中相遇。我们都没有说话，因为我们都是孤单的。孤单的人不说话，保持沉默是孤单的特点。他们什么都不怕，脸上没有任何恐惧，我也不会有。他们什么都不怕，乃是因为他们在梦中，而不是在现实中。而我在现实中。我和他们仍然隔着一堵墙，一堵不能穿越的墙。这堵墙的厚度超出了想象，甚至超出了我的梦。或者说，他们毫无惧色，乃是因为一个孤单的人梦见了他们，他们一旦进入了我的梦中，还有什么恐惧呢？

卷四百三十

魏锜

　　我是魏犨的儿子，我的父亲乃是晋国的功臣，因而我应该被封为公族大夫，但却没有被允许。我希望晋国和楚国交战，并让晋国失败，这样，我虽然得不到什么好处，可我心中的愤怒就会少一点。现在我的愤怒仍然在燃烧，因为我所做的和所得到的并不相称。我需要跳入大河才能使这怒火熄灭。可是我却在岸上，感受着内心的煎熬，感受着浑身的灼烫。我就像一块火盆里的炭，我的浑身都通红，而冬天的人们却在我的旁边烤手。

　　我已经感到了不能忍受的耻辱。我的耻辱不属于任何人，只属于我自己。我的心里已经刻下了耻辱的印记，我在每一刻都可以看见它。楚国原已答应和晋国讲和，结盟的日期也确定了，可是他们却背信弃义，让乐伯前来单车挑战，捉走了我们的士卒。我对荀林父说，楚国人前来挑战，这乃是对我们最大的蔑视，我们怎么能就这样善罢甘休？若是你允许，我愿意前往楚国的军营单车挑战。他们能做的，我也能做；他们能做到的，我也一样能做到。我的马是快马，我的长戈已经磨亮。

古灵魂

荀林父说，也许他们所做的，并不是执行楚王的命令。他们也许是擅自出动，不然为什么会单车前来？若是楚王下令，他们必定是大军列阵挑战。他们捉走了我们的士卒，我们也要在适当的时候给予回敬。我说，我不能忍受这样的耻辱，他们只有三个人，却闯入了我们的军营，这不是对我们的侮辱么？这不仅是失信，而且是看不见我们的战车和大军，对我们的藐视已经到了极点，我为什么不能反击？我将手中的戈横在腰间，我的手已经攥出了汗水，好像这水分乃是从长戈的木柄上渗出来的。

先縠说，别人敢于前来挑战，我们为什么不能以挑战对挑战？若是主帅允许，我也愿意前往楚营。别人有的勇气，我们就没有么？别人敢做的事情，我们就不敢做么？若是这样，晋楚两国还没有开战，晋国就已经输了。我们乃是为了胜利而来，不是为了失败而来。既然我们要来讨伐楚国，怎么还要讲和结盟呢？当初晋国之所以可以称霸，是因为可以击败楚国，现在楚国不是仅仅要讨伐郑国的，而是为了夺取晋国的霸主之位。先君文公的社稷江山，就要断送在我们手里了么？

荀林父说，我们不能鲁莽行事，要么先派遣使臣前去试探，看看楚王究竟有没有信义。我听说楚王是一个仁德之君，不会言而无信。我更相信乐伯擅自前来挑战，这不是楚王的本意。那么谁担负这个职责合适呢？我说，既然主帅不让我去挑战，那么我就去做使臣吧。我只要在楚营看一看，就知道他们究竟要做什么。若是他们有诚意和我们讲和，那么我们就等待结盟的日期，若是他们已经准备决战，那么我们也要准备。

荀林父说，好吧，你去了之后，千万不可言语鲁莽，要遵守必要的礼节，不然将会激怒楚王。那样一切都不可挽回了，只有等待一战了。我答应了荀林父的嘱咐，但我的心里却有另外的想法。我要激起楚王的愤怒，让他与晋国决战。我要看晋国是怎样失败的，我要在这失败中寻找到失去的自己。我甚至已经看见了这失败。我的愤怒的激情只有借助失败才可以平息，因为我的愤怒要和楚王的愤怒激荡，我要用风暴对风暴，这样，风暴才会更猛烈。我要用冰雪对冰雪，这冰雪才更寒冷。

我不仅要成为失败的参与者，还是这失败的旁观者。我的内心需要这样的失败，若是没有这样的失败，我的火焰就会将我焚毁。我是一个失败者，我要让所有的人都成为失败者，这样我就不再是一个失败者，而是失败者中的一个。我已经不愿意成为一个胜利者，因为我已经不是一个胜利者，那么就让失败伴随每一个人，包括我自己。我要看看那些获得爵禄的人们是怎样失败的，我要和他们一起来品尝失败的滋味，它苦涩、干燥、阴冷，它就像雪天一样覆盖一切，它苍茫无际，失去了所有的道路。我要他们受到处罚，看着他们被国君治罪，让他们失去曾拥有的，剩下了原本的自己。

就在我要离开军帐的时候，另一个人说话了。这个人就是赵旃。赵旃是赵穿的儿子，他有着和我相似的遭遇。他想要的爵位，荀林父没有给他，现在他和我站在一起了。我原以为失败者只有我一个，但我有了另一个伴随者，我的路上不会寂寞了。他说，楚国不仅派了使臣，还派了挑战者。晋国的使臣已经有了，那么我就做一个挑战者吧。若是只有一个使臣，那么就不是对等的。难道晋国要比楚国残缺么？或者就没有一个勇敢的挑战者么？楚国有的，我们也有，楚国没有的，我们也有。若是楚国人有挑战的勇气，我则有着双重的勇气，让我去吧，我要用勇气将楚国的勇气挫败。

是啊，他们给我的，我也要给他们，他们没有给我的，我也要让他们失去。我又有了一个同行者，我们一起去吧。我停下自己的脚步，我要等一等他。我还要听他怎么说，也要听荀林父怎样回答。我的隐秘的想法似乎得到了别人的印证，于是它就在这印证之中飞升，转变为一种隐藏在好奇之中的愉悦。我的东西我已经领了，我要看别人怎样领走另外的东西。要知道，这领走的东西里包含着恶意的秘密。

荀林父说，使臣已经有了，不需要一个挑战者，因为楚国的挑战已经结束了，我们不在别人结束的地方开始。我们的胸怀要比别人大，不然怎么会称为霸主？我们为什么要和楚国对等？他们不论怎样强盛，也终究是蛮夷之地的国，可我们乃是周王的寄托。对于这样的事情怎能轻率？赵旃回应说，要是不让我前去挑战，那么我总可以也做一个使臣吧？我也要和魏锜一起去。楚国只派了一个使臣，我们就要派两个，不然怎能显示我们的胸怀？

荀林父沉默着，他显然不知怎样应对了。他尴尬地看着赵旃，脸上显出了犹豫不决的表情。乌云在他的脸上徘徊，一道暗影从他的眼睛出现，又扫过了他的整张脸。赵旃说，你是觉得我不如魏锜么？他能做的，我也能做，他能说的，我也能说。我的语言就像我的箭法，我可以一箭射穿对方的铠甲，不论是楚王的言语还是他的狡诈的外表。我的身形也绝不虚弱，因为我乃是足够强健。我的父亲没有位列卿相，我也不再贪图这卿相之位，但我总可以做一个使臣吧？

荀林父无可奈何地说，既然你要出使，那就去吧。你的箭法虽然精妙，但愿你的语言也同样精妙。你要用温和的语调说话，晋楚两国就要结盟，我不愿看见和睦的气氛转化为刀剑的交锋。赵旃说，我虽然也擅长使用刀剑，但不会在语言中使用，我的语言也许是笨拙的，但也有着同样的力量。我会将楚王的语言从空中抓住，扔到荒野上。而我的语言将会击中他的心。我将绕过他的刀剑，在他的刀剑的缝隙中，伸出我的刀剑。要知道，我的刀剑是防不胜防的。我的刀剑伸出来的时候，并不会用锋刃刺杀敌人，我的气就足以将对方置于死地。我的刀剑不仅有寒光，还有我的心中产生的逼迫敌人的剑气，我是无敌的。

我独自来到了楚营，我知道赵旃也在我的背后跟随，但我一直没有看见他。也许他在很远的地方，也许他就在我的身后。我行走的时候，从来不愿意回头。因为我的失败给了我勇气，我已经失去了所有的恐惧。一个失败者还有什么恐惧呢？我竟然受到了楚王的接见，但他头上的王气缭绕景象不存在了，他的威严不过是众多人烘托的结果。我拨开了这神秘的王气，看见了他的真貌。他和我没有更多的不同，和别人也没有更多的不同。他若没有穿楚王的衣裳，没有四周的侍卫和大臣，谁能认出他是哪一个人？

这让我想起曾经有一个卖宝剑的人，将宝剑放在一个镶嵌着很多宝石的剑匣里。一个爱剑者用高价买了这柄剑，他将剑取出来试剑的时候，这柄剑却连树枝都砍不断。是的，一个人就像这虚假的宝剑，若是离开了那精美的剑匣，它究竟是什么宝剑？只有那剑匣是宝贵

古灵魂

的，也许它里面放着什么并不重要。是啊，我没有什么可怕的，楚王也是一个人，我也是一个人，这不过是一个人和另一个人的游戏，只不过他的身边站着很多人，而我只有一个人。

我说，你们不是说要结盟么？可是却派了乐伯来单车挑战。这就是说，你们已经背信弃义，你们所说的话和你们所做的事情完全相反。你们既不遵守礼节，也不遵守规则，既不尊重别人，也不尊重自己。既然你们已经决定和晋国交战，那么还等什么呢？晋国的将士早已严阵以待，若是你们在等什么，那么我们已经放弃了等待。我作为使臣，不是来和你们再次讲和，因为你们从来不遵守自己的诺言，我们也不会再次听信你们所说的，一切都只有用刀剑来说话了，没有什么比刀剑的话更真实。

楚庄王的眉宇间已经显出了愤怒，我看见他皱起了眉头，所有的愤怒都已经凝结在脸上的褶皱里，好像无数愤怒的种子已经播撒到了田垄里，它就要萌发，就要长出幼苗，就要开花。一会儿，他的皱纹似乎已经变得舒展，乌云仅仅从脸上飘过，很快又露出了阳光。他微微一笑，说，你们误会了，我并没有派乐伯前去挑战，这不过是他擅自所为，我已经惩罚了他。我们结盟的日子还是不变。

我说，我们主帅已经看出你们的诡计。你们不是有这一张面孔，而是有着好几张面孔。你说话的时候用的是一张，而做事的时候用的是另外一张。你讲和的时候用的是一张，而另一张则借给了乐伯。我不知道现在所看见的你是不是另一个你？你是你自己，还是另一个替身？我听说，怀有仁德的人从来只有一个自己，这个自己是从一而终，不会变化的。而你不断变化，却声称自己也是有仁德的。我还听说，一个人的仁德不是在脸上，但在他的脸上却能看见仁德的反光。可是我的眼前却什么都没有看见。

楚王终于愤怒了，他的手在发抖。他想说什么，但没有说出来。我接着说，一个人与其内心充满了阴影，就不如将这阴影放在自己的脸上，这样心里就会光明一些。与其在内心想着和晋国交战，但嘴上却要说结盟，这样的内心岂不有了更多的阴影？我们喜欢用刀剑说的，就不用嘴巴说，而用嘴巴说的，就不用刀剑说。什么样的人才会一边用嘴巴说话，脸上露出了微笑，双手却在背后捏紧了刀剑？

楚王旁边的潘党厉声说，你太无礼了，你知道你在和谁说话么？你乃是晋国的使臣，就应该有使臣的礼节，你乃是代替你的国君、你的主帅而来，你就要遵守他们所应行的礼节，像他们一样说话。难道你的国君、你的主帅就让你这样妄言么？楚国地大物丰，天下珍奇无所不有，我的君王心有仁德，天下英豪和智者汇于一处，战车无数、斗士无数，干戈可以截断河流，骏马可以载起泰山，岂容你这样的假使臣胡言妄语？我要杀掉你，让你认识我的剑，不然你还以为我的剑只是为了悬佩于腰间。我要告诉你，我的剑已经渴了，它乃是靠着饮血而活着，现在你看看它的样子吧。

说着，他从腰间抽出了利剑，一道闪电冲出了浓云，我看见了这光芒，乃是聚集了无数死者的光芒，但我并不会畏惧。我迎着这光芒向前走了一步，说，看，你们已经露出了真相，这就是你们所说的礼仪，你们就要斩杀来使了。你们也只能斩杀来使了，除了在一个身无寸铁的使臣面前使用你的剑，你还能做什么？我也告诉你，我的腰间虽然没有佩剑，但我的心里有着无数利剑，因为我从来不用剑来斩杀

古灵魂

没有兵刃的人。因为真正的仁德不是在利剑的锋刃上，不是在凶气充溢的脸上，而是在一个人的心里。可是你们的仁德仅仅是在利剑的锋芒中，这样的仁德只有没有仁德的懦夫才会恐惧。

楚王的目光直射着我。我不会畏惧这样的目光。我继续对潘党说，面对我这样的人，你腰间悬挂的剑也只是装饰而已，它不会让你变得好看。即使一个漂亮的人，一旦心里有了恶念，他的外表也会变得丑陋。你这样的剑，我有几十柄，但我不会轻易使用它。我将它装在宝匣里，让它安静地思考自己究竟需要在什么时候出现。它沉睡在黑暗里，却让世间的人看见光明。可是你却用它来炫耀，这是多么可耻。难道这就是你所遵循的礼节么？这就是一个地大物丰、英才荟萃的楚国的礼节么？

我从来没想到自己竟然会这样驳斥对手。平时我并不是伶牙俐齿的人，甚至还显得笨嘴拙舌。但是我面对想要杀掉我的人，竟然说出了很多平时说不出的话。我看见潘党的表情十分复杂，既有着尴尬和羞愧，又有着愤怒和仇恨，既想表现出满不在意的严肃，又想表现出蔑视的微笑。实际上，他的内心的复杂情绪使得自己的脸扭曲和变形，让人看起来十分可笑。他握着剑柄的手发出了颤抖，既想将这剑抽出来，却又停在了那里。他的动作并没有完成，好像时间停住了。

我继续说，我听说，两国交战乃是常事，但要遵守规则。但这规则不是你的排兵布阵，也不是你拥有多少战车和兵士，而是在自己的内心要有秩序和天道。若是对天道和自己的内心没有敬畏，在交战之前你已经是一个失败者。这不是因为你不够强大，而是你因为违背了天道而变得卑微和弱小。礼节只是天道的一部分，是天道在人间的显现，但不是天道的全部。你指责我违背了礼节的时候，你再次违背了礼节，因为你用违背来指责违背。我所以违背了礼节，乃是我作为一个使臣，就是来请求两国交战的，可是你违背礼节却是面对来使的违背，这怎么能是一回事呢？何况我来请战，是因为你们违背了自己的诺言，面对违背了诺言的人，怎么能给他应有的礼节呢？

楚王说，你的话说完了么？我说，我该说的已经说了，现在我应该离开了。潘党说，你已经离不开了，因为你侮辱了楚国。我的剑就是门槛，你若能迈过我的剑，你就可以离开。我轻蔑地看了他一眼，迈开了步子，就要走出去。这时，楚王说，让他走吧。他的话是软弱的、轻轻的，他的手无力地在空中挥动了一下。我走出了军帐，一阵风吹来，我的浑身一下子轻松了，我大口大口地呼吸，让这清新的秋风洗刷我的肺腑，我的内心既兴奋，又感到几分疲惫。

在楚营的门口，我看见赵旃坐在草地上弹着筝唱歌。他唱的是当初在城濮之战的时候晋军所唱的歌，他的声音响彻云霄，歌声委婉而美好，地上的落叶沙沙作响。我走过他身边的时候，他目不旁视，就像在没有人的旷野上歌唱。他的战车就在一边，战马悠闲地吃着地上的枯草。秋风不断将他的头发卷起，他披散着头发，几片落叶落在了他的头上。这分明是在向楚军挑战，让楚军回忆起当初失败的场景。赵旃怎么想起用这样的办法来挑战呢？也许他要被杀掉了，楚王已经饶过了我，还会饶过他么？他难道没有想到自己的危险么？

我已经达到了目的。我想起曾看见的一幕，养狗人给一群狗喂食，一条身体瘦弱的狗总是被别的狗挤到一边，它忽然冲到了它们中间，将盆中的食物踩翻了，并且不断践踏，谁也别想吃东西了。我就

古灵魂

是那条狗，我得不到什么，别人也别想得到。我已经将那只盆子踩翻了，我胸中的恶气终于和这秋风一样，吹到了无边无际的地方。我扫去了树上的残叶，也扫起了地上的尘土，可我的心却明快起来了。

我跳上了我的战车，御夫轻轻喊了一声，马匹就奔跑起来了。楚营渐渐远了，我听着马蹄的嘚嘚声，眼前似乎现出晋楚两军交锋的场景。我看见了两军士卒绞杀在一起，血在流，似乎这血不是从人的身上流出，而是从无数的枯草里冒出来的。我是在做梦么？不，我非常清晰地看见了将要发生的事情。这时，我的背后出现了楚军的追兵，我听见了潘党的叫骂，我回头望去，他们的战车就要追上我了。

卷四百三十一

潘党

这个晋军的使臣太让人气愤了，他不仅对我的君王无礼，也对我无礼，他的嘴巴里吐出了一串串歪理，却不断声称仁德和天道。不仅楚国受到了侮辱，我也受到了侮辱。我的君王太能够忍受了，他竟然不断忍让，还放走了这个口出狂言的人。君王告诉我，就让他走吧，我们要在战场上击败晋国。所有的事情不要看怎样说，关键是要用事实告诉他，真正的天道究竟是什么。现在，与晋国交战已不可避免，天道已经向我们倾斜了。

可是我仍然不能排除内心的愤懑，我要杀掉这个人，决不能让他跑掉。我率军追赶这个人，我已经看见他的战车扬起的尘土了，也看见了坐在车上的背影。我捏紧了手中的长戈，这长戈的尖刃上的光芒唤起了我的力量，这乃是愤怒的力量，这力量凝结为那一团小小的光芒。不是我要追逐他，而是那一团小小的光在追逐他，他跑不掉了。

我要将他的身体刺成筛子，我要将他的身体剁为碎片。我要将他杀掉，将他的灵魂也杀掉，让他死去，让他彻底死去，让他在这世间什么都留不下，就像云气一样散尽。不然它就会遮挡我的视线，我就

古灵魂

会浑身不舒服。我看见他就在我的前面，他的背影不断被尘土掩盖，又不断从这尘烟里露出来。好像他并不是行于地上，而是驾着一团团烟云，飘荡在半空中。我对自己开始怀疑，我所追逐的是谁？

这个人口出狂言、毫无顾忌，来到楚营后又能安然离去，这是个什么样的人？他不断侮辱我的君王，而我的君王又能宽恕他，还放走了他。他似乎有着非凡的勇气，不断激怒君王，就是为了激起君王的激愤之情，就是为了让楚国与晋国开战，他就不怕我的君王先杀掉他么？这难道是晋军主帅的真实想法么？他是晋国的使臣，显然又像是一个虚假的怪物，因为他所说的，好像既不是为了晋国，也不是为了楚国，那么，他究竟为谁而来？

我的战车越来越接近他了。我已经清晰地看见他手中的戈，甚至看见他衣裳上的褶皱了。他并不回头，仿佛并不在意我的追击。我将一支箭搭在了弓上，瞄准了他。但我就要发出那支箭的时候，又将弓箭垂了下来。我不能现在就射杀他，我要面对面地杀掉他。我要让他看见我的目光，看见我的愤怒，看见我的蔑视，也看见我的快意。是的，若是我从他的背后射中他，他又要嘲笑我的阴险和狡诈了，又要嘲笑我失去了仁德和礼仪了。我不能让他嘲笑，相反我要对他发出嘲笑。

我还是抬起了弓箭，向他头上的冠冕射去。我的箭在弓弦上发出了嗡的一声，它划出了一条直线，向着那个傲慢的背影射去。那支箭呼啸着，穿过了秋风，也穿过了一片从树上飘下的叶子，缓慢地靠近他。箭尾白色的羽翎很快变为一个白点，最后这白点停留在他的冠冕上。他就戴着这个白点继续在车上颠簸，似乎一点儿也没有发现我的箭射中了他。我听见前面的车上传来了一阵狂笑。这狂笑从他背影的前面发出，又绕到了后面，进入了我的双耳。这狂笑尖利、放荡、无所顾忌，又在风中回荡着，飘向了远方。

就在这个时候，从林间蹿出了六头麋鹿。只见那个人的手闪电一样从背后的箭囊取出了箭，几乎是同时，他的箭已经射向了其中的一头麋鹿。那头麋鹿又奔跑了几步就倒在了地上。他的车停下了。他走下车来，转回了头。这是那张我熟悉的脸，那张让我感到愤怒的脸，那张对我发出轻蔑的笑声的脸，对准了我。他的脸上画着淡淡的微笑，但嘴角仍然露出某种隐约的嘲讽。我从车上一跃而下，我的长戈的锋刃一点点接近他，接近那张奇特的脸，让我感到羞耻的脸。

他说，现在的时令还不到献给你猎肉的时候，但我将这只麋鹿献给你。我不是为了逃命，而是为了你追赶我的劳苦。我知道你是楚国最好的射手，你有着精妙的箭法，但这是我射杀的猎物。你能射中我的冠冕，但我能射中前面的麋鹿。我的箭法虽然不如你，但我现在能将我的猎物献给你。不过你也给了我一件礼物。他将头上的箭拔了下来，在阳光下眯着眼看着，说，这是一支很精美的箭，我会留下来作为珍贵的纪念，因为这是楚国最好的射手给我的，箭杆上刻着你的名字。

我说，我追赶你，是为了杀掉你，而不是为了得到这头麋鹿。他说，你已经杀掉我了，你的箭已经射中了我。我知道自己已经死了，就不会第二次死去了。何况我的肉并不好吃，不如这头麋鹿。那么你是要吃我的肉呢，还是吃这麋鹿的肉？我知道你是懂得礼仪的，这是古老的礼仪，我献给你的礼物的意义，你是知道的。若你没有忘记，

古灵魂

你们的大将乐伯前往晋营挑战的时候，也是这么做的。

我的怒火渐渐消散，头脑变得冷静了。他说的有道理。乐伯单车挑战的时候也是这样，他射杀了林中突然蹿出的麇鹿，并将这麇鹿献给了晋军的大将，因而晋军放走了他。虽然他所献出的不过是一头顺手射杀的麇鹿，但这礼仪是古老的，听说从上古的尧帝时代就有这样的礼仪，它说明献鹿者的诚敬之意。我应该遵循古礼，接受这样的礼物，不然他又要嘲笑我的无礼了。

我说，你既然献上了麇鹿，我也就接受了你的赠礼。不过你要记住你冠冕上的箭。我的箭百发百中，我之所以没有射杀你，就是献给你一个告诫。我完全可以将你一箭射穿。我可以射穿七层铠甲，可以在百步之内射穿树叶上的黑斑。我只是给你一个譬喻，让你在我的譬喻里死去。他说，我已经接受了你的譬喻，并在这譬喻里死去了。我看见这支箭，就看见了这个譬喻，也就看见了我的灵魂。我只是在你的譬喻之外还活着，你若放还了我，我就逃脱了这个譬喻。你看这箭尾的羽翎多么雪白，它好像还在飞鸟的身上。

我说，你既然明白了，那么你就带着这羽翎飞走吧。楚国是不可欺侮的，我也不可欺侮，我的箭也不可欺侮。你若欺侮了别人，也就欺侮了自己，你用嘴巴杀掉别人，别人就会割掉你的嘴巴。你用语言所说的，终究要咽回到肚子里。现在你可以走了，我的战车也不会继续送你了。他的嘴角仍然带着某种隐秘的嘲讽，但他的身体弯下来了，向我施礼。我只有将这个人放走了，我本想杀掉他，但还是让他逃掉了。

我看着他的战车越走越远了，在两旁的树林的掩映之中，他不再逃命了，而是慢悠悠地消逝在远处。我看见了他的另一面，看见了他疲惫的车和马，也看见了他的恐惧。他事实上已经向我求饶了。他在君王的大帐中表现得傲慢，已经在我的兵刃前消失了。他弯腰向我施礼，已经否弃了他的狂妄无礼。他的勇敢只是暂时的，也许他的内心一直在激烈地搏斗，逃命的声音压倒了勇敢的血气。

或者说，他在大营内是逃不出去的，所以他就在绝望中表现出了勇敢的一面，而他看见了逃命的希望的时候，懦弱的一面就浮现到了表面。现在，我虽然没有杀掉他，但我的胸中积郁的块垒已经散开了。我将乌云放到了他的车上，而我的车是轻松的，我听见马蹄也变得轻快了。我追上了他，他已经承认我射杀了他。那辆战车不过是载着一具行尸走肉返回晋营中，晋军的主帅看见的不再是一个真实的人，而是一个死去的人。

回到军营的门前，我发现那个晋军的挑战者还在那里唱歌。我暗自发笑，这也算是挑战么？我一箭就可以射穿他手中的筝。他唱得还真不错。只是他所唱的歌，我听不懂，他在唱什么？军营里的一些士卒在营帐前倾听。一个士卒说，他所唱的乃是晋国的歌，这首歌可以追溯到武王伐纣的时候，武王的士兵们也唱着这样的歌，在城濮之战的时候，也听他们唱着这样的歌。

我听着这样的歌，被这个放肆的歌手激怒了。他所唱的是他们的歌，却在我的军营前肆无忌惮地唱着。他的车马停在一旁，马儿也在草地上吃草。这是晋军对楚国的又一次蔑视，我怎能容忍他在我的军营前唱歌呢？我举起弓箭的时候，有一只手拨开了我的弓箭。我一看是我的君王。他对我说，他唱得很好，歌声是无害的。他的挑战不是

古灵魂

用刀剑，而是用歌声，那么我们就倾听他的歌吧。这个人精通音律，他的嗓音也绝无仅有。

我说，他这样肆无忌惮，岂不是对楚军的藐视？我可以容忍他的歌，但怎能容忍他的藐视？君王说，你若能容忍他的歌，就能容忍他的藐视。他的藐视也是我的藐视，因为他唱歌，已经是懦弱的表现，因为这歌声里没有干戈，也没有血腥。歌声就是歌声，何况这歌声是这样的美妙。我们可以藐视他，但不要藐视他的歌声，他唱的的确很好。我已经很久没有听过这样好听的歌了。你听，他的歌声是颤抖的，但这颤抖中展现了音律的曲折和精美。这样的歌和秋风是匹配的，它扫开我军营前的落叶，给我的大军开路。

我说，这个人是谁？竟然这样大胆，敢于在楚营的门前歌唱。君王说，他是晋军的赵旃，他的父亲是赵盾的弟弟赵穿。赵盾曾跟随晋文公到过楚国，是先君将他们送到秦国，才成全了晋国的霸业。让他唱吧，没想到他唱得这样好，也好让我的兵士解除激战前的烦闷。我们出征已经太久了，多么令人烦闷的日子啊。每一个日子都是漫长的，却也是空洞的，它需要一些东西来填充。可是我们除了这烦闷之外，还有什么呢？这样的歌声正好可以让无聊的时光变得有趣，其中有着雄浑的激情，也有优雅的伤心。

夜晚的黑暗渐渐降临，天空用一些星光来点缀，但仍然是无边的黑暗主宰了一切。士卒们大多回到了营帐，但仍有一些人坐在营帐前的草地上听赵旃歌唱。这歌唱随着秋风回旋，忽然声音会被放大，忽然又变得很小。这黑暗被这歌声所充盈，似乎变得不再单调了。我看着那个坐在草地上的黑影，他仿佛有着不倦的激情。我好像真的沉浸在他的歌声里。我已经脱离了时间，到了另一个世界，一个只有声音的世界。那是一个优美的、被歌声赋予无穷的形象的世界，一个梦幻般的美妙的世界。

卷四百三十二

士会

　　唉，失败已经开始了。你看这秋风中的叶子纷纷落下，战马在不断发出嘶鸣。深夜的时候，夜枭在林间的几声悲啼，让人久久不能入睡。我不知道荀林父是怎样想的，他竟然派出了两个内心不满的人前往楚营召请结盟，这怎么行呢？这两个人都满怀心机，不但不会让楚王满意，还会激怒楚王，让楚王决心一战。我必须有所防备，不然到了交战的时候，就会酿成祸患。

　　荀林父不能节制军队的将帅，也缺乏必要的决断。先縠乃是勇而无谋，晋军怎么能战胜楚军呢？而且楚王亲自临战，又借助获胜之威，士气高昂，我们怎么能战胜呢？我的辅佐郤克也看得清楚，他向主帅谏言说，你派遣了两个心怀不满的人出使，他们不会按照你的命令说话，相反将挑起战端，我们必须有所准备。既要准备抵抗，也要准备不敌楚军而撤退。可是我不可能说服别人，只能说服自己。

　　先縠说，郑国人劝我们与楚国交战，我们不敢听，因为他们是为了郑国。楚国人向我们求和，我们也不能听，因为他们是为了楚国。我们也想着与楚军求和，可是我们怎能和楚国友好呢？因为他们本就是敌人。楚国一方面求和，一方面又来挑战，我们怎么能信他们呢？因为他们也将我们视为敌人。若是率军作战缺乏谋略，心里一片苍茫，防备又有什么用？我们只能在等待中等待，敌人若是攻打，我们只能随机应变了。在这个时候，只有勇气可以做最后的防备，若是失去了勇气，就只有恐惧了。

我说，还是防备比不防备好。这两个人必定要激怒楚王，因为他们并不是为了晋国更好，而是为了发泄自己的私愤。他们不仅盼望晋楚两国交战，甚至还盼望晋国失败。人的恶念是早已种下的，只是以前没有生长的时机。对于这两个人来说，这是一个时机，不要指望他们会按照主帅的想法去做。要是真的这样，楚国大军突然掩杀而来，我们将失去军队。若是这两个使者还心怀善念，能够说服楚王结盟，我们的防备也不会损害友好。若是真的楚军趁危而袭，有了防备，我们就会立于不败。

先縠说，若是两国结盟，防备就没有用，若是两国交战，防备也没有用。因为敌人若进攻，我们可以居高临下，用勇力击败敌军。没有什么可怕的，只是我军的主帅畏首畏尾，不敢做决断，这是让我最担心的。若是主帅不勇敢，将士就难以保持勇气。要不是我坚决渡河，我们早已回去了，哪里还用召请楚国结盟？现在楚国不断示弱，说明他们已经感到畏惧，而畏惧的一方怎会发起攻击？

我说，也许敌方的畏惧只是假象，只是借助这假象让我们放松警惕，自己则加紧准备。我们不能被对方的假象所迷惑。敌人越是这样，越要保持警惕。即使是诸侯相见，大军的守备也不会撤除。这不是因为不信任，而是在信任中加强信任。信任不是无条件的信任，而是在警惕中保持信任，这样的信任才会变得可靠。这样的警惕不是为了信任对方，而是为了信任自己。

可是先縠并不听从我所说的，他坚持听天由命的无畏。我只有带好自己所率的军队了。我命大将巩朔和韩穿率领七道伏兵埋伏于敖山之前，又准备了渡河的船只，随时预备战败之后返回晋国。当一切安排停当，我坐在敖山之巅，感到了疲惫和孤独。是啊，我是卑微的，我不能说服别人，只能在这卑微中安排自己。天空的星辰已经升起，它们在我的头顶闪烁，我看着这神秘的星空，愈加感到疲惫和孤独。

人是多么渺小啊，你就在天空的覆盖下生活，而你的生活是完全被忽略的。你的生与死既不会影响天空，也不会影响天上的群星，甚至也不会影响天下人的生活。所以你的一切作为，都是某种绝望的挣扎。是自己的挣扎。这就让我感到愈加孤独。我想说出我的话，但先縠不会听我所说，别人也不会。不是他们不相信我，而是他们更相信自己。

孤独无处不在，它没有实体，却和我一起呼吸着，和我一样自言自语。我能听见自己所说的话，却听不见它所说的。它在我的身边弥漫，充塞了天空，我却不知道它究竟在哪里。我捕捉不住它，但我却被它所捕捉。我就被囚禁在这孤独之中，并在这孤独中失去了自由，也获得了自由。可是这自由又在哪里呢？天上的一颗星忽然被飞来的云翳遮住，一会儿又显露出来，重新放出了它的光。显然天上的每一颗星都不是为了我而闪烁，我仅仅是观看它们，我也不是为了这些星辰而生活。

现在，晋国和楚国就要交战了，我已经看见了一片搏杀的景象。

这景象仿佛不在地上，而是在这繁星密布的天上。我不是一个介入者，而是一个旁观者。我观看着天上的众星在厮杀，我听见了浩瀚的、震撼人心的喊杀声，却唯独看不见自己。是的，自己是天上的哪一颗星呢？也许我乃是隐藏在某一颗星的背后，我的光是暗的，我的光已经被挡住。我所发出的光只有我自己能够知道。

命运已经注定了，我已经看见了晋军的败象。我听说，楚庄王的战车分为两广，每一广三十辆，右广在清晨鸡鸣之时套车，日上中天的时候开始卸车，而左广则开始接替套车，直到第二天清晨才卸车。他们从来不会松懈，一直有所防备，随时准备出战。许偃驾驭右广的领车，养由基是他的戎右。彭名驾驭左广的领车，屈荡是他的戎右。他们都是楚国的大将，有的足智多谋，有的力大无比，有的箭法精准，都有着万夫不当之勇。再加上楚庄王亲临作战，士气旺盛，晋军怎能与之匹敌？

我眯起了眼睛，看见了漫天光芒。这乃是激战的光芒，我就被这激战的光芒照亮。我好像刚从光线充足的地方来到这黑暗，感到了死亡的气息从四面包围过来。我的眼前都是一片又一片乌云，其中放出了隐约的、虚弱的雷霆。没有尖利的闪电，只有宁静的、一动不动的星光，破碎的星光。一切都是沉闷的。秋风是沉闷的，发出了沉闷的呼呼声。地上的枯草是沉闷的，即使是沉闷本身也被秋风卷起，抛到了我看不见的地方。

我忽然有了想要对谁倾诉的欲望，这欲望就像冰一样冰冷，它那么透明，从欲望的这一边可以看到另一面。可是我要对谁倾诉呢？谁又是我的倾听者？晋国已经衰败了，可是国君还看不见，荀林父也看

古灵魂

不见，先縠也看不见，众人都看不见。晋国已经处于衰败的季节，秋风已经在扫除晋国的枯草了，可是他们都看不见。我看见了，想要说给他们听，可是他们不会听，也不愿意听。他们认为这是一个过去的故事，是一个荒诞不经的故事，可是谁也不知道这故事就在现在发生。

我借着这微弱的星光，伸出了我的手。我晃动着两只手，只看见两个黑影在晃动。我是不是已经衰老了？这就是我易于感伤的原因？我好像真的看见自己的双手都布满了褶皱，我的双手似乎想抓住什么，可还是无力地垂下了。因为我的手里原本就什么都没有，我所能抓住的只有黑暗。可是这黑暗是抓不住的，即使抓住了一部分，也仍然在黑暗里，就连这所抓住的，也仍然在黑暗里。

我想，魏锜已经回来了，他对楚王怎么说的已经不重要了。他对人们所说的和所描绘的，都不是真实的。他必定用假话来说明他所做的，我对这一点确信无疑。现在赵旃还没有回来，他又能做些什么呢？若是他被楚军捕获，晋军就会被挫伤锐气。我回到了营帐，明天早晨必须派军接应赵旃，要么不知道会发生什么。我看见先縠正在烛光中擦拭他的剑，而剑光从侧面映照在他的脸上，他的脸上现出了一道白光。

卷四百三十三

屈荡

　　那个晋军的挑战者赵旃唱了一夜，早晨却逃走了。本来昨天就可以将其抓捕，但君王不愿意这样做。鸡鸣中套好了的战车，准备掩袭晋军。君王登上了左广的战车，传令出击。我们就要和晋军展开决战了。一匹匹战马昂起了头，鬃毛都竖立起来了，双耳像竹片一样挺拔，它们早已积蓄了力量和精神，随时倾听御夫的命令。

　　我手上的兵刃已经磨得雪亮，昨夜在烛光下细看，已经可以照出自己的面容。我在戈刃上变成了一张狭长的脸，窄窄的一条，我的眼睛挤在了一起，然后在一团哈气中模糊了。现在我们的战车一辆接着一辆，洪水一样冲出了大营。我的战车在最前面，迎着略带几分寒意的秋风，我听到了耳边穿过的一阵阵风声。远远的西边天空，只剩下最后一颗星了。那颗星似乎就要沉没了，却在挣扎中放出暗淡的光。天上抹了一层深灰，从高高的地方向我压来，我深深地呼吸，这秋天的空气多么好啊。

　　决战就要开始了，我的心里突然升起了一阵兴奋。这兴奋就像爆发的光团，就像从闪电中带出来的光团，无比明亮，我前面的路变得

古灵魂

清晰起来了。我看见了远处奔逃的赵旃。他的战车上飘着一面旌旗，风吹得它向着后面倒去。我立即向御夫说，追上那个人，我要捉住他。我的战车瞬间加快了速度，马蹄刨踏地面的声响变得密集，四匹马腾空而起，似乎是在离开地面之后向前快速飘浮。

我就要追上他了。他不断回头张望，我已经看见他脸上不断闪过的惊慌。他的车后扬起了一阵阵尘烟，我好像是在追逐一团乌云。赵旃慌忙跳下了战车，向山林里逃去。我也跳下了车，挥舞着手中的长戈，朝着他奔逃的方向追赶。密集的山林不断挂住我的铠甲，我的眼睛紧盯着他的背影。他的背影不断被树木遮住，又不断从树木的背后露了出来。但我的视线紧紧地拉住他，他已经唱了一夜的歌，他的双腿显然是疲惫的、沉重的，他怎么能比我跑得更快呢？

突然我的脚下飞起了一群鸟，它们的翅膀刚到了我的脸上，我被这突然飞起的一片翅膀惊住了。我的脚步迟缓了一下，赵旃就在这一瞬间不见了。我搜寻着，他又在我的左边出现了，他被地上的藤条绊倒了。我冲向前去，和他展开了搏斗，我的长戈刺破了他的衣甲，他慌忙卸下了甲胄，躲开了我的长戈，仓皇地逃向了密林。他一下子变得轻松，脚步也飞快，看来我追不上他了。这让我想起地上飞蹿的蛇，褪下了自己的外衣，消失得无影无踪。我捡起了他抛在地上的铠甲，返回了战车。

天光已经大亮了，两旁的山林露出了斑斓秋色，林间草地上的枯草随风摇曳。一些枯草已经连根拔起，它们互相纠缠，缠绕成几个草球，翻滚着，退到了树林里。林中的鸟儿发出了各种各样的啼叫，并不断从一棵树飞到另一棵树上。还有林中传出零星的野兽嗥叫，由于树密林深，这嗥叫抵达双耳的时候，已经十分微弱了，甚至还带着几分凄凉。

我听见潘党大声叫喊，晋军来了，他们来了，他们来了。远处一阵尘烟，在这尘烟里露出了很多战车和马匹，还伴随着战马的嘶鸣。我们想不到晋军会向我们奔袭，难道他们知道了我们要前去攻袭？还是一次猝不及防的遭遇？和君王同乘一辆战车的令尹孙叔敖大声说，调整好车马，以最快的速度接近敌人，我们要用气势压倒对方。《诗》上说，戎车十辆，要冲向前面开路。我们必须抢在敌人的前面，不然就会让敌人先迫近我们。抢在敌人的前面，就会夺取他们的斗志。

潘党举起了弓箭，一箭射中了前面奔跑的晋军战马，受伤的战马向后仰了起来，战车翻倒了。我们的两广战车从左右两侧包剿，敌军陷入了混乱。很快我们就闯入了敌阵，战车在纵横驰骋，我挥起长戈，在敌军中冲杀，一个个脸孔在我的面前倒下。我的车轮从敌人的死尸上碾轧过去，战场上一片哀嚎。很多敌人弃车而逃，他们逃入了山林，消失在密林之中。穿过这片密林，就到了大河边，就可以渡河归晋了。更多的车马掉头而逃，敌军已经被完全击溃，我们向敌军逃跑的方向趁势追击。

卷四百三十四

荀林父

我们已经失败了，谁想到会这样？本想去接应赵旃，却迎头遭遇了楚军。他们并没有停下前进的步伐，相反，迅速迫近了我军。将士们几乎毫无防备，一下子就被敌军所击溃。我已经预料到会有这样的结局，但我仍然没有想到这结局会来得这么快。幸亏我已经暗中让婴齐安排了渡船，不然我们都逃不掉了。

我所率领的中军已经溃散了，我的御夫驾着战车拼死奔逃。我虽然是三军的主帅，尽管国君将这支军队交给了我，可是各路的将领并不会听从我。他们知道自己的背后都有着各种势力的支持，他们的父辈都是有功之臣，即使是国君也常常感到无可奈何。我又能怎么办呢？我只有听天由命。我原本不想在这样的情况下与楚军交锋，但一件件事情迫使我不得不这样做。我试图与楚国结盟，楚国也表示了结盟的意愿，可是一些人不愿意，他们总是想挑起战事，也许他们是想通过这样的方式建立自己的功勋？毕竟他们所依赖的乃是父辈的功勋，他们希望拥有自己的功勋。

可是他们并没有先辈的智谋。只有匹夫之勇怎能建功立业？我现在已经失去了中军，上军和下军都面临威胁。若是晋军在我的手上失去，我将怎样向我的国君交代？恐怕只有一死了。现在最重要的不是获胜，因为已经不可能获胜了。我只要将部分大军带回晋国，就可以获得安慰了。昨天夜晚，我一直不能入睡，我的心里存有恐慌。就在快要鸡鸣的时候，我才觉得似乎进入了睡乡。

我竟然梦见大河的波涛卷起了我，将我抛在了波谷。我挣扎着，试图爬到岸上，我的手就要接触到岸上的一块石头，从远处飞来的一只乌鸦过来猛啄我的手，就这样我紧紧抓住一把泥沙，又沉入了滚滚波涛中。前几日的黑夜，我感到孤独难耐，多么想做一个梦，但每日都在黑沉沉的睡眠里度过。我竟然连一个梦都做不成。我终于做梦了，可是这个梦竟然是这样不祥，这必定是一个坏征兆。

那只乌鸦是谁？我还没来得及猜出它的谜底，坏事情就出现了。我派兵本是为了接应赵游，却和楚军遭遇了。敌人是有备而来，而我们毫无防备，这怎么能打败敌人呢？唉，我还能说什么呢？也是因为我太大意了。我还一直盼望着楚国前来结盟，对即将到来的事情怀有希望，怀有侥幸之心。士会提醒过我，可是由于先縠的反对，我也就不愿多想了。

我在奔逃中，看见了士会。他说，你先过河吧，我已经布设了七道埋伏，即使不能战胜敌军，也可以掩护大军撤退。我说，你什么时候布置了埋伏？他诡异地向我微笑。他说，我想着你所派的两个人并不可靠，就提前做好了预备，这敖山虽然不高，也不险峻，但利用密集的树林，仍然可以藏兵无数。

我慌乱的心获得了安定。我说，我和你一起来抵抗楚军。他说，

古灵魂

不，敌军士气旺盛，即使是有着万全之策，预计也不能支撑太久，你还是加紧渡河吧。于是我在一片慌乱的溃军之中擂响了撤退渡河的战鼓，并大声喊着，先过河的有赏，先过河的有赏。并让我身边的护卫向后面的将士传令。

山中的乌鸦真的在叫，我不知道这乌鸦在哪里，但我分明听见了乌鸦的叫声。它只是叫了一两声，就停住了。这声音沙哑、苍凉，有几分衰老的意味。于是我告别了士会，来到了河边，登上了渡船。这滚滚的河水流向哪里？它又来自哪里？我所看见的只有从我的眼前流过的河水，我所看见的只有这曾经阻挡我们的河水，但现在因为我渡过了这河流，就获得了新生，它所阻挡的乃是我的敌人。

这河水是浑浊的，它夹杂着无数泥沙，携带着无数的尘土，从遥远的地方不倦地奔腾，它来到我的面前的时候，仍然有着无穷的力量。这力量是从它的源头带来的，是地下的深泉赋予它不竭的流水，赋予它不竭的力量，也赋予它漂浮我的能力。它从来不是因为预见了我的现在，所以才为我做准备，而是从前就有的一切，从前的从前就有的一切，将我送上了彼岸。在这里，我将死亡，到了另一头，我将新生。

它不需要苍茫中的占卜，不需要痛苦的选择，也不需要阴险的谋略。它都不需要。它不需要手中的长戈，也不需要战马和战车，它都不需要。它有自己已经足够了。它除了自己，不需要额外的东西，是的，它不需要。它不需要和别人交战，也不需要和自己搏斗。它不需要。可是别人需要它。白云需要从天上降落到它的水面上，需要在它的波浪之间漂浮。白云不仅在天上，也需要在波浪上有自己的影子。

草木的叶子需要它，它们在春天萌发，在夏天生长，它们的繁茂乃是为了最后的枯萎和凋谢，为了让秋风将自己卷入这河水，让河水带着自己的从前以及从前的一切记忆，到另一个安宁的地方，以便掩藏自己对所发生的事情的厌倦。尘土需要它。地上的尘土在风中飘荡，寻找着落脚的地方。它在这大河里漂浮并且沉没，它转变为泥沙，转变为沉重的事物，它由虚空、轻飘转变为实在。

我曾在渡河的时候凝神看过这河水，我的面影映照在河水里。它竟然是一面最好的镜子。镜面上不仅有天上的云影，也不仅有我将乘坐的船，还有更多的我没有觉察到的东西。我从这镜子里看见我自己。我看见的只有一个人，或者他既不是现在的我，也不是过去的我，甚至我所照见的面孔和我无关，因为镜子中的那个人只是在镜子里，在波浪中，在水面上，在云影里，他不属于我，他只属于镜子。

我就在我的本身，我不可能看见自己。我所看见的只是另外一个人。若那镜子里的真的是我自己，必定不是真实的，我仅仅因为这河水而受到了欺骗。可是我被欺骗了么？我又为什么接受这欺骗？实际上我心里一直有着被欺骗的渴念，因为我在这真实中待得太久了，我希望自己在虚假中停留。只有在虚假之中，我才可以获得休息，我才可以忘掉真实，我才可以忘掉自己，然而自己却又在这波浪之中出现了。

现在我开始再一次渡河，我将渡过这生与死的河流。我乃是被迫地登上了渡船。河岸上仍然在激战。厮杀声从远远的地方传来，好像这一切都与我无关。这一切似乎太遥远了。士会还在率领上军迎击敌军，掩护大军撤离。我看见渡船上挤满了士卒，很多车马都被遗弃在

古灵魂

岸上。有一条船眼看就要下沉了，士卒们还在想着挤上船，船上的人们用刀砍着攀上船舷的手，一阵阵尖厉的叫喊让人心痛。还有的人们跳下了大河，向着对岸奋力游去。

卷四百三十五

士会

　　我向第一道埋伏的将士传令出击。敌军异常勇猛，他们就像潮水一样涌向伏兵的前阵。唐国的国君也率兵参加了楚军的作战。据抓捕的俘虏说，楚庄王派人对唐惠侯说，我没有什么德行而贪婪功勋，现在却遭遇了强大的晋军，这乃是我的罪过。楚国若不能战而胜之，就是一个君王的耻辱，现在只能借助唐国的力量和你的福佑了。楚庄王还派遣潘党率领四十辆战车，加入了唐国的攻击方阵，冲向了我的阵地。

　　郤克的儿子郤锜问我，要不要全力发起攻击？我说，楚军的士气旺盛，我们先发起第一道伏兵的抵抗，后面的伏兵还不能暴露。不然楚军就会将全部力量集中在应对上军上，我们的军队就必然会被击溃。我们要在抵抗中适可而止。若是第一道防线被冲垮，我们就要退回来，这样才能保全士兵的性命。若是第二道防线被击溃，我们也要后退到第三道防线，这样一点点后退，既能掩护其他军队撤离，也能保全自己。

　　他说，那我们就这样失败了么？我说，是的，你已经看见了一

古灵魂

切。战局已经向着不利于我们的方向发展，不可能挽回了。中军已经被击败，我们必须保存力量，才可以为晋国的将来积蓄希望。不要再把希望寄托到这一战上了。战败是注定的，从渡河开始就已经注定了。或者说，从出征开始就已经注定了。我们根本就不应和楚军交锋，我们手里有的东西已经没有了，而楚军原本没有的却越来越多。

——失败并不是最可怕的，可怕的是在失败之前不知道自己将失败。先縠要渡河，我们就跟着渡河，就是要分担失败的罪责。现在我们保全将士的性命，节节后撤，也是为了减少失败的罪责。我已经看到，楚军并没有全歼我们的意愿，这样就会迫使我们绝地反击，他们也不能全身而去。他们原本也没有做好充分的准备，只是因为我们的紧逼才不得不出手。楚国获得了郑国，已经达到了目的，现在我们也不必在这场决战中想着反败为胜。

郤锜又问，你怎么知道楚军不想彻底消灭我们？我说，不，他想这样做，但他知道自己做不到。楚王是一个头脑清醒的人，他知道适可而止，知道自己要什么。你难道没有看见么？我们的战车陷在了泥坑里，楚军并没有乘人之危而杀掉我军士卒，而是叫他们抽出车前的横木。若战马不能前进，他们又叫我们的士卒拔掉大旗，扔掉车辕的横木，这样就能轻松逃脱了。我们的士卒还讥讽那些追击者，向他们喊，你们逃跑的经验多么丰富，我们从前可从来不知道怎样逃跑。

——你想，他们这样做，就是为了放还我们的士卒，就是为了击败我们，而不是为了消灭我们。若是他们太过血腥，激起我们将士的愤怒之情，那么他们也要招致损失。楚军已经出来太久了，他们不愿意和我们纠缠，他们想很快回家。所以我们要轮换交替地退出，这乃是我们双方所愿。

郤锜说，唉，可惜荀林父不听你的话，先縠也不听。若是他们听从你的劝告，事情就不会发展到这一步。我说，每一个人的思想都不一样，只有享有权力的人所说的，才被别人听取。不是因为这个人说得多么好，而是这个人所说的，迫使别人倾听和采纳。他们并不是畏惧某一句话，而是畏惧说话的人。荀林父想听我的话，但先縠不愿意听，荀林父就只能在我与他的话之间做出抉择。他选择了先縠，因为先縠的话是先縠说出的，他比我更有权力，他的背后还依仗着更大的权力。在这样的权力面前，智慧是无用的。

我只是上军的统帅，我的权力和职责被限制在这样的范围内。我只能向荀林父提出我的看法，却没有决定权。但我可以暗中设定自己的计谋，以便能让我的军队完好无损。我管不了别人，只能管好自己了。即使我回去和荀林父一起担当罪责，我的罪责也会轻一点。所以在自己职责的范围内，智慧又是有用的。你有多少权力，智慧就能发挥多少用处。

我们已经击退几次敌军的攻击了，现在他们不再前进了。我让军队不断登上渡船，撤回到晋国境内。我已经撤退到最后一道伏兵组成的防线了，这已经是临近河边了。我让战车挡住了通往河边的路，又让士卒们守住这道防线，等待着楚军的到来。如我所料，楚军到了这里就停滞不前了。他们还在与中军和下军的残余在山林间搏杀。喊杀声已经渐渐减弱，争战已经不是十分激烈了。这也许就是这次晋楚之战的尾声了。

大河上渡船不停往来，我的军队大都已经渡过了河。他们已经

古灵魂

在对岸集结，恢复了往常的秩序。开阔的河流，从没有停止奔流。夕阳已经在西边的天空低沉，渐渐接近了群山的脊线，蓝色的远山被又一次染红。整个晋国沉浸于一片血红之中。这是一种令人感到悲伤的红，一种惨淡的红，一种衰落的、衰老的、软弱无力的红。它要用这最后的气力来悬停在空中，却挡不住下沉的力。黑暗就要降临了，一张惨白的脸，曾露出了青春光辉的脸，要在这样的红中一点点被黑暗盖住。

这时我看见河面上漂来了几艘渡船，上面满载着士卒，他们肩上扛着长矛和长戈。这是来接应我的渡船么？我的心里在想，这些军队为什么要返回来？他们不是渡过河了么？若是前来接应我，不应该有这么多人，那么他们究竟要做什么呢？我带着最后撤离的将士来到了河边，就要登船了。而驾船过来的人们在我的眼里愈来愈清晰了。站在船头的是下军的大夫荀首，他的表情似乎十分焦急而悲伤，究竟发生了什么？

我向他大声问道，你们回来做什么？前面的战斗就要结束了，赶快往回返吧。荀首回答说，你们快过河吧，我还有事情要做。我说，楚军已经快要到河边了，不要再去了，不然你们就会被楚军困住。荀首说，我的儿子还在里面，我要寻找他，我不让他被楚军捉住。唉，荀首是一个勇敢的人，他要找到自己的儿子。谁能挡得住他呢？

卷四百三十六

荀首

　　我率领下军的将士重新返回了战场。我从渡船上下来，冲向了我军弃置的战车。魏锜为我驾驭战车，下军的将士大多跟随我回来了，还没有来得及撤走的晋军士卒重新集聚在我的周围。我的儿子知䓖在哪里？我以为他已经撤离了，可我在军中没有找到他。所以我返了回来，我一定要找到他。可是我重新回到战场的时候，得悉他已经被楚军俘获了。

　　我不知能不能解救他，但我要想尽办法让他生还。我不能失去儿子，不能失去我的儿子。若是我不能解救他，我一个人活着还有什么意义？我怎能独自回到晋国？若是我的家人问我，你的儿子怎么没有回来？我将怎样对他们说？我已经在返回的船上流下了眼泪，又被河风吹干了。我不能让别人看见我流泪，不能让别人看出我的软弱，所幸河风将我的眼泪吹干了。我不知道自己的眼角是否还有泪痕，但我的目光已经在燃烧，我的内心也在燃烧，我已经快要被这烈火烧焦了。

　　很快我就听说是楚国的熊负羁囚禁了我的儿子知䓖。我记得他小时候坐在我的肩上，伸手去摘树上的果子。我们在野地里奔跑，我教他怎样射箭和使用兵器，我还带他去湖泽垂钓，有一次他竟然钓起了一条大鱼，好不容易才拖到岸上。我还和他一起驾船到湖心钓鱼，有时要到日傍西山才返家。我的儿子知罃从小就十分聪明，我只要告诉他的，他就能记住，我所教他的，他很快就能掌握。他不仅能够娴熟地驾驭战车和调教战马，也能拉开强弓，将每一支箭射向靶心。

他跟随我出来作战，我却没有保护好他，让他被楚军俘虏了。若是他被楚军杀掉，我的后半生将怎样度过？那样我将生不如死。我的眼泪又要掉下来了，我使劲用自己的眼眶噙住泪水，不让它掉到地上。我已经说不出话来，所以一直保持着沉默。魏锜问我，我们到哪里能找见知罃？我忍住自己的痛苦，半天只说出一句话，我说，我不知道。他又说，那么我们向哪里冲？我说，向前。是的，我只知道向前，因为前方就是敌人，也许我能从敌军中找到寻找我儿子的道路。我知道那是一条血路，也许是一条不归路。

我想起在出征前，我在灯下看着我的儿子，他在磨着自己的戈和剑。他是那么仔细地将剑放在砺石上磨着，剑和石头的摩擦，发出了嚓嚓声，好像我的心被什么东西磨着，我感到了一阵阵疼痛。我知道他打磨的是什么，他的手里所打磨的，不仅是这剑和戈尖，还是生与死的摩擦。那时我就有一种不祥的预感，但我没有说出来。我只是一直紧盯着他，仔细地端详着他。

他长大了。多少年来我还没有这样仔细地看过他，没有仔细看过这张充满了青春气息的脸。这张脸棱角分明，胡须密集地敷在两鬓上，像骏马的鬣毛一样好看。灯光穿过他的胡须，看上去整张脸上涂了一层光芒。是的，这张脸上自己就带着光芒，它是一张能够自己发光的脸。这光芒乃是从里面放出来的。他的目光是专注的，深深埋在了粗粗的眉毛下面，但眉毛的阴影仍然挡不住他的目光，我从兵刃的反光中已经看见了他的目光在闪烁。

他让我看见自己年轻时候的样子。他是我的镜子，可是我所照见的是我的过去，而不是我的现在。我的过去复活了。我的血奔涌在他的身上，他重演着我的一切。也许这人生就像地上的草木，一年又一年不断重复地生长，从发芽、成长、繁盛到枯黄。现在我已经处于秋季，和今天的季节完全一样，可是他还在春天，还刚刚露出地面，所以他有着饱含着水气的绿，有着旺盛的向上的力，有着无穷的将来。

我想，我不就是为了他而活着么？或者说，我不是为了未来活着，因为我已经没有未来了。我乃是为了我的从前而活着，而我的从前并没有随着时间而消亡，而是就在我的眼前，就在这个孩子身上。他不仅属于他自己，更重要的是属于我。我也不是我所感知到的我，而是我所看见的他。我不是生活在镜子里，而是真实地生活在他的生活里。

所以我把对自己的爱转变为对儿子的爱，我爱他就是爱自己。我的过去是这么真实，所以我感到现在的真实。可是现在是残酷的，他必须跟随我去战场上厮杀，随时可能回不到我的身边，我随时可能永远看不见他，那样我的过去就永远消失了。他已经被楚军俘虏了，被熊负羁囚禁了，可是他被囚禁在什么地方？我怎样才能找到他？又怎样能解救他？心中的悲痛就像这滚滚的河水，一个波浪压着一个波浪，一个波浪推着一个波浪，从遥远的源头一直到不知道的更为遥远的地方。

我不是乘坐着战车，而是站立在深深的悲痛上。这悲痛载着我，冲向了敌阵。我从背后的箭囊里抽出一支支利箭，射向了前面的敌人。我看见敌人一个个被我射中，仰面向后倒下，就像一个个秋天的柴捆，被我用悲痛的力量推倒。我精心选拔每一支箭，看见最锋利的箭，就放在魏锜的箭囊里。我先要将不太好的箭射出去。我的眼泪不断滴在我的箭上，它带着我的眼泪飞出去，发出了嗖嗖嗖的声响。

我每一次拔箭，都要看一看是不是利箭，若是利箭，就放在魏锜的箭囊。魏锜愤怒地问我，你不去寻找儿子，却爱惜蒲柳，我们的董泽边上有的是蒲柳，难道那么多的蒲柳可以用完么？我说，是的，我的每一支箭都是蒲柳制作的，但每一枝蒲柳都是不一样的，我要将最锋利的箭用在最重要的地方。现在我将不太好的箭发射出去，用它来射击楚军的士卒，若要看见楚军的大将，我就要用最好的箭了。

我看见楚军中有一个老者，他的周围簇拥着很多人，我想这必定是一个将军。我从魏锜的箭囊中抽出了一支利箭，搭在了弓上。我瞄准了他。他一会儿被别人的身体遮住，一会儿又露出来了。就在他露出头来的一瞬间，我的箭发出去了。我看着这支利箭从我的弓上一跃而出，我的弓弦发出了噌的一响，然后是嘶的一声。我的利箭的箭尾转眼变成了一个白点，飞向了他。箭从人的缝隙中穿过，直射到那个人的脸上。

我率领着跟随我的战车冲向了敌人，楚军立即被我冲散了。我的长戈挥舞着，我的双眼冒着火焰，前面的敌军根本不敢恋战，我很快就到了我射中的那个人面前。有人认出他是连尹襄老。这个人就是连尹襄老？我只是听说过这个人，陈国的昏君陈灵公和他的大臣孔宁、仪行父一起私通的美人夏姬，被楚庄王赏给了他。现在我射杀了他，这个美人已经成为寡妇了。据说，楚庄王也喜欢这个女人，但又怕因为她而损害自己的荣誉。也许这个人的死，乃是夏姬所希望的，她的身边不会缺少追求者。

我将连尹襄老的尸身装到了我的战车上，也许我可以用他来换取我儿子的性命。不，也许还不够，楚王不会觉得这个人的生命有多重要，他也许并不值钱，他的尸体就更不值钱了。我必须寻找更有价值的猎物。一个猎人只有捕获好的猎物，才能待价而沽。我重新登上战车，和魏锜说，我们还要往前走，不然我的儿子还是不能安然回来。魏锜说，我听说楚王非常尊重连尹襄老，不然怎会将自己喜欢的美人送给他呢？我们用连尹襄老的死尸就可以换回你的儿子了。

我说，不，还不够，若是这样回去，我仍然担心我儿子的命运。必须找到可以换回他的足够的分量。我不能这样回去，我决定还要继续寻找和捕获。魏锜说，不论生与死，我都会跟你一起寻找你想要的，直到你说能行了，可以回去了。我回头看了他一眼，我看见魏锜的目光是坚定的，他的眼神已经告诉我，他究竟是怎样想的。我伸出手来，搭在了他的肩膀上，说，好的，我不会忘记你今天所说的话。

我对后面的战车上的将士说，天已经黯淡了，楚军在收兵，我们要在天黑之前继续冲杀，我们必须迫近敌军，才会有收获。我的战车奔跑在最前面。我看见了敌军奔逃的尘土。一辆战车被几辆战车护卫着，也在奔逃中。我看见了希望，那辆战车上的人一定十分重要。我要抓住他。我从魏锜的箭囊中抽出了一支利箭，我仔细地看着这支

古灵魂

箭，这是一支精美的箭，一支带着我的悲痛和希望的箭。我将它搭在了我的强弓上。

我要不断接近他……现在我甚至不相信自己的箭法了。我必须在最近的距离上将我的箭射出。我已经看清他了，他的脸上露出了惊恐。他不断回头，向我射出了一支箭，我身体一偏躲过了这支箭，我听见了这支箭的呼啸。但是我的箭还没有发出，我要等待最好的时机。现在还不到发射的时刻。我对魏锜说，再快一点，再快一点，我们就要追上他了。

魏锜猛然抖动缰绳，我的四匹快马飞起来了。它们连成了一体，就像一只大鸟扇动着翅翼，我感到了高空的寒风和天上的云朵，就在我的四周盘旋。我已经看不见别人，看不见前面的战车，我只看见一个人，那个就要被我捕获的人。我甚至看不见他回头时的表情，是的，所有的一切都看不见，我只看见一个人，一个影子，一个奔逃的影子。

我不能将他射杀。我要这个影子，要这个活的影子。我的战车上已经有一具死尸了，已经不需要另一具死尸了。我要射中他的肩部，让他从车上掉下来。我要射穿他的铠甲，让他的血流出来。我现在看不见他的表情，但我渴望看见他痛苦的表情。我是痛苦的，但也要让一个我所擒获的敌人痛苦，这样我的痛苦就可以减轻。

我的战车在飞翔，我就站在这大鸟的背上。我的身体稳定而沉重，但有着能够载得动我的翅膀。我仿佛不是在地上追赶他，而是从空中向他俯冲，是从云端向他俯冲。我的双耳灌满了秋风，也灌满了怒吼。我揉了揉眼睛，是为了更好地看清这个影子，看清楚他的每一个动作，我将决定射击他身体的哪一个部位。是的，我乃是站在一只大鸟的背上，不，我乃是站在一团飞翔的火焰上，或者我本身就是火焰，是火焰站在另一团火焰上，我正在用最快的速度扑向能够让我继续燃烧的柴草。

我终于射出了自己弓上的箭。这是我的火焰上迸溅出来的火星，我的火星不是为了熄灭，而是为了在另一个人的身上燃烧。我要让所有的东西都变为火，就像我自己一样。我的箭发出去了，这是至关重要的一箭，它寄寓了我的全部悲愤和全部希望。它带着我的一切，带着我自己，向着那个影子射去。我的双眼紧盯着它，它的羽翎在空中飘动。

那个影子突然倾斜了，旁边的人想要扶住他，可是他在自己的暗影里再也藏不住了，连同那包裹自己的暗影一起倒下，从战车上掉下去了。他的战车并没有停止奔跑，他的战马也停不住步伐。那个影子被我的火星点燃了，他一下子变得明亮起来。我看清了他，看清了他的铠甲和他头上的冠冕，看清了他挣扎的手臂，以及痛苦的脸。

他一下子变得明亮起来，我都看清了。我的战车已经飞过去了，我从这战车上一跃而下，我乃是从云中俯冲下去的，我牢牢地捉住了他。我用身上带着的绳索捆绑了他。他不再挣扎了。他的脸上既有痛苦又有恐惧，这样复杂的表情在他的脸上汹涌。我用眼睛盯着他，问他，你是谁？他用微弱的声音告诉了我。我笑了，我真需要一面镜子，来观赏我的面容。我知道自己笑了，但我的笑也是苦涩的、痛苦的，但我知道这笑的意义。

前面楚军的战车要掉头来营救他，但我的将士们将他们击退了。

古灵魂

我对魏锜说，我们可以回去了。他问，我们捉住了谁？我说，是公子谷臣。他说，啊，是楚庄王的儿子，这下你的儿子知罃得救了。战车掉头返回，我已经记不起来时的路，但我知道掉过头来就会找到大河。太阳已经沉到了山下，西边的红霞已经退去，黑暗在渐渐上升，就要笼罩我们了。道路是灰色的，那种暗的灰。我对被绳索缠绕的公子谷臣说，你不必害怕，我不会杀掉你，因为我要用你换回我的儿子。

卷四百三十七

潘党

晋军被击败了，听说他们的残军昨天整夜都在渡河。我们的大军驻扎在衡雍，我在早晨来到君王的军帐中。我的内心充满了兴奋之感，我对君王说，我听说昨夜晋军的残余已经渡过大河，河上一夜喧嚣。我们的大军捉住了一些士卒，很多人都失去了手指。这些士卒想攀上渡船，但船上的人太多了，所以船上的人砍断了他们的手指，他们因此掉在了河里，被我们俘获了。他们的样子真是悲惨，手上都是鲜血。

君王的脸上并没有快乐。我问，我们击败了晋国，这是君王的功德，君王难道不高兴么？我们终于一雪前耻，可我看见你一点儿也不快乐。君王并没有说什么，他仍然在暗淡的光线中保持沉默。他的脸沉浸于一团黑影里，只有初升的太阳从斜向穿进的一束光，照射到他的脸上，使得他的另外半个脸更加晦暗。在明亮的一面，他的目光显示出了忧郁和困倦。

我谏言说，这是一场非凡的胜利，我们应该建起军营以表达君王的武功，将晋军的死尸收集在一起，堆放到一个大坟墓，让往来的行

古灵魂

人都能够看到。我听说从前战胜了强敌就要筑造纪念物，以便让后裔不忘记先祖的功勋。我说完之后，君王转回头来，那束光线似乎变得更为强烈，从他的背后染在他的冠冕上，看起来就像君王的整个轮廓在放光。

他说，你所知道的只是一部分，而不是全部。武王讨伐商纣获胜，就作了周颂，其中说，收拾好你的干戈，也包藏好你的弓箭，我所追求的美德已经在夏乐之中了，重要的不仅是成就王业，而是保有天下。他又作了武篇，其中有这样的话，要牢固你的功德和业绩。在周颂中还说，先前的美德要得以发扬光大，我要征讨的只是暴虐，目标是为了天下的安定。还说，让万邦安宁，就会不断产生丰年。

——我们不能忘记先贤的教导，因为人的德行加在了先贤的身上，他们已经为天下的人们做出了榜样。武公不是为了炫耀，而是为了驱除强暴、消除争夺和保持自己的强盛，是为了牢固自己的功业，让百姓安定。这样，民众就会得以调和，财富就会增加，因而后代才会铭记他的功勋。若要将两国交战中战死的士卒暴露尸骸，这就意味着强暴，我们为了驱除强暴而又自己强暴，那么我们原本所做的意义又在哪里呢？我们所建造的纪念物又是为了纪念什么？让别人所看见的又怎是我们的初衷？

——显耀楚国的武力会让诸侯畏惧，但却不能真正消除争战。强暴能够压服对手，却不能消除争战，这样怎么能让自己保持强盛？因为你今天所得的，明天又要被夺去，你今天所战胜的，明天可能又要战胜你。这样下去又怎会有一个完结？若是一个开始是为了另一个开始，那么结束还有什么意义？我所期待的是真正的结束，而这样的结束乃是安宁的开端。我们为什么要在安宁中插上一支箭，让这安宁感到疼痛？

——不仅要考虑自己，也要考虑天下。还有我们与之争战的晋国，他们将会怎样？他们也在想着怎样能巩固自己的基业。若是违背民众所愿，百姓的生活还怎样获得安定呢？若是每一个国家都陷入了混乱，天下还怎样获得太平？没有太平就意味着失去了天道，诸侯之间就会争夺不断。若是没有什么德行却要相争，那么百姓还怎样得以调和休养生息？农夫还怎样能安心种地，渔夫还怎样安于打渔，物产就会匮乏，人力就会穷尽，天下也将愈加混乱，那么人人都要面对死亡的危险。这样的人间还值得人留恋么？你难道还愿意生活于这样的人世么？

——因而失去了仁德，就失去了一切。我们现在的生活乃是来自仁德的护佑。仁德不在别的地方，就在我们的内心里。若是我们从内心驱除了仁德，仁德就没有了，我们的日子也就无所护佑了。趁着别人的危险而谋取自己的利益，乘着别人的混乱而寻求自己的安定，能够让自己的物产丰茂么？我听说武功有七重美德，可我对晋国的用兵却没有一重美德，那么我究竟用什么来昭示后人？

——我想还是先建造楚国的宗庙吧，就将这件获胜的事情祭告先君，让他们来评判我所做的事情是否合适。先君们的灵魂已经在天上，他们比我更知道上天的意旨。若是我所做的违背了上天的意旨，他们就会惩罚我；若是我顺应了上天的意旨，我就会得到奖赏。你要知道，用武功来征服别人，并不是我的追求，我乃是想用自己的德行来呼应民众的德行，用民众的德行来激发我自己的德行。这样就合乎

古灵魂

天道了。

——这就是我为什么不想和晋国交战的原因，也是我没有趁着郑国的城墙倒塌而攻占郑国的原因。我并不喜欢追求武功，因为武功就意味着许多人的死，他们都是无辜者。我们为什么要让那么多无辜者死去？武功乃是建立在无数白骨的基础上，这难道值得炫耀么？你为什么要不断炫耀杀人？难道是上天让你这样做么？每一个人的生命都是上天的恩赐，我们却要将这上天的恩赐抛弃，这难道就是上天的意旨么？

——用武是恶灵唆使的结果，不断用武来自恶灵的不断唆使。我今日的用兵乃是说明我的内心仍然有着恶灵，我还不曾将它完全驱除。它让人堕落。它阻止你和神灵共享幸福的日子。它失去了自己的快乐，也不让别人快乐。它从一开始就堕落了，就要让别人和它一起堕落。它抓住了你，让你不能挣脱它。它为了自己不死去，就住在活着的人们心里，它的生活依靠啃噬人的灵魂而维持。我已经感到了被它啃噬的痛苦。

——从前那些圣明的君王也用武，但他们只是讨伐对天子不恭敬的国家，将这叛乱的罪魁祸首捉拿并杀掉，以便杜绝祸患。但这样的用武可能是正当的，但也带来无穷的祸患，这是另一种祸患。我还不知道这样的杀戮是不是真的正当，但是无辜者也会因此而受到连累。我现在还没有想清楚晋国的罪恶究竟在哪里，士卒都在执行国君的命令，他们难道有罪么？古代为了显耀武功，就堆积敌人的尸体而建成高冢，就是我们所说的京观，可是我们为什么要将这么多的无辜者的死尸堆积起来显耀呢？他们的罪恶又在哪里呢？

我听着君王的话，感到自己的羞愧。我仅仅知道炫耀，却不知这炫耀的罪恶。我知道获胜，却不知道这获胜的理由，也不知道为什么要获胜。我只知道获胜本身，却不知道这获胜中却有着失败。我好像判明了善和恶，也好像判明了对和错，可是我却不知道这善和恶、对和错的依据是什么。我也只看到楚国的获胜，却没有看到天下的获胜。我也只看见了自己，却没有看见天下的民众。我也只是看到了眼前的一切，却看不见天上的神灵。

是的，我知道武功是崇高的，却不知道为什么要建立武功。我只看见君王们所建立的武功，却没有看见这武功与武功之间的差别。也没有看见这差别中的含义。我只相信武力，却没有看见仁德。我曾和养由基比试弓箭，仅仅是为了争强斗胜。那一次，我连射三箭，每一箭都射中了靶心，而养由基并不服气，因为他也有着高超的本领。他的非凡的箭法我早已听说了，可是我又怎能服气他呢？

我们站在百步之外，谁要能射中靶心，谁就获胜。结果出人意料，因为我们都射中了。于是我们选择更小的靶子，就是摘下三片柳叶，在柳叶的中心涂上黑色，放在了远处。养由基瞄准了柳叶上的墨道，依次一连三箭，每一箭都命中了。当然他能够做到的，我也同样能做到。我也瞄准了柳叶上的记号，一连三箭都射中了。然后我们又比试射箭的力道，他竟然射穿了七层铠甲，我的箭虽然也射穿了，却停留在了铠甲上。我曾为这次比试十分郁闷，难道我必须什么都超过别人么？神灵赋予人不同的性格，也赋予人不同的本领，这意味着每一个人在人间都刻画好了位置。

每一个国家也是这样。他们各自被赋予位置，各自管理好自己的事务，这难道不是很好么？若是每一个君王都有着仁德，民众也会响应，每一个国家站在各自的位置上，每一个人站在各自的位置上，天下岂不是调和而安宁么？现在我们战胜了晋国，却并不对那些死去的人们给予同情，而是要以此显耀自己，这难道不是武功的羞耻么？我的君王站在比我更高的地方，我所看见的只有眼前，而他不仅看见了过去，也看见了未来。

我说，我的目光是短浅的，所以总是以武功而自傲，却不知道这武功的背后有着上天的深意。我也总是在交战中显示自己的箭法，却不知道我的箭法乃是无辜者死亡的原因。我不知道自己为什么生，又怎知道别人为什么死？我只是珍惜自己，却很少珍惜别人。我只是生活在现在，而君王不仅在现在，还在过去和未来。那么我们该做些什么呢？

君王说，其实所有的争战并没有完全的胜利者。既没有别人的胜利，也没有自己的胜利。就说这一次的邺之战吧，我击败了敌人，让晋军蒙受了损失。可是我的儿子谷臣也被敌人俘虏了。他被荀首囚禁了。我不知道他的未来会怎样，但我的内心是悲伤的。我的儿子跟随我出征，本应和我一起分享获胜的喜悦，却连我自己的喜悦也一起带走了。现在我一点儿喜悦也没有，因为我的战胜乃是伴随着我的悲伤。

我说，我也为此感到悲伤。我们没有保护好公子。本来我们以为获胜了，搏斗已经结束了，但没想到荀首率兵突然袭击我们。他射死了连尹襄老，收走了他的尸体，又射伤了公子，并俘获了他。荀首突袭我们，是因为要营救他的儿子，他的儿子被我们囚禁了。我想，公子不会死，也不会遭受羞辱和折磨，因为苟首的儿子在我们的手中，以后我们可以用他的儿子知罃来换回公子。

君王说，好吧，这就是战争的后果。我们都要摘下树上的苦果，都要吃下去。一切都是苦涩的，我现在必须忍受这苦涩。这样的苦涩不会很快散尽，因为它需要我们品味，不然我们怎能理解先贤的痛苦呢？我们该去大河边祭祀河神了，河神就在每一个波浪之中。我们要在这汹涌的波浪中看见河神的恩惠，因为它不仅给予我们有形的波浪，还给予我们因这波浪而引发的深思。一切都将流逝，一切都将归于下一个波浪，而波浪一个接着一个，它没有穷尽。河神不仅是神灵，它就是无穷。无论是谁，都要敬畏无穷，因为每一个人都是有限的，不仅你的智慧是有限的，你的力量也是有限的。人们的所有悲剧都来自一个错误，那就是认为自己是无限的，那么贪婪也就变得无限。

我说，是的，一旦知道自己的限度，就不会头脑发昏，就不会受到恶灵的诱惑。我曾看见一个人行走在阳光下，他说我要到田野里去，寻找一棵小树苗。过了一会儿，他的手里攥着一把湿润的泥土，里面包裹着两片嫩芽。路上的行人问他，你拿的是什么？他说，是一棵树。那个人就问，这么小的树，什么时候才能长大？他的回答是，它会长大的。那个人就嘲笑他说，可是你不会看见它长大的，那么你将它移栽到自己的园子里又有什么意义？他回答说，也许是这样，但我的心里已经有它长大后的样子。

这个人不仅知道自己的限度，还知道未来，因为他即使等不到未来，心里也早已有了这个未来。未来是美好的，值得我们等待。就像

古灵魂

大河的流水，每一个波浪都不知道自己奔往哪里，但每一个波浪都拥有未来，所以它们才拥有不断奔腾的激情。河神就住在这不断奔腾的激情之中。它不仅知道自己的限度，也知道自己的无限。而恶灵则不知道，因为不知道自己的限度，也不会知道未来。它总是因骄傲而膨胀，又因迷恋自己的能力而腐化和堕落，因而它一开始就拒绝一切美好，又在人心里栽种这样的拒绝。

　　我的君王要去祭祀河神，就是为了提醒自己，不要迷恋显赫的武功，也不要沉溺于自我炫耀。他还要在这里建造宗庙，就是为了将所有的所为告诉先祖，让他们知道这些事情，并在高高的云端为楚国驱除所有的恶灵，让美好的东西能够在树上结果，也让我们的嘴里不再苦涩，而是代之以甘甜。那束光线已经从君王的脸上移开了，它转移到了人的脚下。君王的脸沉浸于暗淡，但他的四周却变得明亮起来。

卷四百三十八

晋景公

　　我的军队被打败了，荀林父率领着一支失败的残军回来了。我本来是让他率军去解救郑国，可是郑国丢掉了，与楚军交战也失败了。这是多么大的耻辱。曾经在城濮之战中，先君一举击败楚国，让晋国成为天下霸主。可现在却沦为一个可耻的失败者。我到宗庙祭祀的时候，该怎样和先祖们交代呢？我该对他们说些什么呢？这失败的罪责该由谁来承担呢？我的内心充满了愧疚之情，难道晋国就要从我的手里滑落到地上？

　　我将大臣们召集到朝堂，我要听听他们的说法。在暗淡的光线中，每一个人的脸都是暗淡的。他们都在这暗淡中沉默。这气氛是压抑的，似乎空气都凝滞了，都结了冰。人们都满脸冰凌，失去了平日的表情，是的，一切都被包裹在了冰凌中。冬天已经来了，秋天已经不复存在，温暖也将不复存在，落叶已经四散而去。

　　在我的心里，晋国是强大的，没有谁能敌过晋国，没有什么人可以和晋国对抗。可是现在晋国战败了，我怎能接受这样的事情？一种复杂的感情在心头奔涌，悲痛、愤怒、屈辱和仇恨都交织在一起，混

古灵魂

合在一起，我真想将这些无用的大臣都杀掉。现在我才觉出自己的孤独和寂寞，尽管我的身边有这么多人，可是一群沉默中的愚蠢者又有什么用？我还是一个人，一个孤独的人，我沉入了悲痛的寂寞中、愤怒的寂寞中。

先縠说话了，他说，我们都尽力了，可是楚军太强大了，又有楚王率领，他们因为刚获得胜利而士气旺盛。我们不应该和楚国讲和，他们早已经做好了开战的预备，却声称要和我们结盟，楚王欺骗了我们。还有什么可说的呢？我只有请求国君给我处罚。我一直要求主动出击，但主帅仍然想讲和，不想和楚军交锋。我们不是没有时机，而是在楚国的欺骗中一点点失去了良机。我没有什么可说的，也不想得到宽恕，只是请求国君给我以处罚。

士会说，这场战争本是可以避免的，可是我们因为逞强而失败了。本来郑国已经依附了楚国，解救已经失去了意义。可是因为一些人急于立功而渡河，从而带来了损失。关键是我们缺少防备，遭到了敌军的突袭，又急于渡河归国，导致军队失去阵形，很快就溃败了。而楚军挟带郑国之战获胜的余威，士气旺盛，就如秋风席卷而来。这场失败应该是可以预知的，可以预知就可以避免，可以避免就可以保全。而我们逞强贪胜，最后成为这样的结果。我同样有不可推卸的责任，请求国君给予处罚。

赵朔说，我们一起渡河寻求作战，罪责应该分担。主帅派遣魏锜和赵旃前去召楚国结盟，却差点被楚军捕捉，我们原本是为了接应赵旃，却与楚军遭遇，不得不匆忙投入战斗。然而楚军有所预备，迅速迫近我们，冲垮了我们的阵形。尽管将士们用命搏杀，却最终不能抵挡楚军的攻击。总之我们都已经尽力了，也许这乃是天意。我们在城濮之战中击败了楚国，他们一直想寻找机会雪耻，我们的渡河救郑，给了他们机会。

栾书说，我们的失败归因于将帅不协调，命令不能通畅，又顾忌秦军从后偷袭，所以不能取胜。我们乃是为了救郑而去，但直到就要渡河的时候还在争论和犹豫，总是在战与和的问题上纠缠和徘徊，这就不能做出及时的决断。主帅提出等待楚军撤退之后再攻伐郑国，现在看来应该为上策。可是先縠已经先行渡河，大军不得不随之渡河，不然先縠率领的军队就可能被楚军消灭。后来楚国前来求和，我们的将帅又在战与和之间犹疑不定，再加之魏锜和赵旃出使楚营，事实上乃是挑战，而我们又没有做好准备。楚军突袭的时候，我们因毫无戒备而张皇失措，这不能不说是失败的根源所在。

士会说，楚军在这次作战中显然比我们高明，在开战之前就可以判明胜负。楚庄王亲临战场，号令通畅，没有人敢于不执行楚庄王的命令。在开战之前又不断向我们示弱求和，不仅蒙蔽了我们，也助长了我们的骄傲，认为楚军不堪一击，不然怎会向我们求和结盟呢？实际上，他们派遣使臣前来求和，是在侦探我军的虚实，却让我们做出误判而陷入了松懈。又派遣乐伯单车挑战，使得战事不断扩展，并展开了突袭。所以我们在与楚军交战之前已经显露败象，只是我们没有察觉而已。

荀首说，先縠渡河之后，我就感到危险已经迫近。我卜筮之后得到了师卦，而师卦又变为临卦，爻辞已经十分明白地说，出兵而用法令来治军，若是法令不明，法令不畅，结果就必然凶险。法令施行通

古灵魂

畅就会成功，就是臧，而相反则是否。渡河的行动已经说明失去了臧而转为否。民众离散就会柔弱，流水壅塞就会形成沼泽。若有法可依而律法顺畅，主帅调动军队就像调动自己的手指一样，军队的行动就协调而自然。

——有律法的三军若是能够像一个人一样调和一致和行动自然，那就意味着律法的畅行，否则律法就会穷尽而无用。从充盈而转为穷尽，从畅行而转为壅塞，就是失败的凶兆。壅塞就是阻断流动，就是临，有命令而不能服从，这就是临的极致。那么在这样的情况下，灾祸就要降临。所以这样的灾祸不是来自别处，而是来自我们自己。而楚军就不一样了，他们都听从楚王的命令，行动都协调和谐，进退就有依据。就像好的御夫一样，能够自如地协调马匹的步伐，无论是旋转和前进都默契协和。

——那么胜败已经一望可知了。若是我们还能战胜对手，那几乎是奇迹了，除非有神的佑助。可是神灵都是佑护那些准备充分而畅行律法的人，而不是佑护处于混乱而失去秩序的人。我卜筮，乃是为了问天，而卜筮的结果就是上天给予的答案，也就是天意所在。不然卜筮有什么用处呢？但是，晋国也不是完全失败，因为虽然被楚军击溃，却也仅仅是失去了一部分军队，我们的力量并没有完全失去。

——胜负只是短暂的结果，不是最后的结果。重要的是必须保存自己的力量，就可能在下一次获胜。就拿这次交战来说，我的儿子被楚军俘虏了，我也俘虏了楚王的儿子。我还射杀了他的大夫连尹襄老，将他的死尸拉回来了。我所失去的，楚王也失去了。我不想失去自己的儿子，他也不想失去自己的儿子，所以我的悲伤和他的悲伤是一样的。从我的角度看，我因失去儿子而感到了失败，而他也同样因失去他的儿子而感到失败。

——因而，我们也不必为这样的失败感到痛苦。相反我们要重整旗鼓，让晋国重新变得强盛。想着我们从前的样子吧，晋国仅仅是一个河汾以西的小国，但晋国先祖的奋斗和拓土开疆，使我们变得越来越强大了。先君文公曾流浪四方，受尽了各种屈辱，但终于辗转归国，寻找良机，从而使晋国成为诸侯中的霸主。尽管现在我们遭遇了失败，但这不过是时间中的一个挫折而已，就像大河遭遇了山崖，但它将婉转回旋，毕竟要逶迤而去。我所说的并不是为自己开脱罪责，而是为了不使国君太过伤心。

我听着他们的话，觉得并不是全无道理。但我们毕竟是战败了，而战败的罪责怎能在各种理由中推诿？自古以来，治国要有律法，有功的要奖赏，有罪的要惩罚。不然这国家将不成为国家。没有律法就没有责任，没有责任又怎能让国家振兴？我应该想到这样的失败，但我以为，我是足够强大的，至少营救郑国是完全能够成功的。但我因为国内还不够安定，就没有及时派出军队，也延误了战机。我觉得将这样的军队交给荀林父就可以应对危险了，可还是没有战胜楚军，也许他还缺少以前那些将帅的谋略，也没有他们的威信。还是我没有给他足够的权力？还是因为我没有足够的威望？

我不知道了，我的确不知道了。我望着朝堂的众臣，和他们一样处于迷惘之中。我在这迷惘中徘徊，我不知道究竟该处罚哪一个人。也许他们都应该得到处罚。因为失败的罪责必须要有人承担。也许所有的原因在于我自己？那么我来承担这罪责？不，我没有亲率大军出

古灵魂

征，我已经将军队交给别人了，我为什么要承担罪责？可是他们的罪责又压迫着我，使我感到痛苦，感到难以忍受，因为他们的罪责最终要归于我。因为我已经用失败的罪给先君留给我的光耀涂上了暗影，我已经坐在这暗影里了。

现在荀林父说话了。他的话是低沉的，是痛苦的，我已经听出来了。这与其说是一个失败者的讲述，不如说是一个悲痛者的祈求。他说，我是军中的主帅，所有的罪责都归于我。我不抱怨任何人，因为他们都已经穷尽了自己的勇力。我原本不想渡河，是为了等待时机，但大军渡河之后，我却一直处于犹豫之中。我辜负了国君的信任。无论是先縠还是士会，不仅勇敢，也有足够的智谋。先縠率军勇猛冲杀，使楚军不敢轻易向前。士会预先埋伏了七道奇兵，阻击了楚军的攻势，让更多的士卒得以渡河归国。

——所有的失误都归于我。我先是在渡河中犹豫不决，又在战与和之间摇摆不定。我相信了楚国的示弱和求和，以为这样彼此都是最好的结局。实际上晋楚之战是必定要发生的，我忽视了楚国决战的决心和意志。尽管国君已经赋予我主帅的位置，我却缺乏主帅的权威，这让我的号令不畅，不能有效节制将士，所以交战之后就出现混乱。我又在敌军迫近的时候，没有积极谋取胜利，进行御守和抗拒，而是即令退兵，让军心涣散。这是导致失败的重要原因。所以我请求国君定我以死罪，我甘愿用死来承担罪责。

众臣都沉默着，一片压抑的气氛中，我也陷入了深思。是的，必须有人来承担罪责，而这样的罪责只有主帅来承担。我给了他权力，他却让我沉入了失败的深渊。我又怎能宽恕他呢？现在他已经提出自己应得死罪，他也的确应该用死来担责，也只有死才能压住这样的罪。我说，对大罪的极致处罚就是死，一个国家最大的耻辱就是战败，也只有死才能和这样的耻辱匹配。

你们每一个人都应该得到处罚，不过主帅应该获得死罪。因为我把三军交给你，不是因为我的军队不够强大，也不是因为我的战车不够多，而是因为主帅的失误。荀林父的话，已经将他的罪责说清楚了。一个国家不能没有律法，不能没有奖惩，只有奖惩严明才能让民众信服，才可以让将士信服，不然那么多将士不是白白死掉了么？我们又怎么向这些死去的人交代呢？他们的亡灵就在天上看着我，我必须用惩罚来安慰他们。

这时大夫士贞子劝谏说，国君仍然要三思而后行。处罚是必要的，但死罪却太重了。城濮之战的时候，先君文公退避三舍，既兑现了曾经对楚王的许诺，又在撤退中寻找到有利的地形，并一举击败了楚军。这乃是先君的智慧和仁德所得的果子。那时人们是多么兴奋，每一个人都沉浸于欢乐。我们每日吃着从楚军那里缴获的食粮，但先君仍然满面忧虑。

——人们就问先君，我们都获胜了，你难道不高兴么？有了喜悦的事情却满面愁容，难道有了忧愁的事情才会喜悦么？文公回答说，我们虽然击败了楚国，但楚国的令尹子玉还在，他绝不会善罢甘休的。我们虽然现在获胜了，但事情还没有完结。被困的野兽还要挣扎和争斗，何况他还是楚国的宰相。所以他必定会复仇，只是我们还不知道他在什么时候要复仇，那么我怎么会感到安宁呢？

——文公听到令尹子玉被楚王杀掉的消息之后，脸上才露出了微

古灵魂

笑，乌云才从他的脸上散去。他高兴地说，以后不会有人来和我为仇了，我终于能安心和你们一起快乐了。楚王杀掉了子玉，这是晋国的又一次获胜，也是楚国的又一次失败。楚国从此开始，两世都在衰败中苦恼。他们一直难以摆脱这失败的影子，他们因杀掉了不该杀掉的人而被困在了这个影子里，他们渴望强盛，但这影子绊住了楚国的脚步。

——我们这一次失败，乃是上天在告诫晋国，让我们寻找失败的原因。就是说，我们必定在一些地方做得不如楚国好，这既是坏事情，也未必全是坏事情。可是我们不是检视自己，却要先杀掉自己的主帅，这怎么能行呢？就像当初的楚国一样，我们若是杀掉了荀林父，恐怕是楚国的又一次胜利，也是我们的又一次失败。我们难道要重复楚国的命运，让晋国也两世不得强盛么？

——何况荀林父侍奉国君已经接近了忠诚，他在渡河的时候就想着如何能保全晋国的实力，渡河之后仍然想着怎样才能避免一战，因为他已经看到了争战的结局。他既看见了楚国的强盛，也看见了晋国的缺失，所以才在战与和之间不能做出选择。他知道了自己的过错，又愿意以自己的死来弥补这过错，还有比这更为忠诚于国君、忠诚于国家的人么？国君怎能杀掉这样的人呢？即便是他的失败，也不过与月蚀和日蚀一样，仅仅是暂时的黑暗，怎能损害日月的光辉呢？

我听了士贞子的劝谏，觉得他说得十分有道理。是啊，我怎么能这样杀掉自己的主帅呢？这不是让楚国人感到高兴么？若是惩罚仅仅是为了惩罚，那么惩罚的意义又在哪里呢？秦国的孟明视在崤山之战失败之后成了晋国的囚徒，被放还之后，秦穆公却穿了丧服在城外迎候。他对回来的孟明视哭着说，我没有听从蹇叔和百里奚的劝诫，让你们失败而归并受了侮辱，这是我的过错。后来孟明视请求报崤山之仇，又一次和我军在彭衙交锋，又一次失败。他自己无地自容，坐上了囚车，希望以死来承担罪责。可是秦穆公又一次赦免了他，还让他做军中的主帅。

别人能做到的，我难道做不到么？一个国君连忠于自己的人都要杀掉，那么这个国君还有什么威望继续做一个国君呢？我决定赦免了荀林父的罪，还让他官复原位，让他继续统率军队。现在的失败并不是永远的失败。敌人想毁损晋国的实力，我又怎么能毁损自己而顺应敌人的心思？我看着众臣的脸，他们都等待着我的惩罚。唉，我还是听从士贞子的话吧，也许最应该惩罚的不是别人，而是我自己。可是我将怎样惩罚自己？上天已经惩罚了我，对我的惩罚，还有比这更严厉的么？

古灵魂

卷四百三十九

屠岸贾

晋国被楚国击败了，郑国也丢掉了，它归附了楚国。不过，国君宽恕了荀林父和其他人的罪，说明国君的内心是柔软的，他还是不能像石头一样坚硬。我看见他愁容满面，好像什么心思都没有。这几天也不愿意搭理我。对于这样的事情，我还能说什么呢？我怎么能让国君感到快乐呢？

我对国君说，这次在邲地战败，主要是由于将帅不和，很多将领不服从主帅的号令，因为很多大将都曾是赵盾拔擢的旧臣后裔。若不削平这样的势力，即使国君亲临督战，也不一定会命令通畅。比如说先縠吧，本来主帅已经要班师回朝，但他却违背号令，擅自率军渡河，三军只好跟着渡河，才导致被楚军击败。

国君说，我已经知道了与楚军交战的过程，也知道失败的原因，可现在还不是整肃军队的时候。我刚刚宣布赦免了荀林父的死罪，并让他仍然担任三军统帅，若是追究别人的罪，那么我的赦免就不是公平的，就会引发民众的非议。因为荀林父毕竟是主帅，别人不听帅令，乃是他的无能，罪责仍然在他的身上。我怎能放过主要的罪人而去追究其他人的罪责呢？一切都需要等待时机。

我又说，赵穿杀掉了先君灵公，因为赵盾的庇护，一直没有受到追究，若是不追究这样的弑君大罪，谁都可以弑君，这样国君的座位下就会隐藏危险。赵氏家族不仅没有因此而获罪，还让赵朔担任下军的辅佐，后又做了下军主帅，这不是鼓励别人违背国家的律法么？何况在晋楚之战中，他也应该担负罪责。可是国君却宽恕了失败者的罪责，也宽恕了他的罪责。

国君没有说话，他的脸上似乎仍然密布着乌云。不过我的话似乎已经打动了他。我又说，先縠在邲之战中自知罪责难逃，迟早要受到追究，我听说他已暗通狄国，煽动狄国叛乱，已经要攻打我们了。我想，这是一个清洗暗藏的背叛者的好时机。

国君仍然没有说话，他好像一直在想什么。我陪伴他来到了桃园，桃园已经一片荒芜。我又说，先君灵公就是在这个地方被杀掉的，现在已经是冬天了，枯草凄凄，表面上已经敷上了一层薄薄的霜雪。寒风一直吹着，将这枯草都掀起来了，桃树上早已失去了果实，剩下了一些干枯的树枝。

国君说，听说狄人已经攻入我境内的清地，我还是要派荀林父去讨伐么？我说，荀林父也在等待这样的机会，因为他的罪虽然被赦免，但内心的罪却不能免除，他需要通过立功来抵消邲之战的死罪。无论以前有多少次失败，只要有一次胜利，前面的失败都会被遗忘。我听说这次狄人前来讨伐，乃是先縠召来的，等到赶走狄人之后，他应该被清算。我听说，邲之战后，郑国人杀掉了公子鱼臣和大夫石制，因为是石制将楚国的军队引入，试图分割郑国，又要将公子鱼臣立为国君。这样的人必定将得到惩处。

我始终不能忘记晋灵公是怎样被杀害的。那时的日子多么好啊，可是赵盾使我沦落到了现在这个样子。幸亏现在国君开始喜欢我，使我从黑暗里挣扎着爬到了岸上。我曾到处躲藏，终于熬过了一个个屈辱的日子。仇恨就像暗藏的火，我必定要焚毁我的仇人，也焚毁我内心的仇恨，不然我的内心怎能安生呢？赵盾已经死了，但他的后人仍然在我的面前闪耀，我要用我的火，烧灭他的火，我的火是旺盛的，是由无数柴草堆起的火，我的火猛烈飞升，我的火从我的内心燃起，别人看不见它，但我能够感受到它。

我藏在国君的身边，我要用我的火点燃国君的怒火，我的力量必须借助国君的力量，我的仇恨也必须借助国君的仇恨，不然我又从哪里开始自己复仇的愿望呢？天气渐渐冷了，桃园竟然是这样荒凉了，让我从这彼此交织的树杈之间，看见了昔日的繁茂景象。别人夺取了我的日子，我也要夺取他们的日子。

冷风一阵阵吹着，天上的白云也被刮走了，只有那么辽阔的蓝。我看见国君也似乎感到了寒冷。国君说，到了冬天，一年中的日子就要过去了，一切要等到新的一年。这是他的感慨？还是他的预言？我说，我每年都在等待，但一个个日子很快就过去了，我还在等待，新的一年和旧的一年又有什么差别？

国君说，对我不一样，晋国每天都在发生各种事情，每一件事情都不一样，这让我的心总是混乱。我希望有一个完美的秩序，这样我的心就会获得安宁，晋国也会获得安宁。我刚刚即位的时候，想着自己可以做到所有想做的事情，但现在我的想法改变了。我想变得快乐，可是我怎能快乐呢？每一件事情都让人感到忧虑。一开始的时候，我感到自己想做什么就做什么，心里充满了快乐，现在我想做的却做不到，或者我想做的都做不好，快乐就变得失去了意义。

没有什么人比我更理解国君的忧虑和孤独。我多么希望自己能做点什么，让国君变得快乐起来。可是我的能力是有限的，我尚且不能让自己快乐，又怎能让别人快乐呢？我本应是快乐的，但我内心的仇恨焚毁了我的快乐。我的外表似乎是快乐的，这只是我装出来的，我不能将自己的苦闷表现出来，这样我不仅不能减少自己的痛苦，还会失去国君的宠爱——任何人都不喜欢一个沉浸于痛苦中的人。可是我就因自己的痛苦而喜欢自己么？

在我的眼里，这个桃园不仅是一个奢华的游乐的地方，它曾是一个为国君驱除烦恼的地方，却也是令我伤心的地方。我已经不喜欢这个地方了，可是我又不得不陪着国君来到这里。它勾起了我的记忆，也不断唤醒我的愤怒。从前晋灵公豢养的狗，已经被人们烹煮了，可那些围栏还在枯草中。我仿佛踏着先君的血在挪动着脚步，我的脚上也沾染着这血，这些枯草也汲满了血，并带着血和我的快乐一起干枯了。

是的，我感到自己也干枯了。可我的记忆和仇恨却变得更为茂盛，它们在这寒风里摇曳，在这寒风里疯狂生长。突然从树丛里蹿出一条狗，它拖着自己的影子，从树枝交织的暗影里，遁入了明亮的、能够让我看见的地方。它谨慎、胆怯地想靠近我，我先想到的是它可能发起的攻击。我立即用自己的身体横在了狗与国君之间，不然这条狗若是扑过来，让国君受到惊吓该怎么办？

古灵魂

不过，我很快发现，这条狗并没有任何攻击的意图。它靠近我的时候是缓慢的、迟钝的，它的脚步是虔诚的、毫无恶念的，眼睛里闪烁着哀怜和某种乞求。我忽然想起，也许它是从前劫难中的幸存者，也许它认出了我。也许它知道我是谁，我乃是它的主人的仆人，是它值得信赖的人。它要和我说话，要和我倾诉，要和我谈论它的一连串令人惊异和值得怜悯的遭遇。可是它的主人，可怜的先君晋灵公，已经到了黑暗的地下，到了它寻找不到的地方。

它希望我是它的引路者，希望我引领它前往主人的地方。在我的脚踪中有着它的主人的脚踪，在我的表情中有着它的主人的表情。我蹲下了身子，仔细地打量着它，我的目光和它的目光在空中相遇，就像两块石头的相遇，触碰出了一串火花。它也随着我蹲了下来。我从平行的视角看见一张温柔的、善良的脸，一张奇特的怪脸，它已经很接近一张充满了温情的人脸了。两只大大的眼睛，似乎噙满了泪花，实际上这乃是它的眼睛自然闪耀的光芒，这光芒温和地从前面像水波一样涌了过来。

我突然觉得我既不是自己，也不是我所熟悉的人，而是一个陌生的第三者，另外一个站立在我旁边的人。我既能看见自己，也能看见与自己对视的狗。我看见一个人和一条狗在一个荒芜的时刻相遇。或者说是一个人与另一个人相遇。他们是两个很熟悉的朋友，岁月曾将他们相隔在一条河流的两岸，现在他们在波涛汹涌中相遇，用目光来互相拥抱，用无声的话语在交谈，可是他们究竟在说什么呢？

我不知道他们之间发生的一切，也许他们之间也不知道。不是因为忘记了，而是在这记忆中不断梭巡，被复杂的记忆所缠绕，以至于整个记忆停留在记忆之中，不能脱身来到现实中。他们都在相距不远的地方蹲了下来，身体低矮得好像可以被忽略，只有两张脸露出了地面。旁边是一些散落在地面上的石头，光滑的石头，都有着蹲着的姿态，一起反射着来自天上的惨淡的光。

我慢慢转回到了自己的身上，想起了从前的许多事情。那时的阳光是温暖的，适宜的，既不冷也不热，我和先君的脸上都洋溢着朝气，桃林的枝条上挂起了一些稀疏的小叶片。我们沿着一座漂亮的假山徜徉，一群狗围了过来，它们既不叫唤也不凶猛，而是那么温顺而优雅。我就知道我的国君为什么喜欢狗，因为这些狗的灵魂里有着绝对的忠诚和顺从，也有着对别人的勇猛和力量。国君需要这样的人，但他找不到，于是只有在这群狗中寻找他所需要的忠贞和人性。

但是现在这一切也成为往事，成为一片幻影，就连从前的假山也沦为了一些散落的石头，它们都坍塌了，时光坍塌了，往事坍塌了，春光坍塌了。我也坍塌了，成为散落遍地的石头中的一块。是的，我已经被时光埋住了，只有一张脸还在地面之上。但我的国君早已陷入深深的地下。他已经被黑暗完全包裹，他已经被往事完全包裹，他已经在另一个地方沉睡，一切都曾在他的梦中，但这梦境也完全陷入了黑暗。

这条狗曾经属于一个狗的家族，它只是那么多狗中的一个，可是现在它成为一个，幸存的一个，孤单的一个，在它的身上发生了多少事情？它的眼睛里的光渐渐变得浑浊，因为一个个谜团隐藏在其中。刚才突然发出的亮光，乃是从过去到现在的突然穿越，就像阳光穿过无数树枝落在了地上，就像寒风从远处穿越桃林发出了呼声。是啊，

古灵魂

一个幸存者，一个逃过了劫难的幸存者，蹲在了我的面前。我也是幸存者，我的遭遇也许和它一样，它的故事就是我的故事，我从这张古怪的脸上看见了自己的脸。

它曾经和众多的狗一起惊愕、一起惊叫、一起跳跃、一起欢叫，又一起在草地上卧着打盹，偶然睁开眼睛看着眼前的景色。一些狗老了，另一些狗还充满了青春的活力，它们在桃林间奔跑，疯狂地发泄着多余的精力和喷涌的激情。它们不追求意义，也不追求生命之外的任何东西，在畅快的奔跑中，奔跑本身就是意义的全部。我看见这个幸存者的时候，这个桃园里的一切被激活了，因为这个荒凉的桃园突然获得了自己的语言。

这是只有我才可以听懂的语言，它说出自己的话，每时每刻都在诉说。它的语言是清晰的，又是朦胧的；既是寂寞的、辽阔的，也是低沉的、卑微的；既是指向过去的，也是面对现在的。它似乎没有任何结束，但又在这没有结束中等待着结束。实际上，它们的等待也是我的等待。它们用风声说话，用树影说话，用石头说话，也用枯草和寒冷说话。它们的语言从那条狗的脸上缓慢地扫过，我看见一片暗影从我的面前飘过。

我不知道什么时候可以看见结束，最后的结束，我的结束，我的内心生活的结束，我的愤怒和仇恨的结束。我在没有结束的时候思考着结束本身。可是没有结束又怎么思考？所有的思考都是和结束联系在一起的。可是我仅仅是思考，仅仅是想象着一个完美的结束，但真正的思考不是想象，而是对真实的理解。所以我仅仅停留在空洞的想象中，却看不见结束，看不见事情的尾巴拖向哪里。这样我的思考就被愤懑所填满，被忧伤所填满，因而我就愈加愤懑和忧伤。

许多牢牢抓住地面不放的枯草在寒风里挣扎，不断发出细微的窸窣声。它们正在这刚刚到来的寒冬脱去衣裳，甚至脱去自己最后的形骸。这样的声响既不能被忽略，也不能被理解，但你不得不留意它。它们用这样的方式沉湎于从前，利用这最后的机会张开嘴唇，倾泻内心的秘语。欢乐和灾祸，孤单和绝望，仇恨和不解，愤恨和妒忌，以及郁闷、凄楚、忧伤和绵延不绝的怀念，以及时光里的离别，以及在阳光里对黑暗的渴念，一起混合起来，一起汇聚起来，一起奔涌而来，和天上的蓝、天上的光以及地上的万物一起合奏。

古灵魂

晋景公

尽管屠岸贾陪伴我畅游了从前的桃园，似乎给了我一点快乐，可是这快乐是多么短暂，它很快就沉没于无边的忧伤。我登上了曾经华美的高台，看见地上的行人被凌空压扁了。人们变得低矮和萎缩，一个个缩着脖子，紧紧包裹好自己的身形。我就想到从前的晋灵公为什么要对这些可怜的行人射出弹丸呢？他们已经十分可怜了，还要受到弹丸的惊吓。这难道会给先君以更多的快乐么？

但是屠岸贾有一句话触动了我，不论晋灵公怎样不像一个国君，怎样丧失了民心，都不应该让别人这样杀掉，否则以后的人们也将效仿前人的做法，那么他的遭遇就可能是我的遭遇。我从他的身上，看到了一个软弱的国君的命运。他本应是有力的、强劲的，但他因为自己即位的时候太年幼了，他的权力一开始就被别人掌握，当他想要回自己的统帅的位置上，却遭受了这样的灾祸。

现在他的踪影只留在了这片桃林里。我的每一步都可能将自己的影子叠加到了他的影子上，我的每一步都可能踩在他的脚印上。我所走的路也是他曾经走过的，所以我要对自己的结局有所警觉。他还没有真正长大，所以他的手是软的，他也贻误了好的时机。要拔除野草就要在它还没有长大的时候，不然它就会和好的禾苗混在一起了。所以他的桃林就这样荒芜了，可是它本应是繁茂的。

一个国君的手上必须有血，他才能攥住自己的权杖。一个国君的心必须像石头一样硬，才能压住自己的身形。不然他和他的权杖都会飘起来，就像飞絮一样四处飘荡，那样你怎能掌握自己的结局？我从桃园回来之后，一连好几个夜晚都睡不好觉，总是在黑暗里醒来，呆呆地望着这黑暗，我不知道这黑暗里究竟藏着多少令人恐惧的东西。就在这黑暗里，好像有很多奇特的脸向我飘来，他们似乎是从我所不知道的地方不断涌现，我阻挡不住他们，因为我抵挡不住黑暗。我的灯燃亮的时候，他们就消失了。后来我就在灯光中睡眠，又在灯光中醒来。他们对光亮的恐惧胜于对我的恐惧。之所以这样，乃是因为这灯光里含有血的颜色，它看起来就像血在燃烧。

荀林父率兵讨伐入侵的狄人，将他们赶走了。这让我高兴。看来他已经汲取了邲之战的失败教训，敢于使用我给他的权力了。我虽然没有足够的证据获知是先縠将狄人引来，但很多人都这样说，屠岸贾也是这样说的。我想，也许他们所说的是真的，也许并不是真的，但我必须借这样的机会将先縠除掉，并灭掉他的家族。

我的手上沾染了鲜血，我就再也不会害怕什么了。我也为荀林父除掉了在邲之战中不听从帅令的先縠，以后别人就不敢擅自行动了。我给了他权力，也给了他权威，因为我能给他也能剥夺他，所有的人都会明白我的用意。血是一种语言，是权力的语言，它是红的字，是谁都可以听见的约定，是谁都不可违背的律法。它既是热烈的，也是冰冷的，它既是坚硬的，也是锋利的，它能被所有的人听见，也可以被所有的人看见。而且他们不能假装自己没有听见和看见，因为血有着无可置疑的严厉，它能钻进双眼和双耳，刺穿人的柔软的心。

我也要将赵氏家族一起清除掉，这样我就可以安心了。我已经感到，赵盾的幽魂仍然没有散尽，很多人仍然在这幽魂的周围徘徊。他仍然在众多的大臣中。这些人的目光里仍然有着赵盾的目光，他们用看待先君晋灵公的目光注视着我。我不能忍受这样的注视。我必须借助赵盾从前的敌人的手，将他的后裔扫除干净。

我又一次来到了桃园，这里乃是我决心的源泉。我的心也有着柔软的部分，但这荒凉的桃园能够使我坚硬起来。这里的一切景物似乎还停留在从前，停留在流血的一瞬间。时间在这里被固定。它的每一个形象中都有着从前。谁曾在这高台上站立过？谁在这林间的小路上走过？谁又在这临水的桃林下停留过？现在已经是深冬了，我可能要等到桃花开了的时候，让每一个花瓣上都染上一点红。

荷花池已经被白冰覆盖了，从前盛开的荷花只露出了一些干枯的残茎，它们失去了干净的头颅，也失去了直立于水中的枝干，只有这些凌乱的枯柴一样的东西诉说着往昔的快乐。它们只是用这些毫无用处的东西、丑陋的东西来说明从前的繁茂。我缓慢地从这冰面上走过去，洁白的冰面、光滑的冰面，照出了我的黑影。我好像走在自己的黑影上，这黑影就是我的引路者。

我感到自己的脚下是不平稳的，随时都可能在冰面上滑倒。我不能在这光滑的冰面上行走，我不愿这样战战兢兢地行走。尽管这一切看起来是光洁的、漂亮的，但我宁愿有一个随心所欲的行路的姿态。

我就在这冰面上走着，只留心脚下的冰，我的双臂展开，以保持身体的平衡。而荷花池的另一边，仍然是一片桃林。光滑的冰层已经压灭了曾经荡漾在水面上的涟漪，荷花上飞舞的蜂蝶也早已无影无踪，它们已经追逐寒风而去。

我站在这一片冰的中央，晶莹的冰和冰上的反光将我包围，这里的空气是多么新鲜，却也是多么寒冷。更远的远处，我的视线越过了桃林梢顶上发黑的树枝，淡蓝的远山在风中奔腾，而我停留在安静之中。可是这样的安静乃是骚动的安静。我的内心并不安宁。我不能在冰面上滑倒，我要铲除所有让我感到不安的东西，因为我喜欢自由的安宁。我还是喜欢荡漾的池水，喜欢满池的荷花，喜欢荷花追逐的涟漪，让蜂蝶停在花蕊上，让我的鼻孔里灌满了香气。

在我看来，过去的时光并没有消逝，而是在某些事物上停留。即使人们忘记了它，事情也没有过去。不然事情就不是连贯的，不是一件接着一件，不是夏天连着秋天和冬天，不会树枝连着叶子和果实，也不会寒风里夹杂着尘土。死去的人们也不是真的死去，而是以另一种形式活着，死者的身影还在他所经历的路上，他所看见的景物中，以及他曾经活动的空间里。他的影像转变为另一种影像，他只不过将自己的悲惨放在了其他事物中，他的灵魂也寄寓在了那些已经倒塌的、散乱的石头里。我们只要认真从那些花纹里寻找，就会找到他们的面容，找到他们的生活。

那么一切都没有过去，一切都是现在。若是许多事情已经过去了，那么我们的现在又来自哪里呢？天上似乎开始飘雪了，我感到脸上有一些冰凉的斑点，感到某种忧伤里的快感。这里已经完全没有什

古灵魂

么活力了，只有这天上落下来的冰凉的雪粒让人感受到自己，感受到地上的事情和天上是相连的，天上的神灵一直照料着不幸的人们，可是人们仍然将不幸藏起来，放在他们能看见的地方。

我的心并不是没有怜悯，而是这怜悯必须变为更大的怜悯。这怜悯必须在杀戮里寄存，没有杀戮就没有怜悯。若是在这样的荒凉里，我又能对谁发出怜悯？怜悯是仁德的一部分，因而所有的仁德也在杀戮中。只有用残酷的方法，才能找到怜悯的方法，才能找到积蓄仁德的途径。先縠已经死掉了，现在还需要另一个人死去，不然活着的人们怎能珍惜自己的生活？不然人世间怎能看见真正的温情？

卷四百四十一

屠岸贾

　　我想杀掉赵盾的后代，这样赵盾所行的恶就会有所报应。若是行恶者不会得到惩罚，人们就会不断行恶。这就需要我也变为一个行恶者，我要伸出行恶的手，将从前的行恶者的恶扫除干净。可是我的恶行又会怎样被惩罚？一个恶会产生另一个恶，这就是恶的原因？那么，每一个原因都成为另一个原因，每一个结果都成为另一个结果，这样世界就没完没了，这就是一切不断进行的原因？或者说，这就是我们的生活最终的动力？我们的马车就是被这样的骏马拉着，在我们所不知道的路上奔跑不息？

　　仁善不过是恶所放射出的光亮。在某种意义上说，这乃是一个行恶的世界，每一个人都是行恶者，又是受害者。从前的恶并没有因为时间而消失，而是要寻找一个恶果。它的花开放的时候是异常好看的，这是许多人热爱它的原因。世界的秩序是依靠恶来维护的，但它要用仁善的面孔出现。恶神和善神本来都是同一个神。一个善不能以恶作为理由，但是恶必须以善作为自己的理由。

　　国君已经给了我复仇的理由，没有比权力更大的恶，也没有比权力更大的理由。国君让我追究从前赵盾所犯的罪，追究晋灵公被杀的凶犯，我就拥有了复仇的机会。我想起了我在桃园看见的可怜的狗，想起了我和先君在桃园的日子，想起了赵盾的奔逃，也想起了我的逃跑和躲藏。往事一下子喷泉般飞扬四溅，往事的雪花落满了我的头，我乃是因为这无数的往事而苍老。

这一天终于到来了。这是我早已渴望的一天，是我的梦中不断闪现的一天，这一天有着黑色的皮肤，有着黑色的面孔，因为它在黑暗里躲藏得太久了，现在它就要爬出洞穴了。我率兵迅速包围了赵氏家族的住所，不会让一个人逃脱。日头已经偏西了，斜阳从云层里缓慢地露出，几道光线穿过了灰的云，而更多的云朵则四处飞散。我看见了上天显示给我的形象，那些飞云就像奔驰的马，马鬃是雪白的，马尾也是雪白的，而这马上似乎有一个人，他的手里拿着什么，那是要献给谁的东西？他的手里究竟拿着什么？

我看出了这将要到来的血腥中有着祥瑞，因为这几道光线乃是强烈的祥光，它是对我的预言。我的士卒开始到这处宅院里抓捕每一个人，即使是怀中的孩子也不能放过。不论他们藏在哪里，都要被搜寻出来。即使一捆柴草瑟瑟抖动，都要看看它的背后有什么东西。我站在士卒们中间，不断指给他们需要找寻的方向。冬天的阳光也是寒冷的，它的光芒放在了每一块瓦片上，也放在了赵盾每一个后人的脸上，因而他们的脸不是晦暗的，而是有着冰凉的明媚，有着冰一样的光洁。

我看着他们，每一个人的面容上都有着赵盾的面容，我对着这许多个赵盾发出了微笑。看吧，你当初怎样对待我，我也将怎样对待你，你不要以为自己死掉就可以逃脱一死，我要让你面对自己的死，面对一次又一次的死。即使你死了也逃脱不了你的罪，你曾藏在大河边，你曾逃到晋国的边境线，你曾归来重新执掌大权，可是你逃脱不了你的罪，也逃脱不了你的死。你的死乃是在你的死后的日子，你的死将覆盖到你的家族的头上。你看吧，我已经捕获了你的家人，你的死已经住在了他们的身上，他们的脸上都有你的记号。

一切都是你没想到的，你会觉得惊愕，你会觉得悲伤，你会从地下的黑暗里看见更深的黑暗。你将在泥土里越陷越深，直到彻底沉没在无底的深渊。我已经看见了你流泪的幽灵，看见你向我哀求。可是我要用我的剑锋回答你的哀求，这样你的哀求也是绝望的哀求，你的流泪也是无可奈何的流泪，就像雨后的树叶上不断滴下残留的水珠。我还要摇撼这棵树，让更多的水珠掉落在地上。

我让我的士卒清点搜捕了的人数，发现少了一个。那么是谁逃脱了？不可能的。我一个个辨认他们，每一个人的身份都是确定的，可是赵朔的夫人庄姬不见了。听说她已经怀有身孕，若是不除掉赵朔的骨肉，将来就会有祸患。一想到将来，我的身体就感到了发抖。这个庄姬哪里去了？我让人再次搜索，可是找遍了所有的角落，还是没有看见庄姬的影子。她难道像雨水一样渗到了地下？还是长上了翅膀，飞到了不知之处？

我脸上的微笑消失了，内心却滋生了凌乱的野草，我说不清楚我究竟在想什么。我想到我自己，想到赵盾重新执掌大权的时候却没有除掉我，他的手软了，所以就埋下了现在的结果。可是我也遇到了赵盾曾经遇到的事情。我的手并没有软，而是让庄姬逃走了。可这结

古灵魂

果不是一样么？所有的事情是怎样经历的并不重要，重要的是结果怎样。

我让士卒将赵家的人们囚禁起来，我就在这赵氏家宅中独步而行。这已经是一座空空的宅邸，每一扇窗户都渐渐暗淡了。因为天光已经暗淡下来了，我旁边自己的影子也黯淡了。开阔的庭院和几株干枯的树木，使我变得更为孤单。我突然觉得自己不是在这死寂的庭院里徘徊，而是走在阴森的墓地。这是一座巨大的坟墓，其中的人们仍然住在这一座连着一座的房子里。这些房间并不是空洞的，而是装着很多尸骨，这尸骨上残留着暗火。

而一扇扇窗户好像微微发亮，里面似乎还有说话的声息。这些话语很轻很轻，传入我的双耳之后就变成了类似于风声的沙沙声。这些人还在我的囚禁之中，他们只是等待死亡，他们的灵魂已经飞出了身形，留下的仅仅是他们的肉躯。或者说，他们已经死了。我看他们的时候，所看见的是一些站立着的尸体，甚至我已经穿过了这些形象，看见了一堆一堆的白骨。他们脸上的悲哀和痛苦，仅仅是白骨的悲哀和痛苦，他们脸上的表情都是刻在白骨上的，他们脸上的光也是白骨发出来的。

一间间房舍的门都是闭着的，那些灵魂只能在这门的背后说话。我的士卒带走了他们的身形，灵魂却与之分离，留在了原先的地方。我走近这些窗户的时候，他们的话语就没有了，我的脚步让他们受到了惊吓，他们害怕我，从来就害怕我，只是从前他们还不知道害怕。我的脚步是笨重的，我的每一步都踩踏在他们曾经走过的地方。冬天的树用枯干的枝条支撑着暗下来的天，一些明亮的星已经升起来了，它们只是用这样的方式反衬暗夜。

暗夜就是光明的微弱，但若是完全没有光明，谁又能感到那黑暗的可怕呢？星辰的点缀就是为了增加恐惧。我已经走在这恐惧之中了。我让别人感到恐惧的时候，我也沾染了这恐惧，就像杀掉一个人的时候手上就会沾染血。但这恐惧仍然是不相同的，他们恐惧的乃是已知的结局，而我所恐惧的却是未知。可是什么不是未知的呢？

天穹是那么广大，那么高深莫测，天上的星辰是那么多，而一个地上的人却是那么渺小，以至于完全可以被忽略。难道我不是完全处于未知之中？已知的一切都已经结束，或者正在结束，可是未知的却没有出现，它需要痛苦的、漫长的等待。我看见那些黑暗的窗户，里面的所有，已经结束了等待。他们已经失去了等待。他们已经知道了结果，我也知道了他们的结果。所以对未知的恐惧、等待中的恐惧，才是真正的恐惧。

实际上我并不是为了行恶而行恶，我乃是看到了天道中包含的恶，我只不过是从天道中取出了它的一部分。所以它不应该受到谴责，而赵盾才是应该被谴责的。赵穿当初杀掉晋灵公，尽管赵盾不知道，但他仍是贼首。一个大臣弑君，就是扰乱天下的秩序，就是毁坏天道，难道我不应该用天道中的恶来毁坏他所获得的一切？一个弑君者，他的后人却仍然在朝堂上，我不应该清除他们么？不然我们还怎样惩罚罪人？

我向国君谏言的时候，却又遭到韩厥的反驳，他说，晋灵公确是被刺杀的，可那是赵穿所为，而赵盾却在逃亡之中，他怎么可能知道发生了什么？既然他不知道，他的罪又在哪里呢？我们的先君晋成公

古灵魂

非常明白这件事情的原委，所以仍然让赵盾官复原职和执掌权力，先君并没有认定他有罪，也没有诛杀他和他的家族。现在你们却要诛杀他的后人，这不仅违背了先君的意愿，也违背了国君所应有的宽恕之道。我们仍然需要汇集贤明而振兴国家，怎么能乱开杀戒呢？若是民众慑于乱杀的恐惧，他们还怎能拥戴国君呢？

但是，史官董狐已经在史书上写明了，弑君的人乃是赵盾，赵穿仅仅是赵盾从远处伸出的一只手，赵盾乃是借助了这样的手拿起了弑君的剑。现在我也是国君的手，我所拿起的剑，也是国君给我的。韩厥之所以反驳我，是因为他曾是赵盾的家臣，又是赵盾将他拔擢到了高处。这意味着，即使诛杀了赵盾的后人，他的影子依然在我们中间。我所能做的，就是让他的影子变得暗淡，让他周围的光线更微弱，这样我们就看不清他了。让他的面孔和他的影子一起消失吧。

冬天的树枝失去了所有的叶子，它被寒风都扫除干净了，它的庞大而茂盛的树冠看不见了，只有一些枝条在昏暗的夜晚四处伸展，它曾经的一切已经被夜晚遗忘。它看不见现在，也看不见将来。风从它的空隙穿过，仍然有着呜呜呜的声音。这是从过去到现在发出的哀哭。这哀哭一直都有，只是现在的声音更为凄楚了。这样的凄楚原本可以属于过去，过去它逃过去了，可它怎能继续逃过一个严冬？

也许我和赵盾在冥冥之中就是敌人。我们各自出生，但在黑暗中相遇了。这样的相遇不是擦肩而过，而是彼此停住了，开始了搏斗。一开始他是强大的，他击败了我。我倒下了，但仍然活着，这就是我依然能够继续搏斗的理由。是的，生活本身并不复杂，它就是与自己冥冥之中的敌人搏斗。你必定会和你的敌人相遇，而相遇就必定要搏斗，这就是每一个人的命运。这样的搏斗必定是漫长的，所以你必须有足够的耐力，你先要活下去，才可能等待到属于你的时机。

当赵盾死去之后，我先是感到了欣喜，继而却觉出了失落。因为我的敌人死去了，我就变得失去了目标，生活的意义失去了。我的剑挥舞的时候，前面变为了一片虚空。我只能对着黑暗挥舞，可是这黑暗里藏着他的灵魂么？我还能不能让他感到疼痛？渐渐地，我习惯了这样的孤独，因为我看见他的后人还活着，他们竟然还在朝堂之上。他们的面容惊醒了我的孤独，我的生活被激活了，我的寂寞被他们的喧哗所击破，我的四周、我的心以及我的激情，被石头激起了波澜。

我曾经以为死去的敌人又复活了。是的，也许他就不曾死去，他只是为了逃避我的击杀而躲避到了死亡里。可是他没有死，而是隐藏在了另一些人的身影里。我从寂静的剑匣里抽取出我的剑，它的锋芒仍然是耀眼的。我曾经被赵盾击败，现在我要用漂亮的最后的一击，彻底击败他。不论有多少失败，两个人的搏斗所看见的乃是最后的一胜。我已经看见了，这最后的一胜已经归于我。

卷四百四十二

庄姬

韩厥来到了我的下宫，和我的夫君说，你赶快逃走吧，屠岸贾要对你下手了，国君似乎也想着灭掉你的家族。可是我的夫君不愿意这么做。他说，我不能逃走，这是我的家，我又要逃到哪里去呢？我们几代人都效忠国君，我的父亲跟随先君文公逃亡四方，难道我还要逃亡么？我的父亲有所跟随，我又要跟随什么人呢？

我说，你还是逃走吧，你要是逃走，或许他们还不会杀掉我们，因为他们要杀的人是你。你若留在这里，他们将把别人和你一起杀掉。自从国君即位以来，他早已有杀掉我们的心思，只是要等待时机。现在外患已经不多，国君必然要对我们动手了，先父结下的怨恨，要在我们身上显现了。又有屠岸贾这样的奸佞在国君身边，我们还能得到什么好处呢？也许他们整天在黑暗里盘算，搜寻着肚子里的诡计。他们什么事情做不出来呢？

他说，我不相信他们会杀掉我。我是无辜的，我的父亲所做的事情我怎能知道？我的父亲不是我，他的罪归于他，可我是无辜的。何况我的父亲也没有罪。他乃是被别人陷害，不得不逃走，晋灵公的死怎能归罪于他？我祖父赵衰是有功的，他乃是辅佐文公的重臣，跟随文公浪迹天涯，吃遍了各种屈辱和苦楚，对晋国忠心不二，这怎么就会有罪呢？我的父亲赵盾辅佐先君文公和襄公，同样忠贞不二，又怎么背叛他的国君？难道辅佐先君文公是有罪的么？难道辅佐先君襄公有罪么？

韩厥说，现在不是谈论有罪和无罪，而是国君和屠岸贾都想杀掉你。难道杀掉一个人还需要什么理由么？或者说，他们想杀掉一个人，总会说出他们的理由，因为权力就是理由，谁的理由也说不过权力。所以，国君所说的就是理由。没有谁能保护你，只有逃走的路还在眼前。以前晋灵公要杀掉你的父亲，难道有什么理由么？你现在只有效仿你的父亲，逃到某一个地方，等待归来的机会。

我的夫君赵朔说，我知道，也许他们不会放过我，但我并不畏惧死。我所想的是赵家的后裔。我不想效仿任何人，虽然我的父亲曾经逃亡，但我不会这样。若是我真的逃走了，他们就会说，你看他害怕被惩罚而逃走了，说明他知道自己是有罪的。可是我没有罪，我要看他们怎样给我定罪，我要看他们究竟要对我做什么。即使我死了，我也要看见他们因杀掉我而受到羞耻的折磨。那么我为什么要逃走呢？

——只有一件事情是让我感到揪心的，那就是我要为我的家族留下后代，不然赵家就没有香火了。若是你能不让赵氏绝嗣，我就可以安心地死去。我还不知道你该怎样做，但我知道你有办法做到。你看，我只有这一个想法了，也只有对你才提出这样的祈求。现在我的眼前已经是一片茫然，我看不见出路在哪里，或者说，我从前就没有看见，现在就更是一团漆黑，天上连一点星光都没有。我已经沦为一

古灵魂

个瞎子，但我一点儿也不害怕，我所等待的也就是这样的黑暗。

韩厥说，我答应你，我一定将你的孩子保护好。我现在还不知怎样做，但我一定会想尽办法。庄姬腹中的婴儿就是一切，先让她逃到公宫去躲避，那里是晋国宗室的宫室，谁也不敢到那里作乱。庄姬是先君的女儿，那里的亲人会把她藏起来。不论遇到什么情况，先要将孩子生下来，然后再想办法。你看，天已经要黑下来了，夜深之后，我护送庄姬去躲藏，明天的事情我就不能预料了。

我的腹中的孩子已经用他的脚来踢我了。我的肚子越来越沉重，而我的心情也越来越沉重了。我的腹中的孩子不仅属于我，也属于赵氏家族，他就是赵家的将来，他就是我的夫君眼前唯一的一道光。我顺着这道光看出去，却仍然看不见将来的样子。当他的脸露出来的时候，也许我能从他的脸上看出什么。可是他仍然在我的腹中，他还在黑暗里，不会知道外面的世界发生什么。这几天，他不断地踢我，脾气似乎暴躁起来，或者，他沉浸于黑暗里的心感到了某种不安？死亡是令人震撼的，它从冬天的严寒里穿过了我的身体，腹中的孩子已经被这死亡的气息所震惊。

夫君赵朔对我说，命定的事情就要发生了，我就要离开你了。但你要活下去，因为你活着，孩子就会出生，我就会在孩子的身上看见希望。死并不是死灭，死也是包含着希望的。你就是我的希望，你腹中的孩子就是我的希望，我的血流入地下的时候，也流入了孩子的身体里，这样我就没有死。就像一条河流一样，它从绝望中转弯，流入了另一个地方。我唯一看见的就是眼前的你，你腹中的孩子。若是生下的是男孩，他的名字就是赵武，长大之后不要忘记为我复仇。若是一个女孩，她的名字就叫作文嬴，那样赵氏的宗庙就要倒塌了。我死后的灵魂等待着上天的裁决吧。

我流着眼泪，在深夜离开了下宫，躲进了公宫。我坐在这里，在黑暗里等待着天亮。火盆里的炭火照耀着我，我的脸是通红的，我感到了腹中的温暖。他的温暖就是我的温暖。我的泪珠不断滴到这摇曳的火焰上，每一滴泪都要激起火星，我看见这进射的火星，向着空中散开，飞到了深深的黑暗里。它们似乎是我的痛苦的文字，给先祖们的灵魂报讯。他们会佑护我和我的孩子么？

我盯着这每一粒火星，在它们消失的地方留下一个深深的空洞，我真想跟随着这些火星进入这空洞中，从这里将通往哪里？我总觉得这空洞中有着另一个世界，若是我能藏到另一个世界该有多好。我所生活的世界是多么残酷，我身边最亲近的人都要死去了，我将独自活下去，孤独地活下去。将来我的孩子也不能留在我的身边，不然就会同样被杀掉。他也将藏到另一个地方。我们就像大河两边的人，只能隔岸相望。

过了一些日子，我生下了这个孩子，他果然是一个男孩。他的啼哭的声音特别大，似乎要让所有的人听见。这说明他一出生就充满了力量，因为他的父亲在他出生之前就死去了。他用这样的啼哭来呼喊，用灌注了仇恨的力量在呼喊。那一天，突然天空飘起了大雪，外面白茫茫的一片。冬天的枯树上，每一根枝条都托着厚厚的雪层，而枝条的下面则显示了被压住的黑。一大早就有许多鸟儿叽叽喳喳叫着，它们站在树上，鸟的爪子和翅膀，将树枝上的雪带到了地上。

它们来到我的面前是祝贺么？还是和我的孩子说话？我听不懂它

古灵魂

们在说什么，但我能够听懂我的孩子的啼哭，我知道他在我的腹中待得太久了，他有许多话要对我说，也要对这陌生的世界说，也要对他死去的父亲说，所以他的声音就很大，他希望每一个人都听见他所说的话。生活似乎在残酷的沉闷中越来越平静了，他要击破这平静。他不喜欢这样的平静，因为平静和死寂并没有区别，他的啼哭意味着和死灭对抗。他要告诉人世间，赵氏家族并没有被灭掉，就像这冬天的枯草下面仍然有着躁动不安的根。

他的名字早已经有了，他的父亲赵朔给了他这个名字，一个已经死去的人将一个记号赋予了新生者。他的啼哭惊醒了许多人的梦。这样的消息不知怎么传入了屠岸贾的耳朵里，他又一次来到了宫中搜捕，我将婴儿藏在了自己胯下，用长袍盖住，我不断在祈求上天和我的夫君的灵魂，让他们保佑我们母子。我就暗自对他们说，赵氏宗族若是彻底毁灭，断绝他的后嗣，那么我的孩子就会放声大哭，就会被屠岸贾捉住杀掉。若是一切不该毁灭，他就不会哭，就会安静地度过劫难。

屠岸贾率领士卒们从我的面前走过，我的孩子没有哭，他非常安静地躲藏在我的胯下，在我的皮袍下一动不动。他听懂了我的话，也听见了上天和我的死去的夫君对他的嘱咐。后来，他们一无所获，只好离开了公宫。一切似乎都过去了，我的眼中噙满了泪水，因为生活将恢复平静，这死一般的平静。然而就在这样的寂静里，希望从夜晚的月亮里露出了明光，我从遥远的月亮上看见了发黑的影子，若是我居住在月亮上，该有多好。

可是那发黑的影子，不是我的影子么？是的，我的影子已经在地上的黑暗中消逝，但仍然在明亮的阳光里飘动。我的一切渴念、一切等待、一切疲惫和悲痛，都已经远离了地面，升到了无边无际的、寒冷的高空。我的孤独、我的失去了力气的灵魂，我的眼泪和我的绝望，以及我的内心残存的热，也一起升上了无边无际的、寒冷的高空。我在高空舞蹈，倾听着天籁之声，散发出自己清冷的光。

古灵魂

公孙杵臼

赵朔的宗族已经被灭掉了，我四周的人都死去了。我感到自己的四周充满了飘动的亡灵，每一个亡灵我都可以说出他们的名字。他们似乎在我的耳边不停说话，他们的话语是悲哀的，有时是愤怒的，所以我听不清他们在说什么，只能感受到一阵阵悲痛的声音在颤抖中。这让我的浑身也在不停颤抖。

我是赵朔的门客，赵朔待我如同他的亲人，可是他现在已经被杀死了，我又没有为他复仇的能力，我已经老了，再也不能为他做什么事情了。我的内心只有悲愤，每时每刻他的灵魂在我的身上不断呼喊着。一天，我看见一个瞎子在阳光下行走，他的手里拿着一根竹杖，不停地敲击着地面。他从我的身边走过的时候，敲击地面的声音十分响亮。

他的两个黑洞洞的眼窝似乎看着我，我看见了这深不见底的眼窝里射出了一道黑暗的强光。然后他扭转了头，向着远方走去。他好像要对我说什么，但他动了动嘴唇，仍然敲击着严厉的节奏，他的身影伴随着这节奏一点点消逝了。

我想着那道强光，它似乎击穿了我。我这样活着还有什么意义？那么多人死了，我还活着，这是多么可耻啊。在一棵树下，我遇见了我的好友程婴，我问他，你怎么还没有死？你的脸上好像没有一点悲伤？他说，你的脸上倒是充满了悲伤，但这悲伤又有什么用？我没有死，不是我不想死，也不是我畏惧死，而是庄姬的肚子里怀着赵朔的孩子，他是赵家唯一的子嗣了。若是上天怜悯死去的人，那么他必定是一个男孩。

　　可是这和你有什么关系呢？庄姬已经躲藏起来了，她一定会生下孩子的，孩子也一定会长大，你又能做什么呢？程婴说，是的，她会生下孩子，可是这样的消息随时会泄露，那么屠岸贾和国君绝不会放过这孩子，他们决意要将赵朔的根斩断。若是真的生下男孩，那么我将想尽办法让他活下来，并照料他，直到他长大。若是上天并不怜悯赵家，生下的是女孩，那么我将死去。我并不是为了活着而活着，而是为了那个孩子的活着而活着。

　　是啊，死是多么容易的事情，可是活着却这样痛苦。程婴在我的面前站立着，我仔细看着他，他的脸一点点放大了。这是多么熟悉的脸，看起来就像一个平面，就像被画在了绢帛上的画像，线条是这样分明。他既透明又发暗，厚薄也不均匀，墨色是干枯的，只有双眼透出了亮光，好像是阳光从绢帛的背面穿过来，发出了微微的震颤。我似乎摆脱了生的烦恼，进入了冥想。前面这张脸上变化的光线营造了神奇的氛围，我在这氛围中走入了一片明亮的荒凉之中。那里没有一个人，只有我自己，我感到既寒冷又温暖，既野草四溢又荒沙遍地，既雨水瓢泼又田地干涸龟裂。这是怎样的不可思议。

程婴说，你要到哪里去？我突然被他的问话惊醒，我说，我不知道，但我似乎已经到了我要到的地方。我不仅看见了这个地方，也知道了这个地方究竟在哪里，可是我不知道怎样寻找它。他说，我也曾梦见过一个地方，好像是一个黝黑的洞穴。若是我继续活着，我将寻找那个地方，那个地方不仅有温暖，还有地上的泉，一条山溪从我的眼前流过。不过那个梦太短了，而我的生活也许是冗长的。

我回到居住的地方，沉浸于一片迷离恍惚之中，我的心里一会儿变为了空白，一会儿又被莫名其妙的一连串怪念充满。这些怪念幻化为一些可怖的形象，它们在空中飘荡，就像火焰上的烟气，在忽明忽暗中呈现牙齿和眼睛。我闭上了眼睛，任由它们飞舞，我已经知道自己乃是在一个魔怪飞舞的人世间，我所看见的都是真的，绝不是眼前的幻象。在白昼的阳光下，每一个人看起来都有着人的面孔，然而他们真实的面孔又是什么样的？我只有在这样的时刻才看见，是的，我现在看见了。

我在夜里总是做一些奇怪的梦，甚至一个梦连着另一个梦。这都是一些令人厌恶的梦，可是它们却不停地闯入我的睡眠之中。所有的梦在醒来的时候似乎还留在记忆中，但我又在这记忆的朦胧中睡着了，可是另一个梦又出现了。又一次醒来的时候，前一个梦就被忘掉了。我就在这不断忘记的梦中彷徨。但有一个梦却没有被忘记，它在我醒来的时候仍然缠绕我，那个梦似乎十分清晰——我的主人赵朔出现了，他的身上落满了雪花，头上也落满了雪花，他被这雪白包裹起来，只有一双眼睛露了出来。

我甚至没看见他的脸，其余的部分都是白的，他的眼睛就像从一

—215—

个大雪球中闪现。我听见他对我说，我的身上披满了雪，但这已经不是人间的雪。我一点儿都不冷，但这些雪不会融化。我打着寒战，一句话都没说。他又说，我将自己的衣裳给你，你就不会感到寒冷了。于是他脱下了他的雪衣，披在了我的身上。可是他里面的衣裳仍然落满了雪，仍然是那么白，放射出白光。

他说的是什么意思？我没有听懂他的话，但我知道我的身上已经披上了他的衣服，一件雪白的衣服，有着厚厚的雪的衣服。我醒来的时候，果然感到了浑身的温暖。我的热力从内向外散发，身上冒着热汗，我觉得自己在蒸腾之中，就像到了云雾里。当我来到了屋外，天空仍然安静地躺在黑夜里。星光排列在天上，这黑夜是谁布置的？竟然是这样辉煌绝伦。寒风一阵阵穿过，我却仍然感到自己沉没于热气之中。

我似乎已经感到，主人在召唤我。他对我所说的，乃是他要我去做的。他已经把他的衣裳披在了我的身上，也将他的托付披在了我的身上，那么我怎能辜负这温暖的雪？在这寒冷的冬夜，我从一个清晰的梦中接过了他给我的衣服，于是我和他所穿的一样了。他从梦中走来，我则走入了梦中，这是多么离奇的相遇。雪白的、温暖的相遇，生者与死者的相遇，现实和梦的相遇。

日子一天天过去了，生活中好像什么都没有发生。我的内心好像渴望着什么，我的心躁动不安。我等待着有一天会发光，会有令我欢乐的事情出现。我获知庄姬已经生下了赵朔的儿子，赵氏宗族有了根苗，他发芽了，在这冬夜发芽。那天夜里降下了大雪，那是我在梦中穿着的衣裳，我知道他为什么要给我这样一件衣裳了。

古灵魂

但是他的降生很快就被屠岸贾知道了，就到宫中去搜查，但这个孩子逃过了这一个劫难，他躲在了母亲的衣服下，没有啼哭，只是安静地等待危险过去。他这么小就知道该怎么做，这还不是天意么？程婴过来对我说，这一次屠岸贾没有捕捉住赵朔的孩子，也许以后还会来，哪能每一次都能逃脱呢？一次逃脱已经是侥幸，或者已经是奇迹，我听说，上天不会两次保护同一个人。

我就问程婴，你告诉我，保护主人的儿子和死之间，哪一个更难呢？程婴想了想说，一个人的死更加容易，我们的主人已经死了，我没见他害怕过，可是让这个孩子活下来却是多么难啊！我就对他说，既然这样，我就挑拣容易的做吧，因为赵家曾给你的恩宠更多，你就做最难的事情，我先于你死掉，剩下的事情由你来做。他看着我，沉默了一会儿，然后向我点头允许。我就告诉他，我已经在梦中接受了主人的衣裳，我已经知道我所要去的地方并不会冷，而人间则寒气袭人。

我和程婴到宫中见到了这个婴儿，他圆圆的脸上布满了皱纹，他一出生竟然就像一个老人。他脸上的胎毛还没有褪去，一束阳光照到了他的脸上，就像秋天的时候阳光照耀在蒲苇上。我看着他，他睁着眼睛，眸子是这样纯净和清澈，没有一点杂质和浑浊。他望着我，他不知道我是谁，但他仍然好奇地看着我。他从我的脸上看见了什么？我的内心突然涌上一阵酸楚，这么小的孩子，就要到陌生的地方去流浪。

然而这婴儿的眼睛里似乎闪现出了悲伤，这悲伤就像一片落叶，很快就飘过去了。他还不会流泪，也不会笑，是的，他既不会流泪也不会笑，只会啼哭，可是我看着他的时候，他是那么安静，他的目光很短，却正好碰到我的脸上。他的母亲却不断流泪，一滴泪掉在了他张开的小手上，他突然紧紧地抓住了这一滴泪，牢牢地攥紧小手。这是他现在能捕捉的唯一的东西了。

唉，人世间就是生与死的交替，一个人的出生就意味着另一些人要死去。婴孩的眼睛中所看见的是纯净的蓝，是无云的天空，是满天的星斗，是无数张脸在面前晃动，但他的眼睛却是空洞的，是一切消散之后的无。或者说，可怜的人，他生来就是要死的，可是一个婴孩不知道死，也不知道那么多晃动的脸将消逝，以后他也将是另一个婴孩眼中晃动的脸。我也曾就像他一样，可是我却要死去了。

我希望自己能够看见这个孩子长大，能够从他的步态、身姿和脸上看出他的父亲，希望看见他的复仇，看见那些杀害他的父亲的人浑身发抖。可是我看不见了。也许我的灵魂还可以看见这一切，可是我的灵魂将在哪里落脚，我不知道。我并不害怕死，因为每一个人都要死，既然都要遇见的事情，还有什么可怕的？我还希望看见以后的一切，看见我的好友程婴怎样带着这个孩子躲藏，看见他们要在什么地方度过怎样的日子，可是我看不见了。为了我的灵魂能够看见这一切，我就必须死去。

说起来，死对我来说就在眼前，但我仍然对这即将到来的事情感到了深深的好奇。我不知道死是什么样子，我也不知道死后我还会有什么遭遇，我将遇见什么，或者看见什么。也许我会看见我的主人赵朔，因为他也在另一个世界上。只要在同一个地方，我们总会相遇。我要见了他，会说些什么呢？他会问我什么？他也许会说，你怎么也

古灵魂

来了？究竟发生了什么？我的孩子还活着么？

也许我还能认出他来，他还是原来的模样。也许他会变成另一个模样，但我确信能够认出他来。我会对他说，我和你一样，我们都已经死去了，人间发生的事情，若是你不知道，我也不会知道。但我会告诉你，在我还活着的时候，你的孩子还活着，也许程婴已经带他到山间藏起来了。他应该还活着，也会为我们复仇，赵家的宗庙还有着几缕香烟，也许你还能知道有人在祭祀。

也许我的灵魂会跟着程婴和赵家的遗嗣，在山间飘荡。每一阵风都是对我的抚摸，我仍然可以感受到人间的温馨。程婴真是个有智慧的人，他经常带着赵武在泉边饮水，在林间狩猎，在旁边的草地上闲坐。但是他们之间的谈话，我已经听不清了。可是他们不会知道我就在他们的身边，也不会知道他们所看见的云岚，就是我居住的地方。我在夜晚点亮灯，他们也不会看见，因为我的灯已经和天上的星辰汇合在一起。

卷四百四十四

程 婴

公孙杵臼问我，是死容易还是保护和拥立幼主容易？我想了想说，死是容易的，因为每一个人都要死去，每一个人都能做到的事情必定是容易的。而保护幼主则要费尽心思，还需要足够的忍耐和坚持，你不知道在这过程中会遭遇什么，所以每一件事情都需要谨慎的智慧，必须做到万无一失。所以死是容易的，而保护好幼主，又要助他恢复赵宗的兴盛之业，那该是多么难啊。

公孙杵臼是我的好友，我们无话不谈。我们两个都是赵家的门客，都服侍我们的主人赵朔。现在赵家遭了大难，整个宗族都被灭掉了，血已经灌满了我的心，可我又能做什么呢？我的生命属于赵朔，若是没有他，我早已经消失在了黄土里。我早已从镜子里看见了自己的白骨，我的血肉都附着在这白骨上，那么我所留的这血肉就是为了做一点事情，为我的主人做一点事情。现在我报恩的机会来了。

公孙杵臼对我说，赵家对你的厚待超过我，那么你就做难做的事情，我就挑选容易做的事情，我就先你而死，剩下的事情就交给你来办吧。而且你也比我更有智慧，我相信你能把事情做得比我好。我默

古灵魂

默地应允了他。那时他是那么镇定，他的脸上布满了笑容，他说，我已经十分高兴，因为我们有一天会在另一个地方相见。

过了一天，我就找到了屠岸贾一个的家臣，对他说，我已经不能保护好赵氏孤儿了，我知道他迟早会被你们捕捉，所以谁能给我千两黄金，我就告诉你们赵氏孤儿在什么地方。那个人很快就将我的话告诉了屠岸贾，他正好犯愁到哪里找寻这个可怜的婴儿。于是他就答应了我的要求，并用鄙视的眼光看着我，说，现在你可以告诉我这个孤儿在哪里了吧？屠岸贾还说，你背叛了你的主人，仅仅为了千两黄金，你就不怕你的主人的灵魂惩罚你么？我说，他已经死了，已经看不见我了，我也看不见他，对一个死者的背叛又有什么可怕的？他失去了他迟早要失去的，我得到了我应该得到的，这有什么不好？

于是我引领着他们来到了公孙杵臼的住处，他的怀中抱着一个婴儿。那个婴儿不断地哭喊，似乎知道了自己即将面临的不幸。我的心也在哭泣，可我的脸上却露出了得意的笑容。我看着公孙杵臼，他愤怒地对我说，你这个毫无仁义的坏人，我一直没有认清你的面孔，你这样做不觉得自己羞耻么？你忘记了主人对你的恩义，忘记了自己是一个人，也忘记了你所说的誓言，你也忘记了仁义和羞耻。

我微笑着说，到现在了，你还说这些话，这有什么用。我知道幼主是藏不住的，他迟早要被捕捉，所以我才领他们来到这里。你就交出这婴儿吧，他现在死去和以后死去都是一样的，他还不知道恐惧和痛苦，你抱着他还有什么用？何况主人已经死去，他已经不能保护自己的儿子了，你又有什么能力保护他？赵家宗族的人都已经死了，留下一个孤儿又有什么用？你还是把他交出来吧。

他大声哭骂说，我现在才知道你是这样的人，我认识你太晚了。当初下宫之难的时候你没有死，我就问你为什么没有死，你还和我一起合谋保护赵氏孤儿，可你已经忘记了你对我说过的话，现在却出卖了我和幼主。我瞎了眼，没有看清你这个人。我什么时候得罪了上天，让上天这样惩罚我？他呼喊着说，上天啊，上天啊，你为什么这样对待我？我有什么罪？又为什么这样对待一个孤儿？一个孤儿有什么罪？

我说，我承认我曾对你说过要保护这个孤儿，但我现在觉得活着更好。一个人死了就什么也没有了。我现在得到了金钱，我要好好活着。我本不想出卖你，可是我又有什么办法呢？若是我不出卖你，我也要和你一起死去。若是出卖你，也许我们都可以活着。人只有活着才有希望，才有一切，死了就什么都没有了。他仍然哭着，喊叫着，说，上天啊，上天啊，我有什么罪？一个孤儿有什么罪？我求你们让这个孩子活命，你们就将我杀掉吧，我愿意替这个孩子一死。

我也求我身边前来捉拿他们的人说，你饶过我的好友公孙杵臼吧，你们尽可以将这个孩子杀掉，但放过公孙杵臼吧。但是我旁边的屠岸贾说，你已经得到了你要的金钱，你可以离开了。我们要杀掉赵朔的儿子，以铲除后患。我们也要杀掉公孙杵臼，因为他也是有罪的，有罪的人应该死去，不然我将怎样向国君交代？又怎样向朝堂上的众臣交代？又怎样向晋国的民众交代？我免除了你的罪，是因为你带我们找到了这个赵家的苗嗣，你已经得到了赏赐，还有什么不满足的？你难道也要一起去死么？

我一个人走在路上，阳光是那么耀眼，脚下是没有融化的残雪，

古灵魂

它的反光让我感到刺眼，我的眼泪不断流着，双眼就像泉眼一样，我止不住这眼泪的河流，拦不住这汹涌的波涛。我的双腿发软，每一步都似乎踩在虚土上，树枝的影子落在了我的前面，我好像看见无数的毒蛇互相盘绕。我的耳边掀起了喧嚣，好像是寒风的声音，又好像是公孙杵臼的哭喊。我听见他的泪珠掉在地上，发出了石头碰撞石头的声音，一块石头砸碎了另一块石头。

我知道，公孙杵臼怀中抱着的婴儿，是我的儿子，我用自己的儿子顶替了赵家的孤儿。为了这个孤儿，我的儿子死了，我也要死去。我的儿子会在另一个世界上等待我，我到了那里再给他曾失去的父亲的爱抚，再抚养他长大，再与他朝夕相处。刚才我就是在搜捕者的注视下见了他最后一面。在公孙杵臼的怀中，他不断啼哭，他乃是用这样的方式和我告别。他还不会说话，可是这哭喊不就是他要说的话么？他的哭喊是在责备我、怨恨我么？还是向我哭诉他内心的痛楚和对人世的眷恋？

我对自己也怀疑起来，我还是不是一个父亲？是不是一个残酷的人？我的心是不是完全冰冷的？我对孩子的爱是不是虚假的？我为什么要将他交给死亡？难道他不是我的骨肉么？我的身形好像是一个虚无的空洞，孩子的哭声就像蝙蝠一样一次次从我的身体穿过，它的黑色的翅膀拍打着我的心。它飞得那么快，那么快，刚刚过去就又返回来了。我看不见它的影子，只能听见它的声音，这让我感到我的身体里充满了它的斑点，飞舞的斑点，这些黑斑骚动着，飞翔着，我的心感到了彻痛。

我要将这爱给予另一个孩子，那就是我的主人的孩子赵武。在暗夜到来的时候，我从庄姬的手中接过这个孩子，登上了远去的马车。夜晚是这样黑，漆黑一片，月亮消失了，星辰也不多，天上的光芒被厚厚的云遮住，除了暗夜的寒风，只有这无边的漆黑。守门的士卒打开了城门。他们都曾跟随我的主人出征，现在他们成为这个都城的守护者。沉重的城门，从两边敞开，我坐在马车上，一阵猛烈的寒风从城门外袭来，我的头低了下来，紧紧抱着怀中的孩子。

来到了冬天的旷野上，几条岔道在眼前展开。在这样的暗夜，路是灰白的，那么微暗的灰白，就像白骨上升起的冷焰。我不知道自己要到哪里去，在这茫茫的暗夜，我不知道要选择哪一条道路。我唯一知道的，就是我要到一个没有人烟的深山里。我要在那里落脚，我要住在深山里等待，等待着我怀中的孩子长大，等待着走出密林之后的光亮，等待着暗夜的结束。我要教会他读书和射箭，教会他怎样做一个君子，怎样成为一个真正的人，怎样成为一个复仇者。

在那里要有可以居住的洞穴，要有可以用来烧火的柴草，也要有可以饮用的甘泉。在那里我可以搭建房舍，可以在严冬御寒，可以耕种田地，因为我们要活下去，就必须产出粮食。可那个地方究竟在哪里呢？我不知道。只有在一个没有人的地方，才不会被别人知道你的踪迹。我必须找到这样的地方。我看着天上稀疏的星，想从它的光明里获得启示，可是它们停留在高高的天上，一动不动，它们只是冷冷地看着我。

那么我就将我的一切交给我的马匹吧。它们将我拉到哪里，我就到哪里。我已经不相信自己了，我唯一指望的是我的马。我倾听着风声中的马蹄声，它们不慌不忙地迈着整齐的步伐，它们的蹄声是均匀

古灵魂

的，它们的每一步都在最好的节奏中。也许它们在心里数着自己的步子，它们知道自己行了多远，走到了什么地方。好吧，我就将自己和孩子的命运放在了马匹的步履上，因为它们拉着我，拉着我的车，拉着我们的命运。

我对它们没有任何指令，因为它们的内心有着自己的指令。也许这指令乃是来自上天，来自神灵，来自我的死去的主人。它们选择了旁边的一条小路，走入了更深的黑暗。前面好像已经没有路了，我前面的马匹仍然走着，似乎行进在失去道路的地方。可是我所乘坐的车仍然是平稳的，车轮发出了轧轧声，它将前面的一切碾平了。一颗亮星开始在我的前面闪烁，也许那就是我的引路者。我和我的马匹都看见了它。怀中的孩子已经进入了深深的睡眠，他的呼吸伴随着寒风的呼啸。

卷四百四十五

荀林父

　　我本应该承担邲之战失败的责任，但因为士贞子的劝谏，国君免除了我的死罪。我十分感激国君的赦免，也感激士贞子在我生死关头的谏言，可我仍然感到自己身负重罪，必须寻找到一个机会来抵偿自己的罪。正在我为自己负疚的时候，狄人侵犯晋国的边境，国君命我率兵征讨，结果在这一次的征讨中大获全胜。

　　国君论功行赏，将狄人的许多土地和千家狄臣封赏给我，也将瓜衍之地封赏给士贞子。士贞子说，我没有建立寸功，国君却给我这样丰厚的奖赏，这让我感到不安。国君说，我能得到狄人的土地都是你的功劳，要不是因为你的劝谏，我又怎么能起用荀林父呢？要不是你的劝谏，我怎么能免除荀林父的死罪呢？要是按照我的想法，现在已经没有这个人了，我还怎么能得到狄人的土地呢？

　　我说，我在邲之战中失去了国君的许多军队，也辜负了国君对我的信任，我怎么能接受国君的封赏呢？今日击败狄人，仅仅是抵偿了从前的过失，可是我仍然对我身上所负的罪不能心安，又怎能接受国君的厚赏？国君对我说，你从前的罪已经得到了赦免，现在的功劳

古灵魂

乃是属于现在。我所给你的奖赏，不是奖赏你的罪，而是奖赏你的功劳。

我已经觉得自己老了，我的浑身已经失去了力量，拿着戈的手已经微微发颤，已经不能继续征战了。我决定告老还乡，因为我已经没有继续为国君效力的能力了。当然我也厌倦了朝堂上的相互倾轧，厌倦了彼此之间的钩心斗角，厌倦了征伐和杀戮。我的心已经疲惫不堪。我想，若是让我在自己的家宅休养，能够每天坐在树下，看着天上的云彩飘动，看着树叶的滋生和坠落，也看着一个个春天和秋天的来临，那该有多好。

也许我所做的事情对我来说并不适合，因为我的心不够狠，不愿意杀人，也不愿意用计谋来谋算别人，遇到事情的时候不能当机立断，总是在选择，也总是犹豫不决。我的内心想得太多，总是有着各种事情在缠绕，撕不开绳子上的结扣，也不能很好地辨别身边的人。邲之战中，先縠不听帅令，擅自渡河，我没有坚决阻拦，率军一起渡河作战，也没有派出最合适的使臣，竟然被一些愚蠢的人支配，而我也没有充分准备好与楚军对决。

一切似乎已经过去了，可是很多事情仍然没有离开我。我的心中装满了往日的愁云，这愁云之下埋藏着一块块令我感到沉重的石头。我一直感到郁闷、痛楚、羞耻，为了自己的软弱，差点儿丢掉性命。我不想这样下去了。尽管我并不畏惧死，但我会失去最后的荣誉。我为国君所做的，已经都做了，我的能力只有这么多了。

现在我击败了来犯的狄人，并占领了他们的土地，为晋国消除了一个隐患，也弥补了我的过失，使自己的人生有了一个明亮的脚印。

那么我还要贪图什么呢？我应该好好休息了，我要按照自己的想法走完自己最后的途程。我的剩余的日子要在自由自在中度过。我要在春天的旷野上漫步，要去看野草的萌芽，看农夫耕种田地，而夏天的时候，要在大树下乘凉，让微风吹过我的面颊，秋天的时候，让树叶落在我的头上。

冬天已经过去了，但它的寒意还拖着长长的尾巴，野地里还留着尚未消融的残雪。春风仍然不是那么柔软，它仍然是凌厉的，它卷着无数细小的沙粒打在脸上，让人感到微微的疼痛。田野上有着稀稀拉拉的树木，它们还没有生出新叶，但要细细察看，树枝上的皮肤已经微微发绿，似乎有某种看不见的东西在萌发。身体内储藏了一个严冬的力量就要展现，繁茂的日子就要到来了。

我决定退回到生命的原本的状态，就像一个孩子一样，无须为国君、国家、争战和杀戮而操心费力，而是仅仅为自己活着。也许这才是退回到真正的仁善之中。若是每一个人都退回这样的起点上，我们的面前岂不是一个完美的人间么？我原本就是这个样子，可是我不得不做自己不想去做的事情，现在我终于放下了肩上的重负。我感到了轻松，这乃是一种意外的轻松，一种让我快乐的轻松。

我并不是从自己的人生中寻找否定自己的原由，而是想从已经做过的事情中追寻自己苦闷的原因。我不是这苦闷的追求者，我只是被迫接受了命运。我走在我的食邑的土地上，似乎这里的一切都已经属于我，我已经拥有了足够多的东西，那么我还需要什么呢？我所拥有的已经超出了我的预计，我还需要什么呢？我最需要的莫过于回归自己，让足够的轻松伴随自己的脚步。

我看见一个牧羊人抱着刚出生的羊羔走在羊群的后面。他的脚步和我一样轻松，尽管他的怀中抱着羊羔，但他并不觉得抱着什么重物，因为羊羔的出生对于他来说乃是他所希望的。他所抱的羊羔身上有着他快乐的原因。一缕阳光照到他的怀抱中，他的脸上充满了笑容，他跟随着羊群，十分随意地走在旷野上。他乃是和新生在一起，和未来的希望在一起，他没有任何忧虑，也没有任何悲伤，因为快乐充填了他的心，其它的一切都被排斥在外。

一个牧羊人所关注的就是他的羊群，羊群的繁盛就是他的生命的繁盛。他的内心乃是在繁盛之中。即使他走在大树的阴影之下，阳光仍然从缝隙中穿过，照射到他的身上，他的额头上永远有一块亮斑。因为那一块亮斑乃是属于快乐。一个人除了快乐之外还需要什么呢？我觉得自己的快乐太少了，多少年来，我一直被烦恼所困扰，我的快乐被我的选择夺去了，因为我的选择不是自己的选择，乃是被迫地来自别人的选择。因而我知道了自己为什么厌弃从前的生活，我的厌弃乃是来自我的渴慕。

我的选择始终在犹豫和彷徨中，我的痛苦也来自这犹豫和彷徨。现在我已经没有这样的犹豫和彷徨了，我已经老了，而一个老人的最好归宿则是回归于儿童，回归于无拘无束的自由之中，回归于自己的想象和好奇之中。我看着那个抱着羊羔的牧羊人，心里升起了某种羡慕之感。他的生活是简单的，可是简单是多么快乐。他的生活是自由的，自由是多么快乐。他的生活里仅仅有着小小的希望，可是这小小的希望却会让他的脸上充溢着快乐。一只羊羔就给了他希望和未来，可是我获得了这么多，内心却总是被烦恼笼罩。

我看着自己儿子苟庚已经长大了，我要让他来代替我。我的希望就是我的儿子，他就是我怀抱里的羊羔，阳光会从高高的天上照射到他的身上。我要将他放在地上，让他自己去奔跑。是的，一只羊羔怎能永远抱在怀中呢？我想着儿子苟庚的样子，他的脸上总是闪烁着光芒，他的双眼已经能够看见路上的石头，他懂得怎样避开石头，怎样选择一条宽阔的路，也知道在黑暗里借助星光的指引，不会在路途上迷失自己。

古灵魂

卷四百四十六

解扬

一件事情接着另一件事情。楚军包围了宋国，宋国派遣大夫乐婴齐前来求助，晋国还没有从邲之战的损伤中恢复元气，现在还不能再次与楚国决战。国君派遣我前往宋国，传达国君的命令，让我告诉宋国的国君，晋国的援军已经出征，很快就可以抵达宋国，让他们一定要坚守城池，等待晋军的到来。

事情从楚庄王派申舟出使齐国开始。他从楚国到齐国，宋国是必由之路。按照礼仪应该知会宋国，但楚庄王自恃强大，压根儿没有考虑宋国的感受，所以申舟并没有告知宋国，他径自穿过宋国之境的时候，被宋国的守军扣留。宋国执掌朝政的大臣华元在朝堂谏言说，楚国使臣路经宋国，事先却不告知我们，在他们的眼里宋国似乎不存在一样，或者他们已经将宋国作为自己的属地了，那就意味着宋国已经亡国，这样的事情我们怎能容忍。这乃是宋国的耻辱，若是楚国借此发兵讨伐，最坏的结果也不过是亡国而已。既然这样，我们宁可战败而亡国，也不愿意屈辱而亡国。

就这样，楚国的使臣申舟被宋国杀掉了。楚庄王获悉申舟被宋国杀掉，就派兵将宋国围住。时间过去了半年有余，在宋军的奋力抵抗之下，楚军一直不能攻破宋国的城池。这时宋国就派遣使臣乐婴齐来到晋国求助。我的国君想派兵抗楚，但上大夫伯宗谏言说，现在出兵还不是好时机，我们还没有从郏之战的伤痛中恢复，而楚国仍然十分强盛，尽管有可能以弱胜强，但毕竟这样的可能不大。我听说有一句古语，叫作鞭子虽然很长，但却不能触及马腹，我们若是等待楚国衰落的时候发起攻击，就会有好的效果。何况，楚国和宋国相争，我们要劳师远征，恐怕对我们不利，不如暂缓用兵。

国君说，宋国遭到围困，我们应该出手相助，不然我们将失去道义。宋国是我们的盟国，我们怎能见死不救？伯宗说，若是我们有力量而不去救援，我们就会失去道义，但我们的力量还不够强大，若是贸然出兵，不仅不能救助宋国，还会殃及自己，这怎么能说失去了道义？楚国派出使臣出使齐国而不知会宋国，这不仅是对宋国的藐视，也是对晋国的藐视。可是被藐视有着被藐视的理由，若是晋国再次被击败，我们就要愈加被藐视了，那样我们不仅失去了被信赖的理由，也丧失了将来击败楚国的可能。那么，衰败的不是楚国，而是我们自己。所以与其进击，不如等待。等待乃是在希望中等待，而进击将是在进击中绝望。在希望和绝望之间，我们选择哪一个呢？

国君采纳了伯宗的谏言，决定静待观察远处的动向，同时派我前往对宋国予以安慰。也许他们接到晋军援救的消息，会受到激励和鼓舞，他们的抵抗也许会令楚军退却。时间已经到了夏天，但炎热还没有真正开始，沿途的田地里禾苗已经长高，经常会有乌云笼罩，还能听到隐隐从乌云传来的雷霆。一会儿，一阵暴雨从头上倾泻而下，我

古灵魂

只好在山崖下躲避大雨。我的车停在那里，我的马也悠闲地看着倾斜的雨水从山崖上倒挂着，形成了一个巨大的雨幕。远近的一切景物都变得模糊，似乎被雨水洗刷着，世界就成为一个浑浊的幻象。

雨水的喧哗将万物笼罩在了烦躁不安的呼喊中。我的双耳灌满了这呼喊，可是我却完全不理解这呼喊的意义。我的心也被暴雨激荡，我看着地上不断破碎的泡沫，狂风不断将雨水从半空卷起，飞扬到我的前面，一些雨滴飞到了我的脸上，我感到了天上带来的冰凉。没有多少时间，雨就渐渐稀少，乌云逐渐飘到了远方，只剩下一些残云在游荡。我需要等一等，等道路上的泥水少一点的时候再驾车而去。

我坐在山崖下的一块巨石上，听着雷霆就像车轮一样远去，也将暴雨引领到了远方。很快就要到郑国了，穿过这片密林，就是郑国了。密林里的道路被众多的树木遮蔽，我已经听见里面泉水的声息了。天地之间一下子变得空旷起来，它失去了遮盖，失去了朦胧，天空碧蓝的一面显露出来。原来的躁动不安转为了平静而优美，每一个细节都是清晰的。我想着自己的使命，就是为了让宋国的民众获得信心。我知道自己给不了他们更多的东西，但我给予他们的，可能是极其宝贵的。我给他们带去的不是千军万马，但会给他们的心灵里送去闪闪发光的兵刃。

就在穿过密林的时候，突然有几只麋鹿卧在路上。它们面对迎面而来的车马并不惊慌，依然静静地卧着，它们对我的到来视而不见。直到我的马就要碰触到它们的时候，它们才不慌不忙地离去，好像十分不情愿这样做。要是在平时，它们只要遇到人就会惊慌逃窜，遁入树林的阴影里。跟随我的人张开了弓，并将箭搭在了弓弦上，我挥手制止了他们射箭的冲动。我想，它们之所以这样胆大，乃是为了告诉我什么消息。

它们也许是神灵派遣，就像我一样接受了什么使命。所以它们立即改变了以往的性情，变得慵懒而从容。它们一般不会卧在路上，即使是从路上穿越，也是趁着没人的时候一跃而过。这是不是意味着我将要遇到什么事情？我立即变得警觉起来。我甚至相信，前面有什么在等待着我。鸟儿从我的身边一次次飞过，有几只飞鸟在飞越我的头顶的时候，发出了几声大叫。它们的声音是那么嘹亮，整个树林都在不断回响。

我身边的人说，真是奇怪，它们的叫声真是奇怪。甚至有一只飞鸟在空中拉屎，将污浊的东西掉在了我的车辕上。车夫说，这是天粪，是飞过的天上的语言，也许是吉祥之兆。树林是喧闹的，不断传出各种野兽的声音和群鸟的合奏。雨后的树叶上还挂着水珠，经常掉下来，微风吹拂下的树梢摇动着，万事万物都因着这样的摇动而扑朔迷离。林间的枯树横倒在其中，已经被青苔覆盖。我真想在这样的景物包围中停下来，在地上徘徊，感受这天地之间的万般神奇。

可是我身负使命，还要继续赶路。宋国还在楚军的围困之中，我必须尽快赶到，将国君的话传达给他们。也许他们在这样的危急时刻最需要这样的话。我就像一个在大风雪中赶来的送衣人，一个瑟瑟发抖的、就要被冻僵的人，需要我手中的皮袍。林间的路是泥泞的，泥巴已经糊满了车轮，后面的路上被轧出了深深的辙印。马蹄的声音由那种清晰的嘚嘚声，变为了软绵绵的、轻微的噼啪噼啪声，这让我在这深林里的前途转为沉闷而冗长的迷茫。林间的喧嚣不过是为了反衬

古灵魂

这样的静谧和沉闷，反衬这样无休止的迷茫。

我究竟是谁？我这一次出使，究竟是为了什么？是为了安慰宋国的将士？还是为了让更多的人和楚军继续厮杀？人间的互相讨伐总是不能止息，他们仅仅是为了一件微不足道的事情，一个生活中的小细节，就将那么多的生命投入奔流的血中。这礼义和正义之间有着怎样的异同？天道和仁道之间又有着怎样的区隔？生命和死亡之间还有多少差别？人是这样被藐视，人真的是不能主宰自己的刍狗？我们真的不如这林间的飞鸟和走兽？我听见密林深处不知哪一种野兽的叫声，太像婴儿的啼哭了。人一出生就要这样啼哭，可是自由者还似乎在模仿这与生俱来的悲戚。

当我走出这密林的时候，一条大道廓然开朗。广袤的农田已经绿油油的，禾苗在雨水的滋养中展现了蓬勃的生机，每一片叶子都是油绿的，就像被高超的漆匠刷上了厚厚的油漆，成片成片地在蓝天下闪耀。但这大道乃是比密林更加凶险，因为我进入了人的世界。郑国的武士突然将我围住，拘捕了我。他们将我押解到他们的都城，又将我献给了楚王。我在毫无戒备的情况下，成为楚国的俘虏。

我没想到，我还什么都没有做，我的使命还没有完成，就要死去了。死亡的黑云从我的内心掠过，它的黑暗的翅膀扇动着，我感到了它携带的寒风和雪粒，感到了一阵阵莫名其妙的寒意侵袭着我的肌肤。我浑身的血凝结了，我似乎成为一块坚硬的冰，不能融化的冰。我被带到了楚王的面前。他说，你是谁？你为什么来到这里？我说，我要到宋国去。楚王又说，我们已经围住了宋国，你为什么还要去？他们都想逃出来，你却要进去，你不知道你进去之后就再也不可能出来了？

　　我说，我就没想着要出来，我要将我的国君的命令告诉他们。晋军已经从都城开拔，不久就会赶到，我要让他们不要放弃抵抗，我们会击败你们。楚王微微一笑，说，晋国凭什么能击败楚国？楚国国内安定，君臣和睦，民众得以教化，万众一心，晋国凭什么可以击败楚国？楚国地广物丰，国力雄厚，以仁德而取信天下，晋国凭什么可以击败楚国？晋国内部乱象纷生，将帅不和，君臣之间相互猜忌，又诛杀了辅佐几任国君的贤臣赵盾的宗族，又怎能击败楚国？你难道忘记了邲之战的败绩？

　　我说，我听说，狂妄的人必定失败，狂妄的人也没有仁义。因为狂妄让他失去了智慧，失去了智慧就胆大妄为，胆大妄为就会不顾及仁德，他的内心就失去了仁德，这样的人怎么会取胜？一个国家也是这样，它失去了仁德，就不会有人相信它，天下人就会抛弃它。一旦被天下抛弃，还奢谈什么取胜？地大物丰还有什么用？兵力强盛有什么用？君臣和睦有什么用？你们攻伐宋国，就是因为你们抛弃了礼义，出使齐国而不告知途经之地的诸侯，难道可以称作礼么？没有礼，就不会有仁德，因为礼乃是仁德的基础，是天下秩序的先决，是一个国家的立足之本。即使楚国现在是和睦的，但这不过是暂时的幻象。楚国因自己的无礼而用兵，又怎能获得取胜的正义？没有这正义又怎能取胜？

　　我微笑着，继续对楚王说，晋国虽然现在国内看似有一点乱象，但国君乃是周王室的后嗣，有着天下的正统和天命所在，又是天下诸侯的霸主，表面的乱象实乃自身的调整和自强的必由，这暂时的困境并不是真正的困境，因为他还拥有未来的更加强盛。这又怎能成为乱象呢？现在宋国陷于楚国的无礼围困，晋国怎能坐视不管？若是我们不予理睬，岂不是放弃了匡扶正义和施行天道的天责？那样岂不是和楚国一样了么？晋国并没有忘记邲之战的失败，但楚国却忘记了城濮之战的失败，只看见眼前的一点小胜绩而忘掉了以前的大败绩，这样的国家就不会接受教训，也是昏昧和无智，又怎能取胜呢？

　　楚王脸上的笑容消失了，代之以尴尬的冷峻和严肃。显然他已经被我的话所激怒，他显然已经理屈词穷了。我仍然想着，如何将我的国君的命令带给宋国，这乃是我的使命。若是没有完成我的使命，我岂不辜负了国君对我的信任？即使我死了，别人也会指着我的影子说，这个人太无能了，他还没有进入宋国就被捕捉，成为楚国的俘虏。我的灵魂怎样面对这样的屈辱呢？我的一生将成为虚无的一生，我来到了人世间，竟然没有做一件有意义的事情，我的灵魂怎样面对自己的屈辱呢？

　　楚王的愤怒来自我戳穿了他的虚伪。一个强大的国家就可以为所欲为么？就可以违背礼义么？就可以放弃天道么？他声称自己是正义的，可是正义仅仅在他的言辞中。他的内心并没有真正的正义，他只是想用言辞来掩盖自己的邪恶，因为在这样的掩盖下，他就可以放纵自己，并给予自己的恶行一个理由。可是这样的理由经不起我的反驳，我将楚国的不义呈现在表面，他的丑陋就被暴露在阳光里。这让他自己也看见了自己的真相。

　　他又恢复了微笑，说，你明知道我已经围住了宋国，你还要到宋国去，你怎么知道你能将国君的命令传达到呢？你就没想过你所要完成的是一个不能完成的使命么？既然你不可能完成这样的使命，你又为什么要明知不可为而为之？这不是愚蠢之举么？你的国君给你的使命没有完成，那么你就是有罪的，现在你已经有罪了，为什么还不向我求得宽恕？若是你回心转意，我也许会给你一个生的机会。

我说，我乃是晋国的使臣，怎能向不义者投降？我已经有罪，我就要向我的君主求得宽恕，怎会向你求得宽恕？我出使宋国，是君主给我的信任，我又怎么能背叛这信任？楚王走过来，亲自给我解开了捆绑我的绳索。他说，晋国和楚国的先君曾有着深厚的友好之情，虽然我们产生了冲突，但这友好仍然存放在各自的心中。当今天下虽然属于天子，但晋楚两国都处于强盛之中，若是两国交好，就可以使得天下避免纷争，这岂不是我们所期望的？我现在围攻宋都，就是为了铲除不义和平定乱局，让天下的百姓归于平安。我还要请你告知宋人，晋军不会来了，这样他们也会放弃抵抗，也免遭生灵涂炭。

楚王原来是想很快攻破宋都，想着借我的话来瓦解宋军的斗志。我明白了楚王的想法，就对他说，我乃是传达君王的命令，却要听从你的调遣，这样的背叛让我感到羞耻。我没有完成使命已经负罪在身，若是再背叛我的君王，岂不是罪上加罪？你想我会这样做么？楚王突然说，我现在就可以杀掉你，现在乃是给你活命的最后机会。我说，我早已将生死置之度外，既然我已成你的囚徒，只好由你来处置了。我已经看见了自己，我的头已经不在我的身上，站在这里的已经是一个死去的人。

楚王说，我仍然劝你想一想，想好了就告诉我。我说，我已经想好了，我所说的话，已经是一个死者所说的，你难道还不相信一个死者的话？楚王大笑着，说，面对死亡，蝼蚁尚且会遁逃于洞穴，毒蛇会逃窜于草丛，我仍然相信你不会放弃自己的生命。你若能够帮助我做这件事，那么我就可以给你我所能给你的一切。可是我若杀掉你，你的一切都会失去。一个人若是来到世间就是为了一死，那么他来到这里做什么呢？岂不是辜负了父母的愿望，也辜负了神灵的护佑？你可以不珍惜自己，但不应该不珍惜天地的恩德。

我忽然想到，我不能就这样死去，因为我还有国君交给我的使命。我要完成这使命，否则我的死又有什么意义呢？我沉默了，因为我在这沉默中进入了冥想。我的内心已经被死的阴影盖住，但这阴影的缝隙中仍然透出了一丝光亮。我抓住了这光亮，于是我立即变得明亮起来。在死与死之间仍然有着另外的选择。绝望的死和希望中的死仍然不一样。楚王让人拿出了各种宝物，我看见宝物的闪烁，也看见了死的闪烁。

我说，你是慷慨的，楚国的先君也是慷慨的，曾帮助我国的先君文公转道秦国而完成复国大业。我也知道你所做的一切乃是为了天下的安宁，可是我背叛我的君主的罪，又怎能承担呢？它太重了，这也不符合一个君子的准则。他说，你可以留在楚国，这样我就是你的君主，你为你的另一个君主做事，岂不是十分正当么？一个正当的理由乃是因为正当的前决，若是改变这前决，原本的正当就转换为另一个正当。这样你将放下自己要承担的罪，还会建立你自己的功勋。

我答应了楚王的要求，于是来到了宋国的都城下，我登上了楚国的楼车，向着城上的守军喊话。我用足了自己的力气，发出了嘶哑的巨大音量——我是晋国的使臣解扬，我带来了我的国君的命令。我接着喊，我的国君已经派出了大军，很快就会来到这里，楚军的粮草就要穷尽，你们一定要死守宋都，等待晋军的救援，楚军必定会失败，因为它已经失去了道义，神灵就在你们中间。

我的话还没有说完，就已经被楚国的士卒捂住了嘴，并将我重新捆绑。我的耳边传来了宋都城墙上守军的欢呼，他们朝着楚军射出了箭雨，我的内心也在欢呼，可是我被一双有力的大手紧紧捂住了嘴巴。我的语言留在了我的心里，我感到了一阵窒息。我知道自己必死无疑，可是我却感到了死的快乐。一个人能够在死的快乐中结束一切，这样的死岂不是最好的归宿么？我已经别无所求了。

古灵魂

楚庄王

　　我捉住了晋国的使臣，这个人善于辞令，是一个有智慧的人。我已经攻打宋国很长时间了，可是宋国守军仍然在抵抗中。我的大军不断伤亡，粮草也要用尽了，若是还不能攻破宋都，我又怎么向我自己交代？楚国的民众又怎样看待我？我的威望也就在这攻伐中被消耗尽了。我们在邲之战中获胜，楚国的民气在上升，楚国在诸侯中的威信也在上升，眼看晋国的霸主位置摇摇欲坠，我必须将宋都攻陷，以震慑那些不肯归顺的国家。

　　我眼前这个使臣叫作解扬，我从没有听说过这个人。我试图说服他归顺我，可是他却决意要死。一个不畏惧死的人，你又有什么办法劝说他？我说的话，都被他一一驳回，我的内心十分恼怒，几次想着杀掉他，可是杀掉一个人又有什么意义？我想要让他告诉守城的宋军，晋军已经放弃了对他们的救援，这样他们就会在楚军强大的攻击下失去斗志，它的国君就会放弃抵抗，我就可以轻松获胜，这该多么好啊。

　　可是我试图说服这个人的时候，他却用巧言和我辩论，他的雄辩让我无话可说。晋国之所以强大，乃是集聚了很多这样的贤才。我喜欢上了这个人，尽管我从来没有听说过他。一个寂寂无名的人尚且有着超人的才智，那么晋国的那么多名臣又将怎样？尽管它的内部发生了乱象，但晋国仍然是强大的，因为它仍然拥有那么多的才俊。我要把这个人留在楚国。我不能就这样杀死一个有才智的人，我不能违背自己的喜好，也不能违背自己内心的仁德，我要说服他，让他做我愿意做的事情。

现在宋国的守军一直将希望寄托于晋军的救援，所以他们一直坚持抵抗。我已经感到他们的力量开始衰竭，但他们仍然将希望寄存在这抵抗之中。若是抽走了希望，宋都就会很快崩塌。他们知道晋国派来了使臣，却不知道这个使臣给他们带来什么消息。我需要解扬说话，需要他传达虚假的晋君命令，需要他告诉宋国守军，晋军不会来了，这样宋军就会失去最后的希望。一支失去了希望的军队，还会继续为虚无而战么？

宋人若是受到鼓舞，就会增加我的忧虑。不论晋军是否会来救援，我都要阻断这样的消息，要阻断晋君的命令，不然敌人就会增强他们的顽抗，就会让我更多的将士流血。而且我的粮草也不足了，若是这样拖延下去，也许我就要无功而返了。我的大帐中，一片巨大的阳光投射进来了，解扬就在我的面前，他的脸部被阳光分割为两半，一部分十分明亮，而另一部分沉浸于暗淡。我从他的眼睛里看出了他的坚定，他并不惧怕死。

我好像顺着他的目光走入了他的内心，这目光不是笔直的，而是有着太多的弯曲，就像阴暗的洞穴，越往里面走，就越是黑暗，里面

古灵魂

究竟还隐藏着什么，我已经看不见了。这个人是深不可测的，他有着深不可测的洞穴，真正的他躲藏在其中。而我却不能穿透这黑暗，看见他真实的身形。在我和他的对话中，我似乎听到了细微的声息，但我还不能确知这就是他的呼吸之声。

我对他许诺了他的未来，也解除了他对于罪的恐惧，还给他以厚礼相贿。我要用所能用的手段收服他。若是我穷尽了所有的办法都没有效果，我就只有杀掉他了。杀掉他不是因为仇恨与愤怒，而是因为我对自己无计可施的绝望。我的真诚终于打动了他，这个人回心转意，答应了我的要求。这真是太让我高兴了，我已经很久没有这么高兴了。别人的一件事就会打动我，好像我从前并不是这个样子。

是不是我变了？一个人老了之后就会变得心肠柔软？变得易于激动？我在以前似乎并不是这样。那时我的威严是我的心硬，我的外表暗示我的内心，在这不断的暗示下，我的心就变成了我表面的样子。若是有人触怒了我，我会毫不留情地将他杀掉。我快乐的时候，有人为我增添了快乐，那么我也会毫不犹豫地奖赏他。可是现在我已经变了，我变得自己都不认识自己了。我的愤怒仅仅是短暂的，我的快乐也是短暂的。无论是愤怒还是快乐，都可以被抑制，都可以用我的忍耐压下去。我的忍耐越来越好了，它几乎可以让我得心应手，也让我避免了很多因一时冲动而生出的遗憾和感叹。

我是不是变得比以前更好了？我照着镜子，发现自己的眉目中有了温馨，我不仅仅是一个君王，我还是一个人，一个似乎懂得自己也懂得别人的人。我抚摸着自己的胡须，这些已经花白的胡须似乎变得坚硬了，它们更像是某些野地里丛生的野草，让岁月变得荒芜和荒凉。也许我并没有什么改变，什么都没有变，但是岁月变了，我只是跟随我所看不见的岁月一直向前走，现在我不知道自己走到了哪里。

我似乎明白了，我走到这里的时候，很多人与我同行。我不是一个人行在路上，我能够听到许多人的脚步，但我们都在暗夜里。这暗夜乃是看不见别人的身影的暗夜，也看不见自己的暗夜，我之所以不会感到寂寞，就是因为我珍惜每一个人的脚步。我是楚国的君王，我只有倾听别人的脚步，才不会感到孤独。我凌驾于别人之上，但我愿意让自己的身子弯下来，以便衡量自己和别人的距离。也许这是我现在能够用耐心压制愤怒和仇恨的原由。

晋国使臣解扬已经答应我了，我就让他到前面的楼车上向宋城的守军喊话。我看着他登上了楼车，他的身影是矫健的，他的步履是稳健的，他的每一步都充满了镇定，这可以看出他的内心里充满了自信。是的，我喜欢这样的人，从来不会面对一件突如其来的事情而感到惊慌。他站在了高高的楼车上，就像一个胜利者，一个获胜之后的将军，一个要宣布誓言的领誓者。他并没有立即开口，而是先在风中整理着自己的衣冠。夏风掀动他的衣裳，我耐心地等待着，等待着他的呼喊。

我也曾登上楼车，站在这样的高处，就会感到自己像驾驭着云朵的神灵。我曾多少次站在这样的高度，观看着敌军的动静，也观看过我的大军与别的大军交战的场景。无数的人们涌到了一起，就像观看两条大河波涛汹涌的交汇。可是那么多的人们乃是为了彼此的杀戮，为了莫名其妙的仇恨，为了将陌生的人们置于死地。他们呼喊着，声音沙哑而充满了激情，只有这生与死之间的抉择，才可以激发这样的

古灵魂

激情。

现在另一个人代替我站在了楼车上。这个人是陌生的，我还不知道他将怎样喊话，但我已经听到过他的言辞，领略了他的雄辩。他的声音洪亮，让我感到了震动，但他所说的却不是我想让他说的，他没有履行自己的承诺，却向宋都的守军传达了晋君的真实命令。他说，晋君就要来了，你们一定要坚守。他还想说什么，但我的士卒立即将他赶下了楼车，并捆绑起来，押解到了我的面前。我感到了愤怒，一个对自己诺言的背叛者，一个毫无信用的人，让我愤怒，我的怒火几乎要把我焚毁。

我责问他，说，你为什么这样？你是怎样答应我的？你为什么不按照你的承诺喊话？你背叛了我，也背叛了自己，你难道不知道么？我轻信了你，轻信了一个毫无信义的人。现在我已经无话可说，只有杀掉你才能消除我的愤恨。我和他说话的时候，我的双眼一定冒着火焰，我已经看见了这火焰扑向了这个人。我眼睛盯着他，可是他依然昂着头，他的目光也射向了我，可我感到他的目光并没有锋利的刃，而是有着令人惊诧的丝绸般的柔软。

他说，你所说的信义和我所理解的信义不一样。我听说，一个国君能够发布正当的命令就是义，而一个贤臣能够去执行这样的命令就是信。若是这信义可以完整，就意味着国家的利益可得以保证，百姓的利益可得以收获。难道还有比这更好的么？一个国君的义就是在发布命令的时候，不要让这命令互相抵触，这样的义才合乎礼，也合乎理。而贤臣的信义就要将这样的义在行动中体现。一个贤臣怎能接受两种相互抵触的命令？

——你赏赐了我那么多财宝，只是为了让我传达另一种命令。可是这将违背我原先的使命，也违背了一个贤臣所应遵循的信义。所以我并不想失信，而是你强迫我失信。我若取信于你，就会失信于我的国君。我不能接受被强迫的失信，也不愿真正地失信，所以我没有接受违背信义的命令。若是楚国的大臣为了取悦别人而背叛了你，你是不是觉得他仍然心存信义？你觉得守信更好还是不守信更好？你觉得哪一种选择才是真正的信义？我唯有请求一死，这样我既成全了自己，也成全了信义，既成全了我的国君的义，也成全了你的义，还有比这更好的结局么？

——你想，我的死可以让信义变得完整，还有比这样的死更好的结局么？我的选择也是你的选择。你赏赐了我财宝，我就要报答你的恩德，我为什么不为你而选择？我接受了我的君王的托付，又为什么不为我的君王而选择？我接受了自己的理由，又为什么不为自己而选择？我们的选择乃是信义的选择，还有比这更好的结局么？

我的愤怒被他的话压住了，我的愤怒渐渐停歇了，它止住了狂奔的脚步。是的，我还是变了，我变得易于抑制自己的愤怒。我的愤怒是短暂的愤怒，我的柔软的心缓解了狂躁，我的理智在上升，聚集为落雨的云，它落下了我所需要的好雨，浇灭了我的火焰。我的愤怒沦为了灰烬。我感慨地说，你的信义就是我的信义，你的信义让我佩服，你已经说服了我，让我知道了真正的信义。我已经明白了晋国之所以强大的原由。守护信义是多么好的品行，我们都应该守护真正的信义。

解扬说，从前我只是听说君王是一个有仁德的君王，可我不曾看

古灵魂

见你的仁德，但现在我看见了，因为我知道了仁德并不在别处，而是闪耀在一个人的身上。你让我看见了仁德，仁德就在你的影子里，就在你的言语里。我也看见了楚国之所以强盛的原因。一个人不在于他以前做了什么，而在于他现在做什么。他能够接受信义，就会成为有信义的人。我也同样敬佩君王的信义。

我说，晋国作为霸主，乃是因为有你这样的贤能，这样的国家我怎能战胜呢？我原本以为在邲之战中已经击败了晋国，但我还是错了。一个短暂的获胜不能保证以后也能够获胜，看来我的目光还是十分短浅，拥有贤能才是立于不败的根本。我已经改变主意了，我若杀掉你也许十分容易，但我却会因为杀掉而成全你，因为我杀掉的乃是信义本身，也会因此而成为天下的笑柄，从而让人认为我乃是一个无信义的君王。我若失去了信义，楚国就失去了信义，我若成为笑柄，楚国也就成为笑柄。现在我就放你回国，你已经完成了你的使命，可以回去了。

我看着解扬的背影消逝于夕阳的光芒中，我低下了头，深深地叹息。我不是为他叹息，而是为了我而叹息。我被信义所折服，又因我的愤怒而感到羞愧。也许我并没有改变，我仍然是原来的样子，尽管我从镜子里所看见的，是我逐渐衰老的面容。但这面容的后面，仍然是我从前的面容。岁月改变的仅仅是我的外表，可是这外表掩盖的却是我的尚未改变的，因为我的从前就是我的现在，我从别人的光芒里也看见了自己的光芒。是啊，一个光芒里的背影该是多么令人羡慕啊。

卷四百四十八

晋景公

　　我近些天突然感到身体不适，每日头痛欲裂，浑身无力，不知怎么会成为这样？我每天夜晚都会做一个可怕的梦——一个鸟面人身的怪物会出现，他抓住我的胳膊，要将我拉向一个黑暗的山洞，我拼命挣扎，并在这挣扎中醒来。这个怪物是谁？他要将我拉到什么地方？那山洞究竟是什么？它在哪里？有一个夜晚，我久久不敢入睡，但还是睡着了。在一片乌云中，那个怪物又来了，他又要抓住我，我就问他，你是谁？你为什么每天都会来到我的身边？又为什么要抓住我？

　　他说，你让我的香火断绝，我就让你的气息断绝。然后他就又一次抓住了我的胳膊。他的力量很大，似乎我已经逃不脱了。我感到十分恐惧，又一次挣扎着，可是我就要被他拖入那个洞穴了，就在这洞穴的边缘，我突然醒了。我大喊一声，睁开了眼睛。四周乃是一片黑暗，夜晚愈加深沉了，我就在这样的深夜坐起，仆人也来到了我的身边，问我，国君梦见了什么？为什么大叫？或者有什么需要吩咐我么？

　　我说，快点亮灯，我要看见灯光，我要看见我的身边有什么人。

古灵魂

灯光出现了，灯光一点点靠近我，我看见了灯光所照耀的并没有什么变化，还是我熟悉的寝宫，还是我熟悉的仆人，一切还是熟悉的。我看见了自己胳膊上有很多的红印，显然这是被那个鸟面人抓伤的，我的内心更加感到恐惧。我挣扎着起来，在每一个角落搜寻着那个人。他必定藏在这个屋子里，可是我却看不见他的踪影，而在灯光里，只有我自己的影子投射到白色的墙壁上。

天还没有亮，我就将大臣们召集到我的身边，我将自己的梦告诉他们，问，你们谁知道那个鸟面人是谁？他为什么要来到我的梦中作祟？我感到自己十分虚弱，醒来之后浑身都是冷汗，我感到寒冷，感到自己就要被他拖到永远的黑暗里了。我还想知道，那个山洞里面有什么？他为什么要将我拉到里面？我醒来之后借着灯光，看见我的胳膊上都是他的抓痕。你们一定要帮我祛离那个怪物，不然我就很难活下去了。

史官占卜之后，说，你所梦见的是中衍，他是伯益的玄孙，相传他就是鸟面人身，曾经为商王太戊驾车，太戊十分欣赏他，就将自己的女儿嫁给了他。他辅佐商王太戊屡建功勋，就是嬴姓的先祖，所以后来的嬴姓多为显贵。他的先祖是大业，娶的是少典的女儿女华，能够驯服鸟兽，被舜帝赐予嬴姓。大业的子孙一定遇到了不幸，所以要让中衍前来作祟。

我问韩厥，你一定知道他的子孙是谁，我是不是得罪了他的子孙？我梦见那个鸟面人对我说，你让我的香火断绝，我就让你的气息断绝。我从来没有让谁的香火断绝啊？他为什么这样对待我？韩厥说，我想，他所说的乃是赵氏家族，因为赵氏家族就是嬴姓的后裔。

大业的子孙如今在晋国已经断绝了香火，这不就说的是赵氏么？从中衍传下来的后人都姓嬴了，中衍就是鸟面人身，他来到人世就是为了辅佐商王太戊，他的后代一直在辅佐周天子，都有着美好的德行。

我的心一颤，难道就是赵氏么？可是他的后代已经没有了，我已经将他们都杀掉了，那么我将怎样弥补自己的过错？我将怎样摆脱这中衍的纠缠？我对韩厥说，你继续说吧，我该怎么办？韩厥说，到了周厉王和周幽王的时候，因为天子昏庸无道，叔带就离开了天子来到晋国，一直侍奉晋国国君，先是侍奉晋文侯，一直到晋成公，每一个世代都建功立业，赵氏宗庙的香火一直旺盛。可是到了现在，你将赵氏宗族都已灭尽，晋国的百姓都为之深感悲戚，所以在占卜的时候就会得以显现，而他的先祖也会在你的梦中出现。他要将你拉入山中的洞穴，就是要为自己的子孙报复，黑暗的洞穴乃是通往地下的深泉。

我说，那我该怎么办呢？赵氏家族已都死了，我不能让他们死而复生。唉，我当初怎么没有想这么多呢？要是赵家有一个后嗣就好了，那样我就能弥补我的过失了。韩厥说，的确人死不能复生，但即使突然遇到了春寒，满树的花儿凋零，总会有一朵花儿还留在树上，这棵树上还会结出一个果子。这样的果子不是为了显示自己的顽强，而是为了安慰树的主人。也许，赵家仍然有一个人活着，赵盾也许还有他的后裔，不然那个中衍就不会出现在你的梦中了。也许他告诉你，他的后裔已经长大了，你可以将其扶立了。否则他为什么不在从前你杀掉赵氏的时候出现，而要在这个时候出现呢？

好吧，别人都退下吧，我要和韩厥好好谈一谈。韩厥既然这么说，必定还有另外的隐情。是的，我要和韩厥谈一谈，看他还有什么好办法。等到朝臣都走了之后，韩厥才将事情的原委告知我。我才知道当初我被公孙杵臼和程婴两个人蒙骗了。原来程婴已经带着赵朔的儿子藏在了深山，而屠岸贾也被蒙骗了，我们以为已经将赵氏家族斩草除根，可是他的根仍然存留在深山。不过这样的蒙蔽却为我找到了弥补自己过错的办法，看来上天从来不会折断所有的路，总会将一条路隐蔽起来，留作无路的时候供我行走。

我说，那就太好了，你就去寻找他们，将赵武带到我身边，我要重新将赵氏后人扶立，并重新封赏他，这样他的先祖就不会作祟了，我也可以安宁了。当初都是屠岸贾瞒着我将赵家宗族杀掉，我也要惩罚他。我知道我的谎言不会让韩厥相信，但我还是要这样说，不然我又怎样为自己来说明呢？现在晋国已经安定，下宫之役已经发挥了作用，现在给赵氏恢复名誉反而会让民众更加相信我的仁德，又可以解除赵氏先祖的幽魂对我的骚扰，这样的事情何乐而不为？我当初有着杀掉他的理由，现在也有着起用他的后嗣的理由，我的理由不仅是我的理由，也是上天的理由。

既然是上天的理由，那么我就可以用这样的理由来做自己想做的事情。这样的理由中包含了我的理由。而且我已经看到人世间万物的低贱，不论是什么人，你用剑刺向他，他就会感到痛楚，并因着这痛楚而叫喊。这是绝望的叫喊，痛楚的叫喊。但是他会忘记这绝望和痛楚，他会忘记这绝望的叫喊。你若在他的伤口抚摸，他又会因着这抚摸的快乐而欢愉地叫喊。因为他忘掉了他的伤口的来历，只看见了现在的抚摸者。

我乃是晋国的国君，我看见了这人世间的低贱。我既知道剑的力量，也知道抚摸的力量。剑的力量是尖利的、让人痛苦的，而抚摸的力量是轻柔的、让人深感愉悦的。我拥有这两种力量，我可以随意使用它，所以我才会成为他们的主人。我深知怎样做是最好的，那就是我想做的总是最好的，违背我的心愿的乃是最坏的，因为我不乐意这样做。所以我所做的所有事情，既不是为了安慰别人，也不是为了安慰自己。我不需要安慰。无论是剑还是抚摸，都是一个君王的仪式，在这样的仪式中，我的座位才被确立。

可是我现在浑身无力，赵氏的先祖中衍在我的灵魂里作祟，我忽然变得无能为力了。我敌不过已经死去的人，我只能战胜活着的人。所以我必须为了自己而安慰死者的灵魂。的确是我杀掉了赵氏宗族，我灭掉了他们，因为他们妨碍了我。现在我又要找到赵氏的后嗣——我觉得这乃是上天对我的照应，我竟然无意之中留下了树上的唯一的果子。这是违背我的意愿的果子，而现在却合乎我的心愿。我以为这树上的果子已经摘尽了，可是我现在从树叶之间又看见了它，它仍然是为我而存在，为我而在风中摇动。现在我需要它。

韩厥

　　我已经将事情的来龙去脉告诉了国君，国君一下子变得十分高兴，脸上的阴云散开了。他知道在自己身上作祟的鸟面人会得到安慰，也就会因为这安慰而离开自己的身体。当然这也是我报答赵氏的机会。我曾经在赵朔面前答应过他，我要照顾他的孩子，要让赵氏宗庙的香火得以延续。可是多少年过去了，我的诺言一直没有实现。我不能欺骗自己，也不能欺骗死去的灵魂。

　　国君对我说，你要是早一点告诉我，我就会早一点将赵武召回，怎么还用等到现在？都是屠岸贾蒙蔽了我，他瞒着我策动了下宫之役，我知道之后已经无法挽回了。从赵盾的先祖开始，赵家一直是忠臣，一直辅佐晋君，晋国之所以能够强盛，赵氏的辅佐厥功至伟，我们怎能这样对待他的后代呢？国君说着，似乎眼角悬挂着晶莹的东西。

　　国君所说的并不是假话，但其中却混杂了假话。我知道他哪一句是真的，哪一句是假的。他所说的，并不是出自他的真心，而是出自他的所需。我不相信屠岸贾所做的，国君不知情，难道屠岸贾敢于背着国君攻打赵氏宗族？敢于将赵氏宗族连根拔除？但是，赵氏宗族始终对晋国忠心耿耿，辅佐几代君主功勋卓著，却是事实，这一点，谁又能否认呢？

我又怎能将赵氏孤儿的实情告诉国君呢？若是让国君早一点儿知道，那么赵氏孤儿的性命就难保，因为不论是屠岸贾还是国君，他们所想的就是斩草除根，就是将赵氏宗族连根拔除，怎么会让赵氏孤儿独存于世？若不是国君被梦魇所压，怎么会施行这样的仁慈？现在扶立赵氏后嗣的机会来到了，这样的机会来自国君的噩梦，这个梦缠绕着他，让他不能脱身。它就像一根绳索捆绑了他，让他感到了痛苦。从前这样的痛苦乃是他给予别人，现在轮到了他，他接受了这样的痛苦，也为了摆脱这痛苦而要还给赵氏失去的东西。

可是这失去的东西意味着他们的全部生命，这又怎能失而复得？若是我将赵武寻找回来，仅仅意味着赵氏宗族新的开始，从前的一切已经失去了，只有这根脉还得以保留。幸亏在一个夜晚，一个梦侵入了国君的睡眠，它用独特的方式表达了天意，提醒国君所欠的债务，这债务已经要压垮国君的性命。他不得不重新思考，不得不用尽办法去弥补。这个梦是来自上天还是来自他自己？若是来自上天，说明神已经有了安排。若是来自他自己，说明他自己的灵魂里已经住满了讨债者。

我看见国君虚弱的样子，甚至开始同情他了。他的虚弱不仅是他的外表，也不仅是他的身形内外，而是他的心已经虚弱不堪，他的灵魂已经虚弱不堪。他不是经不起自己内心的追忆的折磨，而是经不起来自灵魂里的自己所不知道的东西的折磨。从他杀掉赵氏宗族的时

古灵魂

候，这些东西就带着鲜血放到了他的灵魂里，然而他并不知道。鸟面人的形象就是从这鲜血里生出来的，他穿过了他的身体，进入了他的梦。他拉着他的胳膊，要将他拉到自己的洞穴里。那里是无限的黑暗，除了黑暗还是黑暗。

这个世界不能没有黑暗，不然光明又怎样显现？但处于光明中的人对黑暗充满了恐惧，他不敢接受黑暗的馈赠。就像他的梦中所展现的，他唯一能做的就是挣扎，不断地挣扎。一个睡眠中的人和一个清醒者乃是同一个人，但睡觉的人却不能理解清醒者，清醒者也不可能理解任何一个梦中人。因而他原本是两个人，两个不同的人，而其中的一个遭遇折磨的时候，另一个却充满了痛苦。这样的痛苦却让睡梦者突然清醒，转回自身。可是他怎会知道自身的真身又在哪里呢？

这将使人感到困惑，这困惑将探入最深的黑暗，那是不可知的地方。他将搅扰人的记忆和生活，他将用绝望和恐惧改变原先的想法。国君尽管想掩饰自己的谎言，却不能掩饰自己的困惑。因为这困惑透露了他内心的真实。他说，你要尽快找到赵氏孤儿的藏身之处，尽快找到程婴，尽快将他们带到我的身边，让我看见他们。不然我就要死去了，你要拯救我，你要将我梦中的黑暗驱除干净，让我能在睡眠里安宁。

我答应了他，因为这也是我的想法，我终于可以让我的承诺得以实现，我可以安抚死去的赵朔了。已经十几年过去了，他的灵魂又在哪里呢？我相信，他不会离开太远，因为他要看见自己的儿子出现在朝堂上。也许他就在我的身边，我身边有着无数的事物，他就藏在其中。也许一片飘零的落叶中就有他的眼睛，也许一粒尘埃里就有他的眼睛，也许一只飞蛾里就藏着他的灵魂，他用飞蛾的翅膀不断扑着面前的灯焰，他不甘心就这样结束。他并没有远离，而是在生活里不断盘旋。

国君说，这件事情不能让屠岸贾知道，不然就会引发叛乱。我还不知道群臣是怎样想的，也不知道民众真实的想法。所以你将赵氏孤儿赵武找回来之后，要藏在我的宫中。当人们前来问候我的时候，我就让他和众臣一个个单独见面，这样我就能掌控大局。若是突然将赵武带到朝堂，可能会引发各种想不到的事情。我说，好的，我现在就去寻找，我相信一切都会照常进行。因为朝堂上的众臣都是想念赵氏的，民众也是这样，赵氏的仁德，他们从来没有忘记，赵氏宗族的光一直照着，每一个人都能看见自己心里的东西。

路途真是太遥远了，我在春风里向着远处进发。我知道程婴藏在一座山的深处，也知道他奔逃时候的方向，可是我到哪里去寻找他呢？临行的时候，程婴告诉我，他会在路边留下记号，到时候就按照这记号寻他。多少年过去了，那些记号还在么？程婴和赵武还活着么？我出了都城，就仔细地察看路边，他会将这记号留在哪里呢？我坐在一块石头上苦思冥想，回头的时候，豁然看见身边的一棵大树上有着深深的刀痕，那个刀痕指向了前面的方向。尽管已经很久了，那刀痕已经开裂，已经变得比原先要粗糙和更为深长，但那就是程婴的记号，因为它绝不是寻常的疤痕，它似乎是一个字，好像是一个赵字。

我找到了，找到了深藏在时间里的秘密，一个精巧的、令人震惊的秘密，一个让人感到既苦涩又愉悦的记号。这个字被时光扭曲，被雨雪折磨，也因大树的生长而生长，它已经长大了。它被注入了更多的不幸和苦难，也被注入更多的血泪，它凝聚着赵氏宗族的血，凝聚着万物的哀伤，它在刀痕中成长。我突然从这个字里看见了赵武，看见了赵氏的后嗣，也看见了程婴和赵武活着的形象。是的，他们仍然活着，必定活着。我的双眼一下子涌出了泪水，我用手不断地擦着泪水，但这泪水却越擦越多。

跟随我的御夫来到我的身边，问我，为什么这么忧伤？我说，我看见了赵氏孤儿，也看见了他死去的父亲。他又问，我怎么没有看见？我说，因为他们被刻在了大树上，因为大树活着，所以一切都活着。是的，我从一棵树上看见了他们，他们和我们一样，经历了十几个春秋，也经历了无数风雪。他们的果子悬挂在树枝上，他们的叶片飘落又重新萌发，他们活在一个让我悲伤的刀疤里。

我登上了车，沿着刀疤指示的方向前进。车轮带着我的悲伤转动，马蹄踩踏着春天的路，这仍然让人感到荒凉的路，也在一个深深的刀疤里。或者说，这乃是树上的刀疤的延伸，它一直通往深山。接着我不断看见树上的刀疤，我知道，我距离他们越来越近了。不知走了多长时间，我来到了一座山前。在一条小路的前面，我看见了最后的刀疤。这是程婴留下的最后一个记号。我似乎已经听见他们的呼吸了。

我将马车弃置在一边，沿着这条小路开始徒步攀登。山势越来越险要，两边的密林重合在了一起，除了鸟兽的痕迹，已经看不见人的踪迹。鸟儿一群群在树上欢叫，我穿越这密林的时候，它们又像乌云一样飞起，遮蔽了我头顶的天空。接着我听见了溪水的声息，它发出了细小的哗哗哗的流淌声。一道深深的沟壑挡住了去路。就在这时，我看见对面的山坡上，有一座农舍，屋顶上冒着炊烟。农舍前似乎有两个人影，他们很小很小，看起来并不是真实的，他们在若隐若现中飘忽不定。

我想，我找到他们了，那两个人必定是程婴和赵武，不然什么人会在这样的地方居住？我走下了山沟，蹚过了溪水，沿着一条弯曲的山路向上走去。这条小路一定是他们踩踏出来的，他们需要来溪水旁取水。我已经从这小路上看见了新的脚印，也许这是他们刚刚留下的。这十几年来，他们是怎样生活的？程婴真是一个非凡的志士啊。他将一个婴儿培育为一个成人，这将要付出多么巨大的心力？

我的身体在渐渐上升，一点点接近生活的真相。当我的头在山坡上露出的时候，我的目光看见了他们。一个老人和一个少年，他们衣衫褴褛，手中拿着木棍，敏捷地跳跃，挪动着双脚，这是程婴在教练剑法。两个人就像两只鹰在腾空盘旋，一会儿扑在了一起，一会儿又分离开来。他们的身上好像有着一对黑色的翅翼，山风将他们身上的衣缕不断掀起，手中的木棍不停地交织在一起，发出了沉闷的碰撞声。

终于，他们停了下来，坐在屋前的石头上低语，交流着练习的心得和秘诀。我听不清他们在说什么，但我从他们的样子可以推测他们所说的话。休息了一会儿，他们就站了起来，开始教习箭法。他们举起自制的弓箭，又在大树上的一些细小的树叶上涂上了黑点。这些树叶萌发不久，还没有长成真正的叶片。然后他们拉开了弓。程婴先试射了一支箭，箭将那片树叶击落了。然后他接着拉开了弓，他将自己

古灵魂

手上的三支箭搭在了弓上，然后嗖嗖嗖连发三箭，一支箭追着另一支箭，将树上的三片树叶击落了。

赵武也举起了弓箭，也连发三箭，树上的叶子掉落了很多。然后他们跑到了树下，寻找落叶中那些涂了斑点的。他们之间似乎没有多少语言，只见程婴会心一笑，点了点头。赵武放下了弓箭，他的胳膊是那么粗壮，肌肉绷紧，就像许多大蟒盘绕，可以看出他有着不凡的巨力。我大声喝彩，他们都回过头来。

程婴有点儿发呆地看了半天，才认出了我。他的泪水一下子奔涌而出，顺着他满脸的皱纹，弯弯曲曲地流淌。他的鼻翼扇动了几下，嘴角在抖动，可是什么都没有说出。我说，我们可以回去了。我说得很轻很轻，我却看见他浑身颤抖。我抬起头来，看见远处的山峦已经绿了，无数的树木就像无数的士卒，正在从山谷向着高处奔腾。一座座山并不是静止的，而是在不断的奔腾之中，山顶的飞云也随着这群山在奔腾。

程婴的确已经变得十分苍老，他的脸上已经是沟壑纵横。然而这沟壑中似乎藏着充实的活力，这沟壑中收集了十几年的艰辛时光，汇聚了悲痛的溪水，奔涌着愤怒的喷泉，燃烧着岁月的火焰，留下了发黑的、却拥有内在光辉的灰烬。他将自己的孩子替换了这个孩子，将自己的孩子的形象收藏到了这个孩子的形象里，又将自己的血泪注入了这个幼小的灵魂。他和这个孩子一起，随着飞云和群山在时间里奔腾，又在奔腾里煎熬和等待。

而赵朔的儿子一天天长大，他的血脉里流淌着残酷的血泪。他的生活一开始就是苦涩的，他们就在这没有人烟的地方生活，孤独、悲愤、寂寞的等待，灌注到了每一个单调的脚印，从山下走到了山上，又在山上的云雾中被遮没。太阳从自己的肩膀上升起，月亮从黑暗里升起，漫天的星斗描绘着深不可测的未来，他们一直等待着时光的尽头，却看不见这时光的尽头。现在赵武已经长大了，他是那么壮实，就像年轻的野兽，从暗夜走来，又在山上的密林间游荡。

　　他不知道自己与先祖的联系，但却知道因为这联系而有了自己，也拥有了这样独特的命运。也因为与先祖的分离才保留了自己。他来到这里，就是为了保留自己。他的身上有着先祖的血脉，也有着先祖的使命。他在这样的孤苦之中，寻找着曾经失去的东西。可是他又怎能知道未来将怎样安排？他的眼里看见的只有这山林的四季变化，看见树木在春天发芽，又在秋天落尽树叶。看见山岚从山间升起，弥漫于整个世界，又在阳光中消散。他仅仅从程婴的口中得知自己的来历，也知道这来历的意义，但从前的一切，并不在他的记忆里。没有记忆不等于没有从前。从前就在他的身形里，在他的眼神里，在他的步态里，在他的骨头里，他的每一步都携带着从前。

卷四百五十

赵武

　　我没有见过父亲，也没有见过母亲。我的记忆中只有一个人，就是眼前的这个人。这个人是谁？我不知道。但对我来说，他并不陌生，他就是我能看见的唯一的亲人。除了他，我很少见过外面的人。当然我也不知道自己究竟是谁。这个人从来不会笑，但经常会在夜晚哭泣，我醒来之后问他，你为什么哭？他说做了一个噩梦，一个可怕的噩梦，一个让他伤心的噩梦。他说总会有一个人走入他的梦，可他不告诉我那个人是谁。

　　我很小的时候就跟随他到山上砍柴，他教我怎样寻找适宜烧火的干柴。在秋天的时候，我们背着自己编织的背篓，将落叶收集起来，整齐地堆放在屋前，用来点燃炉灶。我们在春天的时候开辟田地，将谷种播撒到其中，等着禾苗长高的时候拔除田间的野草。到了秋天就收割，将谷子收藏到屋子里。我们还自己制作弓箭，到山林里狩猎。他教我辨认野兽的踪迹，也分辨各种野兽的叫声，教我怎样捕捉不同的野兽，以及告诉我野兽不同的习性。

　　他还教我剑术，他的剑术是精妙的，当他刺向我的时候，我几乎看不见他的剑从哪个方向过来，不过我们的手里并没有真正的剑，只有树枝和木棍。但我仍然可以从他手中的树枝上看见闪烁的剑光。他将一根木棍拿在手里，挥舞起来的时候，就像手里什么都没有，只看见他的影子在后面腾跃，好像飞翔的猛禽。他也教我怎样射箭，怎样专注于前面的目标，怎样在一瞬间捕捉跳跃中的猎物，将弓上的箭发出去。

在我看来这个人无所不会，无所不能。我们一起去泉边听泉，并辨别各种细微的声息，即使是一只飞虫从旁边飞过，都要听得见。他还给我讲述各种争战的故事，以及上古传下来的神奇的兵法。他说，我们没有战车，但要学会驾驭战车，还要让每一匹战马都听从你的命令，也要让它们和你的心相通，你只要将缰绳轻轻一抖，它就能领会你的旨意。他还说，人与马匹之间，就像人与神灵之间一样，要学会倾听和领悟。

可是我学这么多事情要做什么？我在这茫然中练习，他不断给我演示。一次，我忍不住对他说，你教我的乃是人间的事情，我们在这荒无人烟的深山里，学这些有什么用呢？他沉默了，就像一块石头一样站立在一棵树下。不知过了多长时间，他开口说话——他说，我该告诉你一件事，一件重要的事情。我要告诉你你是谁，也要告诉你我是谁。我不是你的父亲，你的父亲已经死了。我是你的父亲的仆人，也是你的仆人。我服侍你乃是服侍我的主人。我从你的身上看见了我曾经服侍的主人，也看见了我身上的光。

他说着，开始抽泣，开始流泪，就像我在夜里经常听到的哭泣。我又问，你在梦中见到的是谁？他给我描绘了这个人的样子，以及他

古灵魂

的每一个动作。我说，这不就是我么？我不仅在白昼让你操心，还在夜晚的睡眠里不让你安宁。他说，我梦中看见的好像是你，也好像是你的父亲。你们在我的梦中是分不开的，你们原本应该是一个人。可是他已经被杀掉了，你却留下了，我将你带到这深山老林，就是为了让你知道自己。

我说，我不需要知道一切，我也不想在你的梦中，因为那会让你痛苦。我不想做任何让你痛苦的事情。我在你的身边是快乐的，可是我的快乐却加重了你的痛苦。所以我不想知道从前的事情，从前的事情有什么意义呢？我们乃是生活在现在，而不是过去。可是现在我是多么满足，和你在一起，我所要的一切都有，我唯一不想要的，就是你的痛苦。

他突然愤怒了，我从来没有见过他的愤怒。我只是见过他的悲伤，却没有见过他的愤怒。他脸上的皱纹顿时扭曲为一条条凌乱的沟壑，他的愤怒顺着这沟壑上升和下降，飞跃和盘旋，我感到就连这愤怒都是充满了痛苦的，因为他的一切已经被痛苦所浸泡。他说，你不属于现在，你所做的一切都是为了逃脱现在。我们都是被现在所囚禁，我们为什么要安于被囚禁的日子？我乃是因为曾经发生的事情，才带着你离开了从前，但是我乃是为了你的将来，我所做的都是为了你的将来。你的将来也不是属于你的，而是属于那么多死去的人，里面有你的父亲，所以我不能将你和你的父亲分开，你的形象里有你父亲的形象。你属于复仇，你属于赵家宗庙的香火，你属于你的不曾见过的先祖，你不属于你。

——神灵护佑你，先祖护佑你，你的父亲护佑你，都是为了一个长远的繁衍，长远的谋划。一个人的生命是短暂的，他转瞬即逝，就像我们在这山间所看见的树上的叶子，但因为大树的原由，叶子会凋零也会再次滋生。你就是这树上的叶子，你乃是因为大树而来，也为了大树而去，你不属于自己，却属于这大树，是大树的一部分。你是我的主人，但大树是你的主人。这就是我将你引领到这里的原因。

　　我第一次看见他的愤怒，也第一次听到他愤怒的言语。他用这样的语言告诉我我是谁，也告诉我他是谁。这不是一个简单的问题，也不是一个单独的生命就可以说明的问题。因为没有单独的生命。每一个人都是追寻往事的结果，都是往事的叶子。这叶子只是在树上才是叶子，离开了大树，叶子就会沦为烧火的柴草，就会默默地腐烂，成为泥土的一部分。我以为自己只是属于自己，可是我知道了我的身世，就知道了我的从前。尽管这从前不在我的记忆中，但它仍然在我的血脉里。我的心，我的身形，都是往事的化身，除了往事我还有什么呢？因为我就是往事，就是往事的绵延，就是活着的往事。

　　往事乃是带着血的往事，所以我的身上、我的心上都浸满了血。我乃是用血和起来的泥巴，我的身形乃是被这血的往事所捏制。所以我成为这个样子，也必定成为这个样子，不然我又怎么认出自己是谁？我的面孔上有着我的父亲的面孔，所以我一次次进入这个人的梦中。这个人说他是我的仆人，可在我的心中，他就是我的父亲。一个父亲就是他的儿子的仆人，因为他所做的一切都是为了他的儿子，可是我难道不是我死去的父亲的仆人么？难道不是我眼前的这个人的仆人么？若是没有他们，就不会有我，不会有我的现在，我也不会明白生活的意义。

—— 264 ——

我原以为在这深山里将度过一生，但终于知道这深山仅仅是藏身之地，仅仅是为了走出深山的踏脚石，仅仅是为了渡河而建造的渡船。我终于知道了，我不是为了在这里，而是暂时在这里停留。我原本就在别处，现在我所在的地方，乃是别处的栖息地。那一夜，我没有睡着，我辗转反侧，内心充满了对未来的恐惧。我现在是多么安心，我的日子是多么富有，可是未来又在哪里呢？它就像星辰那么遥远，我的手触摸不到它。

有一天，我正在和我的养父练习箭法，突然听到一个陌生人的喝彩。他衣冠楚楚，显然是来自高贵的家族。他打破了我的宁静，将我的日子推到了另一个地方。我知道这个人叫作韩厥，是晋国的卿大夫，也曾是赵氏的家臣，我的父亲在临死前曾将我托付给他，我却从来没有见过这个人。现在这个人出现了，他说，晋国的国君已经悔悟，已经知道我还活着，他要将我接回去。

是啊，我从来就不属于自己，我跟着别人来到了这里，又要跟着另一个人回去。我已经熟悉了这个地方，可我要跟着一个陌生人到一个陌生的地方去。在我还没有记忆的时候来到这里，现在却要回到我不曾记得的地方。可他们告诉我，我应该回到那里，而不是留在这里。那里究竟有什么呢？他们说，那里有我的根，有我的仇恨，有我的悲伤，也有我的希望。那么我将抛弃这里，抛弃这里的山林，抛弃这里的农舍，抛弃这里自由自在的、白云般充满了生气和活力的日子。

我已经爱上这片山林了，我喜欢在冬天的雪地里打滚，喜欢将屋前的厚雪铲开，喜欢在一觉醒来发现屋外已经是大雪纷飞，已经是漫山遍野的雪白。我也喜欢在雪地上寻找野兽的踪迹，在这样的踪迹上踏上我的脚印。我也喜欢在春天的荒凉里挖取苦菜的根须，并在凛冽的泉水里洗净，这样的苦菜十分新鲜可口。夏天的时候我坐在树下，想着自己的心事，常常陷入冥想，并在这冥想里感到迷茫。但这样的迷茫乃是快乐的迷茫。我天还没亮起来的时候就开始练习舞剑，我手里的木棍就是我的剑，它在天地之间回旋，扫落寂寥的晨星。

　　我是多么喜欢这个地方啊，这是我从小长大的地方。我已经熟悉这里的每一道沟坎，每一块石头，每一棵树，当然还有我亲手栽植的几棵树，它们已经长大了。它们比我长得更快，也长得更高。我很喜欢它们秋天的样子，满树都是金黄的叶子，还夹杂着一些红色的叶片，它们的色彩让人感到一种充满了魅惑的忧伤。可是我就要告别这些熟悉的事物了，告别我的成长地，告别我的欢欣和梦幻般的过去。因为我要将自己和我所不知道的过去，更遥远的过去，联系在一起。

卷四百五十一

晋景公

　　赵武真的来到了我的身边，我看着这个人，这个充满了英气的少年，从他的眼神里看出了他父亲的影子。是的，赵朔就是这样的眼神，就在这眼神一闪之间，我忽然觉得赵朔站在了我的面前。我感到了一阵惊骇。我对他说，当初都是我的过错，我不知道屠岸贾策动了下宫之役，他假传我的命令，不然怎么会有那样的结果呢？好在你活下来了，赵氏宗族将因为你而重新兴盛。现在你先藏在我的宫中，我让群臣一一和你见面。人们都以为你死了，可你仍然活着，这会让他们惊愕。

　　好了，一切都过去了，过去的归于过去，现在的归于现在。也许因为赵武归来的缘故，我的梦中，那个鸟面人消失了，他竟然无影无踪了。看来韩厥说得对，我只要将赵氏的后嗣重新扶立，让赵氏的宗庙有了香火，那么我就会好起来，一切都会好起来。这几天我的身体似乎也好多了，我不再因为噩梦而烦恼，我的胳膊上的红印也消散了。我甚至觉得，我的目光也变得明亮，我照着镜子，看见脸上的晦暗正在散开，只是我的头发和胡须都白了，就像这些日子被蒙上了飞雪。

我觉得好冷啊，从病榻上坐起来，看着眼前的一切，好像仍然被黑暗笼罩，我渴望到外面去，渴望看见大的光亮，可是我的身上仍然缺乏力气，冷汗从头上流了下来。为什么我会这样虚弱？我曾经是那么强壮，可现在的我，已经不是过去的我了。人都要老的，可是我老得太快了。大臣们不断前来探望和问候，我就将赵武叫出来，他们都感到惊奇。他们没有想到，赵氏的树上还留着最后的果子。

是啊，他们所惊奇的也是我所惊奇的，这乃是上天的安排，我又怎能违背这上天的意旨呢？我已经这样虚弱了，我对这样的安排只有顺应，要么我将变得更其虚弱。我感到神灵就在我的头顶上，他一直看着我。差不多所有的大臣都说着同样的话，他们说，我们知道是屠岸贾背叛了国君，他假借国君的命令发动了变乱，灭掉了赵氏宗族，这都是为了他的私仇才这样做。我们本想早一点打问赵氏孤儿的下落，将他请回来，可是国君却身患重病，我们只有将这样的计划搁置。现在国君的意愿乃是我们的意愿。

于是我命人围住了屠岸贾的家宅，让程婴和赵武领兵攻打。屠岸贾的家宅很快就被攻破了，程婴和赵武也诛杀了屠岸贾的宗族。报仇的已经报了，他们在杀戮中获得快意。这是彼此之间的杀戮，我只是这杀戮的观赏者。我已经看见了，人间的事情就是彼此杀戮，没有杀戮就没有仇恨，没有仇恨也不会有杀戮。这是残酷的循环，这是天意中的残忍。天上的神灵是嗜血的，神灵乃是通过杀戮来重新安排一切，我不过是借助了这样的天意而已。

我又将原本属于赵氏的封地赐给了赵武。说来十分神奇，我不仅

古灵魂

不再有噩梦缠绕，身体也渐渐好起来了。虽然仍然感到虚弱，但可以走下病榻，到外面观赏风光了。我来到了郊外，现在的草地上已经开花，夏雨在昨夜飘洒，地上湿润的泥土将我的脚迹印在了路上。我不用别人来搀扶，自己拄着长杖在布满了雨滴的草地上徘徊。太阳又一次升起，这是新的一天的开始。云朵在高高的天上悬挂，而阳光从这云朵的旁边射下来，无论是远近的树木，还是无数的野花，都绽放着光芒。

我觉得浑身清爽，大口大口地呼吸着空气，我的身体已经被这清新的空气灌满。多少日子过去了，我从来没有像今天这样愉快。我毕生所做的每一件事，就像树影一样从眼前掠过，它们飞翔着，有着各自不同的面目。我只看见了各种残酷的争斗，看见了各种虚无的结果。在这样的争斗中，一个争斗者得不到的，另一个争斗者也不会得到。上天似乎将一块肉放到了祭坛上，谁都想得到那块肉，可它最终仍然在原先的地方。而争斗者不仅没有获得什么，而且因为那诱惑使得自己也成为祭坛上的肉。

我既是这争斗者中的一个，也是置身事外的观赏者。我争斗，是因为我需要从争斗中获得乐趣和利益；我观赏，是因为我同样喜欢从别人的争斗中看见我自己的争斗。现在我已经看够了一切，也看够了争斗。我在病榻上忘掉了别人，却感受到自己的珍贵。我害怕那个梦，那个梦从争斗者的暗穴出动，来到了我的梦中，也要将我拉入那样的暗穴。不，我感到了恐惧，于是我心中的自己觉醒了。我乃是在无端的梦中觉醒，而一个令人恐惧的噩梦却是一个人觉醒的开始。

在所有的争斗中，我始终占有优势。因为我一开始就站在高处，而更多的人都在低洼里。我看着他们在污泥中挣扎，看见他们在污泥中争斗，我只是站在高处向他们发出嘲笑。他们听不见我的嘲笑，因为他们每一个人都忙于争斗。当我的梦中出现了鸟面人之后，我就感到还有更高者也在嘲笑我。争斗和虚无，嘲笑和又一次嘲笑，这就是人间的生活？那个鸟面人的出现，难道就是赵氏先祖的幽灵前来扰乱我的生活？或是更高者深入到了我的梦中，戴着鸟面来提醒我？还是上天用这样的方式说明它的旨意？

总之我的确获得了一个清爽的日子。我拖曳着自己的黑影，从草地上穿过。在这里，我忘掉了从前，也忘掉了争斗的理由，忘掉了我的嘲笑，也忘掉了更高者的嘲笑。真正的快乐乃是真正的遗忘。没有遗忘又怎能获得快乐？遗忘既是快乐的理由，也是快乐的源泉。我遗忘了从前的噩梦，遗忘了曾经的杀戮，也遗忘了争斗者的血。我的眼前只有无数的野草和鲜花，只有树木的影子和我自己的影子。我从这影子里可以看见我的身形，也可以看见那黑暗轮廓中的每一个细节，我为发现了自己而惊喜。

现在我将赵氏的封地归还给了赵武，我也将从前的血洗净了，所以我的面前才会有这么明亮的光。我从前是为了剥夺，现在却为了恩赐。剥夺和恩赐并没有界限，因为没有剥夺就没有恩赐。剥夺会引发仇恨，但恩赐却引发回报，它们都会令我愉悦。我就为了这样的愉悦而做我所做的，不然一个国君要在他的宝座上做什么呢？若是没有愉悦，我的日子岂不是枯燥乏味？我看见从前的仇恨已经从赵武的脸上消逝，代之以感恩者的欣喜。他年轻的表情里洒满了阳光，就像种子在春天萌芽和开花。

古灵魂

卷四百五十二

赵武

　　我回到了自己的国家，我的父亲和先祖们都曾为这个国家效力，我是因为我的父亲和先祖而归来，我回到了我应该回到的地方。我曾以为要在深山里一直生活下去，可现在我的生活却发生了转折。我的秘密不在别处，就在我的身形里，在我的灵魂里，在我的父亲和先祖的灵魂里。我就带着这样的秘密在深山里和我的师傅程婴一起过日子，可现在我的秘密从深山挖取出来，放到了阳光里。

　　国君将我赵氏的封地归还了我，这原本就是属于我的。我真正回到了自己的土地上，我掬起了一抔土，跪在地上痛哭失声。泪水将我手中的土变为了泥，这泥土里有着秘密的种子，有着我的身体里原先家族包含的无限痛苦。我的父亲和先祖已经死在这泥土里，我手里的泥土里有着他们的一切。我已经为他们复仇，也将宗庙里的香火重新燃起。他们的形象就在这泥土里，就在那香烟里，就在我的每一个脚印里。我从任何一个角度、任何一个地方都可以看见他们，所以我痛哭失声。

　　我曾在深山里快乐地生活，从来没有这样痛苦，这乃是来自我的泥土的痛苦，是我的父亲和先祖们的痛苦，他们将这痛苦给了我。昨天我在宗庙举行了弱冠礼，我已经真正成为一个人，一个戴着冠冕的人，一个恢复了爵位的赵氏后人。那么我将背负着从前，背负着痛苦，走向属于我、也属于我的父亲和先祖的地方。那是什么样的将来？我不知道，也无须知道，我只要知道自己的现在就已经足够了。我举起镜子，面对着镜子里的这个陌生人，是的，我就是这个陌生人。我要和这个陌生人一起，走向陌生的地方。

我已经认不出自己，但我知道我所认不出的这个人，就是我自己。我有了新的自己，从前的自己已经诀别。可是我的师傅程婴却要离开我了。他向朝堂上的大夫们辞行，他说，我应该离开了，我的使命已经完成。为了报答赵氏对我的恩情，我答应将赵武抚养成人，并将他扶立为赵氏的继承者。现在赵氏宗族灭族的血仇，已经还给了屠岸贾，他曾经给别人的又给了自己。行恶者必然要得到报应。赵武已经长大了，也恢复了赵氏的爵位，我就要到黄土之下与赵盾和公孙杵臼相会去了，我已经没有什么牵挂了。

朝堂上许多人都哭了，国君也劝他留下，说，你是真正的义士，我从你的身上看见了赵盾的魅力，赵氏家族之所以能够长盛不衰，就是因为他们能认识有德行的人。你和公孙杵臼能够舍去自己的性命为赵氏扶立后嗣，也说明了赵氏先祖积累的功德太大了。我需要你这样的义士，晋国需要你这样的人才，你还是留在我的身边吧。你所做的，所有的人都看见了，你的诺言也已经兑现，我们需要你这样的人来留住人世间的光辉。

程婴说，我的光辉不在我的身上，而在地下的黑暗里。我已经不留恋光，因为我在光亮里待得太久了。我要追随赵盾和公孙杵臼而去，他们也许等得不耐烦了。那里的黑暗不是漆黑，而是炫目的暗，它比光更亮，更值得追寻。在人世间，我该做的事情都已经做完了，我留下来已经没什么可做的了。赵武已经长大，他也不需要我了。我身上的本领也都已经教给了他，若是我还活着，我就成为别人的牵累，就成为他后面的暗影。我不希望他拖着这个暗影，我希望他拥有完全的光明。这样的光明，我已经隐约看见了，若是我到了黑暗里，我会看得更清楚。

我说，你不能走，我也不愿意看着你这样走，因为我从记事开始，你就在我的身边，我离不开你。我的父亲只给了我身形，给了我血脉，而你给了我一切。若是没有你，我早就不在人世了，或者已经被野兽吃掉了。现在我活下来了，成为一个人，成为赵家的继承者，这都是你的功劳。我怎么能让你走呢？我开始痛苦，我的泪水滂沱而下，我声音哽咽，说不下去了。我上前拉住了他的衣襟，我说，你不能走，我不让你走，从前你伴随我，以后你仍然伴随我，不然我不知道自己该怎样走路了。

他说，我也舍不得你，但我必须要离开你了。当初公孙杵臼选择了死，我们已经有了约定，等事情成了之后，我就会随他而去。我对生者没有背弃约定，又怎能背弃与死者的约定？现在是我离开的最好机会，因为一切都按照上天的意旨施行。国君的病好了，晋国已经安定，赵氏家族的功勋也得以彰显，那么我还要留恋什么呢？我舍不得你，是因为你一直在我的身边长大，但我怎能继续留在你的身边？你前面的路已经开通，你的步履也已经稳定，以后你不会摇摇晃晃了，我已经搬开了你前面的石头。我还要留恋什么呢？

韩厥说，我们都答应过赵朔，要将他的儿子保护好，让他能够留下赵氏的香火。现在他也可以在九泉之下瞑目了。这是多么好的事情，赵武已经是一个成人了，赵氏的爵位也已恢复，你却还要离去，这是为什么呢？我想，无论是赵朔、他的父亲赵盾，还是死去的公孙杵臼，一定不愿意你现在就和他们相会。每一个人都是要死的，都要最终到黑暗里去，你为什么要现在就走呢？你既然能够等待十几年，为什么不能多等一些日子呢？你既然有足够的耐心抚养赵武长大，为什么不能再添一些耐心等到自己的最后一天？

程婴说，不，我不等了，也不愿意再等下去了，最后的结局都是一样。既然已经看见了结局，为什么我不能自己决定这样的结局？我的所有的事情都是自己选择，所以我才心安理得地活在人世。我从小练习各种本领，我知道我是有用的。赵盾厚待我，赵朔也厚待我，我心安理得地接受了，我知道自己终会有用的。我既然选择了服侍赵氏家族，我就知道自己选择了怎样的路，也知道自己选择了怎样的结局。那我还有什么遗憾的呢？又有什么舍不得的呢？

——我的孩子没有了，但我从赵武的身上看见了我的孩子，那么我要有的也都有了，我还有什么要留恋呢？我从抱着赵武离开的时候，就已经死了。我从来不是贪生怕死，因为我已经死了，一个死了的人害怕死么？我所做的一切都是为了给自己选择一个日子，一个好日子，现在这个日子来了，我又为什么要逃避这个日子？我的一切都是为了这个日子，那么我又为什么要逃避呢？我知道，赵盾和公孙杵臼也在等这个日子，好了，我就要和这个日子一起奔赴黑暗了，这个

古灵魂

日子只有到了黑暗里才有炫目的光辉。

然后他转向我说，你离开我，并不是失去，而是获得你应有的。我看见从前的你，也看见现在的你，当然我也看见了将来的你。你没有变，因为你生下来就是这个样子，变化的只是外表。我的眼里所有的你都是现在的你，我能从现在的你的样貌里看见从前、现在和将来。所以，我看见的，以后就不需要再看见，一切已经铭刻在我的心上。你从来就在我的心上，从我抱起你的那一刻起，你就没有离开我的怀抱，没有离开我的心。我的手从来没有松开，我生怕把你掉在地上。

——现在我就要松开手了，但你仍然没有离开我的心。我会给你一件礼物，一个我的记号，让你看见它的时候，就会看见我，它证明我一直还在你的身边。这就是我身上的剑。这柄剑是你父亲赠给我的，它有我的全部生命的秘密。我的生命在铸剑者铸剑的时候，已经被铸造在里面了，直到你的父亲赠送给我之后，我就知道我就是它，我在它的里面，我的灵魂在它的里面。我的一切都在它的里面。

——这柄剑我从来没有用过，它一直被我珍藏，我决心只用一次，用于我生命的结束。然后我将这剑传给你。实际上，我早已将它的所有秘密都传授给了你。当我们在山间习剑的时候，你的手里虽然拿着一根木棍，但实际上你所拿着的就是这柄剑。只是你不知道自己手里拿着什么。木棍只是外表，它乃是这剑的幻化，所以你所持的木棍也是沉重的，它有着剑的分量。它似乎没有这剑的锋芒，没有这剑的光泽，可这也仅仅是一柄剑将自己的光芒和光泽收敛到了内部，让你看不见。

——这剑里不仅有我的秘密，也有你的秘密，还有这剑本身的秘密。你只要看见它的外形，就可以看见它的神奇。它不是铜，也不是木棍，更不是它所显示的锋利的刃。它埋藏着仇恨、邪恶、诅咒、荆棘、激情和爱，它们似乎充满了矛盾，但却混合在了一起，牢牢地凝聚在了一起，成为一个完美的形象。它是畸形的珍珠、扭曲的错觉、怪诞的幻象，它拥有进击的力量，也拥有厌世的爱，它奇诡地分裂，又神奇地铸就自己。它不仅将自己铸造为这个样子，也将人世间的万事万物铸造为它们的样子。它是物，也是人，它是形，也是灵魂，它不仅在人的手上，也在人的心中。它承担着无限的罪，也承担着无限的爱。

他说完之后，甩开了我的手，从容地走出了国君的殿堂。这时所有的人都明白，没有什么人能够阻拦他。他的步伐是那么有力，他的脚步那么响亮，一直走出了殿门，我仍然能听见他的脚步在回响，我站立的地面仍然在震颤。他的背影很快就从我的眼中消逝，但他的背影的背影却仍然在我的眼前晃动。他不是从我的跟前走出去的，而是像一个飞舞的神，衣袍飘动，边走边拔出了身上的剑，凌空一跃，一道红光闪耀，然后我就看不见他了。

晋景公

我感到自己的身体越来越好了。已经好多日子没有做梦了，这竟然让我有一点失落。尽管我害怕噩梦，但我的睡眠竟然完全空了，每日起来我都在回忆夜里的梦，但我一个也记不起来了，也许我再也不会做梦了？可若是没有梦，我又从哪里得到上天的启示？

自从程婴自杀之后，我在夜里总是睡得不踏实，我想着他挥舞剑的样子，他竟然就这样杀掉了自己。我真敬服这样的人，即使是死，也是那么完美。可是我对死却充满了恐惧，我不愿意死，因为我活着乃是快乐的，我不愿意失去这快乐。我也不敢想象死的世界是一个怎样的世界，一想到死者被重重的土所覆盖，他的肉渐渐腐烂，最后只剩下了一堆白骨，那是多么令人恐惧。在那里除了黑暗还是黑暗，什么都感受不到，什么也看不见，既没有快乐也没有痛苦，甚至连一个噩梦都没有，那是多么令人恐惧。

所以，我从前是因为噩梦而恐惧，现在又因为失去了梦而恐惧。我就被这恐惧所折磨，短暂的快乐也很快消失了。我竟然又病倒了。我又觉得浑身软弱，站立不稳，甚至迈不开步子了。我多么希望自己也像程婴一样，面对一切而毫不畏惧，可是我做不到。我虽然是一国之君，拥有一个庞大的国家，但若失去了自己，我的拥有也变得没有了。我乃是为了这拥有而活着，我不能让自己面对一个黑暗的无。

昨天夜里，我在朦胧中睡去，做了一个噩梦。我梦见一个人从麦田里拔了一把麦子，他转过脸来的时候，我吓坏了。这张脸太可怕了，一道刀疤倾斜着贯通整张脸，好像那张脸完全是拼接起来的，更可怕的是，他没有嘴，也没有鼻子，只有两只眼看着我。我扭头就跑，但我发现自己的腿脚在飞快地摆动，却怎么也跑不了，我感到背后有一只手伸了过来，抓住了我的衣襟……这时我醒了过来。

我的双眼直直地盯着深深的夜，盯着这没有光亮的黑暗，很久都没有从惊恐中缓过来。我能听见自己怦怦怦的心跳，也听见自己大口大口地喘气。当仆人点亮了灯的时候，我竟然睁不开眼，亮光比黑暗还要刺眼。我让灯光移开，我的眼帘上的光亮变得微小，寝宫里的一切变得清晰了，可那张脸和他手中攥着的麦子仍在我的面前摇晃。这是怎样的噩梦啊，不，不是噩梦，不是从前的噩梦，而是恶梦，一个真正的恶梦……噩梦可以化解，但恶梦却不给你化解的机会……它从我的梦中把我推醒，不，在我的梦中抓住了我，我只有在醒来的时候才能挣脱。

我终于熬到了天亮，光线从狭窄的窗户射进来，柔和而温馨。可是夜间的恶梦仍然缠绕着我，我的身上就像盘了一条毒蛇，我既感到恐怖又感到被它的力量束缚。我召来了桑田巫，将我的梦告诉了他。他有着进入别人梦境的本领，所以他能够知道每一个梦的含义。他坐在那里，闭上了眼睛，他说，我要将你的梦重复做一遍，这样我就可

古灵魂

以问那个梦中人的来历以及他的来意。

一会儿，他睁开了眼，对我说，梦中的人是蚩尤的大将，他被黄帝迎面砍了一刀，头被劈为两半，所以他的脸就成了这个模样。他来到你的梦中，拔掉了你的新麦，就是说，你已经吃不上新麦了。我勃然大怒，我说，我要将你囚禁起来，若是我能够吃上新麦，那么我就杀掉你。桑田巫说，我只是将梦中的含义与你说了，无论你愿意不愿意听我的话，都不能改变梦的意义。

我仍然十分愤怒，我说，我就要等着你的话不能应验，我要用剑把你所说的话刺穿。他说，我说的都是真的，因为我的确从你的梦里看见了这梦的意义。我的真话不仅可以抵御锋利的剑，也可以经得起烈火的烧炼。我让人将他捆绑起来，带到黑暗的牢房，让他在那里不断做我的梦，让他不断从惊吓中醒来。我先让我的恶梦惩罚他，然后用我的剑杀掉他——这是最后的惩罚。他要知道，他所说的话乃是要流血的。

过了几天，我的病情越来越重了，我只能躺在榻上，连起身的力气也没有了。我就派人前往秦国求助，我听说秦国的医缓有着起死回生的高超医术，也许他可以治好我的病。我盼望着医缓很快到来。我计算着，他应该在路上了。我又在朦胧中睡着了，而在这一次，两个顽童出现在了我的身旁，一个小孩说，听说医缓就要来了，那个人可十分厉害，他会不会伤害我？要么我们都逃跑吧？另一个小孩说，我在肓之上，你在膏之下，医缓即使来了也无用，我们还是放心在这里玩耍吧。

醒来之后，医缓果然来到了我的面前。这个人一看就相貌非凡，他的脸上有一股温馨之气，让我的浑身感到舒适。他仔细看了我的脸色，让我伸出了舌头，又摸了摸我的脉象。他的手是温暖的，我能够感受到他的手指上的热力。过了一会儿，他还是摇了摇头，说，国君的病已经进入了膏肓，我已经没有能力医治了。这时我忽然想起了我所做的梦，两个顽童就是我的病，他们在我的膏肓之间作祟，我怎么能驱除这两个顽灵呢？

古灵魂

卷四百五十四

宦官

　　我听说国君不断做各种各样的噩梦，这噩梦已经住在了他的灵魂里。我从来没有噩梦，只有一个个好梦伴随着我。可是也有很多迷梦，我没有理解它的含义。但这并不重要，每一个日子都不需要梦的指引，因为我所做的事情都来自别人的命令。我乃是照着命令行事的，这些事情从来不会出现在梦中，我的梦与我的生活无关。

　　可是国君的梦和我的梦不一样，他的每一样事情都需要自己做出决定，所以一个梦就可能改变一个决定，一个人，或者一个国家，都将因为这个梦而改变命运。可是他因为一个又一个梦而病倒了，他想摆脱这些可怕的梦，却在这梦中越陷越深。就像车轮陷在了泥坑里，越是想脱离泥坑，就会陷得越深。

　　我是服侍国君的宦官，我每日都想着国君的病况。我希望国君能够一点点好起来，这样我的心情就会更好。现在想起来，国君对我还是很好的，他从来没有用鞭子抽打过我，有时会骂我，但我知道他骂我的时候一定心情不好。一个人心情不好就想骂人，不骂我还能骂谁呢？我也会有这样的时候，不过我没有骂人的权利，只有将自己装作没什么事情的样子，谦卑地对待我身边的每一个人。

一个梦既可以让人兴旺，也会让人毁灭。我曾听说过很多做梦的故事，一个人因为做了一个好梦，很快就会发生好事情，他的命运就会因此而发生转折，就像在密林里迷路的人，一下子看见了开阔的路，这让他的内心充溢了喜悦。而一些倒霉的人就不一样了，他因为做了一个不祥的梦，很快就遇到了烦恼，甚至引来了杀身之祸。我甚至怀疑，每一个人生来不是为了与人世间的事情的相遇，而是与自己的梦的相遇。每一次与梦的相遇都会带来不同的结果。那么我始终不知道我们为什么要做梦？梦究竟是什么？它究竟是怎样进入我们的身体？又是怎样改变我们的生活？

梦真是一个解不开的谜团，我们不知道它藏在哪里，也不知道它什么时候会出现。它究竟是被谁主宰着，它本来的面目是什么样子？我们看见的梦中的样子总是千奇百怪，可我相信它有着一个本真的面目，我们只能看见它的变化，却看不见它的真相。它有时候会变得很美，有时候又变得十分恐怖，它的变化乃是为了我们每一次相遇都不能认识它。它不是像人一样，用嘴巴说出自己的用意，而是用不同的形象说出自己的用意。可是，即使是这样，我们仍然很难猜测到它说的话。

更多的梦仅仅出现一会儿，它出现的本意就是为了让我们忘记它。那么，它即使不出现，我们还能记住它么？不，它出现了，我们知道它出现了，但却忘记了它，这样它就可以不断在我们的身体里获得快乐，而我们忘记它的时候也会感到快乐。它出现的时候，有时候会给我们讲述一个完整的故事，更多的时候，它仅仅给我们一些片

古灵魂

段，这乃是它懒惰的时候，那么它也会疲劳，它知道我们既盼望它，也畏惧它。

我有时候也会将我的梦告诉国君，国君会因为这梦的荒诞而开怀大笑，我也因此而感到得意。可是我现在的梦变得越来越没有新意，几乎没什么可说的了。我的职责就是让国君欢愉，可是国君已经卧病不起，他已经不可能快乐。他所关注的只有自己的病情，除此之外对什么都失去了兴趣。

夏天的日子越来越炎热，太阳从早上升起之后，它的热力就传遍了整个天空和地面。我甚至感到我的脚印里都在冒烟。据说，外面的田地里的麦子已经快黄了，接近收割的季节，农夫已经开始计划着怎样将新麦收入粮仓。他们每天观看天上的云朵，希望在这样的时候有更猛烈的暴晒，若是遇到了连阴雨，那么，麦子就要在雨涝中遭殃。

我没有可能到外面去，人们所说的景象我看不见。我只是从早上到夜晚在忙碌，在国君的宫殿里转来转去。我听说，国君曾做了一个梦，让桑田巫来占卜，桑田巫说，国君不能吃上新麦了。他因为这样的丧气话被囚禁了，也许他为自己的占卜而后悔。国君说，他一旦吃上新麦，那么桑田巫就将被杀掉。

我估计这个桑田巫就要死去，因为这几天国君的病情已经明显好转，他又可以出来走动了。尽管他的身体仍然十分虚弱，但毕竟已能够自己走路了。国君问我，你最近又做什么好梦了？我说，自从国君生病之后，我就没有做过一个梦。我整天思虑着国君的身体，盼望国君什么时候会痊愈，每一夜都睡不好，怎么会做梦呢？

实际上，我的确做过一个梦，只是我不敢告诉国君。就在昨天夜里，我梦见我背着国君在登天。国君是那么轻，那么轻，我几乎感受不到他的重量。他紧紧贴在我的背上，两手牢牢地抓紧我，却像一片羽毛一样轻。我背着他一步一步地向上走着，我先是踏着一个梯子，那个梯子很高很高，一直通往云端。我背负着国君，每一步都是那么轻松，几乎不用什么力气，就走上了云朵。

云朵的上面一片灿烂，无限的开阔、无限的光明，其中隐隐约约有一条大路。我就顺着这条路，小心翼翼地走着，生怕一脚踏空掉落到地上。我可以清晰地看见地上的人间景象——地上的房舍就像一个个小盒子，而忙碌的人们就像蚂蚁一样。世间的东西变得那么渺小，我看不出他们的生活究竟有什么意义。可在我前面的路上，没有一丝阴影，我也看不见自己的影子。我背上的国君也不说一句话，他只是随着我向着高处走，一种从未有过的快乐从我的脚底升起，就像烟缕一样上升，直到在我的全身弥漫。

这是一个怎样的梦？据说，一个好梦不能对别人说，一旦将自己的好梦说出去，这个梦也就破碎了。梦是脆弱的，只要稍不小心就会破碎。我一直守着这个梦，守着我的快乐的秘密。所以这几天我尽管比往常还要忙碌，浑身都感到疲惫，但我有着快乐的秘密，所以我一直是快乐的。我也不能将这件事告诉国君，也许他会因为我的快乐而愤怒。因为我的快乐不是他的快乐，我的快乐在我的背上，可是他在我的背上却是悲伤和绝望的。那么我背负着悲伤和绝望，却获得了快乐。这样的事情，我怎么能轻易说出呢？不，不，这个梦是这么令人愉快，我又怎能独享一个好梦呢？我听说，独享的好东西不是真正的好东西，它会在一个人的独享中变坏。我还是忍不住告诉了身边的人们。

国君想要破掉桑田巫的断言，他让人送来新麦。田地里的新麦还没有完全成熟，但他已经等不及了。人们从田里寻找成熟的麦子，送到了宫中。国君非常高兴，让人给囚禁中的桑田巫说，我现在就要吃到新麦了，你的头却要掉下来了，你是不是要重新占卜？看看你能不能活过明天？桑田巫说，梦中说的就是上天说的，上天所说的都是真的，我只是重复了上天所说的，为什么还要我说假话呢？

有人告诉我，我长得很像国君，可我却是国君的仆人，是一个宫中的宦官。我的样貌很像他，但我不是他。也许这就是我的悲哀，也是我的快乐所在。那些觉得我很像国君的人，也不敢说出他们的真实看法，那样可能会引起国君的愤怒——他怎么能够像他的仆人呢？他会感到这乃是一种侮辱。即使是人们悄悄地说，我也不喜欢这样的说法，这不是由于我相貌的僭越，而是我更习惯于我乃是我自己。

我不认为这是对我的赞美，那些赞美者只是习惯于赞美国君，才因赞美他而赞美我。他们原本不屑于赞美我，乃是由于他们的习惯而赞美我，从某种意义上说，这样的赞美是赞美他们的习惯。难道我要成为别人习惯的一部分么？我从来不愿意成为别人，甚至我不愿意成为国君——唉，我也不可能成为国君，我只是国君的一个仆人，一个宦官，我怎么能成为一个国君呢？

因为这样的原由，我甚至厌恶自己、憎恨自己，然而我又满足于这样的厌恶和憎恨。我知道我是独一无二的，而国君也是独一无二的。我的痛苦来自我自己，我的快乐也来自我自己，而国君的痛苦却属于国君。不然我在梦中为什么要背着国君登天呢？这天上的景象太

— 285 —

美好了，我不能独享这美好，我必须和国君一起享受这天上的美好，云朵飞过我的身旁的时候，也要飞过他的身旁。

可是另一件事情发生了，就在新麦做好的饭放到国君面前的时候，他突然觉得腹中发胀，就让人扶着去了茅厕，结果没有站稳，掉入了茅坑。我急忙赶到茅厕，跳入了茅坑，一股臭气冲入我的肺腑，我差点儿晕了过去。我从屎溺中捞起了国君，背着他回去，为他清洗了浑身的屎溺，但他已经死去了。这时众多的侍卫捉住了我，他们说，让这个人去殉葬，听说他做了一个梦，背着国君登天，现在他的梦可以应验了。

古灵魂

卷四百五十五

晋厉公

我的父君死了，他病重之后做了一个梦，让桑田巫来占卜，桑田巫说他吃不上新麦了，果然就在新麦放到他面前的时候，他竟然掉落到了茅坑里。看来，他所做的梦就是他的结局，一个梦就是上天的一个决定。这有什么办法呢？谁又能违拗天意？父君就因为这个荒唐的梦，将君位内禅给我，他已经知道自己来日无多了。更为奇异的是，宫中的一个宦官也做了一个梦，他梦见背着父君登天，结果就是这个人将父君从茅厕里背出来，父君就这样死了，那个人也被选为了殉葬者。

一个梦，两个梦，却都是现实的引导者。我们的生活本身是神奇的，因为它连通了每一个梦，并被每一个梦所决定。若是在梦中所见的都是真实，那么我们真正所见的乃是另一个梦？我似乎就是在这样的梦中即位，所以我的一切恍若一梦。我已经坐在了国君的宝座上，需要俯瞰所有的梦，并在这梦中独行。没有什么人和我有同样的梦，别人的梦却都在我的梦中，我的梦乃是众多的梦。

实际上，我已经很久没有做梦了，我只有在现实中寻找自己的梦。这些梦看起来是一些碎片,但我需要将之拼接在一起,让它变得完整。我不想继续征伐了,我想着如何与天下的诸侯和好。晋国和楚国一直在中原争夺,这让两国都十分疲惫,中原的诸侯也怨声不绝,所以我想弭兵停战。我的父君也曾这样想,可是他已经死了,剩下的事情由我来做。几年前,郑国俘获了楚国的大将郧公钟仪,献给了晋国,我的父君释放了他,并让他转达了与楚国修好之意。楚国很快就派遣公子辰来到晋国,但他来到这里的时候,我的父君已经死了。

也许一个人老了的时候就不愿意杀伐了,杀伐会带来噩梦,噩梦又会引来灾祸。所有的噩梦都与杀伐有关,即使是多少年前,或者多少代之前的死者,也会侵入你的梦,让你不得安宁。于是我便与秦桓公约定在令狐会盟。我先到了令狐,等待着秦桓公的到来。可是秦桓公不肯渡河,他说,河水太大了,渡河有危险,所以住在了秦国的王城。这样我们就在一河之隔,彼此相望,让使者往返于令狐和王城之间订立盟约。

但是,我刚刚回到都城,秦国就背叛了盟约,与狄人联合攻打晋国。这让我十分愤怒,我立即派兵击败来犯者。我并不想这么做,但别人逼迫你必须这么做。接着我派遣大夫吕相谴责秦国,并与之断绝关系。吕相是魏锜的儿子,自幼博览众书,善于雄辩,有着非凡的才华。我就是要派这么一个人前往秦国,让秦国感到自己理屈词穷、无地自容,然后我将派兵讨伐,以惩罚它的背叛之罪。

我问吕相,你准备怎么和秦桓公说出我的想法?又怎样谴责他的罪责?吕相说,我要将所有发生的事情告诉他,我要将那些该承担的罪责让他承担。秦国几代君王都变化无常、反复不定,与我们明争暗斗，怎么可以信任？我将历数他们的罪过，让他们知道自己的不义，并感到羞耻和无地自容。我听说山林间有一种野兽叫作戚，它总是躲在洞穴里，因为常年不见光，所以它的眼睛总是闭着。猎人捕捉它的时候，就在它躲藏的洞穴前放置口袋，然后敲击洞口的石头，敲击声越来越大，然后它就会从洞中逃出，钻入猎人的口袋。

——我就是这石头的敲击者，而国君已经在洞口放好了口袋。我的言辞就像石头，它要敲击另一块石头。我的敲击声将越来越大，直到戚从躲藏的地方逃出。或者说，它自以为奔逃乃是躲避危险，却是落入了猎人的巧计。秦桓公的背信弃义需要得到惩罚，我要先用严厉的言辞惩罚他，然后国君再用凌厉的刀兵惩罚他，不然他怎会知道天空的雷电乃是为了行恶者而降临？他又怎会知道违背天戒的人就不应该接受天赦？

吕相前往秦国，将我的话带给了秦桓公，并义正词严地谴责了他的罪孽。他这样说——从前先君曾与秦穆公十分友好，并用盟誓来确立我们的友好，又用婚姻来使得我们的友好牢固。上天将祸患降临晋国，文公逃亡齐国，惠公又逃亡秦国。即使是晋献公离世也没有动摇秦晋两国的交情，因而惠公才回到晋国即位。可是秦国依仗自己的功劳，却与晋国交战于韩原，这让秦穆公感到悔恨。不然为什么会让晋文公回到晋国做君主呢？这是对自己不当行为的补偿，穆公的善行成就了秦国也成就了晋国的功业。

——文公亲自披甲执弓，征战四方，历尽艰辛，东方的诸侯国都禀服于周王，虞夏商周的后代都觐见秦国君王，这难道还没有报答秦国的恩德么？郑国侵扰秦国的边陲，文公又率领诸侯和秦军一起围剿郑国，但秦国的大夫擅自与郑国盟誓立约，这难道是合乎天道的么？天下诸侯义愤填膺，纷纷要惩罚秦国的不义之行，但文公担忧秦国被损伤，也不愿看见秦晋之间的情谊被损伤，才以自己的威名说服诸侯，不然秦军怎么能完好无损地回归？晋国对秦国的恩德已经昭示于天下。

——可是等到文公离世之后，秦穆公却貌视死去的先君，轻视即位的本性宽厚的晋襄公，竟然乘人之危，侵扰我们的崤地，冷酷地断绝了我们的友好情谊，攻打我们的城池，还灭绝了滑国，用诡计离间我们与其它国家的关系，袭扰我们的盟邦，试图倾覆晋国，这是何等的无情无义。但晋襄公仍然念及旧谊，也从未忘记秦国从前的功德，又担忧晋国的存亡，所以不得不有了崤山之战。这乃是晋国不得已而为之。难道这有什么过分么？

——我们希望秦穆公能够对晋国的举动有所理解，也希望宽恕我们的罪过，但秦穆公没有这样做，而是与楚国合谋来对付晋国，不是站在我们的身旁，而是站在了我们的对面，暗中伸手谋算我们。但上天会收回非正义者的算筹，楚成王竟然在混乱中被逼自杀，秦穆公的图谋也归于泡影。我们只看见自己眼前的利益，却总是忘记天神在高处注视着你的每一个举动，他不会允许不义者的想法得逞。

——秦穆公和晋襄公相继去世，秦康公和晋灵公即位，因为秦康公是先君文公的外甥，晋国曾对他寄予厚望，希望他能将秦晋两国的友情恢复，可他给我们的却是失望。秦康公竟然想颠覆我们的国家秩序，率兵护送公子雍回晋国争夺君位，不然怎会有令狐之战呢？若是就此罢手也还可以获得宽恕，他又不思自己的过错，侵入晋国的河曲之地，劫夺我们的王宫和羁马，不然河曲之战又怎么会发生呢？

——等到你即位之后，晋景公望着西边说，这一下好了，秦国的君王将会关照我们了。但我们的国君仍然感到了失望。你既不敞开胸怀接受我们的好意，也不念及从前的旧谊，而是乘人之危，在狄人祸乱我们的时候，你却入侵晋国的临河城邑，焚烧其郜两地，劫夺我们田地里的收获，毁坏我们的庄稼，杀戮我们的边民，不然怎么会有辅氏之战呢？

——也许是你对秦晋两国不断滋生战祸感到后悔，因而向先君晋献公和秦穆公祈福，就派遣大臣伯车前来对我们国君说，秦晋两国相互交好，抛弃昔日的怨艾，恢复从前的友情，借以追念先君的功绩。可是，盟誓还未完成，晋景公就离世而去，留下了未尽的愿望。所以我们的国君才在即位之后就在令狐与你会盟。但君王并未以真诚之心对待这一善意，却转身背弃了盟誓。

——狄人和秦国都在雍州，应该是君王的雠仇，却是晋国的姻亲。君王曾说，我们和你们共同对狄人发起攻击。我们的国君畏惧君王的威严，甚至放弃了顾念姻亲的情感，接受了君王使臣的传令。可是君王又转而对狄人说，晋国要对你们发起攻击。狄人似乎接受了秦国的请求，却开始憎恶秦国的翻覆不定和不断背叛，便将秦国的心口不一告知了我们。你们以为自己所做的就不会让别人知道么？

——难道楚国就喜欢这样的反复无常么？不，他们也不喜欢。所以他们也告诉我们，秦国背弃了令狐的盟约，已转身向我们请求结盟。楚国人向着天神以及秦楚两国的三个先君订立盟约说，我们虽然和晋国往来密切，但我们却要谋取属于自己的利益。楚国人说，我们厌恶秦国的反复不定，所以要将这些事实告诉你们，以惩罚那些用心不一的不义者。诸侯们都听见了你们所说的，都感到这样的人不可相处，因而都和晋国亲近。

——若是君王可以听见这些话，也能顾及诸侯们的想法，也哀怜我们君主的用心，就要真心与我们缔结盟约，那么我们将劝说和安抚诸侯们放弃惩罚秦国的念头，谁又想寻找祸乱呢？若是君王不肯施行恩德，那么晋国也就只有放弃这样的努力，诸侯们就会施行对你们的惩戒。现在你要权衡秦国的利弊，你要想清楚，怎样才能对秦国有利。不然一切发生之后，秦国的祸患怎么可以避免呢？

吕相是有才华的，我欣赏这样的才华。吕相归来之后，我亲自前往城门外迎接，他给我说了他是怎样说的，我已经从吕相的叙述中看见了秦桓公的尴尬，看见了他羞愧的表情。我在将他击垮之前，先用言辞的利箭射穿他的灵魂，夺走他的勇力。我要用濆出的涌泉，压住他的石头，用暴潦的凶洪掠取他的草木。我本不想这样做，但是他的背叛激怒了我。而这愤怒点燃了我的激情，我要拒绝这不义的背弃，我要用这样的方式和秦国决裂。

古灵魂

卷四百五十六

成差

　　没想到晋国就这样开始进攻秦国了，他们纠集了齐国、鲁国、宋国、卫国等八个国家的兵力，由晋厉公亲自统领，前来讨伐秦国。先前晋国已经派来了能言善辩的使臣吕相，谴责秦国的罪责，罗列了众多罪状，让秦国的大臣们都无言以对。这个使臣太厉害了，他所说的一切似乎充满了正义，但那些事实却并不是真正的事实，只是他想象的事实。可是对于这想象的事实，谁又能用真实的事实予以驳斥？真实永远不能胜过虚构，因为真实乃是被不断遗忘的真实，它既不完整也不说明什么，但虚构的事实却能使虚构的成为颠扑不破的真实。面对这样的谴责，我们只能在不甘愿的愤怒中接受。

　　晋国拥有这么多贤能，怎么会不强盛呢？我觉得秦国应该和晋国友好，不要再计较从前的事情，或者应该怀念彼此友好的光景。当初秦穆公曾将晋文公送回他的国家，而晋文公又能辅佐天子，召唤天下，秦国也是受益者。秦穆公真是一代雄主，他心怀仁德，又能在大国之间施展智谋，使秦国的疆土不断拓展，获得天下的威名。若是没有秦穆公的赏识，晋文公不过是一个落魄的公子，一个四处飘零的流浪者。若是没有晋文公的四方征伐和以德服人，也不可能成就秦穆公的雄业。

好时光乃是英豪们联袂而行铸就的。现在秦国已经在衰落之中，仍然试图拉拢楚国，而与强邻晋国对抗，必然会给自己带来失败和耻辱。用群山来阻止落日，岂不是妄想？在落日的压迫中，群山毕竟是低矮的，它只能在地上显现自己的宏伟。我们的君王本应在令狐盟誓中获得和平，却要在大河的这一边藐视别人的诚意。既然不愿意与晋国把手言欢，那么为什么还要摆出和解的姿态？既然摆出了和解的姿态，为什么还要背弃自己的诺言？这样又怎能取信于天下？

不过，我只是一个率兵的大将，没有理由来评判君王的策略。我不能理解君王的想法，是因为我仍怀有自己的想法。现在我们不但遭受了晋国的谴责，也遭受其他诸侯的谴责。我听说樵夫到山林里砍柴的时候，要寻找容易砍伐的枯木，而不是费力去砍伐山中的大树，那样既得不到多少柴火，又要使自己斧钺卷刃，还要引来猛兽的攻击，将自己置于危险之中。樵夫尚且知道的道理，一个君王不应该知道么？

春天就要尽了，就在这春夏之交，晋国联合八国兴师问罪，战车扬起的灰尘遮天蔽日，战马的蹄声在很远的地方就可以听见，并能够感到地面的震动。他们渡过了大河，到了泾河一带，秦军只能仓促迎战，在麻隧与联军展开激战。我深知秦军将会败北，可我又必须率兵作战，有什么办法呢？我只有在生与死之间飘荡，就像树上的果子，若是有人伸手去摘，我就会掉落在别人的腹中。

这一次敌人太强大了，兵力是我的数倍之多，我的最好的结局

古灵魂

就是战死沙场。我似乎看见了这个结局。晋军率领中军的是栾书，而中军佐是荀庚。栾书是栾枝的后代，足智多谋而从谏如流，这个人能力过人，诡计多端。荀庚是荀林父的儿子，也同样满腹智谋，勇力超群。上军的统帅是士燮，他是士会的儿子，据说才高德俊，就像他的父亲一样，遇事冷静而又有智慧。辅佐他的是郤锜，他乃是郤克的儿子，据说他中规中矩，十分谨慎。下军的统帅是韩厥，辅佐他的是荀罃，都是名将的后代，有着卓越的能力。还有新军由赵旃率领，辅佐他的是郤至，他们都有着猛虎般的勇猛，据说，赵旃曾在楚军的营帐前弹琴而歌，面对千军万马而面不改色。

晋厉公亲自统领大军，郤毅为他驾驭战车，而栾鍼为他的戎右。我听说郤毅驾驭战车的技能出神入化，能够在复杂的地形中自由地驾驭，四匹战马就像一匹战马一样步伐一致，转圜自如，即使是在残酷的激战中仍然能够战马不惊，就像在无人的地方奔跑一样。而栾鍼则膂力惊人，他的长戈可以抵挡十几个人的攻击。这样的晋军，我们怎么可能取胜呢？

我已经看见了我的死。我看见遥远的尽头有着一道漆黑的光，我已经没有活着的勇气。我曾在多少次血战中看见了无数人的死，还有什么比死更为容易的呢？一个人死去了，就放弃了自己无数的杂念，也放弃了自己的痛苦。我的儿子已经长大了，他已经可以继承我的一切。我的血脉已经连接到了他的身上，实际上我只是一个拥有一张面孔的死者，而这面孔也仅仅是为了别人的辨认，一个死去的人还需要这样的面孔么？

战场在麻隧这个地方展开，无数的战车乌云一样压了过来。我持着长戈，驾驭着我的战车，率军冲入了这遮天蔽日的乌云，我就是这乌云中的闪电，我将用我的死穿透这漆黑的乌云。我感到自己的光是这样地迅疾，我的后面跟随着无数的战车，他们手中的兵刃被我的光所照彻。而我的前头是无数的人头，我的战戈向这些人头横扫过去，他们就像雨中的一个个泡沫，一个个破灭，消失于殷红的血水中。

我的车轮绕过了一个个横卧的死尸，就像农夫绕过自己亲手缔造的禾捆，收割还没有倒下的谷子。我看见了眼前的一道道沟垄，也看见了收割后的无限荒凉。我就行走在这荒凉之中，行走于这拥有丰饶的荒凉和孤独之中。我已经看不见自己的同行者，我只有感受到自己孤独的呼吸，感到自己的鼻孔呼出一股股热气，并任由这热气蒸腾于广漠的天地之间，它冲淡了人世的冷酷，向着头顶的白云升起。

在我的眼前，无数刀戈交织在一起，厮杀声和兵刃的撞击声击破了阔野的寂静，人的嚎叫类似于野兽在绝望中的噪叫。这乃是悲绝的喧嚣，最后的末日的喧嚣，没有什么人能逃脱这被喧嚣淹没的命运。明艳的阳光从我们的上空挥洒，就像无数冷酷、灿烂的雪花飘落，我的头上落满了悲伤。也许我生来就是为了这一天，为了这一个时刻，为了现在将要出现的死，为了死，我竟然做了这么长时间的准备。

我不是为了评判别人的过错，也不是为了评判自己的过错。我从来没有评判的理由，也没有评判的天资。我所有的评判仅仅是对自己的安慰。我只有一条路，只有在这样的路上走下去，直到它的尽头。我似乎早已看见了现在，只是在郁闷中等待现在的到来。我有着浑身的力气，有着足以将自己送到这尽头的力气。现在我的浑身都涌起了热血的洪波，我的力量像喷泉一样潆发，我用长戈挑开了命运的面

古灵魂

具，我看见了自己。

我在敌阵中冲杀。我突然看见了一个黑点向我飞来，我看着那个黑点越来越近了。我迎着那个黑点冲了上去。这是一支带着白羽翎的箭，它刺穿我的铠甲的时候，我看清了它。我感到一阵刺穿了心的疼痛，眼前迸溅出无数火星，一团烈火从我的脚下升起。这火星乃是来自这烈火跳跃的尖端，我的脚跟站立不稳，从战车上掉了下来。

我用长戈支撑着，想要站起来，但四面的车轮环绕着我，一个晋军的士卒飞跃到我的身边，把绳索套在了我的头上。他捉住了我。他的铠甲在闪烁，他的面部没有任何表情，我不知道他是谁，但我知道我已经成为晋国的俘虏。我的眼前渐渐黑了下去，似乎是整个天空展开了黑色的巨翅，朝着我压迫下来，直到彻底将我罩住。

卷四百五十七

伯宗

国君联合诸侯在麻隧击败了秦军，俘虏了秦国的大将成差，这是一件好事情。经此一战，秦国暂时没有力量袭扰边邻了。但这样的获胜不能掩藏晋国的危险。危险不是来自别处，而是来自自己。每一次在朝堂谏言的时候，我都感到一种不祥之气在蔓延。你想吧，现在郤氏家族已经掌握了晋国的大权，郤锜、郤犨和郤至在晋国的八个卿相中占了三个，还有郤毅是国君的御戎，若是这样下去，他们将成为晋国的主人，这是多么危险的事情啊。

若是国君因失败而思虑，这未必是一件坏事情，然而国君却获胜了，这就增加了危险，因为他会因此而忘掉自己的危险。我已经几次谏言，希望国君能够削弱郤氏的权力，可每一次国君似乎显得无所谓的样子。他在胜利和奢侈中忘记了国家的危险，也忘记了自己的危险。我用尽了自己的言辞，尽管我的言辞是华美的、具有力量的，但国君的心却像石头一样坚硬，我的每一次敲击，都没有获得回应。

我有着雄辩的好口才，也喜欢直言进谏，从来没有掩饰自己的想法。我不管别人是怎样想的，我只要有自己的想法，就要说出来。我

古灵魂

忠于自己的国家，也处处为国君着想，我想把我的想法提供给国君，让它作为决断的参考。我可以看到，一些人可能因为我的直言而不高兴，但我不是为了一些人高兴才这样做，而是因为我所说的会对晋国有利。我作为晋国的大臣，就要尽到自己的责任，这有什么过错？

因为我喜欢直言，因而每次上朝的时候，我的夫人都要嘱咐我说，你太好直言进谏了，不能因为你的正直而给自己带来祸患，那些缺乏仁德的人会厌恶你，甚至会陷害你，那么你就离祸患不远了。我放声大笑，说，我做了自己该做的事情，别人怎样想，就让他们怎样想吧。夫人说，我知道你是贤能的，但别人又怎能理解你的贤能？即使别人能理解你的贤能，国君又怎能理解你的贤能？

我说，我的贤能只要我自己知道就可以了，我的贤能属于我，为什么要让别人知道？我的贤能是我自己的品质，我只要能看见自己的光辉，就会感到安慰，我就会感到快乐，他们怎能知道我的快乐？我的忧愁都来自晋国的危险，因为晋国的危险他们没有看见，可是我看见了。我只要将我看见的告诉别人，也告诉国君，这危险就可能消除，那么我的快乐就会加倍。既然这样，我为什么不能说出我所看见的东西呢？

夫人说，是的，我知道你是对的，可是别人并不能容忍对的事情。小偷憎恨主人，因为主人有着警惕，民众喜欢明君，因为明君能够怜悯百姓。好人喜欢好人，但坏人却憎恶好人，而且你有着好口才，也会引来别人的嫉妒，因为也有人明白你所说的，但他们却说不出来，也找不见好的言辞来表达。所以那些正直的人会喜欢你，而言行不轨的人则会痛恨你，平庸的人又会嫉妒你，这样下去，你就会将祸患引到自己身上。

我说，我知道你说的话也是对的，但我的内心也有另一种声音，我觉得也是对的。在两个对的声音之间，我只能选择一种。我会权衡自己所说的话，但我希望遵从自己内心的声音，因为我内心的声音来自天神的召唤，若是我连自己的声音都不听，我又能做好什么事情呢？我还是照着自己前面的路走下去，我不知道会走向哪里，但我相信这条路会引导我走到我所希望的地方。一片树叶落到哪里，它自己是不会知道的，但它会随着风的指引，落到该落的地方。

又一次下朝归来，我抑制不住自己的兴奋，因为我所说的得到了别人的赞美。夫人就问我，我看你面带春风，必定是有什么好事情，不知道你遇见了什么？我说，我遇见了自己，也遇见了别人的赞美。我在朝堂谏言之后，诸位大夫都夸赞我，说我的机智胜过阳处父。夫人说，你遇见的不是自己，而是阳处父。籽粒饱满的谷子没有华美的外表，充满了智慧的言辞不需要用更多的言辞修饰，而阳处父注重外表却华而不实，敢于直言而毫无谋略，所以才引来了杀身之祸。别人用阳处父来夸赞你，又有什么值得欣喜的呢？

我说，我知道你不会相信我的话，因为你不知道我内心的欣喜之情。你总是冷峻的，而我的热情却熏染着我自身。我在朝堂上所说的话你没有听见，你又怎么知道别人的夸赞是虚幻的？阳处父是先君的太傅，他的智慧岂是你可以理解？我要和大夫们一起饮酒，在饮酒中要和他们交谈，你若是不相信我，可以在我和他们交谈的时候倾听我的话。

夫人回答，可以，我可以倾听，那样我就在你的身边并感受你的智慧了。我并不是不相信你的才华，也不是不相信你的贤能和正直，而是不相信别人就像我一样相信你。因为他们既不是你也不是我。我微笑着说，那么你就等我在酒席上谈论吧。于是我就召集大夫们饮酒交谈，大夫们十分兴奋，就在酒宴上，我们谈论了很多事情，我的夫人不断将美酒斟满，让每一个人感到满意。我总是言辞犀利、妙语迭出、神思迸溅、语惊四座，让在座的人们对我的才智感到惊骇。

酒宴结束了，我兴奋地问，我们的交谈你都听见了，你觉得怎样？夫人回答说，我全听见了，也许你在朝堂上就是这样。每一个大夫都不如你，你比他们机警、敏捷和富有才华，但你居高临下、恃才傲物的姿态，会惹恼许多人。他们不喜欢压倒自己的人，也不喜欢压倒自己的话。面对平庸者要平庸，面对机智者要机智，面对狡诈者要多留一些回旋的后路。你太敞亮了，你的一切都被别人看见了，你却不能看见别人的真形。你站在阳光里，所以你是明亮的，而别人站在黑夜，所以你看不见别人的光亮。而你看不见的地方才隐藏着真正的危险，所以你需要随时怀有警惕之心。

我说，我的目光是锐利的，我能够看见黑暗里的东西。我也不怕黑暗。因为我在阳光里，我也带了阳光的明亮，不论什么东西藏在黑暗里，我的光亮都会照见它。阴谋是站不住的，而我的脚跟却稳如磐石。我的言辞是凌厉的，我要横扫所有的暗影，让那些隐藏的事物现出原形。即使是夜晚的蝙蝠从我的头顶飞过，我也能看见它的飞影。何况，我将用我的言辞说服国君，让他远离那些暗影，也让他和我一起站在阳光里。

夫人说，你有没有想到，国君的奢侈和无道已经四处流传，连小儿的歌谣里都有对他的诽谤。民众已经很久不拥戴国君了。若是失去了民众的亲附，国君就会有灾祸，他要有了灾祸，也就会连累你。而且，若是国君没有灾祸，他的昏昧也会连累你，因为他不能明辨是非，而是会听信别人的谗言，那么憎恶你的人就会趁机祸害你。

我说，也许你说得对。既然这样，那我该怎么办？我知道我不会改变自己，可是我原先寄望于改变别人，但我连自己都不能改变，又怎能改变别人呢？夫人告诫我说，的确，你的正直以及你的直言进谏的性格，已经不可能改变了，一只野凫怎能改变它在水边觅食的习惯？它选择了水边的觅食的艰辛，也享受了水边的快乐，谁又能改变它呢？现在许多人已经对国君怀有二心，晋国随时会出现混乱。你要在现在做好准备，要结交贤能的大夫，这样，我们的儿子州犁也将有好的寄托。

我听从了夫人的话，和贤能的大夫毕羊交往，我信任他，我们经常在一起谈论天下大势。他乃是一个智慧的人，一个有谋略的人，但他有着深藏不露的性格，也有着充满了仁德的胸怀，他差不多对所有的事情都有着深邃的理解，但在朝堂上和别的地方却从不轻易说出。他说，我不说，不是我不能说，而是要对理解我所说的人才可以说，不然你所说的将被别人曲解，那么你所说的又有什么用？

他还说，晋国已经有了混乱的先兆，一个有智慧的人应该从树皮上看见春天，要从泥土里窥见它里面藏着的种子。若是泥土松软了，农夫才会播种，若是在冻土上播撒种子，种子怎么会生根发芽？凡事要等待机会，若是着急就做不好事情。你太正直了，而更多的人都是曲木，你的力量怎能使他们变成直木？我说，我已经知道自己被很多人厌恶，但我能跟一个正直的人在一起，就已经知足了。

古灵魂

卷四百五十八

郤锜

　　晋厉公即位之后，不想和楚国继续争战了。宋国派出了使臣斡旋促和，晋楚两国顺势放下干戈，有了一点平安的气氛。士燮和楚国公子罢在宋国的西门外歃血为盟，楚国司马公子侧没有参与议和仪式，他探听到晋国和吴国、鲁国、齐国、宋国、卫国以及郑国在楚国和吴国的边境会盟。公子侧把这一消息告诉了楚共王。他挑拨说，晋国和吴国交好，必定对楚国有所图谋，若是宋国和郑国都服从晋国，那么楚国就要陷于孤立。

　　我听说，公子侧对楚共王说，宋国和郑国从前都是楚国的盟友，因为我们与晋国盟誓，他们才跟从了晋国。若是我们违背了与晋国的誓约，才可以讨伐郑国，郑国必定还会亲附楚国。于是楚国的大军征讨郑国，郑国因畏惧楚国的强兵，果然归附了楚国。唉，我原本就觉得郑国亲附晋国乃是假象，它从来都与楚国更亲近。

　　这让我的国君十分愤怒。他原本想要和平，可就要迎来另一场血战。他本来想放下干戈，现在还没有放下就要再次举起。收回了箭囊里的箭，又要搭放到弓上。国君将我们召到朝堂，问众臣说，郑国背叛了盟约，依附了楚国，我想讨伐它，你们看怎样？国君的目光就像刚刚点着的火炬，他的愤怒从这火焰里闪烁，可以看见他的内心在焚烧中感到了疼痛。我赞同国君的想法，背叛者应该受到惩罚，不然这个世界上还有什么信任？还有什么秩序？还有什么礼仪？若是我们不维护万事的规矩，晋国还怎样能称为霸主？

主持朝政的卿相栾书说，这是先君开拓的江山，文公又获得了称霸的特权。因为我们树立的德行和正义获得了诸侯的拥戴，现在若是我们不能讨伐叛逆，还怎么能让诸侯继续拥戴？若是我们失去了诸侯的拥戴，我们的旗帜就会倒下，就会遭到楚国的蔑视，也会让天子失望，让天下失望，晋国将会衰落，将会一蹶不振。所以，我们必须出兵讨伐郑国。

士燮说，栾书说得对，但我们要面对的不仅仅是郑国，而是它后面的楚国。我们不是与郑国交手，而是与楚国交手。这样我们就要评判对手的力量，做好充分的准备。必须正视楚国的强大，不然郑国怎么敢随意背叛我们？背叛者有着背叛的理由，郑国是因为楚国的压迫，又站在中间衡量了晋国和楚国的力量，才敢于这样。它的背叛隐含的理由是晋国属于弱势一方。我们也应该充分权衡利弊，才可以立于不败。

士燮太胆小了，我看不起这样的人。郤犫反驳他说，没有什么可怕的，先君当初率军在城濮击败楚军，我们已经让敌人胆寒。可是你却畏首畏尾，总是减弱自己的士气。我们战胜楚国的时候还少么？即使是邲之战之败，也是因为主帅犹豫不决、举棋不定，才酿成败绩。若是我们能毫不畏惧地冲击楚军，怎么可能失败呢？

古灵魂

在朝堂上，郤氏宗族已经占据了优势，我乃是上军主帅，而郤犨为上军的辅佐，郤至为新军的辅佐，我的儿子郤毅和郤至的弟弟郤乞都是朝中大夫。我们怎会容忍别人随意左右国君的意志呢？国君说，伯宗已经不止一次谏言，说，现在朝堂上都是郤氏说话，别人的话也应该倾听。而且郤氏的权力应该得到削弱，他们的权势太盛，不利于国君发号施令，也不利于晋国的将来。当初先君为了削弱赵盾的势力而付出了生命，这样的先例应该引以为戒。卿族一家独大将会给晋国带来灾祸。

我说，郤氏虽然在朝堂的大夫多，但我们都是忠心耿耿，都是为了晋国，为了国君，我们每一个人都毫无私心，这有什么错么？而且现在大敌当前，我们商议的乃是如何讨伐叛逆，如何压低楚国的身影，夺回诸侯对晋国的信任，这有什么错么？伯宗乃是出于对我们的嫉妒，也是挑拨国君和我们的关系，国君千万不能听信这样的谗言，否则真的将为晋国带来祸患。国君应该知道伯宗这个人，他总是在朝堂上侃侃而谈，却不能做好一件事情。他仅仅是为了卖弄自己，也为了出风头，以便为自己谋取私利，这样的人所说的话，怎么可以听信呢？

郤犨开始说话，他说，现在最重要的是郑国背叛，而楚国在瓦解我们的根基，天下的诸侯正在看着我们。我们必须采用最好的应对，必须用攻伐来对付背叛。在这样的时候，却有人要瓦解和离间我们，难道我们要容忍这样的人么？我们需要战场上的勇士，而不是坐在这里试图让我们失去士气的大夫。国君难道不应该追究伯宗诽谤朝政的罪么？若是这样的罪都不予追究，那么谁还愿意为国君出力呢？谁还愿意在作战中舍生忘死？

国君想了想，说，那么就把伯宗囚禁起来吧。我知道你们都是忠心于我，也忠心于晋国的，以后任何诽谤者都要受到惩处。伯宗已经不是第一次诽谤朝政了，我一次次宽恕他，他却从来不思悔改。好吧，你们都准备征伐郑国，这乃是现在最重要的事情。既然晋国担负着天命，我们就要将天道发扬，让天下的诸侯看见晋国的德行。

我的内心感到一阵欣喜。我知道，国君正在用人之际，迫于我们的压力，只有除掉伯宗。伯宗这个人一直像梦魇一样压在我的胸上。现在这是多么好的时机，上天将这样的时机赐予了我，也赐予了我的宗族。我们一起举起了手臂，终于把这个梦魇推开了。春天是多么好啊，它将赋予万物以生机，也给我以欣慰。我对国君说，应该将伯宗的儿子伯州犁也囚禁起来，以防备他反叛。但是大夫毕羊说，若是将伯州犁也囚禁，那么大夫们将会不服，何况伯宗也仅仅是谏言，这也是他的职责。

我知道毕羊和伯宗亲近，也许这是他唯一的朋友了。国君说，那么你就将他送到其它国家吧，因为我囚禁了他的父亲，不可不防他的反叛之心。你看，满朝的大臣除了毕羊，没有人替伯宗辩解，可以想见，这个人是多么让人厌恶。被厌恶的人必定有着被厌恶的理由，他应该有一个被厌恶的结局。我想，很快就可以看见这个结局了，就像春天的野草，你必定可以看见它的开花，而这花也是恶的花，我的脚将踩碎它。

大夫毕羊将伯宗的儿子伯州犁送到了楚国，他已经远离了我的视线。是的，我不想看见伯宗，也不想看见他的儿子，我不想看见我所

古灵魂

厌恶的人。于是，我又对国君说，伯宗的儿子到了楚国，我听说楚国将他任命为太宰，这说明什么？为什么我们将要讨伐郑国的时候，伯宗要离间君臣关系？为什么他说话总是偏向楚国？一切已经明了，伯宗必定私通楚国，不然他为什么会为楚国这样卖力？若是不杀掉伯宗，还怎样向众臣交代？我知道，朝堂的大夫们早已心知肚明，只是还没有掌握他私通楚国的证据。若是他被冤枉，那么为什么除了毕羊之外，没有其他人为他辩护？

国君说，我也没有证据，所以不能随意将他杀掉，不然我也无法向众臣交代。我是一国之君，我所做的事情必须有根据。这样吧，你可以将你的理由说出，但要听听伯宗怎样说。若是他能够说清楚，我就没有理由杀掉他。若是他说不清楚，那么我就可以将其治罪。现在我带你们去见他，你们听他怎样辩解。

国君带我们来到了囚禁伯宗的地方。这是一个矮小的房间，里面一片漆黑。门敞开了，一道光线刺入了黑暗，一个影子被照亮。伯宗从这黑暗里来到了阳光下，他显然不适应突如其来的强光，双眼眯着，还没有看清他前面的人们。我轻蔑地看着这个人，他本应沉入更深的黑暗，但现在他从中走了出来。国君对他说，有人说你私通楚国，但我需要倾听你的申辩，现在你就说吧。

伯宗好像已经看清了我，也看清了其他人。他的目光也变得明亮。他似乎不愿意看我，他只是睥睨我一眼，向我投射出同样轻蔑而厌恶的目光。我看见了这目光的含义。是的，以轻蔑对轻蔑，这乃是公平的。但是我的轻蔑是一个征服者的轻蔑，而他的轻蔑中包含了愤怒。他将头转向国君，说，我和你说的话，就是我要说的，该说的已经说完了，还有什么好说的呢？

伯宗突然嘴角流血，他咬断了自己的舌头，把嘴里的舌头吐到了我的面前。国君缓缓地弯下了腰身，伸出了手，从地上将这断舌捡拾起来，放到了我的袍襟里。伯宗直视着国君，但国君却仔细看着我袍襟上的断舌，血在我的袍中慢慢洇开了，变为一片不规则的殷红。国君说，多么可惜啊，你再也不能说话了。你曾用这舌头说话，你的舌头是一条好舌头，你说的话总是十分漂亮，可是没有用。别人也赞美你的言辞，但别人赞美的都是无用的东西。你终于知道它没有用，现在你连这最漂亮的话和舌头一起咬断了。唉，多么好的舌头，太可惜了，太可惜了。我看见这断舌就看见了你的从前，从前的一切。

国君说完之后，就转身走了。他没有看伯宗一眼，也没有看我一眼，他只是看着空空的前方。我没有看见一切，只是看见我的袍中的断舌，伯宗将它吐出来，抛弃了它。我将它扔到了地上，并用我的脚狠狠踩碎。我对伯宗说，你所吐出来的，还要吞下去。不过你吐出来的是舌头，而吞回去的舌头已经是泥巴。你的舌头本来就是一团烂泥，只不过我的脚再一次踩烂它。

伯宗突然一阵狂笑，这狂笑更像是绝望的野兽的嗥叫。我吃惊地看着他，只见他拱起了腰身，野牛一样向墙壁冲去。这是令人不寒而栗的狂笑，与它相随的是闪电般的速度，是的，一道闪电触到了坚硬的墙壁上，一阵狂笑也触到了坚硬的墙壁上。这狂笑和砰的一声，让我脚下的土地震颤，我感到了一阵颤抖，也看见了春天的树枝发出了剧烈的摇晃。我的双耳里被灌满了他的狂笑，我的头脑里充满了砰砰砰的撞击。好像不是他撞到了墙边上，而是我触到了坚硬的墙壁。然

古灵魂

后，伯宗的身体从墙壁上缓慢地滑落，最后瘫倒在地上。墙壁上留下了一片污秽，来自一个罪者的污秽。是的，我知道这一切的来历，因为他的罪是我给的。

卷四百五十九

郤至

伯宗自杀了，他的自杀让我不再为被人诬陷而忧虑。一切都结束了，国君最后和我们站在了一起。我看见了他最后的样子，他竟然咬断了自己的舌头，并将其吐在了地上。这就是伯宗的结局。他知道一切都是因为自己嘴里的舌头，所以他将这祸患丢弃。可是他所丢弃的不仅是他的舌头，而是连同自己的生命也丢弃了。一个人在镜子里只能看见自己的舌头，现在他打碎了镜子，已经看不见自己。

可是他的面孔却不能从我的眼前消散，就像山顶上浮着的云雾，总是在那里悬着。尽管它变换着形状，可是它仍然是云雾。他的面孔是狰厉的，脸上的肉扭曲着，却从嘴里放出了令人惊惧的狂笑。南征的途中，我的耳边不断传来伯宗的狂笑，它在风声里若隐若现，似乎我不是离他越来越远，而是越来越近了。我越想忘记他，忘记这狂笑，忘记这厌恶，忘记这轻蔑，他就越是迫近我，让我感到惊悸。我在战车上昏昏欲睡，但我又看见了他，他的面孔从那面墙上的污斑里映现，那么他仍然活在这块污斑里？他不是死在这污斑里了么？

夏天就要临近了，车轮碾断了刚刚露头的草茎，留下了湿润的两道深深的辙痕。唉，为什么要用舌头毁灭自己呢？又为什么要抛弃自己的舌头呢？毁灭自己就是毁灭了太阳和月亮，毁灭了一切光亮，这样你还能看见什么呢？一个人的出生就是人世间的奇迹，每一个人都拥有自己的奇迹，奇迹造就了各自的命运。谁又害怕这奇迹更多一些呢？可是死亡却是最大的平庸，因为每一个人最后都要死。人世间的事情是这样奇妙，他太奇妙了，简直就像一个谎言。可是你为什么不在这奇妙中生活，却要追随平庸呢？你的一切都随着这平庸而去。

我要寻找不平庸的日子，我要从这不平庸中升起自己的光芒。现在讨伐郑国就是我的机会，我要牢牢掌握这个机会。我们出动了四军，由国君亲自统率。国君又派遣使者前往卫国、齐国和鲁国，准备一同作战。这样强大的军力必定能够成功。中军由栾书统领，辅佐他的是士燮，上军的统帅是郤锜，辅佐他的副将是荀偃，下军则由韩厥率领，辅佐的副将是荀罃，新军的主将是郤犨，而我是副将。我们的战车摆满了道路，既看不见前头，也看不见结尾，这是多么浩大的军容，车轮扬起的烟尘遮天蔽日，而我们却能够循着同样的辙印行进。马蹄的声音盖过了从耳边掠过的风声。

可是没有什么声音比风声更丰富，其中包含了人世间的所有声息。是的，这是一个好季节，天气变得暖和了，万物开始了勃然挺拔的过程，它们汲取了地上的温暖和震怒的雷霆下的雨水，又被一道道闪电照亮。这一切都是它们力量的源泉。没有震怒就没有力量，没有别人的力量就没有自己的力量，也许这就是天道。力量不是从来就有的，而是彼此激发的结果。比如说伯宗，他要是十分安静，谁又会将他置于死地？或者说，若是楚国不讨伐郑国，郑国为什么会背叛晋国？若是没有郑国的背叛，我们为什么要南征？

我就像这地上的庄稼，我要借助着雷霆和雨水，让自己更为茁壮。我已经在征程中了，我的戈已经擦亮，我已经被我手中的兵刃照亮了。我从中看见了自己的脸，我也是愤怒的，但还没有到了最愤怒的时刻。我等待着这样的时刻。郑国的国君郑成公知道我们已经在征途中，他已经向楚国求救。据说楚国的国君楚共王已经亲率大军北上驰援，一场血战就要开始了。

向南渡过大河，我们与楚军在鄢陵相遇。国君召集将帅们商议怎样应对。国君说，现在我们已经与楚军对垒，楚王以司马子反、令尹子重、右尹子革率领三军，还有随同作战的蛮军，兵强马壮，兵锋凌厉，将与我军对战。楚王亲兵左广由彭名驾驭战车，而潘党为戎右，右广由许偃驾驭战车，养由基为戎右。还有郑成公亲率郑国的大军，由石首驾驭战车，而大将唐苟为戎右。面对强敌，我们该怎么办？

士燮显然不愿意与楚军激战，也许他已经被楚军的气势吓倒了。他说，我们的大军还没有集结齐整，应该等到其它国家的大军到来之后才可以列阵。若是贸然出击，可能遭遇败绩。我们已经经历了邲之战的失败，晋国经不起再次失败了。若是失败，诸侯们就会远离我们，我们再也不可能号令天下了。我不喜欢士燮这个人，遇到事情的时候总是犹豫不决，好像很有智谋的样子，实际上仅仅是善于辞令而已。他和死去的伯宗属于同路人，这样的人所说的话怎么能相信？

我说，这仅仅是惧怕楚军的借口。我们怎能因惧怕而放弃自己的功业？放弃自己的尊严？若是为了保持自己的力量，那么我们就不应该前来讨伐郑国。既然我们已经来了，就不能避让，避让就是示

古灵魂

弱，示弱就说明郑国的选择是合理的。既然它的选择符合天理，也符合仁德，那么我们的讨伐就是不义。那么天下的诸侯为什么要听从一个不义的国家？这样，我们又怎能担当天子赋予我们的天命？先君创立的功业还怎样保持？秦晋韩原之战中，晋惠公没有整顿大军就无功而返；晋狄箕之战中，主帅先轸脱下头盔冲入敌阵战死，不能回来复命；晋楚邲之战中，主帅荀林父一触即败，晋军四散溃逃，这乃是晋国的耻辱。你难道不知道先君的这些事情么？

——现在我们又要躲避楚军，我们要躲避到什么时候？每一次躲避都是一次耻辱，每一次躲避都增加一次耻辱，若是现在又要躲避，就又增加一次耻辱。你难道还嫌我们的耻辱少么？若我们乃是为了躲避而来，为什么不在晋国躲避，而要来郑国的土地上躲避？你不是要来讨伐郑国么？我听说猛兽的躲避是为了得到，而你的躲避是为了什么？一看见敌人就要躲避，就是失去了勇，失去了勇，仁德又在哪里附着？

士燮强辩说，我们的先君从前的作战有着独特的原因，无论是秦国、狄国、齐国，还是楚国，都是强盛之国，若是他们不能尽力而战，晋国就会被削弱，子孙后代也会衰落。现在的大势已经和过去不同，秦国、狄国和齐国都已屈服，我们的敌人只有一个楚国了。只有圣人才可以让一个国家的内外都没有忧患。若是圣人让外部安宁，就必定会带来内部的忧患。为什么不能暂时避让楚国，而让晋国的内部保持警惕并获得安宁呢？

我说，若是现在不能迎战，就会失去最好的时机。现在虽然我们的盟军还没有到齐，但楚国大军却有着天然的弱点，它的主帅子反和左军主将子重向来不睦，楚王的亲兵衰老者居多，并不是想象的那样精良。老兵虽然拥有经验，但毕竟身手僵硬，缺乏勇力。郑军列阵不完备，也不齐整，随楚出征的蛮军只有蛮力和勇力，却毫无阵法的规训，也不懂阵法，不过是一些散兵游勇而已。即使是楚军也布阵于月末晦日，这已经触犯了天忌。何况于无月之夜的晦暗中排兵布阵乃是不吉之兆，据我观察，楚军士卒喧哗骚动，不够安宁，说明楚军的秩序混乱，也缺乏斗志，不值得我们惊惧。楚军仅仅是想着趁我们立足不稳，速战速决而已，他们的急躁之情也给我们提供了一举击溃它的良机。

主帅栾书说，你所说的是别人的弱点，但也要看见我们自己的弱点。仅仅知道别人的弱点却不顾及自己的弱点，这也是兵家大忌。虽然敌军布兵于晦暗之夜，但在夏天的拂晓将会是一片晨雾。它将遮挡我们的视线，也便于敌人在隐蔽中突袭。我们的营垒前是一片泥沼，若是楚军逼近，我们将不能布置阵法，战车不能出动，我们的优势也不能发挥。若是处于不利之地，就要审时度势，不如避其锋芒而固守营垒，静观敌军的动向，等待援军抵达。这样方可逆转攻守之势，又趁着敌军后退的时候将其击破。

此时，士燮的儿子士匄说，固然地形对我们不利，但我们可以利用军营来拓宽地盘，将军营里的井灶填平，就地列阵，既能摆脱不能出营的不利处境，又能隐蔽自己的兵阵部署，还能够依据敌方的阵营对自己的阵形及时予以调整。我们可以将勇武凌厉的武士都集中于中军，疏通队列之间的行道，而且中军士卒众多，一旦出击就不可抵挡。晋国和楚国各有天意所归，还有什么可担忧的？

士燮听了儿子士匀的话，十分生气，拿起了长戈将他赶了出去。他一边追赶一边说，国家的存亡乃是大事，将由天意所决，岂是一个小儿可以随意指点？士匀边跑边说，我所说的乃是兵家计谋，为什么不能说呢？士燮更加气愤了，他追赶士匀，并说，你知道什么？你腹中的那些小计谋，怎能摆上筵席？他的戈挥舞着，但士匀跑得很快，他追不上了。唉，这个士燮，他已经老了，他的想法也老了。我们怎能听信这样的人呢？

　　天已经黯淡了，楚军早已开始准备血战了，他们的阵形不断调整，可以看出，他们并没有必胜的信心。当然，楚军这么快就迫近我们的营垒，晋军的士卒也有恐惧之心。气氛变得十分紧张。国君登上了楼车，观察着敌军的动向，看来他已经决定迎战了。我看见国君面色凝重，但他的双眼却放出了凌厉的光。春天是一个好季节，我喜欢这样的日子，它的温馨里有着严厉和残酷，它的热情具有欺骗的一面。白日的一切就要过去了，天空的湛蓝渐渐转变为深暗，暮色从山间开始，逐渐向着远处蔓延。一个无月之夜就要来了，它乃是为了等待另一个日子才变得这样晦暗。

— 315 —
卷四百一十一—卷四百七十一

卷四百六十

晋厉公

多少天来，我的内心十分焦虑不安，我不知道自己将会面对怎样的事情。我知道，一场激战已经不可避免了。多少个夜晚，我坐在军帐里，靠在黑暗上，是啊，这无边的黑暗是绵软的，也是虚空的，它既让人兴奋也让人困倦。靠着这软绵绵的黑暗，就像靠在高高的天幕上，这是无月之夜的黑暗，每一片黑暗都像光滑的兽皮。我似乎从空中向下俯瞰，但地上的一切仍然是一片黑暗。现在虽然是夏天，但天气还不热，前些天的一场雨，让军营前的泥沼更深了。也许这是天神给我的启示，我能不能走过这深深的泥沼？

我的眼前不断出现一团团暗影，我尾随着这暗影，在黑暗里飘动。暗影里还有暗影，我不知道这些暗影意味着什么，我只是随着它飘动。我的心就浮在这些暗影里。可无论是我背靠的，还是我眼前的，都是虚空。我甚至感受不到自己在一个实在的人世间。楚军已经到了眼前，他们随时可以发起攻击。他们就像这暗影一样向我迫近，我的目光只能尾随着他们的影子。他们的影子压迫着我，让我失去了清晰的梦。我仅仅在睡与醒之间，我被睡与醒所夹击，黑与光的两道

古灵魂

峭壁将我压到了狭长的、走不出去的深谷。

　　我甚至有点儿后悔这次出征，我也许应该待在国都，为什么要做出征伐郑国的决定？很多时候，我的头脑是昏庸的，我就像暴涨的大河里的水浪，仅仅是被另一个更大的波浪所推驱。或者像落在其中的树叶，随着流水而动，却不知道自己将要到什么地方。这一决定乃是愤怒做出的决定，而不是我真正要做出的决定。可是我现在却只能沿着这条路走下去了。

　　我召集大军的将帅们一起商讨面对的可能，我想听听他们会说什么。栾书和士燮都不想面对前面的楚军，卫国、齐国和鲁国的大军还没有到达，单凭晋国的一国之军能否战胜强大的楚军？我们是躲避和等待，还是奋而迎战？我没想到竟然在这里和楚军相遇了。郤至却力主迎战，他说出了对方的弱点，我觉得他说的有道理。可是，栾书也说出了我军的弱点，尤其是军营前横着的泥沼，不利于展开阵形，也不能出动战车，难道我们只能被敌军攻袭么？那么我们只能等待援军到来再作图谋？

　　士燮的儿子士匄谏言说，填平军营里的井灶，平整军营中的地面，就可以就地布置军阵，以逸待劳，与楚军展开决战。这是一个好计谋。看来士匄比他的父亲更有谋略，在关键时刻找到了通往胜利的路。我已经看见了获胜的曙光。在午后的时光里，我登上了高高的楼车，我的身边是从楚国逃亡来的苗贲皇。他是原先楚国令尹斗越椒的儿子，曾被楚庄王讨杀，但已经成为我的大臣，我的先君将苗地封赏给了他。

　　我站在了高处，敌军的阵地都在我的视野中。天空是这样蓝，只

— 317 —
卷四百一十一—卷四百七十一

有几丝白云在天边游荡。阳光向着西边一点点倾斜，可它的光芒更加辉煌。远处的群山戴上了金冠，山顶的山脊线放射着金光，这是多么令人神往的夏天，却要经受残忍的血战了。我不得不面对前方的楚军，就像我不得不面对远处的辉煌。我看见敌阵中一片忙乱，他们在做什么？一切使我感到困惑，就像面对地上无数的蚂蚁，我难以知道它们奔跑的真实目的。

我相信苗贲皇会告诉我楚军在做什么，他对楚军的每一个举动都是熟悉的。是的，我信任他。从前他想要的，晋国都给了他，先君不仅给他封赐了苗地，也几次答应了他的要求。我国和齐国会盟的时候，齐国的大夫高固擅自逃避会盟，我国就囚禁了齐国的使臣晏弱、蔡朝和南郭偃，但先君听从了苗贲皇的劝谏，就将他们释放了。所以，只要苗贲皇在我的身旁，我就会了解楚军的每一个举动。

他先告诉我楚王的亲兵在什么地方，我看见这些士卒搬运着什么，并修整各自的战车。战马在一旁寻找着地上的草叶。我说，听说楚国最好的斗士都集中于中军，而且他们的人数很多，一旦开战，这些将士就会不惧生死、一往无前。苗贲皇说，这并不可怕，楚国中军的精锐就是楚王的那些亲兵，若是我们用少数的精兵攻击和牵制他的左右两军，然后集中三军攻灭楚王的亲兵，就必定能够将之击败。

夏风越来越大了，我感到脚底的楼车似乎在摇晃。我所能看见的也只有这些了，苗贲皇将楚军军营里的动向以及他们所做的事情都告诉了我，我的心里踏实一点了。我回到了军帐，对我的卜官说，你为我卜筮，看看我们能否获胜？卜官说，我已经进行了卜卦，得到的是一个复卦。这个卦象上面是震卦，而下面是一个坤卦，震为雷而坤为地，这意味着地下的雷在震动，万物在复苏和回归，而坤卦意味着地，意味着和顺，一切将回归仁道。

回归将从小的过失开始，却以大的获胜结局。这需要足够的耐心，决不能急躁，否则就会迷失自己。还需要谨慎行事，行走要走在中间，既不能靠右也不能靠左，所以要将自己的优势集中于中间，还要能够看清左右两侧。若是不能果断行事，就不利于国君，就可能在十年之内不能复兴。所以这一次晋楚之战十分重要，应该是关键的一战，国君必须把握良机。卦辞说，南国已经窘迫，用箭射向它的王，就会射中王的眼睛。南国不就是楚国么？它的国君都被射中，它怎么会不败呢？

这是一个吉卦。你想吧，天冷地冻之中，雷返回了地下，引发了震动，去而又复，依照时序而归来。先王观察天地，看见了回归的天机，深知世事都在往复之中。上一次邲之战中楚国获胜，这一次就会将获胜的良机返回到晋国。吉凶乃是在变化和转换之中，彼此都在依存中，弱者不是必定弱，强者也不是必定强。强者有强者的躁动不安，弱者有弱者的忍耐和决心。这就像四季的循环，复卦就是一年复苏的意思。震卦就是不断剥蚀剩下最后的阳爻之后进行的转化，这时雷就隐隐出现于地下。那么种子就会萌动，生命就会显现，树木就会发芽，野草就会从根上重新冒出地面。

是啊，强弱都在变化之中，一切都在变化之中。从前没有的，现在可能出现，从前所有的，可能回归于眼前。弱者并不是总在弱者的位置上，强者也不会永远是强者。他们的转化可能在一瞬间发生。农夫播种的时候，知道每一粒种子都是弱小的，但他们深怀着对弱者的期待。我的内心顿时感到了轻松，隐隐出现了雷的震动。是的，这震动不是在近处，而是从远处缓缓向我滚动而来。我也在复苏之中。我的灵魂里的种子也开始发芽生根，我的眼前出现了灿烂的花朵。它在开放。它一点点舒开了叶瓣，露出了它的花蕊。蜂蝶开始在上面飞翔，它们渐渐停住了，翅膀却仍然在颤动。我原先担忧的那片泥沼，似乎在这午后的阳光中变为了平地，它上面的浅水反射着阳光，我的面前乃是一片明亮。

古灵魂

卷四百六十一

魏锜

　　我看见军营内已经开始备战，水井已经填平，军灶也已经铲除，并且适当疏散留出了行道，以利于排兵布阵。国君采用了士匄的计谋，准备就地列阵，以避免在泥沼中与楚军作战。栾书和士燮都不主张与楚军对战，因为他们已经看见了晋国的危机。若是晋国能够战胜楚国，晋国的内部将展开争夺。晋国需要有一个敌人，需要有一个能够与晋国争夺中原的楚国。若是失去了这个敌人，没有外患的晋国就可能会因争夺权势而陷入混乱。可是国君并不这样想，因为国君想战胜楚国，从而树立自己的功绩。国君听从了郤至的谏言，已经决定迎战相遇的楚军了。

　　楚军是强大的，战胜楚军并不容易。而且楚王也看见了战机，因为晋国的盟军还没有到来，晋军只能孤身奋战。可是郤至也看出了楚军的弱点，那就是楚军的主帅司马子反和令尹子重不和睦，彼此嫌隙很深，不能在作战中协调配合。楚王的亲兵都是旧家子弟，有的已经衰老，并没有强大的战力。楚军也缺乏严明的纪律，一片喧哗涣散。郑国的军队虽然拥有足够的气势，却军阵不够齐整。蛮军的军队又缺乏阵形，也不擅长排兵布阵，若要在无月之夜的晦日展开作战，违背了天时和忌讳。这样的军队有什么可怕的？何况楚军和郑军相互观望，都想着依赖对方，这怎么能有充足的斗志？

在我看来，他们都说得十分有理，只是他们所考虑的事情并不相同。若是高筑壁垒，暂时避开楚军的锋芒，坚守营地等待援军的到来，也许更可稳操胜券。楚军急于与我军决战，我们匆促应战，岂不是合了楚王的心意？我们所做的，正是楚军所期盼的。那么，所有的猜测都失去了意义，我们只有等待结果了。

我昨夜做了一个梦，这个梦是这样完整，我似乎看见了所有要发生的事情。我在军帐中十分疲累，在恍惚之中进入了睡乡。我从一道光中进入了一个暗夜，似乎在无边无际的旷野上，月亮高高升起，但又好像离我很近。我不喜欢这月亮，因为它太明亮了，就从背囊中取出了箭，搭在了我的强弓上。我瞄准了天上的月亮，拉开了弓弦。我听见了嗡的一声，弓上的箭射出去了。这支箭离开了我的弓弦，向月亮一点点接近。它飞得很慢很慢，我十分好奇，我几乎用尽了全力，可它为什么飞得那么慢？

是的，我清晰地记得，那支箭缓慢地飞向了月亮，一点点地飞入了清冷的月辉里。然而，我被这弓弦颤动的力量向后推着，掉入了泥沼里。我挣扎着，挣扎着，却越陷越深了。我觉得这污泥就要淹没我了。这时我被惊醒了。我睁开了双眼，眼前却是一片黑暗。冷冷的月光从军帐的缝隙中射入，从缝隙中扩张，来到了我的身前。然而，在那暗淡的冷光划出的刀一样的刻痕之外，是更深的黑暗，很像我梦中的泥沼。

我再也睡不着了，被这样的梦所困惑、所折磨，这个梦究竟是什么意思？是谁给了我这个梦？我究竟在深睡之中到了什么地方？那里的月亮和我的军帐之外的月亮究竟有什么不同？我所沐浴的月辉是一样的么？我伸手摸索着，摸到了我的箭囊，这箭囊就在我的身边。我暗中数着箭囊里的箭，发现似乎少了一支，我真的在梦中射出了一支箭么？我记得我在白日曾清点过自己箭囊里的箭，可为什么真的少了一支箭？

也许我梦中所经历的一切都是真实的，可真实的事情为什么那么虚幻？若一个梦是虚幻的，为什么我看见的是那么清晰和真切？我已经相信每一个梦都是真实的，那么我真的射中了月亮？可是那月亮并没有因为中箭而掉落，它仍然高悬在天幕上，向我播撒着它的光辉。它在我的面前分开了明和暗，让我看见这人世间的分界。

我从军帐中出来巡视军营，微风从我的面颊吹过，我感到微微的清凉。夏夜是这样安宁，只有一些微弱的声息反衬着无边的静谧。值夜的士卒从我的身边走过，他们好像不是具体的人，而是一个个影子，只有长矛的尖头上发着寒光。那是灵魂的寒光，和荒野里白骨上的冷光相似。他们的灵魂并不在自己的身形之中，而是在高出自己身体的矛尖上。

月亮只有细细的一眉，明天的夜晚连这细细的一眉也将消失不见。可就是这一点点的月亮就向我撒来了那么多的明辉。满天的繁星分散于夜空，中间的天河从东北向南方，一路激流澎湃，横跨天际。它将暗夜分开了两半。天河和地上的河流一样么？我看不见其中的波涛汹涌，却能够感受到它的波涛汹涌。也许那不是天上的波涛，而是我自己的波涛。我的波涛是混乱的，充满了漩涡，不知道流向哪里。我的波涛上浮着我的梦，似乎并不远去，而是一直停留在漩涡里。

只有最暗淡的时光才能与一场血战匹配。功勋都是建立在血上。可是功勋又是什么呢？它为什么给人以邪恶的诱惑？人又为什么被功勋所驾驭？让人们都成为血的囚徒？人们被血所困扰，对血既感到恐惧又感到兴奋，既渴望饮血又害怕被别人所啜饮。这乃是对血的抢夺，对别人的血的抢夺，对血的相互抢夺。血混杂着阴险、狡诈、诡计、奸邪、正义以及所谓的仁德，混杂着人们所有的理由和智谋，在地上恣意横流。它乃是所有不朽功勋和英雄传奇的中心。人世间所有的功勋都意味着血，而那些建功者所流的乃是别人的血。血流尽了，剩下了苍茫的白骨。肃杀的秋天里繁华落了，严冬的白雪乃是上天对白骨的祭祀，它将白骨磨成了齑粉，降下了彻骨的寒冷。

可现在已经是夏天了，地上的热力开始散发，我却在这样的夜晚做梦，一个怪异的梦，一个向着月亮射箭的梦。可是月亮还在那里，但是它的光辉已经被我的箭法损毁，它只剩下不多的光芒了。明天的夜晚它将消逝，它的光辉将被群星替代。当然它只不过是暂时的隐匿，到了另一些时候，它仍然会恢复原先的浑圆和明光。它周而复始，不断地损毁又不断地修复，因而我的箭不可能射落它，我的箭仅仅在射向它的时候，保持着缓慢的速度，一点点接近它，这乃是一种对月的敬畏。最后它的月辉接受了我的馈赠，并消融了我的箭镞上所携带的所有爱和恨。

天亮之后，我将自己的梦告诉了卜官。他说，天子乃是姬姓，他所对应的是天上的太阳，而异姓则是月亮，你梦中的月亮必定是楚共

古灵魂

公了。这就是说，你要在激战中射中他，而你又要退入泥沼，这说明你将战死，因为泥沼乃是阴冥之征。我说，我射中楚王当然是好事，可是我为什么要死去？卜官说，我不知道有什么原因，但我知道你所梦见的乃是天意。你可以违背自己，但从没有什么人可以逃脱天意。

那么，我就要死去了？我就要离开这繁华的人世了？我就要连同自己也要告别？那么我的血也要流在这残酷的地上？草木的根须将吮吸我的血成长，我的血迹上将开花，我也将成为天上的雪片，再降临到地上？我将变得寒冷，将变为白骨森森的地上的冷火？我还能不能看见这白骨上的火焰？唉，我就要死去了，我将遵循天意到另一个地方，可是我却不知道那究竟是一个怎样的地方。

我和所有的人一样，渴望建功立业，渴望荣誉和尊贵，但不希望死。我不想死。因为一旦死了就意味着无限的黑暗，你所做的所有事情都归于虚无。但每一个人的最后结局都是死，迟一天死去和早一天死去又有什么差别？若是有什么不一样的，那就是你可以用自己的眼睛看见更多的事情。可是你一旦死去，连同你所看见的事情也一起消失了。可是我仍然不想死，我想看见人世间更多的事情。

一场激战就要在眼前出现了，我现在不想看见这场激战，但已经不由自己了。国君已经决定要迎战楚军，楚军也似乎志在必得。我只有在激战中寻找自己的位置，但我不愿意站在死的位置上。也许我所梦见的仅仅是虚幻的梦，它绝不是真实的。若是在真实的生活中，我为什么要瞄准一轮月亮并向它射出一支箭？即使我乃是疯狂，我也不会这样做。那将有什么意义呢？月亮距离我太遥远了，我的箭怎能抵达那样的高度？

夏天是好季节，我也该在这样的季节中享受自己的生活。我从夜晚的梦走向了白昼的阳光，白云在西边划出了几道长云，而暮日也被白云所分割。它的光芒穿越了一层又一层的云，变为了一道道霞光，好像一支支箭从一个圆形的火球中发射到更高的地方，殷红的力量，锋利而快速，我感到这速度里含有无穷的奥秘。也可能并不是真的速度，而是我所感到的急速的光的运行。这样的祥光让我感受到了暮日的艳美，我不会死，我怎能在这样的祥光里死去？是的，这样的祥光乃是为我准备的，我又怎能在这样的祥光里死去？

　　夜晚又要来了，这是一天中最后的辉煌。这辉煌绝伦的落日就要挨住山头了，西面的群山似乎对落日有着强大的吸力，而高天的风又将这日头吹得摇晃起来了。我的眼睛模糊了，我的眼泪流了下来。我不知道我为什么而感动，但我的内心就像高山的雪崩，升起一阵阵雪雾，发出深沉的轰鸣，久久不能平息。我就要迎接关键的一天了，天光就要暗淡，万物将沉入黑暗，可是现在的一切竟然这样辉煌，我怎么会死去呢？

卷四百六十二

楚共王

　　我就要和晋军交锋了，我们已经积蓄了足够的力量，就像树木经过了一个冬天，汲取了足够的寒冷，现在已经是满身戎装了。在郊之战中，我们击败了它，我将再次击败它。我原本只是想着救援郑国，但却在这里与晋军相遇。我察看了地形，一切对我有利。晋军的营垒前是一片泥沼，不利于他们调遣兵马和部署阵形。我听说，他们的主帅栾书和副帅士燮都不愿意出战，他们对我们是惧怕的，因为晋国所要调动的齐国、鲁国和卫国的援军还在路上，我必须趁着他们还没有集结齐备，就要对其发起攻击。

　　我已经有了足够的胜算。我的军中有着众多的良兵强将，我的战车也足够多。逃亡到楚国的伯州犁对晋军十分熟悉，他的父亲伯宗已经被晋厉公杀害，他乃是带着仇恨站在我的身边。我让伯州犁和我一起登上了高高的楼车，把晋军的军营看得一清二楚。天光明亮，蓝天上飘动着一些云彩，这样的日子有利于出兵作战。我的士卒们已经准备完毕，排兵布阵的演练已经进行了多次，他们只等着我发布号令。

　　楼车将我送上俯瞰天下的高度。我看见群山在奔腾，万物在跃动，河流在闪耀，白云在飘荡，整个世界笼罩在葱茏之中。山河是这样美好，我在夏天的微风里站在高处，感到云彩就要抚摸到我的头顶了。我清楚地看见晋军营内战车在奔跑，我问，他们为什么在军营里驾驭战车？伯州犁说，这是在召集各路将领。我又问，我看见那些人都已经集中到中军了，这又是为什么？伯州犁说，这是要在一起商量什么事情。

我又看见晋军军营里搭起了大帐，我又问，他们升起了帷帐，这又是什么意思？伯州犁告诉我说，这是晋军虔诚地向先君和上天问卜。他们心里充满了疑虑，必须通过卜筮来决疑解惑，不然怎能做出决断呢？过了很久，晋军就撤掉了帷帐，我又问，你看，他们已经撤去了帐幕，看来卜筮已经结束。伯州犁说，是的，很快就会发布命令了。

我用余光看着伯州犁的脸，他的脸廓被阳光照得十分明亮，他的双眼中射出的光是冷峻的，微风将他的衣摆不断掀起，然而他就像一棵树那样一动不动地站立。他逃到了楚国，我就让他担负太宰的官职。他不仅了解晋国内部的争斗，也了解晋国的国君和他周围的人。他不太像他的父亲那样善于言辞，却和他的父亲一样忠诚可信。他不说多余的话，但他所说的每一句话都是值得信赖的。他在我的身旁，就让我的内心不再摇曳不定。

我看见晋军营内一片喧腾，尘土飞扬。他们又在忙乱什么呢？我问，他们在做什么呢？为什么那么多人在喧嚣，又见军营中尘土扬起。伯州犁回答说，他们开始在军营内填平水井，将军灶推平，看来他们要在军营内排兵布阵了。我又问，他们开始登上了战车，士卒们拿起了兵刃，这是要做什么呢？啊，左右两边的人又都持着兵器下车了，这是在做什么呢？伯州犁说，这是将将士集中起来，听从主帅发布誓死令。我问，这就是要开战了么？伯州犁说，还不一定，需要继续观察他们的动静。

我继续观察着敌营的动向。我发现那么多人又登上了战车，他们驾驭着战车奔跑了一会儿，两边的人又下了战车，只有御夫还留在战车上。他们这是做什么？一会儿上去，一会儿又下来了。几乎就像儿童的游戏一样。我问伯州犁，他们为什么会这样呢？他们究竟在做什么？伯州犁告诉我，他们下车乃是向天神祈祷，这是战前的最后预备。也许他们已经准备好开战了。你看，那是晋君亲兵的位置，他们都是最凶悍的斗士，楚军在搏斗中要特别留心他们，必须用几倍的兵力才可能制约这些斗士。

我说，好吧，我要用三个人对付他们一个人，这是不是可以了？他说，我不知道，但我知道他们不仅是一些勇士，而且每一个人都有着非凡的力量、勇气和搏技。在平时的操练中，一般面对几个人围剿，都面无惧色，从容而身手敏捷，在搏杀中灵活多变，总可以在关键时刻冲杀出去。我说，我知道了，但我的亲兵可以抵挡他们吧？伯州犁说，君王的亲兵同样凶悍和勇敢，你完全可以用自己的亲兵应对他们，但仍然要格外留心，决不能轻敌傲慢，否则就可能面临败绩。

今天夜晚是晦日，就是无月之夜。我深知这乃是用兵所忌讳的，但我所忌讳的不也是别人所忌讳的？若是等待一些时候，敌军的盟军将会集结，敌军的兵力将会增加，而我的胜算就会减少。我不能等待，必须趁着敌军还没有齐备，就要发起攻击。可是敌军似乎已经有了戒备，但也仅仅是戒备而已。我的晦日也是敌军的晦日，这是相等的，我所面临的也是他们所要面临的。

我听了伯州犁的话之后，突然对将要展开的激战失去了信心。我真的不知道将要面对的是什么。可是我并不害怕，我只是有了一些隐忧。我对我的卜官说，你也要向我的先君和天神问卜，看看我能否战胜晋军。卜官说，我得到了一个卦象，但我不知道这意味着什么。这个卦象变化莫测，几个变爻之间似乎在说着更为深奥的东西。它既说能够获胜，又说不能获胜。它既指向吉利，又指向凶险。它似乎像一根风中的茅草，一会儿向东一会儿向西，这就要取决于风向了。若是不能取胜，那么这凶险似乎不是来自外部，而是来自君王的决断。

这时潘党和养由基将七层铠甲拿了过来，说，我们两个都能射穿七层铠甲，晋军能有我们这样的射手么？晋军能有我们这样的勇士么？这是我们刚刚射穿的铠甲，君王可以看见，除了我们谁又能射穿它？有了我们这样的战将，君王还有什么可忧虑的？我看了被他们射穿的铠甲，将这铠甲丢弃到地上，说，我听说，站在冰上的将会滑倒，站在悬崖边的必要掉落，而你们在大战之前却在炫耀自己的箭法。你们所炫耀的，将会葬送你们。你们也许不会死于敌人的箭，而将死于自己的箭。

他们两个人以前就比试过箭法，都有着百步之内射穿树叶的精妙箭法，可是就要与晋军激战的前夕，他们仍然用这样的方式炫耀自己，这对于一个将领来说是可耻的。真正的较量不是来自炫耀，而是来自战场上的胜负。我忽然对即将展开的激战感到了迷惑。我既不知道胜负将倒向哪里，也不知道我为什么要在这里与晋军展开决战。这仅仅是一次相遇，而不是出自我的本意。当然，若是真的击败晋军，那么在以后的许多年，晋军将不敢冒犯中原，晋国也要退出霸主的位置。可是我若失败了呢？

我不敢想下去了，我不敢想到自己的失败。不，我不可能失败。尽管问卜的结果是模糊的、不确定的，但我相信我的先君和天神会站在楚国一边。是的，他们都在我的身边，不然我为什么会感到热血沸腾？为什么在迷惘中看见了获胜的大道？我已经看见一条闪耀的大道从晋军军营前的泥沼通过去，看见我的战车从大道上通过去，看见我的长戈指向了晋君的咽喉，看见了他们的旌幡纷纷倒下，被我的车轮碾碎。不，短暂的幻景似乎忽然之间消失了，我仍然站在自己的军营里。

我似乎在梦中游荡，又好像十分清醒。我想着站在楼车上看见的美景。那时我仿佛站在云中，我好像看见了一切。可是这一切又在哪里呢？第二天早晨，我所渴望的，也是惧怕和担忧的决战开始了。郤毅为晋君驾驭战车，而栾书的儿子栾鍼是晋君的戎右。为我驾驭战车的是彭名，他驾车的技艺已经臻于完美，无论是旋转和进退、转弯和躲避，每一匹战马都协调一致，就像驾驭着一匹战马一样，而他似乎也和战马完全默契。有人说，他能够听懂马的语言，而战马也能够懂得他所要做的。我曾问过他是不是这样？他微笑着，默而不答。总之，他能够站在战车上，在骏马的奔跑中一动不动，就像和战车钉在一起。

我的戎右是潘党，他的箭法太精妙了，和养由基一样，可以百步穿杨。他的身手敏捷，挥舞手中的长戈就像挥动一根羽毛。我曾看过他练习武艺时的情景，他所执的重戈看起来很轻很轻，他挥动着这长戈旋转，就像车轮的旋转一样，可以挡住射向他的一支支箭，甚至你看不见他手里拿着什么。他挥动长戈无论是进退和躲避，无论是进攻和防御，都已经毫无破绽。他在我的戎右，我就会雄心勃发，毫无畏惧地一往无前。

郑国的国君郑成公的战车由石首驾驭，而他的戎右是猛将唐苟。石首御车的技能高超，也有着超凡的智谋。我的亲兵是无敌的，他们都在我的左右。晋军的营前有泥沼阻挡，我看见晋军从左右避开泥沼而行，他们的战车不能快速推进，也许这是一个好时机。栾书和他率领的将士护卫着晋君，我就要看见他们的面目了。我的弓箭手已经向敌阵发出了一支支箭，他们向前的步履已经变得迟缓了。

我下令迫近敌军，我的战车已经冲向了敌阵。两军已经绞杀在了一起。我只见战戈在飞舞，士卒们发出了野兽般的呼号，敌军纷纷倒下。天上的飞云在奔腾，阳光开始升高，灿烂而冷酷的光芒照亮了前面的战场。云影在泥沼的浅水里映照，它们就像一个个黑衣人，和激战中的士卒混合在一起。我擂响了战鼓，我的双手在飞动，我的袍袖在风中飞扬。我已经被这热血迸溅的场景所刺激，我听见了敌方的战鼓也在轰响，就像是我的战鼓的回声，从遥远的山峦和近处的树木之间穿过，我的战车风一样飞奔。

古灵魂

栾书

国君的战车陷在了泥沼里，战马不论怎样挣扎都不能将车拖出来。我立即布置兵马将国君保护起来，然后我对国君说，要么你可以抛弃你的战车，转移到我的战车上，这样我也好保护好国君。但我的儿子栾鍼竟然对我怒喝说，我让你现在离开这里，国家的大事怎能让你一个人包揽？你是军中的主帅，而保护国君是我的事情，你侵犯了别人的职权，这就是冒犯，而因为侵犯别人的职权而放弃了自己的职权，这就是懈怠，你又脱离自己的将士而做你自己的事情，这乃是扰乱。这三样罪名，你怎能承担？

我的儿子是国君的戎右，他竟然这样呵斥我，但我接受了这样的呵斥。因为他所说的都有道理。即使是我的儿子，他说的道理我又怎能不听呢？他既然可以说出这样好的道理，就可以做出有智慧的事情。我的内心先感到不快，继而感到了不可言状的欣慰。我知道他已经长大成人，他所知道的比我要多。原先我认为我所经历的事情有很多，所以我比别人知道得更多。但我现在不这样想了，经历的事情并不是明白了的事情，多少你经历过的事情，乃是你在睡梦中所经历的，而谁又能在睡梦中懂得睡梦中的事情？

可是我的儿子所懂的事情乃是清醒的时候所懂得的，所以他乃是真正明白一件事情的真相。事情的真相并不是你所见的，而是你所明白的。我们常常以为看见的就是真实的，实际上，我们看见的只是事物的外形，而不是事物的奥秘。你在睡梦中所看见的也是真实的，但你醒来的时候，生活乃是另一个面目。睡梦必须对照生活本身才可以获得睡梦的意义。若是睡梦得不到验证，那就是虚假的睡梦。可是你又怎样辨认睡梦的真与假？对于你所见的睡梦来说，它永远是真的，生活不也是这样么？

有一次他出使楚国，楚国的令尹子重问他，晋军的勇武表现在什么地方？我的儿子回答说，晋军崇尚齐整，无论做什么事情都有条不紊，每一个步骤都遵守规则。子重又问，除了你所说的，还有什么独特之处呢？他回答说，一支军队若是被赋予能力，绝不是因为它有什么独特之处，而是它有着看起来极为平常的东西，而这平常的东西很多时候并不被看重。晋军之所以无所畏惧，乃是因为它无论面对什么，都会从容镇定。可是这从容镇定又有什么独特的呢？一只鸟儿会飞，仅仅是因为它拥有会飞的翅膀，可是你怎会认为这翅膀是多么独特的东西？可是它就是因为这并不稀奇的翅膀而拥有了飞翔的能力。

我看见自己的儿子已经成长为一个有智谋的人，我的内心是多么高兴。遥想先祖栾枝曾跟随文公四处征战，在城濮之战中，退避三舍，又将自己的战车后面拖曳着树枝，引诱楚军深入埋伏之地，最终获得大胜，奠定了晋国的霸主位置。家族的每一代人都以忠诚和富有谋略而赢得赞赏。在邲之战中，我分析天下大势，力主暂时回避楚军

古灵魂

的锋芒，但没有被主帅荀林父采纳，导致晋军败绩，这是多么令人痛心的事情。

当初面对郑国人的促战劝战，我曾说，楚国自从灭掉庸国之后，楚庄王一直告诫国人，民众的日子并不容易，祸患随时可能出现，所以楚国从来都保持着高度警惕，从不敢懈怠，又诫告楚军，胜利可能是一时的侥幸，但不可能永远保持胜果，即使是商纣一路获胜，最终也难逃灭亡的命运。所以楚军并没有骄傲之气，所以与之交战须要谨慎。先大夫狐偃曾说，出兵要顺应天道，要有充足的理由，若是不能这样就会内气衰落。面对即将到来的邲之战，晋国的用兵不合乎天道和常理，贸然出战未必获胜。

我还说，楚王的亲兵分为两广，每一次作战都轮替值夜，右广从早晨到中午，而左广从中午到黄昏，夜晚则两广轮替到天亮。他们一直保持着这样的警惕，始终处于有备无患的状态。郑国有子良这样的贤臣，而楚国有师叔这样的贤臣，郑国依附楚国绝不是权宜之计。现在郑国派遣使臣来劝说我们与楚国决战，乃是为了观望胜负，一旦胜负决出，他们将投靠胜者，这样的用心乃是居心不良。我们怎能听从郑国人的话呢？

可是我的苦口良言并没有得到采纳，所以致使邲之战的惨败。这样的教训我们却不接受。唉，这有什么办法呢？他们不采用智慧，却采用了昏昧。这怎会不失败呢？现在我的儿子也深明道理，这意味着我的后继有人，我又怎能不欣慰呢？我的儿子给我说的，我怎能不接受呢？我接受所有的道理，只要有道理我就采纳。从前我一直是这样，以后我也还是这样。只有从谏如流，一个人才可以立于不败，一个国家才可以立于不败。

记得当初楚共王让令尹子重讨伐郑国，郑国向晋国求救。我接受国君的命令率领晋军南下，很快与令尹子重率领的楚军对峙，楚军看到我军的军容齐整，有着非凡的气势，急忙避开了我军的锋芒。我就率军顺手攻伐依附楚国的蔡国，当时楚国公子成和公子申率领两支军队抵抗，将领们希望乘胜攻击，荡平这前来迎战的楚国偏师。但荀首、士燮和韩厥有不同的看法。

他们说，出兵乃是为了救援郑国，现在楚军已经退却，我们才攻入蔡国，这乃是迁戮，并非正义之举。若是我们继续乘胜而攻击，灭掉这抵抗之军，那么我军就会疲惫，而楚国也将被激怒。要知道我们乃是在楚国的土地上，若是楚军全力迎战，胜败就难以预料。何况我们以大国之军攻取两个小邑的兵力，即使取胜也没有什么可骄傲的，但战败则是不能承受的侮辱。我们怎能做这样无意义的事情呢？

我听从了他们的话，因为他们所说的是有道理的。无论是上天还是人间，万事万物都有着深邃的道理。这就是天意。天意不是不可预料的命运，而是你是不是违背了道理。道理就是天意，所以我怎能不遵循道理呢？遵循道理就是遵循天意，遵循天意才能顺应人意，顺应人意才可以立于不败。即使是用兵也要有道理，若是不遵循道理，即使获胜也是暂时的，可能对长远造成更大的损害。

这一次面对楚军，士燮所说是有道理的。他所说的并不会被人接受，因为更多的人所看见的是眼前的利益。也许这一次晋国会获胜，但可能因为失去了外部的敌人而造成晋国的内乱。保持可能失败的警觉，乃是长远制胜的泉源。很多时候，获胜并不是最好的选择。因为

古灵魂

获胜就有胜果，胜果就会不断被争夺，争夺就会产生纷争，纷争就会产生混乱，混乱就会导致崩溃，而崩溃就已经距离灭亡不远了。

可是谁又能想这么多呢？现在只有谋取胜利了。我不知道这究竟是好事还是坏事。实际上，晋国所需的不是更多，而是更少。国君所需的是调整自己的国家，安慰国内的民众，减少朝堂的危机。国君已经发出了进攻的命令，两军已经厮杀在一起，现在已经没有退路了。若是真能等待援军的到来，那么就有必胜的把握。可是楚军已经等不及了，我们也似乎等不及了，一切按照楚军的设想在进行。我们只有奋勇一搏，也许还有获胜的希望。

我看到国君的战车已经被众多的士卒从泥沼里掀了出来。实际上，我不仅担心国君的安危，更担心自己的儿子栾鍼的安危。因为他虽然懂得道理，但他还缺少搏斗的经验。搏杀中含有瞬息万变的危险，生与死悬于一念之间。我回到了自己的战车上，看着栾鍼的战车已经远离。我看着他的背影和国君的背影消失在兵卒之中。遮天蔽日的刀戈河流一样漫过了旷野，越过了水波荡漾的泥沼，和迎面冲来的楚军厮杀在一起，喊杀声从前面风一样席卷而来，我的战车的车轮碾过了一片片喊杀声。

卷四百六十四

栾鍼

我侍立在国君的身旁，手执长戈，随时准备护卫国君。我是国君的戎右，必须显示国君不可侵犯的威严。我站在战车上，我的面容是严肃的，我的目光直射前方，从不顾盼左右。我只是用眼睛的余光扫视，我的视野里已经包含了所有的战场场景。但是，战车竟然陷入了泥沼，国君的亲兵都下车前来救助，我的父亲栾书也过来了，并劝说国君转移到他的战车上。父亲是统领大军的主帅，他怎么能脱离自己的战车和将士，前来劝说国君呢？

此时此刻，我不是他的儿子，而是国君的戎右，我乃是代替国君说话，因为我的身上承担着护卫国君的重任。我直呼其名，说，栾书离开，你应该回到自己应该待的地方，这里的一切不是你的职责所在。这里乃是我的职权，可是你却侵犯了我的职权，这是冒犯之罪；而你又因为这冒犯而放弃了自己的职权，这乃是懈怠之罪；你脱离了自己的将士而行使不该有的权力，这乃是扰乱之罪。你已经违反了三重罪，你能够承担么？国家的大事，怎能让你一人包揽，你究竟要做什么？你立即离开这里。

古灵魂

我义正词严的怒斥，让他感到了国君的尊严和震慑之威。他没有任何辩驳的理由，只好默默离开了。是的，这是在战场上，不是在自己的家里，每一个人都有自己的职责，只有每一个人遵循自己的职权，才可能找到获胜的途径。若是每一个人都离开自己的职责，不安于自己的名分，士卒不去拼死搏杀，将帅不去执行命令，御夫不去驾车，那么还怎么能够取胜？

我看着他登上了自己的战车，并率领士卒冲向了敌阵。他的车轮在我的旁边碾出了两道深深的辙痕，这污泥上的辙痕通往了血和呼喊。我和国君的亲兵一起将战车抬上了干路，我也登上了战车，站立在国君的身旁。战马重新竖起了鬃毛，昂着头，飞扬的四蹄溅起了地上的泥土，沿着泥沼旁边的路，迫近了敌军。

我挥动着战戈，将试图接近的士卒和战车驱赶到了远处，一个个士卒在我的战戈前倒下，血污从戈尖顺着长柄流下来，我的手上已经沾满了血。国君没有移动自己的身形，因为我就在他的身边，无论面对什么事情，他也不必惊慌。我出使楚国的时候，楚国的令尹子重曾问我，晋国军队为什么勇武？我告诉他，若是一支军队不喜欢齐整，就不会勇武，若是率领军队的人不喜欢齐整，他不会勇武，他的军队也不会勇武。若是一支军队不能按部就班地行动，就不会勇武，若是他的将帅不能按部就班地行动，也不会勇武，他的军队也不会勇武。从容不迫以及遵循次序和法令，乃是晋军勇武的奥秘。

我将自己的想法告诉了令尹子重，他听了我的话，就陷入了深深的沉默。当然这也是我内心的信念，一个勇武的人就应该这样。我的国君从容不迫，不仅有着我的护卫，也因为他的内心有着坚定和勇武。在国君的身边，我更要坚定和勇武。即使是刀剑到了我的面前，我也不会退缩，更不会因为死亡的降临而感到惊惧。一个在惊惧中的人，怎能从容不迫？又怎能依从既有的仪轨和次序？

我的战车在崎岖的路上奔驰，天上的白云和我一起飞，四周的勇士们驾驭着战车，冲入了敌阵，楚军因我们的气势如虹的攻击而退却、散开，就像石头投入林间，一群飞鸟受到了惊吓，轰然而去。就在这个时候，我忽然看见一辆楚军的战车上飘扬着旌旗，那是谁的旌旗？我仔细地察看，那辆战车必定是令尹子重。我想起了出使楚国的时候他与我的对话，我必须在这样的时刻显示我所说的话的意义。

我对国君说，我看见令尹子重的旗号了，那辆战车上的人就是令尹子重。我当初出使楚国的时候，曾对子重说我们乃是喜爱齐整和仪轨，并且从容不迫、镇定自若的国家，现在两国兴兵交战，若是不派遣使者，就不能说是遵守仪轨，事到临头而没有信用，就不可说是从容不迫。国君说，那么你说该怎么做呢？我说，请国君允许我派人前去进酒，这样既显示我们大国的礼仪，也说明我们的镇定，还表达了我们必胜的信心。

国君应允了我的请求，我立即派遣使者到了令尹子重的面前，将携带的酒奉上，告诉他，我的国君在两国交战中没有使者，栾鍼又必须侍立在国君之旁，国君和栾鍼都不能亲自犒赏你的跟从者，所以特意派遣我来向你奉上美酒。令尹子重回答说，唉，栾鍼到楚国的时候曾和我谈论晋国大军勇武的秘密，不想他在这个时候还记得自己说过的话。他的记忆太好了，他所说的话从不虚假，他的从容镇定已经都在酒中了。说完之后举起酒器一饮而尽。他对使者说，你回去吧，告

古灵魂

诉栾鍼，我已经将美酒饮尽，这让我在敲击战鼓的时候更有力量。

说完之后，他继续擂击战鼓。战鼓的声音我已经听见了，可是我的国君的战鼓更加响亮。勇敢是一种荣誉，礼仪是一种荣誉，从容不迫也是一种荣誉。我所做的一切都是为了自己和国家的荣誉。可是这荣誉究竟是什么？一个人将荣誉看得比生与死更重要，那么在生命之上还有荣誉在驾驭？君王的征伐乃是为了荣誉，抵抗也是为了荣誉，让别人屈服也是为了荣誉，那么在所有的事情之上，乃是由荣誉所驾驭。那么荣誉又是什么呢？

也许天神不是藏在别处，也不是在高高的云端里，而是藏在荣誉里。他用荣誉来驾驭地上的人们，用荣誉来监视地上的人们，用荣誉来统摄地上的秩序，又用荣誉来引诱所有的事情。我们两军交战，在血与火的冶炼中，乃是寻找荣誉的精华。我们都不知道这精华在哪里，但知道就在我们所做的每一件事情中。荣誉既不能捏在手里，也不能捕捉它的形象，但它无处不在。它在我们的血中燃烧，在我们的路上引导车辙，它在我们呼吸的空气里，在雨后的彩虹中，在我们的视野里。我们所看见的一切，不过是表面的事实，但所有的背后都暗藏着荣誉，可是这荣誉究竟是什么呢？

它看起来那么虚幻，没有任何可以看见的形象，却是无形的形象。它看起来那么具体，因为它含在每一件具体的事情里，可是你又不能将其从具体中分离出来。它实际上并不在外面，而是在每一个人的灵魂里。我们都在追求这个无可捉摸的东西，可是它又在哪里呢？我们既不知道它在哪里，又好像在所有的地方，我们感受不到它的存在，却有时能够感受到它的疼痛，那么它又在哪里呢？我们翻开自己的灵魂，试图找到它，可是我们的灵魂又在哪里呢？它好像不在我们的后面，它永远在前面等待着。也许我们永远追不上它。那么它究竟在哪里呢？

郤至

　　我并不是善于言辞的人，但我还是说服了国君，让他决定与楚国交战。尽管栾书和士燮都不愿意与敌人交战。我们在这样的时刻与楚军相遇，为什么不与之搏杀？依照我的看法，与敌人相遇而退却和回避，就意味着示弱，示弱就意味着放弃自己的权力，就是将霸主的位置让与别人，那么先君创造的功业将毁于一旦。

　　而且不断躲避攻击，就会失去勇敢，临阵感到恐惧。放弃自己的本意，就是不遵循天道。我们率军前来征伐，乃是为了捍卫自己的尊严和内心的仁德，可是一切到了眼前的时候，却要突然转身躲避，那么就会失去尊严和仁德。这样的事情，我们怎么能做呢？本应到手的胜果却要将之抛弃，这是没有智慧，而没有智慧就将陷入昏昧，你的眼前就会看不见一切，你的前面就失去了道路，你就会变为瞎子。一个瞎子还怎么能走得快呢？又怎么知道自己走到了哪里？

　　国君做出了最好的决定。机会不会等待你，你只有捕捉机会。若是等待诸侯们的大军到来，机会就将失去。我已经看见了楚军的弱点，他们军容不整，在列阵的时候一片喧闹。只有楚王的亲兵具有一定的威胁，但他们都来自旧族，其中不少人已经衰老，怎能敌得过我们的大军？郑国的军队更不堪一击，蛮军则只有匹夫之勇，而不懂得阵法的严密和凌厉。这样的时刻，岂不是千载难逢？而且楚军想着趁诸侯大军还没有抵达，急于与我军交战，他们的急躁必将给他们带来灾祸。这岂不是好机会？

国君采用了士匄的计谋，填平了井灶，就地列阵以迎战楚军。也采用了苗贲皇的计谋，用少数精兵牵制两翼，而集中三军主力围剿楚军的精锐之师中军。从这次激战开始，好运就倒向了我们一边。一切都是祥瑞的，天上的飞云是祥瑞的，夏风的吹拂是祥瑞的，战马的鸣叫是祥瑞的，占卜的结果是祥瑞的。获胜的希望已经笼罩了天空，也包含了无比耀眼的阳光和四周飘动的树木和野草。

两国交战从早晨开始，现在已经日头偏西了。血和汗都在迸溅，战马的嘶鸣直冲云霄。喊杀声和击鼓声似乎有着彼此合拍的节奏。我驰骋在疆场上，面对的是痛快淋漓的搏杀。我的战马的鬃毛在飞扬，我的战车在颠簸中，碾过了连绵不绝的血迹，车轮已经被染红。战马的四蹄飞踏着，不断溅起带血的泥巴。我手中的战戈并不沉重，而是像一根草棍一样轻快，它裹挟着风、白云和灿烂的阳光，敌人的人头掉落到了地上。

我在敌阵中如入无人之境，我甚至忘记了这乃是一场血战。楚军已经显露出了败象，他们四散而去。我几次杀到了楚王面前，但我却没有捉拿他，也没有杀掉他，而是下了战车，脱下头上的战盔，快步从他的面前走过。他不知道我是谁，但我知道他就是楚王。不仅是他战车上的旌旄告诉我，我还看见了一个君王的气势。他有着非凡的

古灵魂

气度,他的脸色凝重而严厉,他没有愤怒和悲伤,他的表情是那么平和,却有一种无形的力量逼迫你,让你向后退让和回避。

更重要的是,不论两国怎样交恶,也不论战斗怎样激烈,都不能伤害任何一方国君。不论用什么方式伤害国君,都是不可饶恕的罪孽,都应该受到惩处。保持国君尊严乃是交战的规仪,也是一个国家显示自己的德行。若是没有德行,征伐又有什么正义?征伐不就是宣示德行么?没有德行的交战就不值得任何一个人用命去搏杀。不然生命的意义就会因邪恶而变得污浊,就像我的车轮上沾染的烂泥巴。

当我第三次杀到楚王面前的时候,我仍然下车脱下战盔,快步走了过去。这时一个楚国的使者来到了我的面前,对我说,我是君王的使者,君王让我向你奉上一张弓来问候。他说,战事这样激烈,一个穿着红色铠甲的人每一次见到我都要下车疾走趋避,也许是受伤了吧?所以君王让我前来问候,我想那个身穿红色铠甲的人就是你。君王还称赞你的德行和勇敢,因为你即使是在激战中也保持了仁义。

我同样脱下战盔接受楚王的训令。我对使者说,我不敢拜谢君王的命令,因为我追随我的国君披上了铠甲,在此与楚军作战,但我必须遵循古训,也该对君王保持应有的尊敬。所以我每次见到君王都要走下战车,快步而行,这是古老的礼仪,即使是激战也不能放弃礼仪。请你告诉你的君王,我不曾受伤,我只是按照交战的礼仪而行。楚国的使者说,我知道了,我还不懂得你的礼仪,但我知道你这样做,愈加显示了你的仁义,君王已经看出了你的仁义,并对你予以称赞,所以才向你奉上一张良弓。

我说,感谢君王对我的奖掖,我再次向你的君王表示敬意。不过，我接受了这样的赏赐，仍然要为我的国君而与你们作战，直到我们取胜。我们交战并不是只要杀戮，而是要宣示礼法和正义，我们只是用战戈来说出我们的理由。一切都是被迫的，若是没有与你们在这里相遇，我们怎么会沾染这样的血腥呢？现在我要拿上君王赐给我的强弓，搭上我箭囊里的箭，射向我的目标，但我不会伤害你的君王，也不会以狡诈取胜。

使者说，那么我就回去向君王复命，但楚军也同样强大，谁能获胜还要等待结果。虽然你没有在作战中负伤，但我仍然愿你珍惜自己，不要让我的君王担忧。我按照礼仪向楚国的使者三次肃拜而走。我登上了战车，想着眼前发生的一切，楚国的君王是仁义的，他竟然以为我负伤而怜悯我，又因我的善意而赏赐我。我将楚王赏赐我的弓举起来，用手拉开弓弦，然后突然松开，弓弦发出了沉闷的嗡的一声。这弓弦上虽然没有箭镞，但却有着无形的箭，我将这虚空的箭发了出去，作为对楚王的拜谢。我不知道他是否听见？

无形的箭要胜过有形的箭，因为有形的箭只能夺取别人的性命，却不能夺取别人的意志。有形的箭只能射向别人，但每一支箭都同样指向自己，因为别人的箭也在射向你。无形的箭就不一样，它所射向的是别人的心，是别人的灵魂，它不沾染血，却带着射箭人的真诚和仁德，带着高高的天意，也带着自己的心和灵魂。兵刃的搏杀乃是可耻的，而只有无形的箭才可以决出真正的胜负，才可以让人明白弓和箭的意义。

这是一张好弓，红色的木头上雕刻着凶猛的瑞兽，它凝聚了工匠对搏杀的理解和独特的用心。这瑞兽张开了嘴，露出了牙齿。它的外

古灵魂

形充满了矛盾，意义和意义不断冲突，却找不到和解的理由。瑞兽既要保佑持弓者，又要露出勇猛的凶相，它既要吞噬别人也要吞噬持弓者。也许工匠也想过拔掉这瑞兽的牙齿，可是瑞兽又必须拥有锋利的牙齿。没有无牙齿的瑞兽，也没有无牙齿的凶猛者。无论是生与死，都已经包含其中，那么它究竟要护佑什么？也许这样的刻画乃是为了放弃它，那么你放弃了这张弓，工匠们为什么还要真诚而细心地制作它？难道他所制作的就是为了别人的丢弃？

　　喊杀声似乎正在远去。楚王的战车也已经消失在远处，呈现给我的是遥远的山峦和静静地浮在天上的云彩，天神的慵懒和厌倦，就在这似乎已经安定了的云的形象里，就在从未改变的山峦的起伏之中。辽阔的背景从来不会变化，但变化无常的乃是被背景所反衬的战场上的杀戮者。我也是他们中的一个，我也是杀戮者，因为一场激战即意味着杀戮，不然瑞兽的牙齿有什么意义？没有牙齿又怎能有勇猛，没有勇猛又怎能为国君效力？又怎样体现自己的忠诚？没有忠诚又怎样能说自己在奉行天道？连天道都丢弃了，又怎样说明自己的仁德？是的，我也是杀戮者，但我不是为了杀戮而杀戮。

　　在我看来，战场上的搏杀也不该是狰狞的，因为真正的猛兽不需要犄角。我不需要狰狞的面孔，我不需要丑陋的面孔，我乃是需要仁德的面孔，需要遵循仁义之礼。因为我需要的乃是弘扬这仁义之礼。我的战戈乃是为了让不义者屈服，让他知道正义和德行。我之所以坚持让国君出战，乃是为了捍卫这正义的尊严，也捍卫国君的尊严。若是为了毁坏这尊严，我的杀戮就违背了礼法之意，也违背了先祖和天神的意旨。

猛兽只在关键的时刻才露出牙齿和利爪。在深林里的猛兽，并不会总是躲避、躲藏、奔跑、奔逃，这是因为自己是强大的、强壮的、勇猛的，更多的时候它只是镇定自若地在躺卧或者散步，它只是在获得机会的时候才发起攻击。只有弱小者才不断躲避和奔逃，因为它是弱小者，它将因为自己的懦弱而失去自己从容不迫的权利。你看吧，这些可怜的弱小者，不是逃窜到树上，就是躲藏在洞穴。

所以我就力主与相遇的楚军交战。这是强大者所应该做的。强大者不应该躲避和躲藏，应该勇敢地迎上去搏杀。应该像这弓上雕刻的瑞兽一样，露出凶猛的牙齿。所以我不喜欢胆怯的人，不喜欢栾书和士燮，不过国君还是做出了正当的决定。一场战斗虽然不能决定未来，但它联系着昨天，联系着先祖和天神的意旨，联系一个国家和一个人的德行。它看起来似乎是快速的，很快就要结束的，但在每一场战斗的背后隐藏着漫长的故事。它绝不是一个人的故事，也不是一个国君的故事，而是所有人的所有时间的故事。它既是不需要的故事，也是必须有的故事，是多少年后仍然令人激动的、能够被人们讲述的故事。

韩厥

我率军冲乱了郑国军队的阵形。我的战车紧紧追赶郑成公的战车，我牢牢地盯紧了他。我的御者杜溷罗说，是不是我们很快就追上他？你看，他的御者不断回头观望，他已经不是专注于驾驭战车，所以我很快就能追赶上他。我看见我的战马昂着头，杜溷罗驾驭着四匹战马协调一致，它们有着同样的步伐，同样的节奏，我的战车就像飞起来一样。

我说，我不能再次羞辱一个国君了。杜溷罗说，我没听说你曾经羞辱过谁，我们完全可以追上他，不然我们将失去这个机会。我说，你忘了么？上次和齐国作战，我驾车在后面追赶齐国的国君，据说，齐国国君的戎右对他的国君说，后面追赶的那个人看起来好像一个君子，现在就可以射死他。但齐国的国君说，既然是君子，射死他就不合乎礼法，我怎么能违背礼法呢？于是，他们射死了我的左右，我却驾车仍然追赶。

杜溷罗说，我知道了，那一次，是逢丑父救了他的君主。逢丑父趁着你搬动身边的死者，就穿上了国君的衣袍，和国君互换了位置，因为他的战车被地上的树木挂住，你追上了他们。我说，是的，我捉住了装作齐国国君的逢丑父，却放走了真正的齐国国君，齐顷公就这样逃脱了。可是一个国君要变为另一个人才得以逃脱，这对于一个国君来说，乃是多么大的耻辱。他得到了活命的机会，却付出了耻辱的代价。

杜溷罗说，你还是放掉了那个假的国君，你放走了逢丑父。我说，是的，我还是放走了他，他能够代替国君而死的决定让我尊敬。若是我真的杀掉了他，以后谁还会对国君这样忠心呢？我放走了他，不仅仅是放走一个敌人，而是放走了对国君忠心耿耿的大臣，也放走了他的国君用性命换取的耻辱，这样我的内心的愧疚才得到稍微的弥补。我已经侮辱过一个国君了，这乃是我的罪，我不能再次侮辱一个国君了。

杜溷罗说，我还是要追赶他，我的战车比他的战车更快，我的马奔跑的速度更快，我驾车的技艺比他的御者更好，所以我要追上他。当然，你要不要捉住郑国的国君，那就要由你来决定。郤至的戎右茀翰胡说，我看见那个国君只顾逃跑，却不知道究竟要往哪里逃跑，你只要另外让一辆战车从小路上穿插迎击，必能将之捕获。郤至说，我不想侮辱和伤害国君了，侮辱和伤害国君是有罪的，要受到刑罚的，还是放弃追赶吧。

阳光似乎越来越明亮，它的光芒从斜上方雨点般播洒，我的头顶感到了这热力的敲打。汗水顺着我的脸颊流了下来，就像一条条虫子在我的脸上爬行。战车在旁边拖曳着一个黑影，这黑影跟着我的战车奔跑，它似乎既不属于战车，也不属于我，它扇动着自己的翅膀，跟

古灵魂

着我飞翔。我好像乘坐着一条船，划开了水面，我感到了巨大的波浪迎头而来。这旁边的黑影乃是另一样东西，它是我的战车从深处拖上来的，这是原本沉入了深渊的往事，黑暗的往事，我乃是拖曳着这不堪回首的往事向前奔跑。

眼看就要追上郑国国君的战车了，我已经清晰地看见了他回头时的惊慌，看见了他的面容，看见了他的戎右唐苟和御戎石首，他们的半个脸上都遮满了阴影，头盔的顶部在闪耀，他们的脸部就在这明与暗之间变化，表情就变得模糊而暧昧。我甚至听见了他们的说话声，我听见石首说，现在要拔掉车上的旗帜，从前卫懿公就是不肯将自己的帅旗拔掉而在荧泽战败。我看见石首将战车上的帅旗取下，放在了弓袋里。

我说，好了，我们停止追击吧。我的战车停了下来。我听见唐苟对石首大声说，你要留在国君的身旁，我听说战败者应该用尽心力护卫国君，我的能力不如你，你带着国君逃走，让我留下掩护你。于是，就在我停下车的时候，唐苟跳下了郑成公的战车，他像巨大的飞鸟一样展翅而降，稳定地落在了地面。郑成公的战车在石首的驾驭下奔逃而去，车后掀起了一片尘土。

我的战车被唐苟拦住，他站在道路的中间，手里持着长戈，一双眼睛射出了猛兽绝望的光芒。他的影子是那么长，一直拖到了他的前面，落到了我的战车的横木上。我的戎右向他伸出了战戈，尖利的锋刃对准了他。一阵惊心动魄的搏杀。我看见莆翰胡的战戈从侧翼先刺中了他。血慢慢从唐苟的铠甲中渗出来，这殷红一点点扩大。唐苟缓缓地倒下，他的影子一点点缩短，最后他的影子和他的身形合为一体。

卷四百六十七

养由基

　　我在大战前曾和潘党比试箭法，我们都射穿了七层铠甲。但是国君训斥了我。所以在这次激战中，我始终没有发出一箭。我的箭囊是满的，但是我不能违背君王的命令，几次想着从箭囊里取出利箭，我的手却仍然紧握着战戈。

　　晋军已经迫在眼前，我们已经被逼到山丘地带，战车在这里不容易转圜，若是不予以坚决抵抗，就可能饮下战败的苦果。此时叔山冉驾驭着战车冲到了我的面前，大声叫喊，现在你要显示你的箭法了，只有你不断对敌军射击，才可能逼退敌军，不然我们就没有退路了。虽然国君曾训斥你，让你不要炫耀自己的箭法，但现在已经是关键时刻，为了楚国的成败，也为了对国君的忠贞，该是你炫耀自己箭法的时候了，我盼望你的弓愤怒地张开，你的箭一支支射向敌人的头。

　　于是，我内心的愤怒被点燃了，浑身燃起了烈火，我感到热血在沸腾，我的双眼清晰地看见了追赶的敌人。他们的战车在狂奔，他们的表情因面部扭曲而丑陋。我从背部的箭囊取出了第一支箭。我仔细端详着这支箭，它的上面刻着我的名字，让我的名字携带着箭镞飞向那些追赶者吧。是的，我端详着我的箭，这乃是我的名字，我的荣誉，我想，被击中的人必定会拔出箭，看见我的名字。我的名字带着我的力量，也带着我的愤怒。

我举起弓，将这支箭搭上去，我自己都不知道是怎样将箭发出去的。因为我张弓射箭的手太快了，我仅仅听见了弓弦的响声，就看见冲在前面的战车上的人倒下了，接着我又发出了第二支箭，另一个刚刚举起弓的射手，又倒下了。第三支箭发射出去之后，那辆战车上的御者痛苦地捂住了脸，我的箭直射到了他的脸上。就在这个时候，他拔下了箭，大喊道，这是养由基的箭……我看见他缓缓倒下，掉落在战车下。

叔山冉驾着战车冲了上去，将那个死于我箭下的人举了起来，投向另一辆战车。他的力量太大了，他的胳膊就像房屋的木柱一样粗壮，他的腰一个人不能抱住。据说，他曾经与野牛搏斗，抓住了野牛的犄角，将那头野牛摔倒在地上，并扭断了野牛的脖子。那个人从他的手中脱离，就像一块巨石，重重地砸在了那辆战车的横木上，只听咣的一声，横木折断了，前面的战马由于突然的重压趴在了地上。

当我又一次取出箭的时候，并没有射出去，而是对准了冲在前面的敌人。他们已经知道了射箭者是我，中箭者已经喊出了我的名字。我没有将这支箭射向那个人，而是射向了他的战马。他的战马在疼痛中狂奔，御者已经难以控制他的马匹。我仅仅用了三分的力量，若是我用全部的力量，必将把马头射穿。

然后我再次举起了弓箭。敌人纷纷掉过车头逃散而去，我朝着空中发出了这支箭。我的箭从我的弓上发出，朝着蓝天和白云，发出了嘶嘶的响声，向着虚无而去。君王对我的呵斥是对的，我的箭法不是为了炫耀，而是为了楚国和我的荣誉。我的箭法也不是为了和哪一个射手比试，而是为了从我的弓上发出虚无的声响。它意味着生与死的瞬间，意味着生命幻觉中的明灭，也意味着我的名字和我的生与死。或者，它还有着更深的含义，因为我的弓箭上有着我突发时的力量，我的朝向某个方向的目光。

是的，我曾和潘党比试箭法，我和他都能够百发百中，都能够射向最小的目标，我们的箭都能够穿透铠甲。是啊，锋利无比的箭，力量无穷的箭，但他的箭到了第七层铠甲的时候就终止了，而我的箭却能够将第七层射穿。可是这又有什么用处呢？我仅仅是为了自己的虚荣而比试，它带着我的虚荣射向目标。可是这战场上容不得任何虚荣，因为它将一个生命在一瞬间送往死亡。面对最后的死，虚荣又有什么意义呢？

甚至我的神射并不属于我自己，它属于别人的死。可是这就是射箭的意义？我练就了这样的本领，就是为了将那些陌生人置于死地？那么我的名字中又包含了什么德行？也许就像君王所说，我的箭法乃是我死亡的前兆。我将自己的弓箭对准别人的时候，别人也举起了弓箭。我的箭比别人快一些，可是你又怎能知道你背后的敌人也举起了弓箭？一个人不是仅仅有前面，他还有背后，还有背后的背后，还有前面的前面，还有左面和右面，你的箭又怎能同时射向每一个方向？

别人是你的箭靶的时候，你也是别人的箭靶。你射向箭靶的时候，天神在高处看着你，看着你箭上的名字。我的名字不仅刻在箭杆上，也刻在天神的目光里。天神将射箭的秘诀给了我，我必须遵循上天的意旨。我不能滥用我的箭法，因为我的箭法中含有不可违背的天道。你看这蓝天白云之下，却是无辜者的相互搏击。前面的血迹中有我的车辙，也映照着我的面孔。万物都是我的镜子，我的箭也是我的镜子，我要从这镜子里随时察看自己，不要让自己的脸上沾染污垢。

　　一辆战车向我奔来，这是君王向我传达命令，他召我到他的身边。我乘着战车很快就来到了君王身旁，我看见他捂着眼睛，手指中间流出了血，他的眼睛受伤了？君王说，前面的那个人射中了我的眼睛，我给你两支箭，你也要射中他的眼睛。若是这样的人不受到惩罚，我将蒙受不能忍受的耻辱，这也是楚国的耻辱。我默默地从君王的手中接过箭，放在了弓弦上。我说，一个晋军的将领怎可和君王对等？我要将这个人射杀，让别人看见，谁伤害了君王，谁就罪不可赦。

　　我的御者驱驰战车，向着那个人的战车追去。就在战车的奔驰中，我发出了弓上的箭。我看着那支箭一点点接近那个人。箭镞的飞翔是多么缓慢，它慢悠悠的，毫不急躁，在飞翔的途中似乎短暂停留，它在等待什么？难道我拉弓的力量不够大么？就在这支箭飞翔的过程中，我让御者掉过车头，向君王复命。我的御者回头看了一眼说，你的箭射穿了他的脖子，他已经死了。我说，我知道，我射箭从来不会虚发，除非我愿意向着虚空射击，因为那虚空中也有看不见的箭靶。

　　我回到了君王的身边，将手中的箭递到他的手上。我说，君王给了我两支箭，但我只需要一支。我用一支箭来执行君王的命令，另一支箭归还君王，向君王复命。这支剩余的箭中饱含了我内心的言辞，我不能用两支箭射向同一个人。君王说，我知道你的箭法是非凡的，你要把这箭法用在最需要的时刻，但不能用来炫耀。你看吧，那个向我射箭的人向我炫耀，但因他违背了礼法而获得了惩罚。

我说，我明白了，礼法是不能违背的，天意也不能违背。自从得到君王的教诲，我知道了箭法中所含的道理。从前我只是射箭，只认为自己的箭能够百发百中，但我却忘记了这箭法中深含的奥义。以后我不会用射箭来炫耀了，我的箭只用来执行君王的命令，去惩罚违背礼法的狂妄者。若是一个人没有仁德，那么他的箭也不会有仁德，若是一个人狂妄，那么他所射出的箭只能射中自己。一支射出去的箭，若是带着一个人的灵魂的狂妄，微风也可以使其折返回来。

君王一手捂着受伤的眼睛，一手将那支剩余的箭，默默地放回了自己的箭囊。我看见君王眼睛里的血从一只手的指缝中流着，一直流到了嘴角。而另一只眼睛里的光芒更亮了，甚至是那种刺眼、逼人的亮。从早晨开始与晋军搏杀，现在已经到了暮色苍茫的时候，战场上的喊杀声渐渐稀疏了。天上的星开始升起，渐渐变得稠密了。这是一个晦日，应该是用兵忌讳的夜晚，没有月亮，但众星闪耀的时候，只有天空看起来是明亮的，地上却被黑暗充满。两军已经收兵了，各自回到了军营。似乎两军还没有决出胜败，但都有很大的伤亡。不仅君王的眼睛中箭而伤，公子莜也被晋军俘去了，应该说，楚军的损失更大。

大司马子反已经命令将士们察看伤情，军营里点燃了篝火，火焰上迸射的火星和夜空的群星彼此辉映，地上变得十分明亮了。将士们忙碌着，补充和修复战车，喂养马匹，整理身上的铠甲，磨砺刀剑和

古灵魂

战戈、长矛，将箭囊重新填满箭镞。疲惫不堪的士卒们开始饱餐，他们已经整整一天没吃饭了。在晋营中被囚禁的俘虏陆续逃回，告诉国君晋军的情况，他们也在做着同样的事情。他们说，晋军已经准备好明天早晨继续开战，他们整顿阵列，连夜在祷告，祈求天神佑护他们，并要在鸡鸣后吃饭，等待出战的命令。

君王听说这些情况，立即召子反前来军帐商议。可是子反因为接受了仆人谷阳竖的献酒，已经沉醉不起，不能前来进见君王了。君王走出军帐，仰头对天感叹说，这是上天要让楚国蒙受失败的耻辱啊。天上的万千星光从清冷的夜空撒下来，但君王的身上却披满了黑暗。他绕着军营的篝火走了几圈，他的身形似乎又被这火光穿透。他自己对自己说，也许是对别人说，我不能等待明天了，若是明天也像今天这样失败，那就彻底失败了，我不能再承受这样的失败了。

于是，他命令大军连夜撤离。士卒们留下了燃烧的篝火，明天这些篝火将变为一堆堆灰烬，也许晋军到来之后还遗留着余火。无数的战车在暗夜走上了逃离之路。一路上无人说话，即使有士卒们说话，也是轻轻地说，风声很快就淹没了他们的声息。是啊，还有什么可说的呢？有人在战车上睡着了，传来了一阵阵鼾声。我们走上了一条晦暗的失败之路上，这条路似乎看不见尽头，因为你所看见的尽头，仍然是一片黑暗。然而天上的星光变得更加灿烂，仿佛用无穷灯火来抚慰我们孤寂的悲伤。

卷四百六十八

士燮

从清晨开始和楚军搏杀，一直到了黄昏都未见胜负。不过战果是确定的，我军不仅一次次冲散楚军的战阵，还俘获了楚国的公子茂。关键是，魏锜向楚王射出一箭，正中楚王的眼睛。楚王的一只眼睛永远没有了。这对楚军是巨大的挫伤。当然魏锜也被楚国的神箭手养由基一箭射穿了脖颈，他失去了生命。唉，魏锜死了，应验了他所做的梦。

据说那支箭上刻着一句话，一矢亡。这句话来自易上的旅卦，它的原话的意思是，用箭来射向野雉，而野雉却带着箭飞走了，结果不仅没有得到野雉，还失去了一支箭。这句话一点儿也不吉利，因为这支箭虽然射杀了魏锜，但楚王也失去了一只眼睛。这句话简直是一句咒语，它说出了一支箭的结果。这支箭从养由基的弓上发出，但一直沿着一句咒语飞翔，并穿过这咒语，直射到魏锜的脖子上。可是魏锜并没有带着这支箭飞走，而是他的灵魂带着这支箭飞走了。一只野雉会飞走，可是一个人只有他的灵魂能够飞走。

魏锜曾和别人说起他在大战之前做了一个梦，他在梦中拉开弓，

古灵魂

将自己的箭射向月亮，而自己却退到了泥沼里。卜官说，月亮表示异姓，太阳乃是姬姓，而月亮必定就是楚王了。你射出的箭会射中楚王的眼睛，而你也将战死。这样说来，魏锜不是死于养由基射出的箭，而是死于自己的一个梦。他在梦中发出的箭，在醒来之后才射向楚王的眼睛，而他在梦中死去之后，在醒来之后才真正死去。他不是一次死去的，而是死去了两次。

被一个梦杀死的人不止于魏锜。鲁国卿相子叔声伯不就是这样么？他梦见自己徒步渡过洹水，有一个人走过来，让他将一块宝石琼瑰吃到肚子里，他因此不断哭泣，眼泪都成为琼瑰，直到放满了怀抱。然后他唱着歌——我徒步渡过了洹水，有人赠给我琼瑰，我要回去了，我要回去了，因为我已经琼瑰满怀。他醒来之后因为害怕死亡而不敢占卜。后来他从郑国回到了鲁国，在寒冬到达了狸脤。他对别人说，我以前做了一个梦，因为害怕死而没有问卜，现在已经过去三年了，应该没有妨碍了。他说了这件事情之后，当天夜晚就死去了。

一个好的梦不要说出，一个坏的梦也不要说出，一旦说出就会化为真实。若是魏锜不说出自己的梦呢？也许不会死去？他将自己的箭射向月亮，却被月亮所吞噬。而子叔声伯接受了别人的宝石，又将这宝石吃下去，那么他也将被这宝石撑死。一个人怎能吃下一块石头？一个人的眼泪怎会变为石头？既然你接受了这么多的石头，你就必定会因无端的接受而死去。一个怀抱怎能放满自己的眼泪呢？那么他吞咽的不是真正的石头，而是自己的眼泪。

一天的激战结束了，似乎我们的军队更为勇猛，但胜败还远没有决出。楚军的力量并没有被真正削弱。我在夜晚巡视军营，士卒们已经疲累不堪，很多受伤的士卒正在包扎伤口，更多的人在准备明天的决战。他们喂好战马，磨砺自己的兵器，栾书还在调整战列，给将士们交代明天攻击楚军的对策。苗贲皇向军队发布国君的命令，让将士们填饱肚子，并再一次祷告，而且故意放松管制，让楚国的俘虏逃走。苗贲皇是有智谋的，他这样做，乃是为了让这些俘虏回到楚营，让他们返回以报告晋军决战的信心，瓦解敌军的斗志。

夜晚是这么漆黑，天上的群星格外璀璨，而远处楚营篝火的火光映照着，使得地上的一切景物更为漆黑。我们的军营同样篝火熊熊，战马四散着，在许多地方站立着。它们好像是站着睡觉，要是人能够像它们那样该有多好，那样就更易于迷惑敌军了。战车齐整地排列着，值夜的士卒们在军营前警觉地守卫，要防止敌人派人前来偷袭。我仰望着天空，天空是那么深邃，而群星就像是漂浮在漆黑的海上，它们没有任何依托，却彼此不约而同地一起发光。这是一个天上的战阵，我还不明白其中的含义，但这样的战阵只是永恒的对峙，却从来不相互厮杀和搏击。

这样的宁静是多么好啊。它们没有互相的征伐，没有彼此的干扰，每一颗星之间都保持着距离，构成了庄严的秩序。这样的秩序乃是天上的礼法能够严格遵循的结果，这乃是人间最好的启示。它们并不孤独，因为每一颗星都彼此照应，它们各自放射自己的光辉，远远地被看见，却从来不炫耀自己的辉煌。它们没有战车，手里也没有战戈，是的，它们不需要这些多余的东西，若是它们也像人间一样，它们也将变得同样污浊，又怎么可以发出清澈的光辉呢？又怎能在这黑暗中飘浮呢？

古灵魂

第二天清晨，国君又一次登上楼车远望，发现楚营中竟然没有任何动静。他问苗贲皇，楚营怎么那么寂静？他们在做什么呢？苗贲皇说，他们已经逃走了。若是他们还要作战，现在兵马应该集结了。你看那些军营里的篝火早已熄灭，剩下了灰烬，营帐已经撤走，战车也不知去向。国君大笑说，唉，我还准备今天决战呢，看来楚王被射瞎了眼睛，公子茷也被我囚禁，他已经失去了斗志。苗贲皇说，他们已趁着夜色而逃遁，我们已经获胜。

于是国君命令大军开往楚营，将士们不再列阵而前，而是散漫地，充满了睡意和疲倦，天边几颗淡淡的晨星，还悬挂在天幕上。我们来到了楚军的营地，发现他们早已逃走了。可以看出他们逃跑得非常匆忙，许多在战场上损坏的战车都没有来得及修补和拖走，囤积的军粮都堆放在一边，篝火虽然已经熄灭，但拨开灰烬，仍然有着剩余的微火。将士们开始喝酒庆贺，楚军留下的粮食足够吃好几天。我看着将士们豪放而肆无忌惮的欢乐，心中燃起了一阵阵担忧。

我站在将士们面前，对他们说，敌军虽然已逃遁，但他们的兵力并没有多少损伤，你们怎么能在这样的时刻忘乎所以？君主还年轻，你们怎么这么毫无防备？又怎么能在还没有真正的获胜的时候忘记了自己？我对国君说，你仍然要警惕，《周书》上说，若不知道天命来之不易，就会失去天命，不能相信和依赖上天的不变，只有领崇天道与恭敬上天和下民，天命才可以持久。商纣就是相信上天会不变，会将天命永远授予他，所以才骄奢淫逸，失去了江山社稷。难道不值得我们警惕么？

可是我说这些有什么用呢？这样下去晋国必定又会祸患来临。一场获胜会给人带来欢乐，但这欢乐中已经包含了祸患。许多事实已经证明，若是失去了外患，内忧就会显现，因为获胜者会因获胜而骄傲和懈怠，会引起获胜者的贪欲和昏昧，而失败者则会因失败而清醒和奋起。所以从前鲧因为湮堵水患而治水的失败，从而引发禹王的兴起。而商纣因为不断获胜才引发灭亡。

何况晋国已经有了祸患的苗头，郤氏家族已经十分强势，若加上这一次冒进取胜，还不知道他们要用怎样的方式来威迫国君。若是因为这次获胜而引发内乱，就可能得不偿失。我站在楚军撤离的营地上，看着我们所来的路，不知何处是我们的归途。东方的山峦已经变得越来越明亮了，薄薄的晨雾也已经散尽了，我看见太阳就要从群山里出现了，因为群山之间已经冒出了巨大的红，就像众神从山背后点燃了巨火。

我看见的不是这耀眼的光明，而是昨夜楚营旺盛的篝火，现在已经沦为了灰烬。没有不灭的火，这晦暗的灰烬就已经说明了一切。我弯下腰，用双手扒开灰烬，在灰烬的下面，乃是被烧焦的土地。这篝火所照亮的，已经逃遁于无形，可是我似乎仍然看见地上无数的影子在晃动。我想起了魏锜所做的梦——你射中月亮的时候，自己已经陷入了泥沼。也想起了子叔声伯的梦——别人赠给你宝石的时候，你却发现这宝石原是自己流不完的眼泪。

卷四百六十九

子反

整整一天与晋军交战，十分疲倦了。我是楚国的大司马，一天的搏杀结束之后，我命令将领们巡察士卒们的伤情，让随军的工匠修整损坏的战车，又让掌管战马的职官喂养好马匹，还要让士卒们修理好自己的铠甲和战盔，磨砺手中的兵器，以便准备明天的决战。今天的交战中晋军略占上风，但我们并没有战败，明天必须重新调整好军阵，让军队在鸡鸣中吃饭。我想，虽然君王的眼睛被射中，公子茷也被晋国囚禁，但我们也给晋军以有力的毁伤，挫败了他们的锐气。

夏日的夜晚是明澈的，天空布满了繁星，空气中混杂着草木的味道，新鲜的空气从我的鼻孔进入了我的全身，让我感到了疲惫中的舒适和通畅。白日混战的血腥消逝了，我想忘掉这一切。一个不能忘掉现在的人怎能面对明天？军营里的篝火正在燃烧，它照亮了士卒们的面孔。他们的脸上没有任何笑容，脸上的污血还没有来得及清洗，但他们的眼睛仍然是明亮的，这说明他们仍然怀着必胜的斗志。

火焰不断跳跃，火星从火焰的尖顶向高处不断投射。火焰的活力是无穷尽的，只要它在燃烧，只要我们给它不断添加柴草，它就会用这样活跃的光焰给我们以热力和光芒。我走近篝火的时候，我的影子被拖到了远处，我看见自己的影子从脚底向前延伸，然后一点点暗淡。我离开这火焰越远，我的影子就愈加晦暗，最后我与黑暗的夜晚连为一体。一个在夜晚的人，终究要回到黑暗。

一切都已经安排就绪，只等待明天的到来。我拖着沉重的双腿回到了营帐，感到自己身上的力气已经消耗干净，就浑身瘫软地坐在了地上。这时我的仆人谷阳竖给我献上了美酒，我就独自喝了起来。这是多么好的酒啊，我不断给自己斟满，然后一饮而尽。在战场上能够喝酒是多么快乐的事情啊。可是我又有什么快乐可言呢？在某种意义上说，虽然今天没有分出胜负，但楚军已经显露败象，我的内心充满了担忧。

我不知道明天将会怎样，但只要在战场上，每一天、每一个时辰都在生死之间。我乃是沉浸于美酒，在迷离恍惚之间在生与死中徘徊。只有在这美酒中，你才可以失去生与死的界线。我喜欢这样的时刻，因为我在酒中就可以忘记一切。美酒照着我的面影，我仔细从中辨认自己，这乃是我的镜子。我曾在水中看见自己，但水中的波纹让自己显得苍老，当然，我已经失去了青春，但我不愿意看见自己苍老的面容。因为我的浑身还充溢着火一样的活力，我的胳膊也充满了力量，可以在战车上挥动沉重的战戈，我怎么就变得苍老了呢？

但在这酒中，我仍然是年轻的，我的面影似乎是模糊的，我却在这模糊之中看见了飞速流逝的时光。我看见一道道光从这酒中升起，它就像箭一样射向了我的脸。我的眼前出现了无数幻影，我不知道他们是谁，但我知道他们必定在我的生活中出现过。他们似乎向我

古灵魂

呼喊，我却听不见说什么。我看着他们，一阵阵眩晕，黑暗里的灯火中飞溅着一些小斑点，无数的小飞虫向我飞来……我的身体好像在下沉、下沉、下沉……

在蒙眬之中，好像有人在推我醒来，可是我已经不由自己，我的眼睛睁不开了。有人在对着我的耳朵说话，可是我根本听不清他们说什么，我仍然在昏沉之中。不知过了多久，我感到自己的身体在颠簸，我缓缓睁开眼，发现我正在看着无垠的夜空，满天的星光直对着我，四周几乎没有任何声音，只有微风从我的脸上扫过。我这是在什么地方？谁将我抛到了荒野？我想坐起身来，可是发现自己的身上绑着绳索。我发现自己乃是在战车上。

我问御者说，我们这是在哪里？要到哪里去？御者说，我们趁着晋军还没有醒来，连夜丢弃辎重，撤回国内。我说，我不是已经抚慰将士，准备明天再战么？他说，昨夜你已经大醉，君王召你商议明天决战的事情，可是你已经不能进见君王了。于是君王觉得是天意让楚国失败，就引军夜遁，放弃明天的决战了。你已经烂醉如泥，养由基怕你掉落车下，只好将你绑在战车上。唉，我竟然因酒醉而没有接受君王的召见，我的罪过太大了，而且是在与晋军决战的前夜。

御者停车将捆绑我的绳索解开，我坐了起来，但仍然觉得浑身瘫软，似乎被什么力量抽走了身上的骨头。我现在才意识到，这次与晋军的交锋，楚军以失败而告终。我不仅要承担失败之罪，也要承担酒醉而没有接受君王之召的罪过，我已经罪不可赦了。所有的事情都坏在了美酒上。我若不饮酒，怎能铸成这样的大罪？美好的东西也是致命的毒药，这酒中不仅有我的面容，还有我死去的面容。我从中看见的乃是我的骷髅，我的面容乃是贴在上面的，可是这美酒最终将我表层的面孔剥去了，剩下了我的本相。

不知道走了多久，天边已经露出了白色，道路却变为了一条灰烬般的暗白色。令尹子重派人前来问候，并告诉我，昨天的事情你已经知道了，当初让大军受损的人是怎样的结局，你也应该知道。你现在应该想想自己该怎么做。你不仅让战事失败，还因为醉酒而没有赴召，君王因而放弃了明天的决战，你所犯的罪是双重的，从前的事情你都知道，不知你还有什么辩解的理由。

我说，楚国先大夫令尹子玉的结果，我怎能不知道呢？既然你命令我，我又怎敢不听从呢？我导致了大军的失败，我就只有承担这罪责了，即使君王宽恕我，我也不能不死，我只有用死来表达我的忠诚了，也只有一死，才可以洗掉我的罪。我的罪怎么敢忘记？恐怕只有死去才可以忘掉我的罪。令尹子重派遣的人说，既然你已经决定了自己要怎样做，一切乃是天意，我们只有遵循天意了。他说完之后，就消逝在灰蒙蒙的路上。

我回望着忧伤深重的、没有终点的道路，一条灰色的长带从我的车后拖曳到了无限的远处。远远地几声鸡鸣，将我带入了更深的寂静之中。凌晨的天气是凉爽的，我的酒劲已经过去了，头脑越来越清醒了，而我的身体却愈加沉重了。现在我似乎还没有足够的力量自杀，我的胳膊还抬不起来，我还拿不稳自己的剑。我必须积攒足够的气力，我需要将身体里的酒消除掉，这还需要时间。唉，这世间乃是荒凉的、无情的，无论是白天和夜晚，都散发着血腥的气息。只有人间的美酒让我留恋，但我也将因为这美酒而死。

古灵魂

离开这世间，我已经没有什么可惋惜的了。天渐渐大亮了，我们的大军也撤回到了楚国境内的瑕地，一切都变得安宁了。一场血战就这样结束了。我看见楚国美好的山河，四处充溢着夏天的气息，野花已经盛开，牧牛人在牛背上悠然自得地四处闲望，他并没有对什么感到好奇，只是在悠闲中观看着。村庄在各种树木的掩映之中，似乎都隐藏在一片翠绿里。炊烟散漫地向上升起，在高高的天空中飘散。

战车都停下来了，我现在可以离开了。我必须在自己的土地上死去，我不能死于异国他乡。我抽出了自己的剑，看着这剑刃上的锋芒在闪烁。剑上又一次映照出我的形象，它将我的脸拉长了，我只看见一张窄窄的脸对着自己。但我看见的也许并不是自己，而是另一个人，一个对着我发出嘲笑的人。我看着他的嘴角上翘，他的微笑乃是嘲笑。他嘲笑我的愚蠢，嘲笑我的一生，他还嘲笑我即将面对的死。他嘲笑一切。

我将面对着嘲笑死去。我将用这嘲笑指向我自己。我将这嘲笑的锋刃对准自己。我将用这嘲笑的剑杀死自己。是的，我不仅要面对别人的嘲笑，还要面对自己的嘲笑。我手持着自己对自己的嘲笑，放在自己的脖子上。我看见了令尹子重的嘲笑，也看见了晋军的士卒对我的嘲笑，我也看见了君王对我的嘲笑。于是我放声大笑，我的笑声让剑刃震动，也让我的脖子感到了一阵尖锐的疼痛，血顺着我手中的剑流下来，一直流到了我的手上。我扔掉了剑，举起了血污的双手，向天空发出了几声狂笑。这是对自己的嘲笑？还是对天神的嘲笑？还是对世间的嘲笑？或者仅仅是空洞的狂笑？

我渐渐地失去了力气，我的力气已经带着我的血流尽了。眼前渐渐变得朦胧起来，我充满了睡眠的渴望。是的，我就要睡着了，就要永远睡着了，我将不会醒来。我再也不能痛饮美酒，也不会触犯任何的罪，我的忠贞都在这睡眠之中。我知道令尹子重想让我死去，那么我就让他的想法变为真实。我知道很多人想让我死去，那么我就让他们的想法得逞。从前我嘲笑别人，现在我自己都在嘲笑我自己。

我已经就像云朵一样飘浮在自己的上面。我看见自己持着剑，脖子上的血不停地流淌，我从来不知道自己竟然有这么多的血。我的身体的四周已经被血所占满，所包围，我好像就在一个被血画好的圆圈中静静地躺着。我躺在我自己的血画好的圆圈里。我被自己的血所囚禁，我知道自己已经死了，已经告别了人世，但我的灵魂却在飞升，就像云朵一样，在高于自己的地方飘动。

我还是在自己的身体上空徘徊，不愿意这样离去。难道我死了之后仍然对人世有着深深的眷恋？不，我乃是想看看我的周围还将发生什么。许多事情我并不明白，从前我也不愿说明白，但我现在却对自己充满了好奇，我要看一看，哪一个人对我的死感到伤悲，而哪一个人又暗自高兴。可是我也知道，一个人死去了，就再也没有干涉人世间生活的权利，也失去了一切能力。但我仍然想看一看，看我生前所看不见的事情。

是的，一个人生前所看见的，不能在他死后看见，但他生前看不见的，却在死后可以看见。生前的好奇将在死后获得满足，这时我所看见的也许是真正所看见的。我俯瞰着大地，看见一个巨大的人像，就像是一个神被雕刻在地上。我看见他的眼睛里流出了泪水。这个人像由一些山川、河流、湖泊和沟壑组成，湖泊是他的眼睛，而河流是

古灵魂

他的泪水。我从他的眼泪中看见了我的冤屈，但我必须接受这冤屈。我的罪就在我的冤屈中，我的冤屈又在我的罪里，它们和泥土混合，和我的肉身混合，捏制了地上的人的形象。我的眼泪也在神的眼泪中，我的死只是我忠贞的见证。

在瑕地，我看见君王遣人来传达命令。他来到了我的面前，面对我的死去的身形，说，君王让我对你说，当初的令尹子玉因为军队覆没而被杀，这乃是天意，但先王却因杀掉子玉而感到后悔。我就是害怕你承担楚军失败的罪责而自杀，就派人前来阻止。我是楚国的君王，这一次出征，都是我做出的决定，撤离归国也是我的命令，所以这失败也有我的过错，不能将罪过放在你一个人的身上。

可是我已经死了，我能听见君王的话，却不能死而复活了。我已经知道了君王的赦免，但我仍然带着这未曾赦免前的罪死了。我所说的话，已经在生前都说过了，现在我已经说不出任何话来。我只能看着君王派来的人的影子，他乃是我所看见的大地的一部分。万物都显得这样渺小，即使是所有的君王，都是一粒粒尘埃。我所看见的，乃是微风卷起了所有的尘埃，向着远处飘扬，然后又要回落到原来的地上。

卷四百七十

晋厉公

　　楚王已经引军宵遁，晋国已经获胜。这是我的胜利，我若是采纳士燮的谏言，哪还会有现在的胜利呢？我要等待盟军的到来，楚军就不会这样失败，也许楚王就会避战，我也不会射伤他的眼睛，俘获公子茷。那样，我也许更为稳妥，但却不会有这样辉煌的战绩。不过，士燮所说的也很有道理，一旦晋国失去了外部的强敌，晋国的内部就会滋生更多的贪婪，就会滋生更多的争夺，那么我的座位就要摇晃。

　　我必须任用自己信任的人，才可以永葆先君的功业和我自己的权威。我还是能够从谏如流，只要有利于晋国的事情，我就去做。这一次与楚军交锋，我否定了士燮的谏言，采纳了郤至迎战的劝谏，采用了士匄的填平井灶、就地列阵的计策，也采用了苗贲皇用精兵攻击和牵制楚军的两翼，进而将三军主力集中应对楚军中军的谋划，终于获得了胜利，也为晋国在邲之战中的失败洗雪了耻辱。

　　我们进入了楚军的军营，缴获了楚军的辎重，得到了众多的战车和粮食，我们在楚营之中大吃了三天，将士们忘却了作战的疲劳，彻夜狂欢庆贺晋国的获胜。我十分高兴，多少年来，我从来没有像现在

古灵魂

这样兴奋。我在军帐中痛饮美酒，还将我的美酒赏赐给将士们。他们唱着武王伐纣时获胜的歌，在篝火中起舞，地上的火焰像飘扬的马鬃，一切在飞舞，一切在奔跑，一切在飞翔。

我被这气氛所感染，我想，晋国这一次与楚国的兵锋相较，已经让晋国威震诸侯，晋国的霸主位置得到了巩固。现在我该思考晋国自己的问题了。回到国内之后，我开始对功臣予以犒赏，举国上下一片祥和之气。这一次出征，也暴露出了晋国的欠缺，在用兵之中，我的号令不能得到充分执行，一些将帅总是依仗自己的功劳而不听调遣，他们之间也显现出了重重矛盾。我必须重新予以整顿，任用新的更加忠诚的将帅和朝臣。

战事结束之后不久，楚王就派遣使者前来致歉，说，楚王并不想和晋国作对，但晋国的郤至却暗中召来楚军，以便迎回在天子身边的孙周回到晋国即位。因为楚军没有充分的准备，事情就没有做好。我不太相信楚国使者的话，就召来卿相栾书，将楚国使者的话告诉了他。我说，这样的事情不可能发生吧？

栾书说，我们既不要轻信楚国人的话，但也决不能轻视这件事情的可能。我听说，孙周作为先君襄公的重孙，在京都有着很好的声誉，尽管他的年龄还很小，但却胸有大志，早有想要回到晋国为君的志向，晋国很多人都希望他回来。郤至和他一直有所联系，其它的事情我就不知道了。不过，你可以召来楚国的俘虏公子茷问一问，再派人到京都暗中查访。国君是圣明之君，必定不会太相信别人的话。

于是我召来了公子茷，问他，有人说楚国出兵乃是因为接受了郤至的召唤，我不知道这是不是真的？公子茷说，我现在已经是晋国的囚徒，很多话我不能说，涉及你的重臣郤至，他又是鄢陵之战中的功臣，我怎能说他的坏话呢？我说，你就和我说真话吧，我不会因为你说了真话而向你问罪。公子茷说，好吧，的确有这样的事情。我国的君王本来不想和晋军开战，但郤至派人告诉君王，说，若是能够趁着晋军立足不稳而击败晋军，就可以将孙周迎回晋国。孙周是一个胸怀仁德的君子，又深得天子信任，若是他成为晋国的君主，晋楚两国就可以重续友好，分享天下，各安一方，这是多么好的机会啊。

我的内心感到了几分恐惧。似乎一种彻骨的寒冷向我袭来。可这是夏天的时候啊，我为什么感到了寒冷？郤氏家族已经在朝堂握有重权，他们若是真的要这样做，那么先君惠公时代的内乱就将重现，我的座位也有可能被别人抢夺。我听说，捕蛇人要在毒蛇刚刚出洞的时候就捕获它，若是让它蹿到了草丛里，就找不到它的踪影了，若是让它蹿到了树上，就更拿它没有办法了。

我必须在别人动手之前就开始动手，我必须在他出洞的时候，就捕获他，击杀他。不过我也心生疑虑，若是毫无理由地捕杀大臣，那么我还怎么能称得上一个好君王呢？国人将怎么议论我呢？晋国乃是诸侯的霸主，我又怎么面对诸侯呢？又有什么德行能够承领天命和号令诸侯呢？尤其是刚刚击败楚国，诸侯们都从远处看着我，我的所做都在他们的注视中，那么我该怎么做呢？

我在外面有很多宠姬，她们都漂亮而柔顺，我喜欢她们。我乃是一国之君，就应该有权力给予她们所需要的。我也需要将她们家族中的贤能者拔擢到我的重臣之中，这样也让她们更喜欢我。即使是面对我的外姬，我也需要她们的喜欢，这样我就会在她们的欢喜中得到更大的欢喜，在她们的荣耀中得到更大的荣耀。我擢拔她们的族人，这被擢拔者就会对我充满了感激之情，这样的感激也将化为对我的忠贞。

我的一个宠姬乃是胥童的妹妹，而胥童是胥臣的后代。他的先祖胥臣曾跟随先君文公在外流浪，既是先君文公的师傅，也是有智谋的贤臣，为晋国的兴起建立了功勋。当初赵盾死后，郤缺执政，就将胥童的父亲胥克罢黜，胥氏家族由此而衰落。因而胥童对郤氏家族有着刻骨的仇恨，他不会忘记从前的耻辱。我要任用胥童来对付郤氏，而且我重新扶立先君文公的后代，也会得到国人的拥护，又能给我的宠姬以安慰。

那么我将怎样迈开这第一步呢？夜深了，外面的雨声越来越大了。闪电不断照亮窗户，紧接着是轰隆隆的雷声。我的内心也和这夜晚一样，在雷电交加中被暴雨冲刷。我倾听着寝宫之外的雨声，倾听着我在与楚军交战时的鼓声，也倾听着我的将来。多么激烈的暴雨，它将清洗这个世界上的污浊，给我一个清澈的蓝天和洁净的大地。它是畅快淋漓的，它竟然有着这样巨大的激情，也深含着隐隐的痛苦和恐惧。

我辗转反侧，无法在这暴雨中入眠。这暴雨击打着我，让我浑身感到震撼。我似乎感到我乃是躺在一条波涛中飘摇的巨船上，我随着这波涛的起伏而起伏，一切惊险都在我的身底，但我好像压不住这惊险。我不知道正在发生什么，也不知道它是怎样发生的。我竟然是这样的充满了矛盾，我既快乐，又痛苦，既忧愁，又充满了渴望，我既看见了前面，也看见了后面，但我看不见自己的下面。我只是感到不断被一种看不见的力量所摇撼。

看来士燮当初的谏言有着合理的一面，他的担忧并不是毫无依据。现在晋国在鄢陵一战的获胜，让郤至、郤锜和郤犨等郤氏族人又有了可以依仗的功勋。他们都在朝堂担任要职，许多朝臣都依附于他们，郤氏的势力已经足以掀起巨浪了。我需要证实我的想法，我不能随意怀疑，但也不能放弃怀疑。难道真的是郤至将楚军召来的么？那么他又为什么力主与楚军交战？就是希望晋国失败么？可实际上，晋国击败了楚军，晋国获胜了。也许这是楚王没有料到的结果。

还有人告诉我，在战场上，郤至曾三次遇见楚王都下车避让，而不是与他的亲兵力战，而且楚王还担心他受伤，并派人赠送了他一张红色的弓以示慰赏。那么我怎能不怀疑郤至的用意呢？我又怎能知道他的内心究竟是怎样想的？也许就如公子茷所说的，郤至只是因为楚军没有足够的准备而没有将事情办好。我作为一个国君，怎能不怀疑朝臣的忠贞？怀疑乃是智慧的开始，而不是事实的结局。若是没有怀疑，我岂不是要被他人蒙蔽？若是被他人蒙蔽，我岂不是要在愚蠢中死去？若是没有怀疑，我又怎能知道别人？若是不知道别人，又怎能知道自己？若是不知道自己，又怎能成为一个智慧的君王？若是不辨别良莠，岂能做好一个农夫？他的谷苗里混杂了野草，他又怎能得到好收成？

我还是按照栾书所说的，将郤至派往天子的洛都去，让他向天子禀报晋楚之战的情形，这样我就可以暗察他是否和公子周有着密切的往来。若是他和公子周密切接触，那么他就必定怀有谋反之心，别人所说的一切，就可以获得验证。我召来郤至，对他说，我想派你前往

古灵魂

洛都，将晋国获胜的结果禀告天子，你觉得怎样？

　　郤至说，这是因为国君的决断，才让晋军迎战楚军，不然怎么能获胜呢？要是按照士燮的说法，我们也许就会陷入困境。国君能够采纳我的谏言，又能够采用士匄的计谋，才一举扭转了局面，洗雪了邲之战的败绩前耻，也让晋国的威望获得了重光，诸侯都称赞国君的智谋和勇力，这样的事情怎能不禀报天子？从前晋国屡受天子封赏，现在必将得到更大的封赏，晋国的霸业将更为稳定，诸侯也都仰望晋国的虹霓。国君派我前往洛都，乃是我的荣耀，我必将你的光辉带到天子的都城。

　　我看着郤至的脸，他的脸上弥漫着洋洋自得的神采，他显然十分得意。他的话语中，暗含着自己的功劳，他已经将鄢陵之战的功劳归于自己了。我说，我听说你三次见了楚王，他还赏赐了你一张弓。他说，我听说有德行的人要尊敬国君，我只是按照古礼行事而已。我没有想到楚王会赠送我良弓，这说明他也是一个有德行的君王，但他还是失败了。我们击败了他，他慑于我军的力量引军夜遁，楚国曾给我们的耻辱，我们又还给了他。我说，魏锜射伤了他的眼睛，让他失去了一只眼，这是不是违背了古礼呢？他说，可惜魏锜还是死了，我听说他做了一个梦，他死在了自己的梦里。

　　郤至躬身而退，我在这空空的殿堂上，心中怅然若失。我走出了宫殿，来到了外面，雨后的空气是湿润的，也是新鲜的，我大口地呼吸，希望我胸中淤积的污浊之气能够得以更新。地上有着一个个小水洼，我走过去的时候，我的身形、容颜以及四周的树木、头顶的蓝天都会映入其中。我所看见的不仅是我自己，还有一切一切。一个小水

—— 375 ——

洼就可以映照一切、包含一切，这是多么神奇啊。

可是我的内心却似乎不为所动，因为我所想的事情并不在这水洼里，它所映照的只是生活的外形，我的忧虑只存在于它不能映照的地方。我不在它所映照的形象里，而在它微微翻起的细腻的涟漪里，在它下面的泥土里，在它的外面，又在它的每一滴拿不起，也分不开、辨认不清的水里。在这我所呼吸的空气里，在天空的蓝、太阳的每一缕光线里。我的心不是在我的胸中跳动，而是在另一个地方，在我所不知道的地方跳动。我听见了我的心跳动的声音，那么遥远，那么遥远。

古灵魂

卷四百七十一

栾书

　　自从鄢陵之战晋国获胜，郤至就更其得意了。他见了我之后，连从前表面的尊敬也没有了，只是敷衍地致礼，话语之间常有讥讽之意。我还听说他四处夸耀自己的战功，将鄢陵之战的功劳归于自己。在与楚军开战前，我曾对国君谏言，不要轻易迎战楚军，应该等待援军集结齐整，然后楚军就会退却，那时候再与之交战，就有必胜的把握。但是郤至主张趁势迎战，还认为楚军有着几个弱点。但他所说的弱点，实际上并不存在，即使是在将帅之间有不睦之嫌，也因为楚王亲自统率而仍然能够保持其协调一致。而士燮的担忧却不能不考虑，若是楚军获胜，晋国将失去霸主位置，在诸侯中的威严也将随之丧失，若是能够取胜，晋国将可能发生内乱。

　　但是国君听从了郤至的谏言，不等待援军到来就出兵迎战。说实话，楚军是勇猛的，从清晨开始一直厮杀到日暮，都未见胜负。但所有的结果都是偶然的，或者说都是天意。最终天意倒向了晋国。最为关键的是，魏锜的一箭射中了楚王的眼睛，他也许因为伤痛而无心恋战了。若是没有这一箭，那么胜负还远没有结果。可是，晋国毕竟获胜了，楚国毕竟引军夜遁，但这真的是一个好结果么？

这样的胜利让我感到一点隐痛。因为国君没有采纳我的谏言却获胜了，郤至就更为得意了。他得意扬扬的样子让我难受。与其说这是晋国的胜利，不如说是郤至的胜利。他也是这样看待自己的。我已经感到因为这胜利而被郤至藐视，我不能忍受这样的藐视。我甚至不愿意看见他，因为我只要和他相见，就要面对他藐视的目光。他的目光就像烈焰一样让我感到一阵阵灼痛。

我要除掉这个人。因为他就像一块巨石压在我的心上，让我的心跳变得缓慢，让我的呼吸变得沉重。我知道，他的趾高气扬的样子已经被众人厌恶，也让国君厌恶。他已经将自己推向了深渊，我已经看见他掉落下去了。我深知国君最为恐惧的，就是他的宝座会陷落。我给楚国捎信，让他们来描画郤至的背叛者的形象。因为这一次失败，他们已经知道乃是郤至主张迎战的，因而楚王因失败而痛恨郤至。

我又串通了被俘虏的公子茷，因为他也同样痛恨郤至。要不是晋国的攻击，公子茷怎么可能被囚禁？而且，公子茷也想着怎样给晋国以混乱，以削弱晋国的力量。果然不出我的所料，楚国使者所说的话，让国君顿起疑心，他就向我说了他的担忧。我说，我不能说出郤至是不是召来楚军，但你可以问公子茷，也可以观察郤至，他是不是真的想迎回身在洛都的孙周？你只要暗中观察，就可以验证你的想法。

国君听了我的话，就派遣郤至前往洛都。我又派人给孙周捎信，让他依照礼节接待郤至。剩下的一切就是等待。就像猎人在林间布设了陷阱，等待野兽的陷落。我已经为此费尽了心机，就是要除去郤至。不然我还怎么在朝堂上为国君谋划一切？我的权威已经被这个人拿走了，我似乎已经失去了我原有的威望。因为这个人，我似乎已经遗失了自己。所以我要让他一步步走向我的陷阱，这一天不远了。

雨后的晴空下，万物呈现出耀眼的明亮。道路上的泥泞已经变得干硬了，郤至就这样启程了。我将他送出了城门，我们相互施礼，我抬起头来，看见了他的目光，但我已经不害怕这样的目光了，我甚至感到他眼中的火焰早已经沦为灰烬，我看见他乃是在灰烬里挣扎，但是他却不知道。我所看见的乃是唯有我能看见，而他所感受到的却是他虚幻的感受。他已经在死亡的梦中，却以为自己乃是醒着。

他登上了马车，御夫的鞭子在空中飞扬，鞭梢在半空绕了一个圈儿，发出了啪的一声脆响。骏马扬起了四蹄，车轮从松软的路面上碾过，留下了深深的辙印。我看着郤至的背影，太阳的光芒从他的侧面射来，他的一半身形是明亮的，而另一半则陷入了晦暗。好像他的身形被无形的利剑劈开。他的身影摇晃着，就像被大风吹动的树冠。在这清澈澄明的天气中，他的背影十分刺眼。我一直目送着他，看着他连同他所乘坐的马车，变得越来越小，在一处转弯的地方，他隐没在一片绿树的背后。是的，他已经消失在这条路上。这乃是他的死亡之路，他将从明光中走向黑暗。

所有的事情都按照我的设计而进行，即使是郤至的车也是行进在我安排的道路上。很快，国君派遣的密察者就回来了，向国君密报了郤至的行踪和细节。孙周不仅热情地接待了郤至，还超越了他应享有的尊贵和礼节。国君已经相信郤至是一个叛逆者，相信就是他和楚国密谋要将孙周迎回晋国，成为新的君主。于是，国君再也按捺不住自己内心的愤怒，他对我说，我从来没想到郤至竟然会这样。我原以为他是忠诚的，可他竟然是一个背叛者。我看见了他的外表，却没有看见他内里所藏的祸心。

国君的猜测得到了验证，似乎一切都已真相大白。等到郤至返回晋国之后，国君就让胥童准备攻打和击杀郤氏。这时又发生了另一件事。国君出去秋猎，在野外与他的宠姬饮酒。郤至射杀了一头野猪，准备将这头野猪献给国君。可是国君的宦官也同时发出了一支箭，并且他所带的猎犬已经到了那头野猪的跟前。那个宦官说，我射出的箭击中了野猪，我要将这头野猪献给国君。

郤至就与这个宦官发生了争执。郤至觉得十分委屈，因为他觉得这头野猪的确是自己射杀的，而那个宦官同样觉得是自己射杀的，它本应该归于自己。郤至从委屈而愤怒，自己的东西怎能让别人夺走呢？自己位列卿相，又刚刚在鄢陵之战中建立了功勋，怎能容忍一个宦官来欺侮？于是郤至抽出了腰间的宝剑，一剑刺死了他，野猪的血和宦官的血混在了一起。一头野猪被杀死了，它乃是别人的猎物。一个人死了，他乃是狩猎者。这是一个血浸泡的故事，一个人猎杀了野猪，而这猎杀者也被另一个猎杀者所猎杀。

国君在饮酒中知道了这个故事，因为这个故事就发生在距离自己不远的地方。他将刚刚斟满的酒一饮而尽，站了起来，向着狩猎的山林说，这就是郤至献给我的猎物，他的箭射中猎物的时候，也射中了我。他杀掉了我的宦官，就是在借助杀人而欺侮我。我一次次容忍他，但他却不能容忍我。山林在夕阳下沐浴在一片秋色之中，天的碧蓝衬托着这无限斑斓，一切都像朦胧的倒影。林间偶然传来野兽惊恐

古灵魂

的叫声，而身旁的马车则安静地停在那里，跟随国君的士卒们已经将弓箭收入囊中。

我对国君说，郤至刚立下战功，怎能容忍一个宦官与之争夺猎物？他认为宦官乃是国君身边的人，他已经藐视国君身边的人了，因为他觉得鄢陵之战之所以击败楚军，都是他的功劳。我听说，他对很多人说，若是没有他的谏言，晋国就必然要失败。就连国君都要听从他的，谁又敢不听从他呢？我听说朝堂上的大臣们都害怕他。

国君沉默着，他一直注视着山林，那里似乎有着什么重要的事情。他的愤怒已经在脸上显现，两颊的肉在颤抖，双眼冒出了火光。他说，是啊，我也惧怕他，他的功劳太大了，我又能将他怎样呢？他已经将我的国家当作自己的了，还有什么不属于他呢？一头野猪算什么呢？杀掉一个人又有什么呢？他说要将他获得的猎物献给我，可是我也是他的猎物了，他的箭可以射向我了。

国君的宠姬给国君斟满酒，将酒爵递到他的手上。他拿起了酒爵，并将它猛地扔到了远处。酒爵像一块石头，从我的眼前飞了出去，在空中划出了一道弧线，掉在了草地上。不过这秋天的草已经枯萎了。草地上啃着枯草的马惊愕地抬起头来，不知道发生了什么事情。酒爵掉落到草地，几乎没有任何声音，秋风中摇晃的枯草立即吞没了它。